DIE EINWEIHUNGS PARTY

WEITERE TITEL VON S.E. LYNES

In deutscher Sprache
Die Einweihungsparty

In Englischer Sprache
The Summer Holiday
The Ex
The Baby Shower
Her Sister's Secret
The Housewarming
Can You See Her?
The Lies We Hide
The Women
The Proposal
Valentina
The Pact
Mother

S. E. LYNES
DIE EINWEIHUNGSPARTY

Übersetzt von Dorothea Stiller

bookouture

Die Originalausgabe erschien 2020 unter dem Titel „The Housewarming"
bei Storyfire Ltd. trading as Bookouture.

Deutsche Erstausgabe herausgegeben von Bookouture, 2023
1. Auflage April 2023

Ein Imprint von Storyfire Ltd.
Carmelite House
50 Victoria Embankment
London EC4Y 0DZ

deutschland.bookouture.com

Copyright der Originalausgabe © S.E. Lynes, 2020
Copyright der deutschsprachigen Ausgabe © Dorothea Stiller, 2023

S.E. Lynes hat ihr Recht geltend gemacht, als Autorin dieses Buches genannt
zu werden.

Alle Rechte vorbehalten. Diese Veröffentlichung darf ohne vorherige
schriftliche
Genehmigung der Herausgeber weder ganz noch auszugsweise in irgendeiner
Form oder mit irgendwelchen Mitteln (elektronisch, mechanisch, durch
Fotokopie oder Aufzeichnung oder auf andere Weise) reproduziert, in einem
Datenabrufsystem gespeichert oder weitergegeben werden.

ISBN: 978-1-83790-413-6
eBook ISBN: 978-1-83790-412-9

Dieses Buch ist ein belletristisches Werk. Namen, Charaktere, Unternehmen,
Organisationen, Orte und Ereignisse, die nicht eindeutig zum Gemeingut
gehören, sind entweder frei von der Autorin erfunden oder werden fiktiv
verwendet. Jede Ähnlichkeit mit tatsächlichen lebenden oder toten Personen
oder mit tatsächlichen Ereignissen oder Orten ist völlig zufällig.

Für Jackie West, in jahrzehntelanger Liebe.

EINS

AVA

Wenn ich an jenen Morgen zurückdenke, geschieht alles Schlag um Schlag, wie ein Herz. Mein eigenes Herz und das meiner Tochter waren damals so eng miteinander verwoben, als wäre sie ein Teil von mir – ein Teil meines Körpers, meines Gewebes, meiner Knochen. Sie ist ein Teil von mir, und sie wird es immer sein.

Wenn ich an jenen Morgen zurückdenke, sehe ich mir selbst zu, wieder und wieder, wie aus der Vogelperspektive. Ich sehe mir zu, wie man seinen Kindern bei einer Theateraufführung in der Schule oder bei einer Sportveranstaltung zusieht, wenn man ihnen im Stillen Erfolg wünscht, die Möglichkeit zu glänzen, nicht verletzt zu werden. Ich sehe mir selbst zu, wie ich blutend dastehe und hilflos einem sich entfaltenden Unglück zusehe, weiß nur zu gut um den Schmerz, der kommen wird, doch sie, mein damaliges Ich, ahnt nichts.

Ich tue es jeden Tag, jede Stunde, jede Minute, und das bereits seit fast einem Jahr. Ich beobachte mich selbst: Da bin ich, gehe mit einem Haufen Wäsche im Arm die Stufen hinunter. Über den Wäscheberg hinweg kann ich nicht viel sehen. Ich gehe langsam, setze beide Füße auf jede Stufe, bevor ich die nächste Stufe nehme. Wieder eine Stufe und noch eine. Ich bin in letzter Zeit immer so vorsichtig. Früher war ich *sorglos*, aber nun sehe ich überall Gefahren: Eine Steckdose ist gefährlich, ein Glas, das zu nah an der Tischkante steht, ist bedenklich, eine Treppe riskant. Noch ein Schritt. Ich rufe ihren Namen. Abi.

»Mummy kommt«, sage ich.

»Mummy muss nur noch schnell die Wäsche in die Maschine stecken, und dann können wir gehen und die Enten füttern.«

Ich sage: »Du bist so ein braves Mädchen, dass du so lieb gewartet hast.«

Ich habe ständig mit ihr geredet – seit dem Augenblick, als sie geboren wurde.

Mit ihren zwei Jahren liebt sie es, mein Geplapper zu hören.

Liebt es. Liebte es.

»Mummy«, sagte sie immer. Sie umfing mein Gesicht mit ihren winzigen Händchen.

»Was?«

»Is hab dis lieb.«

»Ich liebe dich auch, kleines Äffchen.«

Dann habe ich immer auf ihre Nasenspitze getippt und ein Hupgeräusch gemacht.

Sie hat dann den Kopf in den Nacken gelegt und konnte überhaupt nicht mehr aufhören zu kichern.

»Noch mal«, hat sie dann immer gesagt. »Noch mal, Mummy.«

Nie wieder. Oder vielleicht eines Tages ... Sie könnte schließlich noch irgendwo da draußen sein. Es gibt noch Hoffnung, oder? Ein Fünkchen Hoffnung. Ich suche sie jeden Tag in den Gesichtern anderer kleiner Mädchen, doch gleichzeitig verschwimmen ihre Züge in meiner Erinnerung, ihr Geruch, ihre Wärme, der scharfe Bogen ihrer hauchdünnen Fingernägel auf meinen Wangen, ihr Gewicht auf meiner Hüfte, wie wir beide schwanken, wenn ich mich vorbeuge, um die Spaghettisoße umzurühren, der erwartungsfrohe Ausdruck in ihrem Gesicht, während sie zusieht, wie ich auf den Löffel puste, wie sich ihr kleiner Körper vorfreudig anspannt, weil sie weiß, dass sie bald die Soße kosten darf, um mir zu sagen, ob sie gut ist.

An jenem Morgen.

Ich sehe mir selbst zu, einen Haufen Schmutzwäsche vor dem Gesicht. Ich kann meine eigenen Füße nicht sehen.

»Abi?«, frage ich, frei von jeder Vorahnung des kommenden Unglücks. »Was ist los, Fräulein? Sprichst du nicht mehr mit mir?«

Der gebogene Griff ihres Buggys. Das Rückenteil aus Netzgewebe. Ihr Kopf ist nicht zu sehen. Ihre weichen Löckchen, die allmählich dichter werden und weniger nach Babyhaar und mehr nach Kinderhaar aussehen.

Sie ist nicht da.

Ganz ruhig, Ava. Nicht gleich hysterisch werden. Sie beugt sich bestimmt bloß vor.

Nein, das stimmt nicht. Sie ist nicht da. Sie sitzt nicht im Buggy.

Abi ist nicht da.

Sekunde um Sekunde, Schlag um Schlag. Wie eine Uhr. Das Metronom, das auf meinem Klavier steht und den Takt angibt. Die Wäsche fällt mir aus dem Arm. Ich stolpere, falle die letzten Stufen hinunter.

»Abi?«, rufe ich, richte mich wieder auf und massiere meine schmerzenden Hände.

»Abi?«

Eine weitere Sekunde. Das Prickeln, als sich die Haare auf meinen Armen aufrichten.

»Abi? Mäuschen?«

Ich kann das Haus gegenüber sehen.

Ich kann das Haus gegenüber sehen.

Das Haus gegenüber ...

Unsere Haustür steht offen. O Gott! Ich habe die Haustür offen gelassen.

»O Gott, Abi!«

Ich bin auf der Straße. Wende mich suchend nach rechts, nach links, wieder nach rechts. Ich rufe ihren Namen. Mein Brustkorb zieht sich um die Lunge zusammen. »Abi? Abi? Abi!«

Das Herz schwillt in meiner Brust. Ich habe Abi im Flur zurückgelassen und bin kurz nach oben gegangen.

»Warte hier, Mäuschen«, habe ich gesagt. »Ich bin gleich zurück.«

Ich habe die Tür nicht ... Ich muss die Tür nicht geschlossen haben. Abi war in ihrem Buggy angeschnallt. Sie weiß nicht, wie man die Schnalle öffnet. Sie wusste es nicht. Gestern wusste sie nicht, wie man die Schnalle öffnet. Sie hat keinen Lärm gemacht, also bin ich ... ich ...

Ein paar Schritte. Sie ist nirgends auf dem Bürgersteig, weder in der einen noch in der anderen Richtung. Ich habe keine Ahnung, wohin ich mich wenden soll. Entscheide ich mich für eine Richtung, schließe ich die andere aus. Und was, wenn sie noch im Haus ist ...

Ich laufe zurück ins Haus, höre wie ihr Name tränenerstickt und zittrig aus meinem Mund fällt. Das Haus ist wie in einem elektrischen Feld gefangen. Ich zwinge mich dazu, vollkommen still dazustehen. Spitze die Ohren. Reiße die Augen auf. Das Haus klingt verlassen. Es ist verlassen. Es *fühlt sich* verlassen *an*.

»Abi?«, rufe ich die Treppe hinauf. »Abi, Schätzchen? Bist du im Haus? Wo bist du? Wo bist du, Liebes?« Ich kämpfe gegen die Panik in meiner Stimme an, doch ich höre sie deutlich.

Ich gehe in die Küche. Die Terrassentür ist geschlossen. Die Luft drängt nach innen.

»Abi?«

Stille.

Ich laufe zurück in den Flur und öffne die kleine Tür unter der Treppe, hinter der sich das Gäste-WC befindet. Sie ist nicht dort.

»Abi?«

Stille.

Ins Wohnzimmer. Das Klavier, das Metronom. Die Sofas, der Fernseher, der Kamin. Der Couchtisch.

»Abi? Bist du hier?« Ich schiebe den Vorhang zur Seite. »Abi, Mäuschen?«

Hart drückt die Fensterbank gegen meine Handflächen. Mein eigener, zitternder Atem.

Stille.

Ich bin wieder draußen. Der Regen tupft bleigraue Punkte auf den gepflasterten Pfad zum Haus. Vor unserem Haus gibt es eine kleine Rasenfläche, eine Rosmarinhecke. Dort gibt es keine Verstecke. Sie ist nicht vor dem Haus. Sie ist nicht auf dem Gehweg. Sie ist nirgends auf unserer Seite der Straße, so weit mein Blick reicht. Die Häuser gegenüber sind verschlossen, teilnahmslos, die Nachbarhäuser zu beiden Seiten verlassen und still. Es ist niemand, niemand in der Nähe. Keine Menschenseele.

»Abi? Abi? Aaabii!«

Ich wende mich nach links zum näher gelegenen Ende der Straße, nach rechts zum weiter entfernten. Wohin? Ich muss doch irgendwohin gehen. Ich muss los. Ich jogge los und nähere mich dem weiter entfernten Ende der Straße, in Richtung der belebteren der beiden Verbindungsstraßen.

»Abi? Abi?«

Ich renne zurück, wieder auf unser Haus zu, bin mir bewusst, wie die Sekunden vergehen, wie sie sich häufen, zu Minuten werden.

Wohin würde sie gehen? Wie lange war ich oben? Ich wollte nur rasch die Wäsche holen und wieder hinuntergehen.

Abi war ruhig, sie war so ruhig, dass ich noch die Betten abgezogen habe. Ich dachte, ich könnte das auch noch schnell erledigen, während sie ... Als ich sie zurückgelassen habe, saß sie in ihrem Buggy und sprach mit Mister Faultier, dem Plüschfaultier von Jellycat, das Neil und Bella ihr zur Geburt geschenkt haben. Sie war so still, dass ich noch den Wäschekorb ausgeräumt habe. Wie Eltern das eben tun. Wenn man kleine Kinder hat, erledigt man die Dinge, sobald sich ein Moment dafür bietet. Wenn sie ruhig sind. Wenn sie gerade keine Aufmerksamkeit brauchen oder etwas zu essen oder zu trinken oder, oder, oder.

Die Straße ist eine gesichtslose Reihe weißer Pfeile, Dächer, die himmelwärts weisen. Mein Herz steckt in meinem Hals fest. Ich renne zurück zum anderen Ende der Straße, ducke mich, um unter Gartenpforten hindurch zu schauen, recke den Hals um Hecken, drehe mich alle paar Sekunden um, schaue wieder zum Haus. Sie ist nicht dort. Aber sie könnte noch im Haus sein, versteckt hinter dem Vorhang oder kichernd in einem Kleiderschrank. Sie könnte jeden Augenblick hervorkommen. Wenn sie mich nicht hören kann, wird sie Angst bekommen. Sie wird nicht wissen, wo ich bin.

Sekunde um Sekunde, Schlag um Schlag ... Der sich mit steigender Panik beschleunigende Rhythmus. Es gibt keinen Grund zur Panik. Sie muss ja irgendwo sein.

»Abi? Abi, Schätzchen? Abi, wo bist du?«

Mein Mund wird trocken.

Schon halb neun. Wann bin ich nach oben gegangen? Wann ist sie aus dem Haus gelaufen? *Ist* sie überhaupt aus dem Haus gelaufen?

Sie hat nicht gequengelt. Sie war zufrieden. Sie war ruhig. Wenn sie mich gebraucht hätte, hätte sie mich doch gerufen.

»Mummy«, hätte sie gerufen. »Mummy. Is warte.«

Doch das hat sie nicht. Sie war still. Ich war nur ganz kurz auf Facebook. Ich musste aufs Klo, also bin ich kurz pinkeln gegangen – das macht man doch, wenn die Kleinen ruhig sind. Jeder macht das. Ich saß auf dem Klo und habe meine Timeline durchgescrollt, aber nicht lang, wirklich nicht lang. Ich habe nur ein paar Threads kommentiert. Ich habe nur die Betten abgezogen und den Wäschekorb ausgeräumt. Jede Mutter erledigt schnell ein paar Handgriffe, wenn ihr Kind ruhig ist, wenn es vor dem Fernseher oder mit einem Spielzeug im Laufstall sitzt oder im Hochstuhl mit einem Stückchen Zwieback, auf dem es herumlutschen kann. Abi war im Flur. Sie war im Buggy angeschnallt. Sie hatte Mister Faultier bei sich, um mit ihm zu plaudern. Sie hatte genug gegessen. Sie hatte es bequem. Sie war angeschnallt. Sie wusste nicht, wie man die Schnalle öffnet. Jedenfalls hat sie es gestern noch nicht gewusst.

Sekunde um Sekunde. Schlag um Schlag.

Wie unerträglich es ist, mich heute selbst dabei zu beobachten, gefangen in dem immer schneller werdenden Rhythmus, wieder und wieder meine wachsende Verzweiflung zu sehen, wie die Zeitrafferaufnahme einer rabenschwarzen Rosenknospe, die sich langsam entfaltet. Wieder und wieder und wieder läuft sie vor mir ab. Ich bin diese Frau im Chaos, die nicht mehr klar denken kann. Aber ich sehe zu. Ich sehe ihr die ganze Zeit zu. Manchmal gebe ich zu, dass es diesen Moment gab, als ich auf dem Klo saß und durch meine Sozialen Netzwerke gescrollt habe, manchmal blende ich ihn aus. Heute lasse ich ihn zu. Heute gebe ich zu, dass ich dasaß und dachte: Oh, schön, sie ist ruhig. Ich bleibe noch einen Augenblick hier sitzen. Meine Augen brannten. Abi hat nie besonders gut durchgeschlafen und sie konnte schwierig sein, stur und widerspenstig, selbst bei ihrem begrenzten Wortschatz. Mir steckte die Müdigkeit in den Knochen, und ich dachte: Sie ist ruhig, also bleibe ich noch ein bisschen sitzen. Ich werde sitzen bleiben, solange sie nicht quengelt. Ich brauche diese Auszeit. Ich brauche diese Auszeit.

Heute kann ich dieser Tatsache ins Auge blicken. Aber nicht immer. Nicht immer.

Eine Wiederholung. Ein Schlag. Ein Schrecken, der sich immer weiter aufbaut. Ich sehe mir zu. Da bin ich, halb rennend laufe ich die Straße hinunter, wende den Blick nach links, nach rechts, blicke zurück, voraus, kein Zeichen, kein einziges Zeichen, wo ich am besten suchen sollte. Im Hinterkopf das Wissen, dass ich die Haustür offen gelassen habe und dass Abi nun allein dort wäre, wenn sie sich im Haus versteckt hat. Sie könnte hinauslaufen und auf die Straße laufen, um nach mir zu suchen. Sie ist zwei. Sie weiß noch nicht, wie man sicher eine Straße überquert.

Mir kommt der Gedanke, die Polizei zu rufen, natürlich kommt er mir. Aber nein, denke ich. Nein. Denk logisch. Es sind wahrscheinlich erst ein paar Minuten vergangen, seit sie hinausgelaufen ist. Sie muss hier irgendwo sein. Sie ist einmal von der Krabbelgruppe im Gemeindehaus ausgebüxt; ich bin fast verrückt geworden. Zwanzig Minuten war sie verschwunden. Zwanzig. Ich habe jede Sekunde davon bewusst erlebt. Sie war die ganze Hauptstraße hinuntergelaufen bis zu Carluccio's, bis sie jemand aufgehalten und gefragt hat, wo ihre Mama ist. Kinder verschwinden nicht einfach. Sie stromern herum, sind abgelenkt, sind sich nicht bewusst, welchen existenziellen Schrecken sie damit auslösen. Manchmal sieht man es: Kleinkinder mit unbewegter Miene, zufrieden in der festen Umarmung der Mutter, und auf dem Gesicht der Mutter spiegeln sich noch die langsam abfallenden Zeichen des markerschütternden Schreckens.

Das logische Denken übernimmt. Sie könnte losgegangen sein, um Onkel NeeNee und Tante Bel zu besuchen. Sie weiß, dass sie das nicht darf, aber sie ist ein kleiner Racker. Im besten Sinne. Im allerbesten Sinne. Und, alle Achtung, für ihre Größe kann sie verflixt schnell sein, wenn sie will.

Ich laufe auf Neil und Bellas Haus zu.

»Abi?« Ich spähe unter ihrem Gartentor hindurch. »Abi! Bist du hier?«

Nichts. Keine kleinen Füßchen. Sie trägt ihre roten Schnürstiefeletten. Eigentlich viel zu teuer für ein Mädchen, das so schnell wächst. Eins der vielen Geschenke von Neil und Bella. Sie liebt diese Stiefel. Aber sie sind nirgends zu sehen. Nichts zu sehen von ihrer kleinen cremefarbenen Bommelmütze, ihrer hellblauen Daunenjacke.

Ich klopfe bei Bella und Neil an, drücke die Klingel. Neils Van steht auf der Straße, aber es ist niemand zu Hause, natürlich nicht. Sie sind bestimmt beide bei der Arbeit.

Ein silberner Prius gleitet vorbei. Ich versuche, meine Verzweiflung darüber zu unterdrücken, wie leise er ist, wie leise Elektroautos sind. Sie hätte ihn nie gehört. Sie würde sich nicht umdrehen, bis es zu spät ist. Der Prius biegt links in die stark befahrene Straße ein. Autos sind unterwegs. In wenigen Minuten wird der Verkehr noch stärker sein – Pendler, Eltern, die ihre Kinder zur Schule fahren. Ungefähr ein Drittel der Autos ist schon weg. Viele davon sind groß, zu groß – riesige Geländewagen, um die darin befindlichen Kinder im Verkehrsdschungel der Vorstadt zu schützen. Doch was ist mit den Kindern draußen? Was ist mit den Kleinen, die gedankenverloren auf die Straße tapsen?

Mein Atem beschleunigt sich. Ich renne zurück. Die neuen Nachbarn sind bestimmt schon längst weg, ihr Nachwuchs verschwunden – ein Kind in der Kita, eins auf irgendeiner Privatschule. Zumindest haben Matt und ich das vermutet. Sie sind erst vor ein oder zwei Monaten eingezogen. Ihre jüngere Tochter sieht aus, als könnte sie etwa in Abis Alter sein. Bei dem älteren Kind weiß ich es nicht, ich weiß nicht einmal, ob es ein Mädchen oder ein Junge ist.

Das Adrenalin lässt mir bitteren Speichel im Mund zusammenlaufen. Ich überquere die Straße. Ich bin nun auf dem Gehweg direkt gegenüber von unserem Haus. Das ist riskant.

Sollte Abi noch im Haus sein und hinauslaufen, dann würde sie mich sehen, sie würde mich sehen und über die Straße laufen – Mummy! Einer dieser Geländewagen könnte um die Ecke gerast kommen. Oder eines dieser leisen Elektroautos. Ein Motorrad. Sie würde es erst sehen, wenn es zu spät ist. Ich laufe auf dieser Straßenseite die Straße hinab, so weit ich mich traue, und rufe ihren Namen.

»Abi! Abi?«

Hecken, Vorgärten, Gartentore. Nichts. Kein Zeichen. Wo sind denn alle? Auf der Arbeit. Gerade jetzt überschneiden sich Pendler und Schulfahrten. Übelkeit wühlt in meinen Eingeweiden, steigt mir in die Kehle. Ich überquere wieder die Straße und gehe zurück nach Hause. Ich bewege mich im Kreis. Ich verschwende wertvolle Zeit. Aus Sekunden werden Minuten, es sind bereits Minuten, aus Minuten werden ... Ich sollte die Polizei rufen.

Mein Haaransatz ist schweißnass, ebenso meine Achseln, mein Rücken. Abi wird schon irgendwo sein. Bestimmt ist es so. Sie ist eine kleine Herumtreiberin. Darum schnalle ich sie im Buggy auch immer an. Ich dachte, ich hätte die Haustür geschlossen. Ich bin sicher, dass ich das getan habe. Aber ich bin so müde; mein Hirn ist vernebelt, erst recht in den letzten Wochen. Die Tür muss nicht richtig eingerastet sein. Das passiert manchmal. Dabei bin ich immer vorsichtig. Ich bin enorm vorsichtig. Selbst wenn sie läuft, sage ich ihr, dass sie sich mit einer Hand am Buggy festhalten soll. Abi kann auf ihren kleinen Beinchen die ganze Thameside Lane hinunterlaufen, sogar über die Fußgängerbrücke nach Ham und wieder zurück, und dabei plappert sie unaufhörlich. Die süßen kleinen Knie, von denen meine Mutter behauptet, sie hat sie von unserer Seite der Familie. Starke Knie, sagt meine Mum. Die Woods sind hervorragende Läufer. Sie können tagelang laufen, wie Kamele. Abi läuft gern, aber sie würde nicht allein zu den Enten gehen; das würde sie doch auf keinen Fall ...

»Abi?«, rufe ich und forme mit den Händen einen Schalltrichter. Langsam drehe ich mich im Kreis. »A-A-Abi-i-i-i!«

Vor meinem inneren Auge sehe ich die nähere Umgebung. Ich schwebe darüber, über die Uferstraßen, die Parallelstraßen, die auf die Hauptstraße treffen, die meine kleine Vorstadt mit dem größeren Geschäftszentrum von Kingston upon Thames verbindet, schwebe über die ruhigere Thameside Lane, eine Parallelstraße, die an den Tennisplätzen vorbei auf den Fluss und die Schleuse zuführt, bis zum Teddington Lock.

Den Weg nehmen wir immer, er führt hinunter zu der flach abfallenden Uferböschung zwischen dem Geschäft für Bootsbedarf und dem Pfad, der zur Fußgängerbrücke hinaufführt, wo der Fluss bei Flut anschwillt und das Wasser ans Ufer schlägt, wo die Enten sich in Hoffnung auf Leckerbissen versammeln. Fünf Minuten braucht man bis dorthin, höchstens zehn. Manchmal überqueren wir auch noch die Brücke und laufen bis zu dem kleinen Park in Ham. Und hin und wieder machen wir sogar noch bei der deutschen Bäckerei halt und gönnen uns ein Stück Apfelkuchen, eine besondere Köstlichkeit.

Ich schnappe mir meinen Schlüssel und schließe die Haustür. Wenn sie noch im Haus ist, kann sie jetzt nicht mehr hinauslaufen.

Und ich renne und rufe wieder und wieder und wieder ihren Namen. Wie ein kopfloses Huhn hetze ich umher, bin gefangen in der weißen Glut meiner anschwellenden Panik.

Gleichzeitig bin ich hier und sehe mir aus der Gegenwart zu, sehe mich in einer Endlosschleife, schreie diese Frau, schreie mich selbst an: *Lauf zum Fluss, Ava! Nun lauf doch endlich zum Fluss, ich flehe dich an.*

Doch ich höre meine Stimme nicht. Ich höre sie nicht aus der trostlosen Verwüstung meiner Zukunft nach mir rufen. Ich höre sie nicht.

»Abi!« Das ist alles, was ich höre, meinen eigenen Schrei voll blinder Verzweiflung.

Ich renne. Mein ausgedörrter Mund füllt sich mit dem metallischen Geschmack von Blut. Vorbei an den Häusern der Parkers und der Smiths. Der Typ mit dem Wohnmobil ist weg. Wieder vor meinem Haus angelangt stehe ich da, die Hände in die Hüfte gestützt, keuche und versuche nachzudenken. Der Mercedes vom Haus nebenan steht nicht mehr da. Sie arbeitet in Surbiton, fährt früh los; er arbeitet in der Stadt und nimmt den Zug. Der Porsche der Nachbarn auf der anderen Seite ist ebenfalls weg; sie fahren zusammen los, die Kinder auf der Rückbank. Lovegood, so heißen sie, glaube ich. Ich denke an unseren eigenen rostigen Volkswagen und Neils großen weißen Lieferwagen. *Johnson's Quality Builds* steht in grünen Lettern auf der Seite, und ich muss daran denken, dass Neil, Bella und Matt hier eigentlich mehr zu Hause sind als all die anderen und doch wie Außenseiter wirken – ihre Autos, ihre Art zu sprechen passen nicht ins Bild, und ich frage mich: Warum denke ich jetzt über so etwas nach?

Hier in der quälenden Gegenwart ist mein einziger Gedanke: Warum läufst du denn nicht zum Fluss, Ava? Warum? Ihr wolltet doch die Enten füttern. Warum hast du daran nicht gedacht?

Aber ich laufe nicht zum Fluss. Für einen Moment stehe ich einfach wie angewurzelt da. Abi muss doch irgendwo sein, denke ich. Sie wird im Vorgarten oder im Haus sein. Sie spielt mir einen Streich. Gleich ruft sie: »Buh! Du hast mich gar nicht gesehen, Mummy.«

»Abi!«

Viel zu viele Minuten sind bereits in die glühende Hitze meiner Panik getropft und verdampft. Viel zu lang, viel zu lang. Sie hätte längst wieder auftauchen müssen. Ich renne wieder. Bis zum Ende der Straße und wieder zurück. Ich habe das nun schon so viele Male getan, unternehme ständig dieselben Versuche und hoffe auf ein anderes Ergebnis. Vorbei an den Hausnummern sechsundsiebzig, achtundsiebzig, achtzig. Sekunde um Sekunde. Schlag um Schlag. Die Schläge werden lauter, ein stampfender, donnernder Rhythmus. Mein Herz. Das Herz meines kleinen Mädchens. Herzen schlagen. Uhren ticken. Ein Metronom gibt den Takt an, eine Melodie steigert das Tempo. Sand verrinnt, rinnt mir davon.

Schweiß brennt auf meiner Stirn. Sie muss hier irgendwo sein. Bis zur Hauptstraße kann sie nicht gelaufen sein. Das kann sie nicht geschafft haben. Sie hätte sich nicht bis zum Fluss getraut.

Ganz sicher nicht.

Wieder bin ich vor unserem Haus. Wann bin ich hochgegangen? Jetzt einfach einmal logisch nachdenken. Ganz langsam. Um acht? Fünf vor? Ich habe sie in ihrem Buggy angeschnallt und bin hochgegangen. Sie wäre nicht sofort ausgebüxt. Wenn ihr langweilig geworden ist und sie sich losgemacht hat, dann erst nach zehn, fünfzehn Minuten. Also ist sie wahrscheinlich ungefähr seit fünfundzwanzig Minuten verschwunden, vielleicht auch länger ...

Dicke Tränen laufen über mein Gesicht, ich rufe Matt an. Sekunde um Sekunde. Schlag um Schlag. Ein langgezogenes, misstönendes Freizeichen. Stille. Freizeichen. Stille. Mein Schluchzen, das die Rippen beben lässt. Freizeichen. Er hört es nicht. Er wird schon bei der Arbeit sein. Um halb zehn hat er ein Meeting. Wegen eines neuen Projekts. Der Umbau einer alten Fabrik irgendwo im East End.

Er wird sein Telefon nicht hö...

»Ava?«

»Matt!« Meine Stimme klingt hoch und zittrig, ich bin atemlos. Ich schnappe nach Luft, laufe im Haus herum, öffne die Türen der Küchenschränke.

»Ava? Ist alles okay?«

Der Besenschrank ist leer, die Abstellkammer auch.

»Matt! Ich kann Abi nicht finden!«

Sie ist auch nicht unter der Küchentheke, nicht unter den Barhockern, wo sie manchmal Löwe im Käfig spielt.

»Wie meinst du das? Du kannst sie nicht finden?«

»Sie ist nicht unter der Couch!«

»Nicht unter der Couch? Was?«

»Sie hat die Schnalle am Buggy geöffnet.«

»Was? Okay. Ava? Ava, kannst du einfach ...«

»Ich habe die Haustür offen gelassen. Ich habe die Tür offen gelassen, Matt, und sie ist ... O Gott, der Ofen ist leer. O Gott!«

»Ava, ganz ruhig. Erklär mir, was los ist.«

»Abi ist weg. Sie ist einfach ... verschwunden. Sie muss hinausgelaufen sein. Ich bin nur kurz nach oben gegangen. Wirklich. Ich wollte nur mein Handy holen. Keine Spur von ihr. Keine Spur von ihr, Matt.« Ich versuche es an der Hintertür. Abgeschlossen. Ich schließe auf. Ich bin im Garten.

»Abi?« Ich presse meine Nase gegen das Fenster des Gartenhauses. »Abi?«

Das ist doch verrückt. Sie hätte nicht in den Garten gelangen können. Und doch suche ich in den Blumenrabatten, in dem anarchisch wuchernden Efeu, der die gesamte linke Zaunseite erobert hat. Regentropfen sprenkeln die Schiebetüren an der Terrasse.

»Wahrscheinlich versteckt sie sich.« Matts Stimme klingt ruhig, die Stimme der Vernunft. »Du weißt doch, wie sie ist. Hast du oben nachgesehen?«

»Noch nicht.« Ich bin wieder im Haus. Meine Turnschuhe poltern die Stufen hinauf. »Ich weiß nicht, wo ich zuerst nachsehen soll, Matt. Ich weiß nicht, wo es am besten ist, zu suchen. Sollte ich nicht draußen sein? Glaubst du, sie würde bis zur Hauptstraße laufen?«

»Warst du schon draußen?«

»Ja. Sie war nirgends zu sehen. Sie ist auch nicht in unserem Schlafzimmer.«

»Hast du bei den Mülltonnen nachgesehen?«

»Noch nicht. Ich bin jetzt im Haus. Abi! Süße? Sie ist nicht in unserem Zimmer ... Sie ist nicht in ihrem Zimmer. Sie ist nicht unterm Bett. O Gott, o bitte, lieber Gott. Sie ist jetzt schon so lange weg. Meinst du, ich sollte die Polizei rufen?«

»Um Gottes willen! Nein. Irgendwo wird sie schon stecken. Hast du im Garten nachgesehen?«

»Ja, aber die Hintertür war abgeschlossen. Im Badezimmer ist sie auch nicht. Abi, Schatz? Sie ist auch nicht im Wäschekorb. Sie ist hier nicht. Sie ist nirgends, einfach nirgends, als hätte sie sich in Luft aufgelöst.«

»Sie ist bestimmt in der Nähe.«

Das Handy an meinem Ohr fühlt sich heiß an. Ich renne die Treppe wieder hinunter, wieder zur Haustür hinaus. Schweiß rinnt mir von der Stirn und an meinem Körper hinunter. Keine Spur. Einfach keine Spur von ihr. Niemand ist auf der Straße.

»O Gott, Matt. Mir ist übel. Ich glaube, ich muss mich übergeben.«

»Ava?«

»Ich bin draußen.« Ich bringe die Worte kaum über die Lippen. »Ich kann sie nicht sehen. Ich sehe sie nicht.« Ein Schmerz, als hätte mir jemand einen Besenstiel gegen das Brustbein gerammt. Der Regen fällt jetzt in dichten Fäden. Ich beschirme die Augen mit der Hand.

»Ich kann sie nirgends sehen. Sie ist verschwunden. Sie hat sich einfach in Luft aufgelöst. Ich glaube, ich sollte die Polizei rufen.«

»Irgendwo wird sie schon sein. Vielleicht ist sie zu Neil und Bella gelaufen?«

»Das würde sie nicht tun. Oder vielleicht doch, aber ich habe schon angeklopft und es war niemand da. Wenn sie dort wäre, hätten sie längst angerufen oder sie zurückgebracht. Ich glaube nicht, dass sie einfach so weglaufen würde, jedenfalls nicht so lange.«

»Na ja, sie ist damals auch aus der Krabbelgruppe weggelaufen, oder nicht? Da ist sie ewig weit gelaufen.«

»Ich weiß, aber das würde sie nicht noch einmal tun, oder? Ich habe so mit ihr geschimpft. Ich habe sie richtig angeschrien, weil ich so erschrocken war. Ich glaube ... Also, ich meine, ich glaube nicht ...«

»Hör zu, ich komme jetzt nach Hause«, sagt Matt. »Ich bin noch in der Nähe. Auf dem Treidelpfad habe ich mir einen Platten geholt, ich bin noch auf dem Westufer von Richmond. Such inzwischen einfach weiter, ja? Ich fahre jetzt zurück. Ich bin schon unterwegs.«

ZWEI

AVA

Sekunde um Sekunde. Schlag um Schlag. Ein Metronom gibt der fieberhaften Melodie, die den Zusammenbruch meiner Welt begleitet, den Takt vor. Und ich sehe mir von oben dabei zu. Ich schreie heraus, was ich alles hätte tun, wo ich hätte suchen sollen und welche Reihenfolge dafür die richtige gewesen wäre. Manchmal kann ich wirklich brutal zu mir selbst sein, zu dieser blöden Kuh dort, dieser strunzdummen Frau, die mich nicht hören kann, die blind ist, blind, blind und taub, was Logik und gesunden Menschenverstand angeht, taub vor Angst. An jenem Morgen. Sieh sie dir doch an. Sieh mich doch an. Die Haare und Kleidung vom Regen durchweicht. Meine Füße trampeln über die Gehwegplatten, kennen keine Richtung, laufen ziellos umher. Ich habe mir in letzter Zeit Mühe gegeben, wieder etwas fitter zu werden. Morgens gehe ich gemeinsam mit Matt aus dem Haus, wenn er zur Arbeit fährt, um lange Spaziergänge mit Abi zu machen. Altes Brot in die Tüte packen, die Enten füttern, über die Schleuse nach Ham laufen, in den kleinen Park dort. Die deutsche Bäckerei, Brezeln so groß wie ihr Kopf. Frische Luft hilft immer, ganz gleich wogegen.

»Warum erzählst du Mister Faultier nicht, wohin wir heute gehen?«, frage ich, während ich sie im Buggy festschnalle. Ja, ich schnalle sie fest. Ich weiß, dass ich es tue, denn ich sehe uns dort unten im Flur. Ich hocke vor ihr. Ich lächle ihr zu. Ich setze Mister Faultier auf ihren Schoß und bemerke dabei, dass das silberne Armband mit ihrem Namen, das Neil und Bella ihr gekauft haben, allmählich etwas zu stramm um ihr Handgelenk sitzt.

»Erzähl ihm doch, dass wir die Enten füttern gehen. Aber pass auf, dass Mister Faultier das Brot nicht selbst aufisst, okay?«

Sie kichert. Das ist das Letzte, was sie tut.

Ich gehe nur schnell hoch.

Was ich nicht alles anders machen würde. Ich hätte noch einmal die Tür kontrollieren sollen, bevor ich nach oben gegangen bin. Ich hätte eins und eins zusammenzählen sollen. Die Enten. Der Fluss. Wie offensichtlich all das ist. Ich wäre sofort in die richtige Richtung gelaufen. Ich hätte sie gefunden, wie sie mit gerecktem Kinn in Richtung Fluss läuft, den Kopf voller Dummheiten, mein kleiner Frechdachs. Ich hätte die blöde Tür zugemacht. Ich hätte mich nicht durch die Facebook-Timeline gescrollt. Hätte ich das gewusst, hätte ich erst überhaupt nicht auf mein Handy geschaut – natürlich nicht. Denn jetzt muss ich es ertragen, jedes Mal wenn ich in den Spiegel blicke, dieses geisterhafte Abbild meines ahnungslosen Selbst zu sehen. An jenem Morgen. Vor fast einem Jahr. Ich sehe so klar, dass ich nicht ahnte, was geschehen würde, was sich da anbahnte, was schon geschehen war. Ich hatte nicht die leiseste Ahnung, und doch spürte ich eine böse Vorahnung in jeder Faser meines Körpers. Ich sehe mir von hier aus dabei zu. Ich sehe zu, wie diese Frau auf dem Klo sitzt und auf ihrem Handy scrollt, und ich schreie sie an, schreie mich an: »Hör auf damit! Lauf, Ava! Lauf zum Fluss! Ihr wolltet die Enten füttern – warum fällt dir das nicht ein?«

»Sie müssen aufhören, sich anzuschreien, Ava.« Das sagt Barbara, meine Therapeutin. »Versuchen Sie, sich nicht zu bestrafen. Versuchen Sie, sich zu verzeihen, so wie Sie jemandem verzeihen würden, den Sie lieben.«

Barbara hilft mir, zu üben, weniger oft die Haustür zu kontrollieren. Sie sagt, dass ich an jenem Morgen nicht das getan habe, was ich hätte tun sollen, liegt nur daran, dass ich nicht hellsehen kann.

»Ich hätte die Haustür kontrollieren sollen«, sage ich zu ihr.

»Vergessen Sie dieses ›Hätte‹«, sagt Barbara. »Und vergessen Sie, was man sollte. Es gibt kein ›Sollte‹.«

Ich habe mein Handy gecheckt, weil das Handy meine Rettungsleine war, seit Abi auf die Welt gekommen war und ich auf Teilzeit umgestellt hatte. Mein Handy hat dafür gesorgt, dass ich mich noch als Teil der Welt begreifen konnte. Mein Sozialleben fand größtenteils auf meinem Handy statt. So hielt ich Kontakt zu meinen Freunden, zu meinen Kunden – den Eltern der Kinder, denen ich Klavierstunden gab. Ich war tagsüber nicht gemeinsam mit anderen Berufstätigen in einem hippen Büro; ich traf und treffe mich nicht mehr mit Kolleginnen und Kollegen im Lehrerzimmer, tausche mich nicht mehr über unsere Klassen aus oder verabrede mich, freitags nach der Arbeit etwas trinken zu gehen. Ich streife nicht abends meine Schuhe ab, seufze wohlig und bin froh, für den Rest des Abends mit niemandem mehr sprechen zu müssen. Ich saß und sitze oft hier zu Hause fest. Und ja, es gibt Momente, in denen ich mir eingesperrt vorkomme.

Also ja, ich bin auf Facebook oder Instagram gegangen und habe mir ein bisschen Spaß gegönnt, habe ein bisschen hin und her geschrieben, und wenn es hochkam, mal einen interessanten Artikel auf einem Nachrichtenportal gelesen, einen intelligent geschriebenen Kommentar vielleicht.

Ich war einsam. Mir war langweilig. So, bitte, das ist die hässliche Wahrheit. Ich langweile – ich habe mich gelangweilt, wenn ich mit Abi allein war, manchmal jedenfalls. Ich habe mich nach Interaktion mit Erwachsenen gesehnt. Während Abi gegessen hat, habe ich oft mit meiner Mum telefoniert, anstatt mich mit Abi zu beschäftigen. Meine Mum wohnt zu weit weg, um eben auf eine Tasse Tee vorbeizuschauen. Im Park war mir langweilig. Die Kleinkindgespräche, die Häuslichkeit, Kindersendungen, das hat mich genervt. Es hing mir zum Hals raus, dass ständig CDs mit Kinderliedern und Abzählversen im Auto plärrten. Manchmal habe ich mir gewünscht, Chopin oder Springsteen oder Björk zu hören und die Musik ganz, ganz, ganz laut zu drehen, um Abis Gequengel zu übertönen.

»Ja. All das ist wahr«, sagt Barbara. »Doch das heißt nicht, dass Sie Ihr kleines Mädchen nicht genug geliebt haben, beziehungsweise lieben. Es bedeutet nicht, dass Sie nicht in der Lage waren oder sind, auf sie aufzupassen.« Sie verwendet immer beide Zeitformen. Sie weiß, dass ich ausflippe, wenn sie von Abi in der Vergangenheit spricht. Sie weiß, dass ich noch nicht für das Präteritum bereit bin.

»Das Problem ist nur«, erwidere ich, »dass ich es war, die die Haustür nicht geschlossen hat, oder? Darauf läuft es letztlich hinaus, und das lässt sich kaum einfach so wegwischen.«

»Jeder lässt einmal eine Tür offen oder vergisst nachzusehen, ob sie wirklich zu ist. Das sind vollkommen menschliche Fehler. In neunundneunzig Prozent der Fälle hat so etwas keinerlei negative Folgen«, sagt Barbara.

Ich glaube ihr nicht.

Also sehe ich mich wieder und wieder in dieser Dauerschleife. Sekunde um Sekunde. Schlag um Schlag. Eine tickende Uhr. Ein Metronom. Ein Herzschlag. Eine Uhr, die stehen bleibt. Eine Melodie, die ausklingt. Ein gebrochenes Herz.

An jenem Morgen.

Matt ist auf dem Heimweg. Der Gedanke beruhigt mich. An

unserem Ende der Straße gehen ein paar Mütter vorbei, sie sind auf dem Weg zur Grundschule. Sie unterhalten sich, die Kinder fahren mit ihren bunten Plastikrollern ein paar Meter voraus.

»Entschuldigen Sie!«, rufe ich, doch die Mütter hören mich nicht. In ihre Unterhaltung vertieft gehen sie weiter, die Kapuzen hochgeschlagen, um sich vor dem dichter werdenden Regen zu schützen.

Ich beschleunige meine Schritte, suche die Vorgärten ab, schaue über die niedrigen Gartenmauern und Hecken, durch die Gartentore. Wenn jemand sie angefahren hätte, hätte das einen Tumult gegeben. Man würde Sirenen hören. Es wäre ein Rettungswagen da und Polizeiwagen mit blau-gelbem Schachbrettmuster, die Polizei würde Passanten vorbeiwinken. Wenn jemand gesehen hätte, wie sie hier allein herumläuft, wäre er oder sie stehen geblieben und hätte Abi gefragt, wo ihre Mutter ist. Außerdem war ich nicht so lange oben.

»Hallo!«, rufe ich noch einmal, nur noch gut einen Meter entfernt. Sie drehen sich um und sehen mich kurz verwirrt und fragend an.

»Hallo. Entschuldigung.« Ich bin außer Atem, schwitze, gebe mir Mühe vernünftig zu wirken. »Sie haben nicht zufällig ein kleines Mädchen gesehen, oder? Ist Ihnen ein kleines Mädchen entgegengekommen?« Ich halte die Hand ein Stück über mein Knie, versuche, nicht überreizt zu klingen. »Ungefähr so groß. Sie ist zwei. Sie hat eine hellblaue Jacke an und eine cremeweiße Mütze. Und rote Stiefeletten.«

Sie tauschen Blicke aus, sehen dann wieder mich an.

»Nein, leider nicht.« Eine von ihnen schüttelt den Kopf, zieht einen Knirps aus der Tasche und spannt ihn auf.

»Wie heißt sie?«, fragt die andere. Sie hebt aufmunternd die Brauen.

»Abi. Sie heißt Abi. Also, falls Sie sie sehen, ich wohne gleich da drüben im Riverside Drive. Hausnummer achtundachtzig – die erste Doppelhaushälfte nach dem großen Einzelhaus dahinten.«

Sie nicken und lächeln. Das ist uns auch schon passiert, ist die stumme Botschaft. Ja. So etwas ist uns allen schon passiert, aber dadurch wird es nicht weniger beängstigend.

»Schlimm, wenn sie einfach so weglaufen«, sagt die mit dem Schirm. »Hoffentlich finden Sie sie bald.«

»Ganz bestimmt.« Ich lächle. Eine automatische Reaktion, aber ich bin schon wieder weg, in die andere Richtung, renne jetzt, in Richtung Flussufer. Die Thameside Lane ist breiter als unsere Vorstadtstraße, der Verkehr schneller. Nicht richtig schnell, aber dennoch. Autos rollen in beide Richtungen die Straße entlang und manövrieren in die Lücken zwischen parkenden Wagen am rechten Straßenrand. Immer mehr Elterntaxis sind unterwegs. Bald werden noch mehr Autos dazukommen, Leute, die spät dran sind. Die Autos sind größer als noch vor fünf Jahren. Neuer. Selbst die kleinen sind gebaut, als wären sie zum Rammen gemacht. Matt wohnt hier schon, seit er elf ist. Er sagt, die Fahrer beachten die Vorfahrtsregeln nicht mehr so wie früher, als das hier nur eine kleine Siedlung war, keine richtige Ortschaft. Die Autos sind zu groß, finde ich. Sie sind größer als nötig. Wir alle wollen das, was wir uns aufgebaut haben, bewahren, vergrößern unseren Besitz, unsere Häuser, unsere Streitwagen, so groß, dass man kaum an ihnen vorbeischauen kann, und mit Stoßfängern gegen freilaufende Wildtiere – falls man hier mal auf einen entlaufenen Löwen treffen sollte. Sie parken häufig am Ende der Straße, um ihrem Ziel so nah wie möglich zu sein, wir allerdings, wir können nicht um die Ecke sehen, wenn wir aus der Einfahrt kommen oder zu Fuß die Straße überqueren. Man muss schon auf die Fahrbahn treten, um die Straße einsehen zu können. Wenn man ganz klein ist, keine Chance. Man hätte keine Chance.

Ich hoffe, sie fahren nicht so schnell. Ich hoffe, sie passen gut auf.

Hör auf. Wenn jemand sie angefahren hätte, gäbe es einen Rettungswagen. Sanitäter. Du würdest die Anspannung in der Luft spüren. Diese Stille, die auf einen Schock folgt.

Jetzt ist es Viertel vor neun. Ich existiere gleichzeitig gestern und heute, für immer und ewig.

Ich bin dort und ich bin hier, schreie mein erinnertes Selbst an, schreie sie an, diese Frau, die ich einmal war: »Ruf doch die Polizei, Ava. Ruf den Notruf. Ruf jetzt an. Ruf vor einer halben Stunde an. Lass uns die Zeit zurückdrehen, dreh die Zeit zurück, bis zu dem Punkt, als Abi noch bei dir war. Da. Sie ist bei dir. Sie ist dein Mädchen. Sie ist dir genug. Du brauchst nicht durch dein Handy zu scrollen, du brauchst kein eigenes Leben. Schreib keine Antwort auf diesen Kommentar. Putz doch nicht das Badezimmer. Zieh nicht die Betten ab.«

So weit wäre Abi nicht gekommen, dröhnt es im Takt meiner Turnschuhe auf dem nassen schwarzen Asphalt in meinen Gedanken. Doch sie hätte so weit kommen können, halte ich in Gedanken dagegen und werde langsamer. Sie kann ziemlich schnell laufen, wenn sie sich etwas in den Kopf gesetzt hat.

Es gibt zwei Pubs in der Gegend, einen am Fluss, das Fisherman's Arms, und einen etwas weiter vom Ufer entfernt namens Thames View. Als ob sie sagen wollten: Wir liegen zwar nicht direkt am Ufer, aber wir können den Fluss noch sehen. Das hat Matt damals gesagt, als wir dort zum ersten Mal etwas trinken waren. Das war unser viertes oder fünftes Date, da hat er noch in einem WG-Zimmer in Twickenham gewohnt. Gott, das scheint eine Ewigkeit her zu sein.

Ich kann den Fluss schon hören, bevor er in mein Sichtfeld kommt. Ich biege um die Ecke. Enten schaukeln auf dem Wasser, wo die Straße zum Ufer hinabführt. Nach dem vielen Regen der letzten Tage führt der Fluss viel Wasser; es steht auf halber Höhe zum blauen Geländer. Zur Rechten, auf der anderen Seite des Fußwegs, der Zaun, der den Garten des

Fisherman's Arms umgibt. Dahinter das Spielhäuschen und endlose Reihen von Tischen und Bänken, die um diese Zeit am Morgen allesamt leer sind. Der Regen hat etwas nachgelassen, aber mir ist es egal, weil ich ohnehin vollkommen durchweicht bin. Ich laufe hin und schaue durch den Zaun, durch den Garten des Pubs bis zum Geländer auf der anderen Seite, zum Flussufer, sehe das Wasser um das Wehr weiß aufschäumen. Allein der Anblick des wütend tosenden Wassers lässt Übelkeit in mir aufsteigen, doch es ist nichts, nichts zu sehen.

Ich laufe hoch zum Beginn der Fußgängerbrücke. Hier teilt sich der Fluss. Hinter der Schleuse wird er gezeitenabhängig, fließt Richtung Richmond, nach Westminster, hin zur Themsemündung. Auf der anderen Seite gehen Leute mit ihren Hunden spazieren und verschwinden die Stufen zur nächsten Brücke hinauf. Ein Radfahrer kommt auf mich zu. Er trägt sein Fahrrad über der Schulter. Es ist nicht Matt.

Ich meide das schäumende Wasser am Wehr und wende mich den Luxusapartments am Flussufer zu, den Booten, die an ihren Anlegern auf dem Wasser wippen. Braune Wildgänse gleiten auf dem Fluss Richtung Richmond dahin. Das Schleusenwärterhäuschen steht auf seiner kleinen grünen Insel. Der Himmel ist wuchtig und grau. Von meiner Tochter gibt es keine Spur. Sie hätte es bis hierher geschafft, das weiß ich. Sie könnte sogar schon in Ham sein. Wir gehen jeden Tag hierher, und sie ist ein cleveres kleines Mädchen. Dass sie es bisher noch nicht allein gemacht hat, heißt noch lange nicht, dass sie es nicht könnte. Wie Matt schon sagte: Sie ist auch von der Krabbelgruppe weggelaufen und hat es geschafft, die ganze belebte Hauptstraße hinunterzulaufen, bevor irgendjemand sie nach ihrer Mutter gefragt hat.

Mich hat das damals zu Tode erschreckt.

Jetzt erschreckt es mich noch mehr.

Es ist schon nach Viertel vor neun. Die Polizei. Ich muss die

Polizei rufen. Es ist schon zu lange her. Ich muss sie anrufen. Keine Spur von Matt, und ich kann nicht länger warten.

Meine Beine laufen wie von selbst, die Lunge füllt und leert sich, ich laufe zurück. Vielleicht ist sie ... Nein, unmöglich ... Sie könnte ... Vollkommen ausgeschlossen, dass sie ... Sie ist ein kleiner Schelm ... Sie würde ohne mich doch nie so weit laufen.

Der Verkehr ist dichter. Scheibenwischer gleiten über getönte Scheiben. Glänzende Autos mit riesigen Motorhauben und gigantischen Rädern, deren Insassen hoch über der Straße thronen, wie Edelleute in einer Pferdekutsche.

Ein Tröpfchen Regen reicht, und sie fahren ihre Kinder alle mit dem Auto zur Schule. Diese Kinder sind empfindliche Gewächse. Durch ihre getönten Fensterscheiben erreichen meine Fragen diese Leute nicht; sie können mich über das Dröhnen ihrer Surroundtonanlagen nicht hören.

Ich laufe kurz auf den Parkplatz der Oase, des privaten Freizeitzentrums am Flussufer. Ich lasse den Blick über die ordentlich gestutzten Rasenflächen huschen, laufe zum Eingang, wieder zum Haupttor. Keine Spur. Ich renne zurück zur Straße. Abi muss bei irgendjemandem in den Garten gelaufen sein. Das ist die einzige Erklärung. Sie ist bei irgendeinem Nachbarn und hat einen Heidenspaß auf der Rutsche, ohne sich irgendwelche Gedanken zu machen. Oder sie hat sich versteckt und fragt sich allmählich, ob ich sie wohl je finden werde.

»Buh!«, würde sie rufen, den Kopf in den Nacken werfen und erleichtert kichern.

Und ich müsste mich zusammennehmen, sie nicht anzubrüllen.

Matt ist vor dem Haus. Er muss mit dem Rad an mir vorbeigefahren sein, während ich auf dem Parkplatz gesucht habe. Er trägt die leichte Regenjacke, seinen Fahrradhelm, seine Radlerkluft. Sein Blick fällt auf meine Beine, wo Abi an meiner Hand sein sollte. Sorge zeichnet sich auf seiner Stirn ab. Schwarz fällt der Regen auf den Gehsteig. Ich weiß, wir sollten jetzt die Polizei rufen. Es ist fast neun, um Himmels willen.

Ich breche in Tränen aus und laufe zu ihm. »Matt.«

»Hey.« Er zieht mich an sich. »Komm schon, sie muss irgendwo sein. Sie kann nicht einfach verschwinden.«

Ich winde mich aus seinen Armen. »Ist sie aber. Sie ist einfach weggelaufen oder ... irgendjemand hat sie von der Straße geschnappt. Vielleicht ist jemand einfach mit dem Van vorbeigefahren und hat sie hineingezerrt.«

»Sag so etwas nicht. Das ist nicht ... Ich glaube nicht, dass es so war. Komm schon.«

»Sie ist schon zu lange weg. Viel, viel zu lange! Wir müssen die Polizei rufen. Herrgott, wo steckt sie nur? Wo zum Teufel steckt sie? Es ist meine Schuld. Ich habe die Tür offen gelassen. Ich dachte, ich hätte sie zugemacht, aber das habe ich nicht. Sie war in ihrem Buggy, aber sie hat sich noch nie selbst abgeschnallt. O Gott, ich kann nicht glauben, dass das wirklich passiert.«

Er packt meine Arme, hält mich auf den Beinen, während ich mich an seine Brust drücke und weine. »Viele Leute lassen ab und zu die Haustür offen. Eine offene Tür ist nicht lebensgefährlich für ein Kind, nicht in dieser Gegend, Ave. Komm schon. Das ist eine sichere, eine sehr sichere Gegend. Jetzt lass uns versuchen, ruhig zu bleiben und logisch nachzudenken.«

Daran, wie ruhig er spricht, erkenne ich, wie erschüttert er wirklich ist. Meinetwegen versucht er, seine Stimme ruhig zu halten, aber ich kenne ihn zu gut und lasse mich nicht täuschen.

»Matt?« Meine Stimme klingt wie ein Wimmern. »Wir müssen die Polizei rufen.«

Er schiebt die Unterlippe vor. Er sagt nicht Nein. Er sagt nicht, *sei nicht albern*. Ich möchte nicht, dass er mir zustimmt. Doch er nickt. Er hat zugestimmt. Es schnürt mir die Kehle zu. Meine Kopfhaut scheint um meinen Schädel zu schrumpfen.

»Bist du sicher, dass du im Haus überall nachgesehen hast?«, fragt er in ruhigem Ton, aber er holt sein Handy heraus.

»Ich suche noch einmal.« Ich schließe auf und rase die Treppe hinauf. Mit einem großen Schritt fege ich die Wäsche beiseite, nehme drei Stufen auf einmal, rufe ihren Namen, ihren Namen und wieder ihren Namen. »Abi? Abi. Abi. Abi. Abi.«

Ich schaue unter die Betten. Ich suche im Wäschekorb – er ist leer. Ich habe ihn ausgeräumt. In den Kleiderschränken. Im Bad. In der Duschkabine. Ich habe dort schon gesucht.

»Abi?« Ich laufe wieder runter, halte mich am Geländer fest und überspringe die letzten paar Stufen. »Abi? Bitte komm raus, Liebes. Mummy macht sich Sorgen.«

Matt tigert mit dem Handy am Ohr durch alle Räume. »Abi?«, ruft er. »Abi, komm raus, Schatz. Wenn du dich versteckt hast, musst du jetzt rauskommen, ja? Mummy und Daddy machen sich Sorgen.« Dann: »Ja, hallo. Ja, die Polizei, bitte.«

Das Pochen meines Herzens. Alles ist weiß – ausgeblichen, eigenartig. Alles ist verlangsamt.

Matt geht aus dem Haus, bleibt auf der quadratischen Veranda stehen. Ich stehe im lichtdurchfluteten Flur, krümme mich und schluchze. Von hinten sehe ich die Silhouette meines Mannes im Türrahmen. Wie dünn er aussieht, in seiner schwarzen Radlerkluft über das Handy gebeugt.

Sekunde um Sekunde. Schlag um Schlag. Eine Uhr. Ein Metronom. Ein Herz.

Sein Kopf zuckt.

»Ja«, sagt er. »Hallo. Ja, ich möchte ein Kind als vermisst melden.«

DREI

AVA

Vor fast einem Jahr und doch erst gestern. Ganz gleich, wie viel Zeit vergeht, jener Tag wird immer gestern sein, und ich werde mich damit irgendwie abfinden müssen. Gestern und alles, was ich hätte tun sollen, was ich anders hätte machen sollen, all das begleitet mich in jedem Augenblick, wirft einen langen, dunklen Schatten auf mein Leben. Jede Sekunde kämpfe ich gegen das Gestern an, heute und morgen und bis in alle Ewigkeit. Die Wäsche fällt mir herunter, ich falle hinterher. Der Buggy ist leer. Die Haustür ist offen. Ich habe sie offen gelassen. Ich war es. Wieder und wieder. Mein ahnungsloses Selbst. Mein dämliches Selbst. Mein egoistisches, selbstsüchtiges Selbst. Ich muss mir, ihr immer wieder dabei zusehen. Ich muss durch eine Glaswand zusehen, die Fingerspitzen dagegen gepresst und ganz weiß. Ich an jenem Morgen – ahnungslos, dumm, egoistisch. Ich presse meine Hand gegen das Glas und rufe: »Ava! Vergiss dein Leben online, nur heute einmal. Vergiss, wie einsam du dich fühlst. Geh runter. Jetzt sofort. Geh zu deinem kleinen Mädchen. Sie reicht vollkommen.«

Doch sie hört mein Rufen nicht. Sie hört nicht, wie meine Fäuste gegen das Glas trommeln.

»Mach die Tür zu. Mach sie doch zu, Ava. Bitte. Mach die Tür zu.«

Die Tränen finden kein Ende. Ich bin eine Frau, die eine Tochter hat. Ich bin eine Frau, die eine Tochter hatte. Beides stimmt. Ich lebe in der Vergangenheit; ich überlebe in der Gegenwart. Ich war sie; ich bin ich. Meine Tochter lebt; sie ist tot. Sie hat sich einfach verirrt; sie ist für immer verschwunden. Ich höre ihren Herzschlag in dem regelmäßigen Ticken des Metronoms auf meinem Klavier, das nun verstummt ist, höre ihn in meinem stillen Wohnzimmer, in dem alle Musik verstummt ist. Meine Tochter ist eine vollkommene Kadenz. Meine Tochter ist dieser misstönende Dreiklang des Teufels, diese schrille Klangkombination, die man mit der Absicht spielt, zu verstören, das Publikum in Anspannung zu versetzen und in der Luft hängen zu lassen. So bin ich zurückgeblieben und warte auf die Auflösung, die nie kommt. Ich hänge in der Luft – gestern, heute, bis in alle Ewigkeit.

Die Nachbarn kommen aus ihren Häusern. Sie verschränken die Arme. Sie sehen sich um. Die Sekunden. Die Schläge. Schwere Schwärze sammelt sich in meinen Eingeweiden. Verdichtet sich dort. Setzt sich dort fest.

Jeder Tag ein neuer Tag. Wenn es heute schlecht läuft, ist morgen ein neuer Tag. Und so weiter. Ich war eine Zeitlang krank. So drückt man es bevorzugt aus.

Als du krank warst. Ich war in einer Klinik, mein Bauch wölbte sich mit dem neuen Leben darin, während ich darum bemüht war, mein eigenes zusammenzuhalten. Jetzt bin ich wieder zu Hause. Inzwischen habe ich nur noch einmal pro Woche eine Therapiesitzung. Therapie zur Traumabewältigung. Kognitive Verhaltenstherapie. Hören Sie auf, die Tür zu kontrollieren. Hören Sie auf, wenn Sie können. Gestern wirft einen langen, dunklen Schatten. Und ich taste mich durch die Finsternis voran.

Fred ist drei Monate alt. Er hält mich am Leben; das ist

nicht übertrieben. Gut möglich, dass er das Einzige ist, was mich am Leben hält. Seine Schwester ist ein zweijähriges Mädchen in einem Bilderrahmen. Matt sagt, wir müssen versuchen, darüber hinwegzukommen. Er meint, dass Fred uns dabei helfen wird, weil wir für ihn stark sein müssen. Neues Leben bringt neue Hoffnung – sagt Matt jedenfalls. Er klammert sich an diese Aphorismen, weil er nicht anders kann, und ich verzeihe es ihm meistens. Er möchte nicht, dass ich so traurig bin. Niemand möchte das. Doch wenn Leute sagen, dass Gott uns nur so viel auflädt, wie wir tragen können, oder dass nichts ohne einen Grund geschieht, möchte ich ihnen einfach eine reinhauen. Ich möchte ihnen jeden einzelnen Zahn aus dem Kiefer schlagen. Ich möchte ihnen in ihr dämliches Gesicht spucken.

Früher hatte ich nie solche Gedanken.

Früher war ich liebenswürdig, schlagfertig. Die Liebenswürdigkeit ist dahin, die Schlagfertigkeit in Sarkasmus umgeschlagen. Würde ich mich selbst jetzt kennenlernen, würde ich sicheren Abstand halten. Die ist irgendwie schräg drauf, würde ich denken. Ich weiß nicht, ob ich ihr trauen kann. Ich konnte nie verstehen, warum Leute schlecht über andere reden oder gemein zu ihnen sind. Jetzt schon.

Fred ist kleiner, als Abi es in seinem Alter war, aber bald wird er auf den Buggy umsteigen. Er liegt in demselben Kinderwagen, den ich für Abi benutzt habe, bevor sie groß genug für den Buggy war. Ich wollte für Fred einen neuen Kinderwagen, aber Kinderwagen sind teuer, und Matt hat recht, wenn er sagt, dass man die Vergangenheit nicht hinter sich lässt, indem man einfach alles wegwirft, was daran erinnert. Die Vergangenheit besteht aus Erinnerungen, im Guten wie im Schlechten. Die Erinnerungen zu vernichten, würde bedeuten, keine Lehren aus der Vergangenheit zu ziehen. So sieht er das. Für mich ist es nicht so einfach.

»Ich möchte doch nicht vergessen«, verrate ich Barbara,

während ich ganze Pakete Taschentücher verbrauche. »Ich möchte mich bloß nicht an jede einzelne Sekunde erinnern und mich schuldig fühlen. Ich möchte ihr Bild ansehen können, ohne ständig zu hoffen, dass es klingelt und da jemand vor der Tür steht, der sie auf dem Arm hat und sagt: »Hier, ich habe sie gefunden. Sie ist in Sicherheit. Es geht ihr gut. Sie hat die ganze Zeit vollkommen unbeschadet in diesem Paralleluniversum verbracht.«

Noch während ich all das sage, tauchen die Bilder in meinen Gedanken auf, verschwommen und in pastelligen Pink- und Blautönen. Abi, wie sie den Kopf in den Nacken wirft und lacht – wie sie lacht und die Sonne ihr Haar wärmt. Wie sie mir kichernd in die Arme fällt. Unverletzt, unberührt, fröhlich wie am Tag ihres Verschwindens.

»Ich möchte sie in die reale Welt zurückfantasieren«, sage ich zu der armen Barbara, die dafür bezahlt wird, sich all das anzuhören. »Ich möchte mir nicht mehr vorstellen, wo sie sein könnte ... Denn wenn sie nicht tot ist, dann hat sie jemand entführt. Wenn ich diese Möglichkeit ausschließen könnte, dann könnte ich wenigstens trauern.«

Barbara nickt und hört zu. Sie weiß, dass ich mich zum Präteritum vorarbeite. Wenn ich mit Matt darüber spreche, hört er auch zu. Doch er drängt mich mehr. Er sagt: »Wir müssen den Tatsachen ins Auge sehen, Schatz. Wir müssen darüber hinwegkommen, sonst lassen wir diese Hölle nie hinter uns.«

Ich sage nichts. Ich ertrage solche Gespräche nicht. Und ich werde für Fred einen neuen Buggy kaufen. Es gibt Grenzen.

Fred war bereits unterwegs, als Abi verschwand. Ich dachte, die Zerstreutheit und die Übelkeit wären Anzeichen von Erschöpfung und kämen vom Schlafmangel und dem anstrengenden Leben mit einem aufgeweckten, neugierigen Kleinkind. Ich dachte, der Grund für meinen wachsenden Taillenumfang wäre, dass es nach der Geburt schwerer war, die Figur zu halten – dass die Schwangerschaft mit Abi meine Körperform verändert hatte. Doch dann blieb meine Periode aus, also bin ich am Tag vor ihrem Verschwinden, an jenem Sonntagmorgen, heimlich im Bad verschwunden und habe einen Test gemacht. Und da war er, der zweite blaue Strich auf dem weißen Teststäbchen. Mir entfuhr ein kleiner Freudenschrei, und es kribbelte im Magen, als ich nach unten lief. In der Küche roch es nach dem geschmorten Schweinefleisch, das Matt schon vor dem Morgengrauen in den Ofen geschoben hatte; das Gemüse war bereits geschnitten und stand in Töpfen mit kaltem Wasser bereit, und der Tisch war gedeckt, weil Neil und Bella zu einem superspäten Mittagessen vorbeikommen wollten. Abi war hinten im Garten und half Matt dabei, sein Fahrrad zu reparieren, das er auf einem Ständer auf dem Rasen aufgebockt hatte. Draußen war es sonnig, aber kühl. Er hatte ihr einen Eimer Seifenwasser und einen Lappen gegeben, und sie wusch mit Ernst und Hingabe die Räder.

»Matt!«

Über Abis Köpfchen hinweg begegneten sich unsere Blicke. Ich hielt das Teststäbchen hoch, und als sich ein Lächeln auf seinem Gesicht ausbreitete, stiegen mir Tränen in die Augen.

»Was ist das?« Abi zeigte auf den Test. Sie trug ihre gelben Gummistiefel und pinkfarbene Shorts, und ihr gestreifter Pullover war vorne ganz nass von dem Schmutzwasser, das sie darüber verteilt hatte. Auch ihr Gesicht war etwas schmutzig und mit Dreck vom Fahrradreifen verschmiert.

Ich stopfte den Test in die Tasche. »Ach, nur eine Zahnbürste, die mir kaputtgegangen ist«, erklärte ich und verdrehte die Augen, aber sie war mit der Aufmerksamkeit schon längst wieder bei der Arbeit.

Als ich Matt noch einmal ansah, lag in seinem Blick das Versprechen, dass er mich später noch in den Arm nehmen würde, um es zu feiern. Später an jenem Abend, als Bella und Neil gegangen waren, lagen wir im Bett und überlegten, wann es wohl passiert sein mochte, denn damals gab es noch viele Gelegenheiten.

Am stärksten ist meine Erinnerung an die Freude, die ich empfand. Und dass ich mich daran erinnern kann, bedeutet doch, dass ich in der Lage war, Freude zu empfinden.

Wir wollten damals eigentlich grillen, aber der September hatte Kälte mitgebracht, sodass Matt beschlossen hatte, drinnen zu essen und einen Braten zu machen. Er hat sich immer ums Essen gekümmert. Ich bin fürs Tischdecken zuständig, fürs Spülen. Ich darf auch Gemüse schälen und schnippeln, aber das war es dann auch schon. Wir haben am Küchentresen gesessen und etwas getrunken, und Neil und Bella haben Abi wieder einmal mit Aufmerksamkeit überhäuft.

»Was hast du denn da?« Neil deutete auf ihre Brust. Als sie den Blick senkte, ließ er den Finger nach oben schnippen und tippte ihr an die Nase.

Sie lachte, obwohl er das immer machte.

»Komm, NeeNee.« Sie packte seine Hand und zog ihn mit sich in Richtung Wohnzimmer, wobei er die Augen verdrehte und ein Gesicht zog, als wäre er verhaftet worden, obwohl wir alle genau wussten, dass er es genoss, wenn sie ihn so in Beschlag nahm. Sie wollte, dass er mit ihr die Eisenbahn aufbaute. Er legte für sie immer die Gleise zu einer Acht, und dann hockte er auf dem Boden und schob Thomas die kleine Lokomotive über die Gleise und machte Eisenbahngeräusche. Er konnte so viel besser mit ihr spielen als ich. Dafür brauchte er nur einen ausreichenden Biervorrat.

Wir hatten es ihnen noch nicht erzählen wollen. Doch als wir am Tisch saßen und ich ein Glas Rotwein ablehnte, fragte Bella: »Möchtest du nicht einmal zum Essen etwas trinken?«

Bella kann man nichts vormachen. Schon vor dem Essen hatte ich unter dem Vorwand, schlecht geschlafen zu haben, ein Gläschen Sekt abgelehnt. Das war sogar nur zum Teil gelogen.

»Nein, danke«, sagte ich und merkte, wie ich rot wurde.

Bellas Augen wurden weiter. Sie sah zuerst Matt an, dann mich und lächelte. »Bist du etwa ...?«

Ich lachte.

»O mein Gott! Tatsächlich!« Sie hatte Tränen in den Augen, und ich hielt sie für Freudentränen.

»Herzlichen Glückwunsch, ihr zwei«, sagte Neil und hob das Glas. »Ich freue mich wirklich riesig für euch beide.«

Es wurde still. Ich konnte nicht genau sagen, was passiert war. Ich kann es auch heute noch nicht. Doch es war auf jeden Fall irgendwie unangenehm. Seinerzeit dachte ich, vielleicht wären sie beleidigt, weil wir sie nicht direkt eingeweiht hatten, obwohl sie doch unsere besten Freunde waren.

»Wir wollen eigentlich warten, bis ich etwas weiter bin«, erklärte ich. Es klang wie eine Rechtfertigung.

Irgendwann machte Neil dann eine Bemerkung darüber, wie lecker das Fleisch war, Matt griff das Stichwort eilig auf, indem er irgendeine dämliche Erklärung gab, wie lange und bei welcher Temperatur es im Ofen gewesen war, und Bella kippte ihr Glas Wein hinunter und schenkte sich nach. Wenn ich jetzt an jenen Abend zurückdenke, erscheint mir allein die Vorstellung, dass sie zu Besuch waren, schon vollkommen abwegig. Seither waren sie nicht mehr bei uns, jedenfalls nicht in so einem Rahmen. Zunächst war ich krank und nicht in der Verfassung, dann haben sie nach Freds Geburt kurz vorbeigeschaut, aber ich war noch nicht bereit für höfliche Konversation, und jetzt ist vielleicht einfach zu viel Zeit vergangen.

Wenn man eine solche Tragödie erlebt, ist es, als hätte man eine ansteckende Krankheit. Die Leute meiden einen. Sie haben Angst, dass es sie auch erwischt.

Zum Glück ist Fred ein pflegeleichtes Baby, er ist viel umgänglicher, als Abi es war. Manchmal glaube ich, dass er uns geschickt wurde, um uns zu heilen, dass irgendeine höhere Macht wusste, dass wir ihn brauchen. Und er schläft durch,

Gott sei Dank! Als ob er wüsste, wie empfindlich wir geworden sind und dass er uns mit Samthandschuhen anfassen muss.

Neues Leben bringt neue Hoffnung, sagt Matt. Doch Hoffnung wird mich am Ende noch umbringen.

Fred gurrt leise aus dem Kinderwagen, als ob er mich zu sich in die Realität zurückholen möchte.

»Hey.« Matt steht auf der Treppe. Er hat sein Radfahrdress an, bereit, zur Arbeit zu radeln. Dabei starrt er auf sein Handy und tippt eine Nachricht. »Du warst ja vollkommen abwesend.«

»Oh, tut mir leid.«

»Alles gut?«

»Ja, und bei dir?«

»Ich habe nur schnell Neil getextet«, sagt er. »Vielleicht gehen wir später zusammen laufen, wenn er Lust hat.«

»Gute Idee.«

Das zählt bei uns inzwischen schon als normale Unterhaltung – ein zaghaftes Gespräch in diesem Zuhause ohne Abi.

Neil und er trainieren für einen Triathlon – Jugendfreunde, die nach einer unfassbaren Tragödie versuchen, einander nah zu bleiben. Matt hat das natürlich nie so explizit gesagt; dass sie sich nun mehr Mühe geben müssen, ihre Freundschaft zu erhalten, die früher so natürlich war, als wären sie Geschwister.

»Was ist das?«, fragt Matt.

Ich folge seinem Blick und sehe den dicken Umschlag aus cremeweißem Büttenpapier, der auf der Fußmatte liegt. Ohne Briefmarke.

Mr und Mrs Atkins hat jemand mit einer eleganten Handschrift in violetter Tinte darauf geschrieben.

Als ich ihn aufhebe, steht Matt neben mir. »Was ist das?«

»Das weiß ich noch nicht. Ich habe keinen Röntgenblick.« Es klingt barsch. Eigentlich will ich überhaupt nicht so zu ihm sein, wollte es zumindest früher nicht. Ich reiße den Umschlag auf.

»Eine Einladung?«, fragt Matt.
»Sieht so aus.«

Liebe Nachbarn,

wir möchten euch herzlich zu unserer Einweihungsparty am 31. August im Riverside Drive 90 einladen.
    Für das leibliche Wohl, Getränke und – hoffentlich – gute Laune ist gesorgt.
    Ab 20 Uhr (bitte ohne Kinder, sorry!)
    Bitte gebt Bescheid, ob ihr kommen könnt.

Herzliche Grüße,

Johnnie, Jennifer, Jasmine und Cosima Lovegood

Unter dem gedruckten Teil hat Jennifer in derselben geschwungenen Schrift wie auf dem Umschlag etwas geschrieben:

Ich hoffe, ihr könnt kommen. Alles Liebe, Jen.

»Nebenan«, sagt Matt unnötigerweise.
Ich halte das Papier so fest, dass es knittert.
»Nächste Woche Samstag. Dann könnten wir uns mal ihre neue Küch... Was machst du denn? Hey, zerknüll sie doch nicht!«
»Was? Du willst da doch nicht etwa hingehen!«
»Ava.« Sachte nimmt er meine Finger, öffnet sie und nimmt mir das zusammengedrückte Papierknäuel aus der Hand. Wie an jenem Morgen sieht er mich aus seinen sanften braunen Augen an. *Niemand hat Schuld, Ava. Jeder lässt einmal die Haustür offen.*

»Komm schon. Es könnte doch nett sein. Mal wieder etwas Nettes unternehmen.«

»Das kann nicht dein Ernst sein!«

Er legt die zerknautschte Einladung beiseite und wendet mir dann wieder seinen Blick zu. Er hält die Hände mit den Handflächen nach oben auf Höhe seiner Taille und legt den Kopf leicht schief.

»Hör mal«, sagt er.

»Komm mir nicht mit ›Hör mal‹.« Meine Worte klammern sich zittrig an den künstlich monotonen Klang meiner Stimme.

Er hebt die Hände höher. »So meine ich es doch überhaupt nicht. Ich möchte doch nur ... Ich weiß doch, dass es schwer wird. Ich habe nichts anderes behauptet. Ich sage nicht, dass es nicht schwer wird, okay? Aber kannst du nicht mal nur eine Sekunde versuchen, dir vorzustellen, dass es vielleicht ... na ja, vielleicht nicht unbedingt lustig, aber zumindest interessant werden könnte? Vielleicht bringt es uns einmal auf andere Gedanken, wenn auch nur kurz. Ich meine, es geht zwar nicht um die Eröffnung irgendeiner hippen Szenebar oder so, aber für Vorstadtverhältnisse wird das *die* Party. Alle sind ganz scharf drauf, mal einen Blick ins Haus zu werfen. Seit Monaten gibt es in der Straße kaum noch ein anderes Gesprächsthema als den Umbau bei den Lovegoods. Pete Shepherd kriegt bestimmt Schnappatmung. Ganz ehrlich. Er hat mich von Anfang an ständig auf dem Laufenden gehalten; er weiß über den Küchenausbau besser Bescheid als Neil. Ich wette, er macht sich jetzt schon schick. Wahrscheinlich hat er schon die Krawatte gebunden.«

Er lächelt, aber ich kann sehen, wie enttäuscht er ist, dass er mich nicht wenigstens zum Schmunzeln gebracht hat.

»Mal ehrlich, Schatz. Das könnte uns guttun. Alle kommen.«

»Ja eben! Das ist es doch. Ich bringe es doch so schon nicht fertig, mich mit den Nachbarn auseinanderzusetzen, und schon gar nicht, wenn sie alle in einem Raum versammelt sind. Was zum Teufel soll ich denn mit ihnen reden? Und was sollen sie mit mir reden? Was soll denn irgendjemand mit mir reden? Das musst du doch einsehen.«

»Ich verstehe das ja, natürlich verstehe ich es. Aber irgendwann müssen wir mit ihnen reden. Vielleicht wäre es gut, es einfach an einem Abend hinter uns zu bringen. Wir könnten uns zeigen, und wenn man sich das nächste Mal begegnet, ist es nicht mehr so schlimm.«

Ich schaue ihm prüfend in die Augen, um zu sehen, ob er Witze macht. Offenbar meint er es ernst.

»Ihre Kleine wird nächste Woche drei«, sage ich. »Cosima.«

Er streicht mir mit der Hand über den Arm. »Ich weiß.«

»Abi wäre jetzt schon drei.«

»Bitte nicht.«

»Irgendwann hätten sie zusammen zur Schule gehen können.« Heiße Tränen laufen über mein Gesicht. Sie wallen aus unendlichen Tiefen auf und fließen mir die Wangen hinab.

»Es muss doch bei der Party nicht um Abi gehen.« Seine Worte sind beinahe ein Flüstern. »Es könnte für uns eine Gelegenheit sein, nach vorne zu schauen, den Schritt zu wagen. Und ihre Küche wird überwältigend sein, das garantiere ich dir. Wie aus einem Promimagazin.«

Ich fühle mich so schwer. So erschöpft. Mir ist es gleichgültig. Alles, was er gerade gesagt hat, ist mir gleichgültig.

»Ich kann nicht«, sage ich schließlich. »Ich kann auf keine Party gehen. Es ist noch zu früh. Es tut mir leid.« Ich lehne meine Stirn gegen seine Brust, und seine Arme umfangen mich.

»Sch ...« Er drückt seine Lippen auf mein Haar. »Nicht weinen. Wenn du nicht möchtest, müssen wir ja nicht hingehen. Du musst nichts tun, was du nicht willst.«

Ich verharre in seiner Umarmung, doch die Mauern, die ich um mich gezogen habe, werden dicker, unnachgiebiger.

Ich muss nichts tun, was ich nicht will? Jeden Tag, jede

einzelne Minute meines Lebens muss ich das. Ich möchte nicht wieder und wieder die Schläge jenes Morgens erleben, doch ich erlebe sie. Ich möchte nicht in Dauerschleife diesen Film vor mir sehen, die Qual der ständigen, endlosen Wiederholung. Ich will meinen neugeborenen Jungen in dieser surrealen Halbrealität nicht in den Kinderwagen seiner Schwester legen, in dem Wissen, dass er einst eine Schwester hatte, dass er möglicherweise noch immer eine Schwester hat und dass ich, *ich* sie verloren habe. Dass ich die Haustür offen gelassen habe, sodass sie hinauslaufen konnte – wer weiß, wohin. Ich möchte nicht jeden Tag aus eben dieser Haustür gehen, mich beim Heimkommen zwingen, nicht drei oder viermal nachzusehen, ob ich sie auch wirklich hinter mir geschlossen habe. Ich möchte nicht auf der Straße stehen bleiben und Zeit mit Menschen verbringen, die wissen, was geschehen ist. Leute, die solche schrecklichen Geschichten in der Zeitung lesen, die warme Worte aussprechen, mit schwer fassbaren Anspielungen gespickt, die sie durchziehen wie dunkle Rauchfäden, Anspielungen auf meine fragwürdige Einstellung, meine langsame Reaktion, meine Eignung als Mutter.

Ich möchte nicht dastehen und mir all das anhören, was sie nicht aussprechen, möchte nicht versuchen, das Knarzen in ihrem Nacken zu überhören, wenn sie voller echt empfundenem oder aufgesetztem Mitgefühl ihren Kopf schief legen. Ich möchte nicht mehr einen Schritt nach dem nächsten tun. Ich möchte nicht mehr einatmen und ausatmen. Ich möchte mich nicht pflegen, essen, leben. Ich möchte mir nicht meine blöden Haare waschen.

All das möchte ich Matt jetzt sagen. Doch ich lasse es. Es wäre unfair. Ich habe die Tür offen gelassen, nicht er. Und nicht ein einziges Mal zwischen all den Tränen, der Wut und Verwirrung, die darauf folgte, hat er mir deswegen Vorwürfe gemacht.

VIER

AVA

Ich nehme die Wäsche aus dem Wäschekorb. Die Arme vollbeladen mit Laken, Hemden, Kopfkissenbezügen. Ich konzentriere mich darauf, die Stufen nicht zu verfehlen. Eine nach der anderen. Ich kann die Griffe des Buggys sehen, das Netzgewebe an der Rückseite. Keine Abi. Ich stürze. Lande auf dem Bündel schmutziger Bettwäsche. Richte mich auf, reibe meine Hände. Stolpere in den Flur, rufe ihren Namen. Das Haus gegenüber. Der Laternenpfahl. Ich kann den Laternenpfahl sehen.

Die Haustür. Die Haustür steht weit offen.

»Wenn ich doch nur die Tür zugemacht hätte«, sage ich Stunden später schluchzend zu Matt.

Er hält mich fest. Wir wiegen einander sanft. »Ava, tu dir das nicht an. Denk nicht darüber nach. Komm schon, Ava, du machst dich noch verrückt.«

Schlag um Schlag. Manchmal springen die Sekunden umher. Manchmal vermischen sich die Minuten. Matt steht als dünne Silhouette in der Tür und telefoniert. Er dreht sich um, schiebt das Handy wieder in die versteckte Brusttasche seiner Jacke, lässt sich gegen die Wand sinken, neigt den Kopf.

»Sie schicken jemanden.«

Ich kann ihn sehen. Ich sehe ihn, immer und immer wieder. Sekunde um Sekunde, wie er das Handy vom Ohr nimmt. Sie schicken jemanden. Sein Gesicht ist zu einer Schreckensmaske erstarrt. Sein Körper ist wie ein Fragezeichen. Sein Ausdruck wie mein eigener. Endlos.

»Ich dachte, man muss warten, bevor man eine offizielle Vermisstenmeldung machen kann.«

Er schüttelt nur den Kopf und sagt: »Sie sind unterwegs.«

Später sind Zahnabdrücke auf meiner Faust. Vermutlich habe ich mir auf die Fingerknöchel gebissen, als ich auf die Straße gelaufen bin. Kann ich mich daran erinnern? Ich bin mir nicht sicher. Kann ich sehen, wie ich die Straße hinunterlaufe und mir auf die Hand beiße? Ja, aber vielleicht bilde ich es mir nur ein, weil ich die Abdrücke gesehen habe und es daraus geschlossen habe. Ich weiß nur, dass ich, als Matt die Polizei gerufen hat, sofort zurück zu Neil und Bella gelaufen bin. Ich sehe mich abermals an ihre Tür hämmern, verzweifelt schluchzend, voller bitterer Rechtfertigungen, warum all das hier nicht real sein kann, nicht Teil meiner Realität. Ich habe doch alles getan, wirklich alles. Ich habe mich immer bemüht, alles richtig zu machen, all die Infoflyer gelesen, einen Erste-Hilfe-Kurs gemacht. Ich beherrsche das Heimlich-Manöver, kann Mund-zu-Mund-Beatmung durchführen, jemanden in die stabile Seitenlage bringen.

Doch ich habe die Tür nicht zugemacht, und wenn ich noch so viele Infoflyer lese, wird sich daran nichts ändern.

Ich hämmere wieder an Neils und Bellas Tür, bücke mich zum Briefschlitz und drücke ihn mit den Fingerspitzen auf. »Neil? Bel? Ich bin es, Ava. Ich brauche Hilfe!«

Ich lege das Ohr an die Tür und trommele weiter mit der Faust dagegen. Das misstönende Geheul einer Sirene. Noch eine Sekunde. Mir wird klar, dass das Geräusch mir gilt. Die Tür wird geöffnet. Neil hat nasse Haare. Er zieht einen Träger seiner weißen Arbeitshose fest, Sorge steht ihm ins Gesicht geschrieben.

»Ava?«

»Ist Abi bei euch?«

Er schüttelt kurz den Kopf. »Nein, warum? Ist etwas passiert?«

Ich weiche zurück, stolpere etwas. »Abi ist verschwunden. Ich dachte, sie wäre vielleicht ... Ich muss los. Die Polizei ist da.«

»Verschwunden?« Auf Neils Gesicht spiegeln sich Verwirrung und Panik. »Polizei? O Gott.«

Er rennt mit mir zurück. Ich höre sein Keuchen.

»Ist Matt zu Hause?«, fragt er atemlos.

»Ja, ja, er ist zurückgekommen. Ich habe vorhin schon einmal bei euch geklopft.«

»Wirklich? Tut mir leid, da war ich duschen.«

Weitere Nachbarn sind aus den Häusern gekommen. Sorge steht ihnen ins Gesicht geschrieben, lenkt ihre Bewegungen: verschränkte Arme, Hände schützen die Augen vor der schwachen Sonne, Köpfe werden zusammengesteckt, sie fragen sich, was los ist. Vor unserem Haus parkt ein Streifenwagen. Das Blaulicht blinkt und hört dann auf.

»Haben Sie Abi gesehen?«, rufe ich den Nachbarn im Vorbeilaufen zu. »Mein kleines Mädchen? Sie ist weggelaufen.«

»Nein, tut uns leid.«

»Haben Sie mein kleines Mädchen gesehen?«

»Nein, tut mir leid.«

Was weiß ich über jenen Morgen? Nichts. Furcht löscht alle zusammenhängenden Gedanken aus, verzerrt die Zeit, lässt die Umrisse verschwimmen.

Ich war, ich bin blind. Ich war, ich bin taub. Ich war, bin kopflos. Matt sprach, spricht vor dem Haus mit den beiden Polizisten, Schwarz und leuchtendes Gelb. Das Aufleuchten von Funkgeräten, ein Auto mit blau-gelbem Schachbrettmuster parkte, parkt vor unserem Haus. Neil war, ist bei mir. Er hat den Arm um mich gelegt. Er sagt, ich solle ruhig bleiben und dass wir sie finden werden.

»Mach dir keine Sorgen«, sagt er. »Mach dir keine Sorgen.«

»Das ist meine Frau, Ava«, sagt Matt gerade, gestern, heute, vor einem Jahr, wieder und wieder. Die uniformierten Polizeikräfte vor unserem Haus sind eine Frau und ein Mann. Ihre Funkempfänger husten und knistern. Schwarz und Weiß. Leuchtendes Gelb. Die Luft ist dünn geworden, meine Haut hat sich zusammengezogen.

»Hallo.« Meine Stimme ist winzig und nah, fremd und weit weg.

»Und das ist Neil«, sagt Matt. »Ein guter Freund. Er ist Abis Patenonkel.«

Neil streckt die Hand aus, schüttelt ihre. »Okay«, sagt er. »Hi.«

Und dann sind wir in der Küche, ich, Matt und die beiden Polizisten. Wir mussten durch den Seiteneingang hineingehen, denn die Haustür wurde mit Klebeband versiegelt, weil der Flur jetzt ein offizieller Tatort ist. Mein Flur. Unser Zuhause. Die Polizisten haben Verstärkung angefordert, aber ich weiß nicht, ob ich das zu dem Zeitpunkt schon weiß. Später werde ich herausfinden, dass sie Spürhunde angefordert und den Diensthabenden namens Bill Simmonds gerufen haben.

Doch noch nicht jetzt.

Jetzt sitzen wir am Küchentresen. Ich möchte sie anschreien, sich nicht hinzusetzen. Wie kann sich jemand hinsetzen? Meine Tochter ist irgendwo da draußen, und wir haben keine Zeit. Wir haben schon so viel Zeit verschwendet. Der Mann, der sich PC Simon Peak nennt, hat einen Notizblock herausgeholt. Er legt ihn auf sein Knie. Die Frau steht noch. Aus ihrem Funkgerät ertönen krächzende Störgeräusche. Sie nimmt es und geht durch die Terrassentür in den Garten und dann um die Ecke.

»Mrs Atkins«, sagt PC Peak. »Könnten Sie mir erzählen, was genau passiert ist?«

Ich fange an, so gut ich kann, aber ich bin noch nicht weit gekommen, als Neil an der Hintertür erscheint und seine Hand ausstreckt. Seine Augen sind feucht, sein Gesicht gerötet. »Das lag draußen auf der Straße.«

Das Plüschtier meiner Tochter hängt leblos in seiner Hand. Mister Faultier.

»O Gott!« Die Worte geraten zu einem Kreischen. Ich schlage die Hand vor den Mund.

Matt ist aufgesprungen. »Wo?«

»Gleich ... an der Gehsteigkante. Hinter euerm Auto – vor dem Haus.« Neil legt die Stirn in Falten. Seine Augen sind blassblaue Trauerpfützen. Er reicht mir das weiche Faultier. Es ist nass. Ich zupfe zwei trockene Blätter aus seinem Fell und halte das Stofftier an meine Stirn, dann an meine Nase. Ich sauge die Luft ein, aber es riecht nur kalt und nach Moos. Es riecht nicht nach Abi.

»Das muss ich leider an mich nehmen«, sagt Peak.

Ich kann nichts sehen. »Was ist mit ihr passiert?«

»Es sieht so aus, als ob sie definitiv rausgelaufen ist«, sagt Matt.

»Mrs Atkins? Mrs Atkins?« Peak sieht mich an. Ich weiß, er hat eine Kamera am Revers, weil er mich darauf hingewiesen hat, allerdings bin ich mir nicht sicher, wann das war.

»Entschuldigung, was?«, frage ich und denke, dass Neil wieder rausgegangen sein muss, denn er ist nicht mehr hier.

»Ich fragte, um welche Zeit sie verschwunden ist. Können Sie sich daran erinnern?«

»Ich bin um kurz vor acht hochgegangen. Aber da war sie noch vollkommen zufrieden. Es hätte also eine Weile gedauert, bis sie unruhig geworden wäre ... Sie war ganz ruhig, also mal überlegen, ich bin etwa um Viertel nach acht wieder runtergekommen. Ich kann es nicht so genau sagen, nicht auf die

Minute, aber ich schätze, sie kann frühestens um fünf oder zehn nach hinausgelaufen sein. Aber sie hätte nach mir gerufen. Ich hätte es gehört, wenn sie unruhig geworden wäre. Sie war ganz sicher im Buggy angeschnallt. Ich dachte, dass ich die Haustür geschlossen hätte, aber sie muss wieder aufgegangen sein.«

»Können sie mir kurz erzählen, was passiert ist?«

»Ich bin heruntergekommen. Ihr Buggy war leer. Die Haustür stand offen.«

Er kritzelt. Ich versuche, mich nicht davon ablenken zu lassen, dass eine weitere Sirene in unserer Straße ertönt. Ich glaube, ich kann Neil draußen hören, wie er mit jemandem spricht – sachlich, proaktiv. Seine Stimme schwebt durch das geöffnete Fenster über der Spüle zu uns hinein.

»Und dann?« Der Polizist schaut mich noch immer an. Peak ist sein Name. »Ich nehme keine Aussage auf, Mrs Atkins. Ich muss nur so schnell wie möglich so viele Informationen sammeln wie möglich. Sie machen das wirklich gut.«

Manchmal sind die Schläge episodenhaft. Sekunden gehen verloren. Manchmal geraten die Minuten durcheinander. Matt erinnert sich anders. Wir streiten darüber, wann was geschehen ist.

Jetzt ist es DS Bill Simmonds. Vormittag. Er hat aschblonde Haare. Wir sind noch immer in der Küche, und ich bin mir bewusst, dass ich mich wiederhole. Simmonds erklärt, dass sie von Tür zu Tür gehen. Er informiert mich darüber, wie die Suche ablaufen wird, wie sie den Radius um unser Haus herum weiter ausdehnen.

»Sergeant.« Eine Frau unterbricht ihn, es ist dieselbe von eben. Ich habe ihren Namen vergessen. Sie steht an der Hintertür. Sie hat braune Haare, die sie zu einem lockeren Knoten aufgesteckt hat. »Die Suchstaffel ist in einer halben Stunde da.«

Ich sehe erst sie, dann ihn an. »Was ist eine Suchstaffel?«

»Die spezielle Sucheinheit«, erklärt Simmonds.

»Und die Hunde sind auch auf dem Weg«, fügt die Frau hinzu.

»Hunde?«, frage ich. »Hunde, o Gott!«

Das eskaliert jetzt, es eskaliert viel zu schnell.

DS Simmonds rutscht auf seinem Stuhl herum. »Versuchen Sie, ruhig zu bleiben, Mrs Atkins. Bei vermissten Kindern ist es Routine, dass wir sofort alle zur Verfügung stehenden Ressourcen einsetzen. Die Hunde sind darauf abgerichtet, ihr kleines Mädchen aufzuspüren, und die Spezialeinheit wird uns bei der Suche unterstützen.«

Mir entfährt ein Schluchzen. In meinem Kopf pocht es, weißglühend. »O Gott. O Gott!«

Matt streichelt meinen Rücken. Er ist mit dem Rad herumgefahren, aber jetzt sitzt er auf dem Hocker neben mir. »Sch, sch, sch, komm schon.« Er versucht, tapfer zu sein, aber er klingt wie ein kleiner Junge.

DS Simmonds spricht mit der Polizistin, leise und knapp.

»Sucht in den Gärten, ja? Garagen, Schuppen, auch in den Häusern. Fragt, ob sie jemanden bemerkt haben, der zu schnell gefahren ist, irgendwelche unbekannten Autos, verdächtige Personen, jemand, der aussieht, als ob er nicht hierhergehört, fragt, ob jemand ein kleines Mädchen mit blauem Mantel und cremeweißer Mütze gesehen hat. Wir sollten uns um ein Foto kümmern. Wenn sich irgendjemand unkooperativ zeigt, gebt ihr mir Bescheid.«

»Ich glaube, ein Foto haben wir, Sergeant. Ich frage noch mal nach.«

»Mrs Atkins.« Er hat sich mir wieder zugewandt. Das weiß ich, weil seine Stimme jetzt lauter klingt. Als ich von meinem Schoß aufblicke, sieht er mich direkt an. »Ich weiß, es ist schwer, aber können Sie versuchen, uns alles noch einmal ganz detailliert von vorne zu schildern? Wir möchten die Suche so effektiv gestalten wie nur möglich.«

Ich erzähle ihm alles, was ich bereits PC Peak erzählt habe.

Ich erzähle es, so gut ich kann. Er kritzelt, tippt sich an den Kopf und spricht in sein Funkgerät.

»Wolfy«, sagt er, »sucht auch nach Überwachungskameras; ich wiederhole, sucht nach Überwachungskameras.«

»Hier gibt es keine«, sage ich. »Ich glaube jedenfalls nicht, dass es welche gibt. Nicht in dieser Straße. Vielleicht in der Thameside Lane. Das ist hier nicht so eine ...« Ich sehe Matt an. Rosa Schlieren ziehen sich über seine Wangen, wo die Tränen den Staub weggewaschen haben. Die steife Haltung seiner Schultern ruft mir meine eigene verkrampfte Haltung ins Bewusstsein. Als hätte man uns aus einer großen Höhe herabfallen lassen. Es kostet uns Mühe, einfach nur unsere Knochen an Ort und Stelle zu halten.

DS Simmonds erhebt sich und wendet sich an Matt. »Und Sie sind zurückgekommen?«

»Ja. Ava hat mich angerufen und ich bin dann nach Hause gekommen.«

»Haben Sie Ihre Tochter gesehen, bevor Sie zur Arbeit gefahren sind?«

»Ja. Ja, natürlich.«

»Und wo waren Sie, als Sie den Anruf bekamen?«

»Auf Höhe der Brücke in Richmond auf dem Treidelpfad. Ich hatte einen Platten, sonst wäre ich längst bei der Arbeit gewesen.«

Er nickt. »Okay, ich schlage vor, Sie bleiben beide hier, falls Abi zurückkommt oder jemand versucht, Sie zu erreichen.«

Matt tritt ein Stück vor. »Kann ich nicht bei der Suche helfen?«

Ich stehe auch auf. »Ich möchte auch helfen. Ich muss sie finden. Bitte.«

Matt fasst mich am Arm. Er möchte etwas sagen, irgendetwas über meine Schwangerschaft, da bin ich mir ganz sicher. Doch dann erscheint noch eine Frau bei uns im Garten und kommt durch die Terrassentür herein. Sie trägt keine Uniform.

Sie ist groß und kräftig und steht plötzlich in meiner Küche, aber ich habe keine Ahnung, wer sie ist.

»Ava Atkins?« Als ich nicke, streckt sie die Hand aus. »Ich bin Detective Constable Lorraine Stephens. Ich bin Ihr psychologischer Beistand.«

Ihre Hand ist warm und trocken. Sie hat große dunkelgrüne Augen und kurze graue Haare. »Ich bleibe hier bei Ihnen, okay? Ich bleibe bei Ihnen, während die Polizei sich um die Suche kümmert, und wir halten Sie über alle Entwicklungen auf dem Laufenden.«

Matt folgt Simmonds nach draußen. Ich höre Schritte, jemand läuft seitlich am Haus vorbei. Matt erscheint wieder in der Hintertür.

»Bella hat gestern ein Foto von Abi gemacht. Sie wollen es abdrucken.« Sein Blick ruht auf meinem Bauch. »Kommst du klar?«

Ich nicke. Abermals füllen sich meine Augen mit Tränen. »Geh schon.«

FÜNF

MATT

Vor dem Haus steht der Streifenwagen. Der Anblick von blauweißem Flatterband am Ende der Straße nimmt ihm den Atem. Verkehrshütchen stehen auf dem Asphalt.

Drei Mannschaftswagen der Polizei stehen mit geöffneten Hintertüren in der Thameside Lane, eine Gruppe Polizeikräfte steht beisammen, bespricht die Lage und sieht sich um.

Neil ist bei ihnen und zeigt zu diesem Ende der Straße. Wieder ertönt eine Sirene und kündigt das Eintreffen eines weiteren Mannschaftswagens an, der mit eingeschaltetem Warnblinker ein Stück weiter die Straße herunter auf dem Sperrstreifen anhält. Zwei Männer in Armeehosen und regenfesten Jacken steigen aus und gehen um den Wagen herum. Einer von ihnen öffnet die Tür und zwei Schäferhunde mit hängenden rosa Zungen und rasch umherblickenden braunen Augen springen heraus.

Matt krümmt sich, presst die Hände auf den Bauch. »O Gott.«

Neil klopft ihm auf den Rücken. »Das wird schon. Wir finden sie.«

Matt zwingt sich, zu atmen. Überall bricht ihm der Schweiß

aus, auf der Kopfhaut, im Gesicht. Als er sicher ist, dass er nicht brechen muss, richtet er sich langsam wieder auf.

»Sir?« Einer der Hundeführer kommt zu ihm. »Mein Name ist Ian Mitchell. Ich muss Sie um ein Kleidungsstück Ihrer Tochter bitten. Am besten etwas, das sie erst kürzlich getragen hat.«

Matt starrt ihn einen Augenblick nur an. Langsam begreift er. Wieder wird ihm übel.

»Selbstverständlich«, sagt er.

Neil drückt seine Schulter. »Ich helfe dir suchen, okay?«

»Klar.«

Neil läuft zurück zum Riverside Drive. Matt folgt ihm und bringt die Hundeführer zum Haus. Er lässt sie auf dem Gehweg zurück und sagt, dass es nur einen Augenblick dauert. Eine Polizistin steht neben der versiegelten Tür Wache. Er geht ums Haus herum, durchs Wohnzimmer, wo Ava mit dem Rücken zu ihm auf einem der zwei kleinen Sofas bei der Terrassentür sitzt, ihr gegenüber die psychologische Betreuerin der Polizei.

»Matt?« Sein Name ist mit Tränen vollgesogen. Sie hat sich umgewandt und sieht ihn mit gerötetem Gesicht und roten Augen an.

Er deutet zum Flur. »Ich muss nur schnell etwas holen.«

Sie nickt. Er läuft hinauf. Beim Anblick von Abis Zimmer wallt die Übelkeit wieder auf, so heftig, dass es ein Wunder ist, dass er nicht brechen muss. Er zieht die Laken von Abis Bettchen, drückt sein Gesicht in den weichen Stoff. Sie riechen nach ihr, auch wenn er den Geruch nicht beschreiben könnte. Er nimmt ihren Schlafanzug. Ava hat ihn ordentlich zusammengefaltet auf die Matratze gelegt. Abi hat kein Kissen. Sie hat es einmal ausprobiert und mit Verachtung aus dem Bettchen geworfen: Mag is nis! Der Schlafanzug ist rosa mit kleinen grauen Elefanten darauf. Ihr Geruch daran ist noch intensiver –

ihre Haut, ihre Baby-Waschlotion, ihr nächtlicher Schweiß, o Gott.

Er nimmt ihn mit nach unten. Ava hat ihm den Rücken zugekehrt, trotzdem beeilt er sich und versteckt den Schlafanzug hinter dem Rücken. Sie darf ihn nicht sehen. Keine Mutter sollte so etwas sehen müssen. Selbst er muss den Blick abwenden, als die Hunde abwechselnd an dem Schlafanzug schnüffeln. Das ist eine Grenzüberschreitung. Eine Verletzung. Das kann nicht wahr sein. Es darf einfach nicht sein.

Ian, der Hundeführer, gibt ihm den Schlafanzug zurück und bedankt sich.

Matt schließt daraus, dass er entlassen ist, geht zurück zum Haus und schafft es irgendwie, den Schlafanzug wieder nach oben zu schmuggeln. Als er in die Küche zurückkommt, weint Ava. Der psychologische Beistand – hieß sie Lorraine? – sitzt neben ihr und hält ihre Hand. Es ist ein eigenartig intimer Moment, den er da beobachtet, eine fremde Frau sitzt so nah bei seiner Frau und hält ihre Hand.

»Brauchst du irgendetwas?«, fragt er und etwas sackt in seinem Innern hinunter, vielleicht das Gewicht seiner eigenen Hilflosigkeit. »Ich könnte dir einen Tee machen oder so.«

Ava schüttelt den Kopf. »Nein. Keinen Tee.«

Unschlüssig bleibt er stehen. Er möchte ihr etwas Tröstliches sagen. Vor allem möchte er Abi zurückbringen, sie zurückbringen und in ihre Arme legen und sagen, sieh mal, Ava, ich habe sie gefunden. Ich habe unser kleines Mädchen gefunden.

Sein Blick begegnet dem von Lorraine, und er legt den Kopf schief. *Ich gehe wieder.* Sie nickt.

»Ich habe mein Handy bei mir«, fügt er hinzu.

Draußen schnüffelt einer der Schäferhunde und kreist um das Ende der Einfahrt bei den Lovegoods. Der Hundeführer steht dabei und sieht ihm zu. Ian Mitchell ist vor Matts und Avas Haus, sein Hund schnüffelt am Hinterrad ihres alten

VWs und kratzt mit der Pfote daran. Der Regen hat wieder eingesetzt.

Es schüttet nicht, aber der Schauer ist ziemlich kräftig. Niemand scheint es zu bemerken.

»Haben sie etwas gefunden?«, fragt Matt.

»Hier ist eine Fährte.« Ian deutet mit dem Kinn Richtung Gully. »Das ist die Stelle, an der ihr Freund, Mr Johnson, das Stofftier gefunden hat, richtig?«

Matt nickt. »Ja, ganz genau. Er hat es mit reingenommen. Es ist im Haus. Oder vielleicht haben sie es mitgenommen.«

»Nein!« Das war Avas Stimme. Matt dreht sich um und sieht sie aus dem Durchgang zum Garten laufen; sie ist nun vor dem Haus und drängt sich an ihm vorbei auf den anderen Hund zu. Der andere Hund schnüffelt am Ende der Einfahrt bei den Lovegoods.

»Das ist Zeitverschwendung«, ruft Ava, jede Spur ihrer üblichen Gelassenheit ist verschwunden. »Da ist sie hingefallen. Sie ist hingefallen und hat sich das Knie aufgeschlagen. Das war genau da. Deswegen ist Blut auf dem Pflaster. Glauben Sie mir, das ist reine Zeitverschwendung. Bitte. Sie vergeuden Ihre Zeit.«

Die Hundeführer tauschen Blicke aus. Matt gefällt es nicht.

»Mrs Atkins, könnten Sie wieder hineingehen ...« Lorraine legt vorsichtig den Arm um seine Frau und führt sie weg. Das Knistern und Rauschen der Funkgeräte erfüllt die Luft. Lorraines beruhigende Stimme dringt an sein Ohr, auch wenn er nicht hört, was sie sagt.

Ava wehrt sich, fuchtelt mit den Armen, ballt die Fäuste. Sie schüttelt Lorraine ab und wendet sich ihm mit verzweifelter Miene zu. »Aber sie ist hingefallen! Matt! Sag es ihnen. Sie könnten sie suchen, anstatt die Hunde hier herumschnüffeln zu lassen. Sie müssen beim Fluss suchen. Sag ihnen das!«

»Meine Frau hat recht«, sagt Matt. »Genau hier ist sie heute Morgen hingefallen. Ich war dabei. Sie hat sich das Knie aufgeschlagen. Es hat ziemlich geblutet. Auch die Hände hat sie sich aufgeschürft. Das war noch vorher. Hören Sie, soll ich Ihnen den Weg zur Schleuse zeigen? Wahrscheinlich ist sie dort hingelaufen, und es wäre doch besser, da zu suchen.«

Nun schnüffeln beide Hunde am Gully. Einer macht einen Satz zurück und bellt.

»Hier haben wir das Kuscheltier gefunden, das wissen Sie doch«, sagt er zu den Hundeführern und muss sich Mühe geben, ruhig zu klingen. Er weiß, er sollte sie in Ruhe ihre Arbeit machen lassen, aber sie folgen den falschen Spuren und sie wissen nicht, was er weiß, außerdem hören sie nicht zu, Herrgott noch mal, sie hören Ava nicht zu. »Hier verschwenden wir doch nur unsere Zeit«, sagt er mit Nachdruck. »Haben Sie nicht gehört, was meine Frau gesagt hat?«

Sie nicken, aber sie nehmen ihn nicht ernst. Die Hunde schnüffeln herum, laufen zurück, zurück den Gehsteig entlang. Am Ende der Einfahrt zum Nachbarhaus bleiben sie abermals stehen, schnüffeln, drehen sich im Kreis, schnüffeln und bellen. Eine Polizistin streicht mit einem Wattestäbchen das Pflaster ab und steckt es in ein kleines Gefäß.

»Sie werden dort Blut finden, das kann ich Ihnen auch so sagen. Es stammt von Abi. Von ihrem Knie. Sie ist hingefallen. Wie oft muss ich das noch sagen?« Er muss sich auf die Zunge beißen, um seine hochkochende Wut zu unterdrücken.

Die Spürhunde und ihre Führer gehen weiter bis zum Ende der Straße. Dem Ende der Straße, wo er seine Tochter zuletzt gesehen hat. Sie bleiben an der Ecke stehen, bellen, schnüffeln auf dem Boden herum wie durchgedrehte Kokainsüchtige.

»Da wird auch Blut sein. Sie hat sich heute Morgen da hingesetzt.«

Regen tropft von seiner Augenbraue. Es regnet nun heftiger. Wie weit könnte sie gelaufen sein? Ziemlich weit, wenn sie schnell losgelaufen ist, wenn sie wusste, dass sie etwas Verbotenes tut. Wenn er daran denkt, wie sie aussieht, wenn sie etwas im Schilde führt, kommen ihm die Tränen. Dieses Blitzen in ihren Augen. Er kann es sehen. O Gott, er kann sie sehen, als stünde sie vor ihm, ihr herausforderndes Grinsen, diesen Blick, den sie immer draufhat, wenn er so tut, als ob er nicht merkt, dass sie heimlich von seinem Toast abbeißt, und wenn er sich dann umdreht und so tut, als wäre er ganz schockiert, und sagt: »Hey! Wer hat denn da mein Toast angeknabbert?« O Gott, er kann sehen, wie sie sich vor Lachen ausschüttet und mit vollen Backen den Kopf schüttelt. Is war es nis, Daddy. Is nis.

Er nimmt sein Rad und fährt hinunter zum Fluss, Tränen laufen ihm über das Gesicht und mischen sich mit dem Regen. Vor dem Reihenhaus direkt neben dem Geschäft für Bootsbedarf stehen zwei Frauen mit teuer aussehenden Gummistiefeln und Regenmänteln und sind in ein Gespräch vertieft. Sie haben Hunde an der Leine.

»Hi, hey, Entschuldigung. Entschuldigen Sie bitte, ich suche mein kleines Mädchen. Haben Sie ein kleines Mädchen gesehen? Sie ist zwei Jahre. Blauer Mantel. Cremeweiße Wollmütze?«

Sie sehen mich leicht besorgt an. Kinder laufen doch dauernd weg, liest er in ihren Blicken. Sie taucht schon wieder auf.

»Wir wohnen im Riverside Drive, falls Sie etwas sehen. Nummer achtundachtzig. Sie heißt Abi.«

Sie nicken, sehen aber noch immer nicht sehr bekümmert aus.

»Hoffentlich finden Sie sie«, ruft eine ihm noch nach, als er weiterfährt.

Unter dem Brückenbogen tunken einige braune Enten die Schnäbel ins Wasser, tauchen mit den Köpfchen unter die Oberfläche. Abi füttert so gerne die Enten. Der Fluss führt viel Wasser, ist hier aber immer noch ziemlich flach. Der Fluss ist ruhig, sie kann eigentlich nicht ...

Nein. Nein.

Er fädelt sich mit dem Rad durch den beständigen Strom der Fußgänger über die Brücke, die das flaschengrüne Wasser überspannt. Ja, der Fluss führt viel Wasser, sehr viel. Abi hätte keine Chance, sie ...

Nein.

Ein Motorengeräusch. Ein Rettungsboot der Royal National Lifeboat Institution rast auf die Schleuse zu.

Ihm wird schwarz vor Augen. Er beugt sich vor und würgt, doch nichts kommt heraus. Er spuckt aus, klammert sich ans Geländer, bis sein Kopf langsam wieder klar wird.

»Entschuldigung.« Eine der Frauen hat die Brücke überquert und winkt ihm zu. »Entschuldigen Sie! Sagten Sie eine cremeweiße Pudelmütze?«

»Ja«, sagt er und wendet das Fahrrad. »Ja, cremefarben. Wollmütze, ja. Heißt das, Sie haben sie gesehen?«

»Ich glaube, ich habe eine auf der Mauer liegen sehen.« Sie deutet in Richtung Thameside Lane, und sie gehen zusammen zurück zu der Stelle, wo er ihnen begegnet ist.«

»Es war entweder auf der Mauer vom Thames View oder drüben beim Fisherman's Arms, oder wenn sie da nicht ist ...«

Er hört schon nicht mehr zu. Seine Füße stecken schon in den Schlaufen und er tritt in die Pedale, ruft nur noch kurz Danke über die Schulter.

Der Regen ist jetzt nicht mehr so dicht, ein anhaltender feiner Sprühnebel. Da ist nichts auf den Mauern der Pubs. Er fährt langsam, mit suchendem Blick, sein Atem geht flach, vorbei am Flatterband am Ende seiner Straße, weiter, immer weiter bis zur Schule. Wenn sie mit einer anderen Familie mitgegangen ist, wäre sie vielleicht, eventuell in diese Richtung gegangen. Doch als er die Kingston Bridge erreicht, wendet er. Das ist doch albern. Sie wäre nie so weit gelaufen, das hätte sie gar nicht gekonnt. Und es wäre ihr auch nicht in den Sinn gekommen. Die Mütze liegt auf keiner Mauer, nicht auf dieser und auch nicht auf der anderen Seite.

Aber sie *war* da.

Das heißt, Abi muss die Straße verlassen haben. Sie muss also zumindest so weit gekommen sein. Eine Mütze fällt nicht auf eine Mauer. Jemand muss ihre Mütze gefunden haben und sie hochgelegt haben, damit sie gefunden wird. So macht man das hier; die Leute geben aufeinander acht.

Wer sollte denn die Mütze eines kleinen Mädchens stehlen? Wenn sie also weg ist, heißt das vermutlich, dass jemand vom Suchtrupp sie gefunden hat. Wenn Abi weg ist, heißt das ebenfalls, dass jemand sie gefunden haben muss. Jemand muss sie gefunden haben, verirrt und durcheinander, und das Richtige getan und sie in Sicherheit gebracht haben, ganz bestimmt. Das hier ist eine Wohngegend, in der Leute verlorene Mützen und Handschuhe auf Mauern legen. Eine Gegend, in der Leute verirrte Kinder nach Hause bringen. Wenn Abi sich nicht an ihre Adresse erinnert, würde eben jemand die Polizei rufen. Er hat mit ihr geübt, wie sie erklärt, wo sie wohnt, und er ist sicher, dass sie sich wenigstens die Straße gemerkt hat. Doch die Polizei würde eine Weile brauchen, es zu koordinieren, da wird doch auch überall gespart. Ja, wer auch immer die Mütze gefunden hat, gehört sicher zum Suchtrupp. Niemand hier würde eine Mütze stehlen. Niemand hier würde ein Kind entführen. Neunundneunzig Prozent der Leute sind anständig.

SECHS

MATT

Matt hebt Fred in die Luft und lässt ihn herunter, hebt ihn noch einmal und lässt ihn wieder herunter und freut sich über sein blödsinniges Gurren, darüber, wie seine Hände die kleine Brust umfangen, und darüber, dass Fred dreinblickt wie ein alter, weiser Mann.

»Bald gehen wir auf den Bolzplatz«, sagt er. »Beziehungsweise zum Rugby, wenn es nach Onkel Neil geht.«

Er gibt Ava das Baby zurück und dehnt die Rückseite seiner Oberschenkel. Als es das letzte Mal joggen war, hat er sich nicht aufgewärmt – und deshalb war es auch wirklich das letzte Mal. Eine Zerrung der Oberschenkelmuskeln tut nämlich höllisch weh. Außerdem hatte er einen großen, dunklen Bluterguss auf der Rückseite seines Schenkels.

»Bis gleich.« Er drückt Ava einen Kuss auf den Scheitel, und versucht, den fettigen, muffigen Geruch zu ignorieren und sich nicht zu fragen, ob sie schon wieder einen Schlafanzug trägt oder immer noch.

Neil wartet schon vor seinem Haus, eine Hand gegen seinen Van gestemmt. Als er Matt entdeckt, richtet er sich auf und winkt kurz.

Matt läuft auf der Stelle, während Neil seine Schnürsenkel bindet, wobei er ein stämmiges Bein, stramm wie eine Schweinshaxe, auf der weißen Abschlusskante der kleinen Mauer vor seinem Haus abstützt und den breiten Oberkörper vorbeugt. Er ist jetzt über dreißig und hat Hüftspeck angesetzt. Keine Zeit mehr fürs Rugbytraining, nicht bei seinen Arbeitszeiten, und am Wochenende vielleicht auch das eine oder andere Pint zu viel, von den freitäglichen Take-away-Bestellungen einmal ganz abgesehen.

Er richtet sich auf, klatscht in die Hände und reibt die Handflächen aneinander.

»Alles okay?«, fragt Matt.

»Ziemlich kaputt«, brummelt er und spuckt auf den Gehsteig. »Auf der Arbeit ist die Hölle los.« Seine Augen sind rot – ja, er sieht überarbeitet aus.

»Dann gehen wir es erst einmal langsam an.«

Nach einer kurzen Aufwärmrunde – Neil ist eher der Typ, der nach einer schnellen Kniebeuge auf den Boden spuckt und losrennt – joggen sie nach links die Hauptstraße hinunter, zunächst nicht schneller als in einem flotten Spaziertempo.

»Auftrag in Surbiton«, sagt Neil, als sie ihren Tritt gefunden haben. »Ein Loft, Küchenerweiterung, und sie wollen alle Wände im Erdgeschoss rausnehmen. Stell dir das mal vor. Alle. Keine Wände, nur die Treppe. Kein Flur. Nichts.«

»Kann man das machen? Ich meine, ich weiß, dass es geht. Aber in einem normalen Wohnraum?«

»Der Statiker guckt sich's an.«

»Johnnie?«

»Ach was, nein.« Wie zur Unterstreichung spuckt er abermals aus. »Irgendein Typ, der in Sunbury wohnt. Scheint eigentlich ganz okay zu sein. Gründlich und so.«

Matt nickt. »Also glaubt er, dass er es hinbekommt?«

Neil schnieft, wie ein Fußballer wirft er den Kopf kurz zur Seite und spuckt noch ein drittes Mal in den Rinnstein.

»Wüsste nicht, was dagegenspricht. Mit genug Stahl kann man alles zusammenhalten. Ich verstehe bloß nicht, warum die keinen Flur wollen. Ich mein, wo lässt man denn seinen ganzen Krempel, Jacken, Schuhe und so?«

»Anscheinend kann man es auch mit dem Minimalismus übertreiben«, sagt Matt.

»Stimmt. Das ist ein Wohnhaus, keine blöde Kunstgalerie. Und die wohnen in Surbiton, nicht in New York. Du verstehst, was ich meine, oder? Das hat was von Marmorboden in einer Sozialwohnung.«

Sie verlassen das Wohngebiet; ein Bus rumpelt an den vereinzelten Schaufenstern vorbei, am indischen Lieferdienst, an der Fisch-and-Chips-Bude, einem Nagelstudio und zwei Pubs – was den Ortskern von Hampton Wick schon relativ gut zusammenfasst. Die Straße ist wie ausgestorben. Das einzige Lebenszeichen sind vier alte Männer, die draußen vor dem Woodcutter stehen und Selbstgedrehte paffen. Matt und Neil laufen weiter und folgen in stillschweigendem Einvernehmen dem Weg unter der Eisenbahnbrücke hindurch und zurück Richtung Thameside. Wenn sie weiterliefen, müssten sie über die Kingston Brücke und am Ufer entlanglaufen. Das heißt, sie müssten den Fluss an der Schleuse in Teddington überqueren.

Und das kommt nicht infrage.

»Ihr müsst unbedingt mal wieder vorbeikommen«, sagt Matt aus alter Gewohnheit. »Wir könnten am Freitag was zu essen bestellen.«

»Ich spreche mal mit Bel. Auf der Arbeit ist gerade Land unter.«

Also nein. Wie immer. »Ja, das sagtest du.«

»Wie läuft es überhaupt bei dir?«

»Gut. Viel zu tun.«

»Immer noch der Auftrag in Kensington?«

»Da bin ich fast fertig. Sieht gut aus. Ich kann dir ein paar Bilder schicken.«

»Was habt ihr denn letztlich gemacht?«

Neils Interesse ist nicht geheuchelt. Als sie noch in der Schule waren, hat er immer darüber gewitzelt, dass er der Mann fürs Praktische und Matt der Mann für die Theorie sei. Das hat sich als zutreffend herausgestellt. Neil ist beim Bau, Matt Architekt bei der Stadt. Darüber können sie beide lachen. Allerdings ist Matt froh, dass er nicht für Wohngebäude zuständig ist. Er hat Neil wirklich gern, aber Neil lässt sich von keinem gern sagen, was er zu tun hat, schon gar nicht von seinem besten Kumpel. Wenn sie zusammenarbeiten müssten, wäre das eine ziemliche Herausforderung. So wie es jetzt ist, können sie Beruf und Privates trennen, und es gibt keine Spannungen.

Ava war es, die Matt damals darauf gebracht hat, dass Neils Schwierigkeiten mit Autorität vielleicht daher stammen, dass er seinen Vater nie richtig kennengelernt hat und er, schon solange er zurückdenken kann, immer der Herr im Haus sein musste. Matt hat mit ihm nie darüber gesprochen. Mit Sicherheit ist es genau dieser Drang zur Unabhängigkeit, der ihn dazu gebracht hat, sich anzustrengen und seine eigene Firma zu gründen. Er hat immer offen zugegeben, dass er sein eigener Herr sein und möglichst viel Geld verdienen möchte. Mit achtundzwanzig – als Matt gerade mal die Ausbildung beendet hatte – hat Neil seiner Mutter eine schicke Neubauwohnung am Flussufer gekauft, die er abbezahlte, indem er das ehemalige Familienheim bei der Bank beliehen hat. Im Gegensatz dazu haben Matts Eltern, als sie zurück in den Norden gezogen sind, ihm ihr Haus zu einem lachhaft günstigen Preis überlassen und ihm bei der Anzahlung noch großzügig finanziell unter die Arme gegriffen. Nach Lage der Dinge könnte jedenfalls keiner von ihnen sich auch nur annähernd leisten, in dieser Gegend zu wohnen, wenn sie nicht schon hier aufgewachsen wären.

»Nur die Fassade ist noch im Originalzustand.« Matt kämpft gegen das Geräusch eines vorbeifahrenden Autos und

Neils abgestandene Alkoholfahne an, die sich mit seinen tiefer werdenden Atemzügen bemerkbar macht. »Die Front ist viktorianisch, typische Londoner Ziegel, dann geht man rein und – zack! Glas, klare Linien, weiße Farbpalette; man glaubt, es wäre ein vollkommen neues Gebäude. Und das ist es im Grunde auch. Bis auf die Front. Aber man muss erst reingehen, um festzustellen, dass es alles nur Fassade ist.«

»Krass. Klingt super. Hilft dir das in Sachen Leitung?«

»Hoffentlich. Bleibt abzuwarten. Wir bewerben uns gerade bei der Ausschreibung für ein ziemlich cooles Projekt im East End, eine alte Brauerei. Mal sehen, ob daraus etwas wird.«

Nach acht Kilometern kreuz und quer durch Twickenham und wieder zurück laufen sie die Thameside Lane entlang, an den Sportplätzen vorbei und biegen schließlich rechts in den Riverside Drive ein. Am Ende steht das große freistehende Haus der Lovegoods, die gerade neu mit Yorkshire-Sandstein gepflasterte Einfahrt noch jungfräulich und ohne grünen Schleier, die frisch angelegten Beete noch vollkommen unkrautfrei. Der Anstrich ist mustergültig.

Noch ein paar Schritte, und sie haben Matts und Avas Doppelhaushälfte erreicht.

Matt wischt sich mit dem Handrücken über die Stirn und deutet mit dem Kinn zum makellosen Haus der Lovegoods. »Habt ihr auch die Einladung zur Einweihungsparty bekommen?«

Neil keucht und hat die Hände in die Hüfte gestemmt. Er sieht auch zum Haus hinüber, dann wieder zu Matt. »Ja.«

»Geht ihr hin?«

Er zieht die Nase kraus. »Bella liegt mir damit in den Ohren. Sie möchte die Angeberküche sehen und so, damit sie noch eins oben drauflegen kann. Ich werde sie davon abhalten müssen, nach oben zu gehen und da rumzuschnüffeln. Obwohl sie da nicht die Einzige ist, schätze ich.« Ein Grinsen erscheint auf seinem Gesicht, verwandelt sich aber gleich in eine missmutige Miene. »Ich kann gut darauf verzichten, um ehrlich zu sein. Ich kann es nicht leiden, wenn Mr Lovekack mich behandelt, als wäre ich ein Dienstbote. Weißt du, was ich meine?«

»Ja. Er ist ein bisschen ...«

»Ein ziemliches Ar...«

»Ein bisschen überheblich, wollte ich sagen.« Matt hebt die Hand und lächelt.

»Wir sprechen uns wieder, wenn du mal für ihn gearbeitet hast – der Typ ist ein Albtraum.«

»Ava ist auch nicht wild drauf«, lenkt Matt ab. Er mag es nicht, wenn Neil so grantig wird, besonders seit Matts Karriere an Fahrt aufnimmt. Es ist nicht das erste Mal, dass er sich so über Johnnie Lovegood äußert.

»Verständlich«, sagt Neil.

»Sie sagt, es ist noch zu früh, wenn alle Nachbarn da sind, aber ich versuche, sie zu überreden. Sie muss mal rauskommen.«

»Richtig. Na ja, ich schätze, sie nehmen es ihr auch nicht krumm, wenn sie nicht hingeht.«

»Natürlich nicht. Ich dachte bloß, es könnte ihr guttun. Für mich war es leichter. Auf der Arbeit habe ich nicht ständig Leute um mich, die an dem Tag hier waren, verstehst du? Wenn ich mich mit einem Kunden treffe, wissen die nichts über mein Privatleben, und ich konzentriere mich auf den Job. Das lenkt mich ab, aber für Ava ist es anders. Immer wenn sie rausgeht, sieht sie irgendwen, der die Geschichte kennt oder der bei der Suche geholfen hat. Ich verstehe sie vollkommen, aber sie kann sich nicht ewig verstecken. Sonst schafft sie es irgendwann überhaupt nicht mehr, rauszugehen. Irgendwie muss ich sie aufbauen, sie wieder etwas zuversichtlicher machen.«

Sie blicken beide zu Boden. Es ist Matt nicht entgangen, und er ist sicher, dass Neil es auch bemerkt hat, dass sie fast eine Stunde gejoggt sind und er erst jetzt, wo sie dabei sind, sich zu verabschieden, sagt, was er die ganze Zeit hatte sagen wollen.

Ava und ihn hat die Einladung belastet, aber es kann auch für Neil und Bella nicht einfach gewesen sein. Fast ein Jahr ist es nun her, dass Abi verschwunden ist und die Vergangenheit sich für immer mit der Gegenwart verflochten hat und nun eine so große Macht ausübt, dass es immer Mühe und Kraft kostet, sie nicht zu erwähnen und bewusst zu meiden.

»Wie geht es ihr?« Neil bearbeitet mit der Fußspitze das Unkraut, das aus den Fugen zwischen den Gehwegplatten wächst. »Es tut mir leid, dass ich so wenig Zeit hatte. Auf der Arbeit ist ...«

»Die Hölle los. Ja, das sagtest du schon. Mach dir keine Gedanken. Du könntest ohnehin nichts tun.« Einen Augenblick starrt Matt auf seine Turnschuhe. Der rechte bekommt ein Loch über dem großen Zeh. »Ich meine, sie will niemanden sehen, aber das weißt du ja«, fügt er nach einer Weile hinzu. »Ich dachte nur, wenn ich sie überreden kann, hinzugehen, und wenn es auch nur eine Stunde wäre, dann könnte sie vielleicht ... Sie versucht jetzt tagsüber immer mal rauszukommen, und ich dachte, wenn sie sich vielleicht überwinden kann, hinzugehen, könnte sie doch zur Not mit Fred irgendwo in der Ecke sitzen, sich einfach für sich halten. Sie hat doch die perfekte Ausrede, sich nicht ins Getümmel zu stürzen. Und sie hat es nicht weit, wenn sie feststellt, dass sie lieber gehen möchte.« Er fragt sich, wen er hier eigentlich überzeugen möchte.

»Sicher, sicher.«

»Manchmal wünschte ich, ich hätte es ihr gesagt.«

»Nee«, sagt Neil. »Was wäre dadurch gewonnen?« Er wirft einen Blick rüber zu den Lovegoods, und sein Gesicht nimmt kurz einen verächtlichen Ausdruck an. »Aber er ist ein Arsch. Großkotz-Johnnie.«

Matt lacht. »So schlimm ist er auch wieder nicht. Und seine Frau ist wirklich nett. Jennifer. Es wäre klasse, wenn ihr kommt, du und Bel. Ava könnte Unterstützung gebrauchen ... Vielleicht traut sie sich dann, es wenigstens zu versuchen. Es könnte uns allen guttun, oder nicht? Es ist ewig her.«

Neil nickt. »Wir könnten für ein Stündchen vorbeischauen, schätze ich. Uns blicken lassen.«

»Klasse. Ich schätze, die ganze Straße wird da sein. Pete Shepherd hat mir erzählt, sie hätten allein für die Beleuchtung sechs Riesen hingeblättert, und er hat gesehen, dass in den letzten sechs Monaten allerhand Zeug geliefert wurde. Anscheinend brauchten sie vier Leute, um den Flachbildschirm reinzutragen. Vier Kerle! Es ist, als würden wir neben Rockstars wohnen.«

Neil schnaubt verächtlich. »Lass Lovetrottel das nicht hören. Der ist eingebildet genug.«

Matt lacht. »Nein, ich denke bloß, sie faszinieren die Leute ein bisschen, na ja, macht jedenfalls den Anschein. Sie ist extrem elegant, die Frau meine ich. Oder nicht? Jennifer. Mondän nennt man das, glaube ich. Stilvoll. Und ich schätze, wir sind alle neugierig, was man mit einem Jahr Arbeit und einer Menge Kohle so alles anstellen kann. Das muss jetzt der reinste Palast sein. Na ja, du weißt das ja selbst am besten.«

Neil zuckt mit den Schultern. »Auf jeden Fall ist es groß. So viel kann ich verraten. Ich habe es nie im fertigen Zustand gesehen, ich habe nie gesehen, wie viel Titanzink sie im Garten verbaut haben, aber letztlich ist es doch nur ein Haus. Bloß Steine und Zement.«

»Wohl wahr.« Matt weiß, dass Neil das nicht wirklich glaubt. Ein Haus ist mehr als das bloße Material, und ein ehrgeiziges Umbauprojekt ist immer spannend. Außerdem würde Matt die Nachbarn gern endlich richtig kennenlernen, nachdem ihre erste Begegnung unter solch schrecklichen Umständen stattgefunden hat.

Er sieht Neil an, der noch immer den Blick gesenkt hält. Wenn er erst einmal da ist, wird er sich schon fangen, denkt Matt. Ein paar Bierchen und er vergisst, dass er Johnnie Lovegood eigentlich nicht ausstehen kann und dass sie zum ersten Mal seit jenem Tag wieder zu viert etwas trinken gehen. Es würde ihnen allen guttun.

»Also«, sagt er. »Sollen wir uns bei uns zum Vorglühen treffen?«

»Klar.«

Der Schweiß kühlt Matts Haut. Er fröstelt, und sie nehmen es zum Anlass, sich vorzubeugen und einander auf den Rücken zu klopfen.

»Bis später, Kumpel«, ruft Neil. Er ist schon ein paar Schritte die Straße runtergelaufen.

»Bis dann«, erwidert Matt, ohne sich umzudrehen, und schiebt den Schlüssel ins Schloss.

Im Wohnzimmer sieht Ava fern und hat Fred an der Brust. Es ist kurz nach halb zehn.

»Hey«, grüßt er von der Tür her und wischt sich das Gesicht mit dem T-Shirt-Saum ab.

»War das Laufen gut?« Sie sieht zu ihm auf, doch ihr Lächeln ist vorsichtig.

»Neil hatte keinen Herzinfarkt, also alles gut. Möchtest du noch irgendetwas zusammen gucken, wenn ich aus der Dusche komme?«

Sie schüttelt den Kopf. »Ich gehe gleich ins Bett, sobald er schläft.«

Er nickt, und die Geste ist ihm sehr bewusst. »Dann geh ich mal duschen.«

Als er wieder herunterkommt, legt Ava Fred gerade hin. Und als er ins Bett geht, ist sie schon eingeschlafen. Als er endlich einschläft, hüpfen die Vögel schon in den Zweigen herum und warten ungeduldig darauf, mit ihrem süßen Gesang den Morgen zu begrüßen. Doch er weiß, sie sind alles andere als süß. Es ist territoriales Kriegsgeschrei. Es sind Drohungen.

SIEBEN
AVA

Ich war kurz draußen, um schnell ein paar Notfallbesorgungen im Kiosk an der Ecke zu machen. Fast habe ich unsere Haustür erreicht, als ich sehe, dass Lizzie, die ein paar Häuser die Straße runter wohnt, in vollem Tempo auf mich zuhält, wie immer in ihrem typischen Designer-Lycraoutfit und beladen mit zwei glänzenden Shoppingtüten. Mir ist klar, dass es zu spät ist, so zu tun, als hätte ich sie nicht gesehen. Es ist mir schon klar, noch bevor sie mich ruft: »Ava! Ava, hi!«

Kein Entkommen. Sie ist in einen Laufschritt verfallen. Dennoch versuche ich, die Tür zu erreichen, bevor sie mich erwischt.

Vergeblich.

»Lizzie«, grüße ich, bleibe am Gartentor stehen und wühle in der Tasche nach meinem Schlüssel.

»Hallöchen.« Sie schwingt ihre Einkaufstaschen vor und zurück. Eine davon trägt den Aufdruck L. K. Bennett, auf der anderen steht Whistles. »Ich war gerade in der Stadt ein paar Schuhe und ein Kleid kaufen.«

»Aha.« Ich blicke zur Haustür, doch mir ist bewusst, dass es unhöflich ist, und ich wende ihr wieder meine Aufmerksamkeit zu. Mein Lächeln ist aufgesetzt, aber das muss reichen.

»Ich dachte, etwas Neues zum Anziehen könnte für die große Sause nicht schaden, was?«

Sie sagt »große Sause« mit sarkastischem Unterton, macht große Augen und deutet mit dem Kopf zum Haus der Lovegoods. Den Sarkasmus kaufe ich ihr nicht ab. Es ist offensichtlich, dass sie ganz aus dem Häuschen ist und es kaum erwarten kann.

»Ich bin so gespannt, wie der Umbau geworden ist, du nicht?«

»Bestimmt umwerfend.«

Das sage ich natürlich ihr zuliebe. In Wahrheit interessiert es mich nicht die Bohne. Damit bin ich allerdings in der Minderheit, das weiß ich. Seit einem Jahr sind die Lovegoods mit ihrem Umbau das Gesprächsthema Nummer eins in der Nachbarschaft, angeheizt von einem endlosen Strom von Handwerkern. Von meinem beneidenswerten Aussichtspunkt direkt nebenan habe ich sie selbst gesehen, ganze Horden, wie in diesen Umbau-Shows im Fernsehen. Tischler mit Schutzbrillen, die Sägespäne in Fontänen über den Vorgarten regnen lassen; munter pfeifende Anstreicher auf hohen Leitern mit weißen Farbspritzern in Haaren und Wimpern; eine Ahnung der neuesten Farbtrends, die man kurz durch ein offenes Fenster im Obergeschoss zu sehen bekommt; Firmen, deren Namen ich noch nie gehört habe, liefern Möbel und Lampen und natürlich alle möglichen Hightech-Geräte: ein zwei Meter breites Induktionskochfeld, einen Flachbildschirm, so groß wie eine Tischtennisplatte, ein Fahrradergometer, einen Gamingsessel ... Zumindest glaube ich, dass es einer war, vielleicht war es auch der Original-Kommandosessel der Enterprise. Diese Dinge sollte ich Matt vermutlich jeden Tag in atemloser Begeisterung erzählen, wenn er von der Arbeit kommt. Doch ich erwähnte ja bereits, wie vollkommen egal mir all das ist.

»Geht ihr hin, Matt und du?«, fragt Lizzie.

»Äh, ich ... ich weiß noch nicht.«

Sie zieht ein Gesicht und legt unweigerlich den Kopf schief.

»Natürlich, natürlich. Entschuldige, wie dumm von mir.«

»Ach was, überhaupt nicht.«

»Wie geht es euch denn?«, fügt sie mit gerümpfter Nase hinzu.

»Ganz gut.« Ich wünschte, sie würde den Kopf wieder aufrichten. Sie bekommt noch einen steifen Nacken. »Mir geht es gut. Ich sollte jetzt ...« Ich halte das Paket Windeln hoch, den Grund für meinen unvermeidlichen Ausflug. »Fred braucht ...«

»Ja, richtig.« Ihr Grinsen wirkt eingefroren. Eher sieht es aus, als hätte sie sich den Zeh angestoßen. »Der Kleine ist ja so groß geworden! Ich erinnere mich noch gut daran, als meine beiden ...« Sie wendet den Blick ab, sucht vermutlich nach einem Ausweg. »Wie dem auch sei«, sagt sie und berührt ganz kurz meinen Oberarm. »Dann will ich mal lieber. Wir sehen uns hoffentlich auf der Party. Es gibt offenbar brasilianische Cocktails. Louise hat Johnnie getroffen. Sie haben eine Gartenbar geplant. Na ja, ich lasse dich dann mal in Ruhe.«

»Ja, also, tschüs. Man sieht sich.«

Als ich endlich die Tür erreiche, bin ich ganz verschwitzt, suche hektisch in der Tasche nach dem Schlüssel und hoffe, dass nicht noch jemand mich erwischt und versucht, mit mir zu reden. Kaum bin ich endlich im Haus, laufen die Tränen. Kurz darauf sitze ich unter dem vorderen Fenster auf dem Boden und schluchze heftig, kauere in meinem Versteck wie eine Flüchtige. So fühlt es sich an. Als sei ich untergetaucht. Eigentlich stimmt das ja auch. In meinem selbst auferlegten Zeugenschutzprogramm ist jede Begegnung mit der Außenwelt ein Risiko.

Lizzie ist nicht die Einzige, bei der ich mich vor einer Begegnung fürchte, aber sie ist eine der Schlimmsten. Ich kann mich noch erinnern, dass sie ein paar Tage nach jenem Tag unter dem Vorwand, uns einen veganen Nudelauflauf vorbeibringen zu wollen, vor der Tür stand und dass ihre Fragen eher wie ein Verhör wirkten als wie ein Ausdruck aufrichtiger Sorge. Inzwischen hatte es sich überall herumgesprochen, dass ich die Haustür offen gelassen hatte. *Du hast also die Tür offen gelassen, oder ist sie wieder aufgesprungen? Ich meine, ich sage ja nicht ... Das könnte schließlich jedem passieren.* Ich habe gesagt, ich hätte Milch auf dem Herd, und habe ihr mehr oder weniger die Tür vor der Nase zugeschlagen. Ich muss mich wohl daran gewöhnen, dass man mich verdächtigt. Schon an jenem Tag, schon nach wenigen Stunden konnte ich es spüren, kann es noch immer spüren – das Misstrauen, das Lorraine Stephens ausgestrahlt hat. Ich spüre es jeden Tag aufs Neue, wenn ich die Dinge in meinen Gedanken durchspiele: Lorraine an jenem Tag, wie sie nah bei mir sitzt und meine Hand hält, während der Tee, den sie gemacht hat, allmählich kalt wird. Lorraine, wie sie mich hinter dem Schleier der Fürsorge hervor argwöhnisch beobachtet. Augenblick um Augenblick, Schlag um Schlag, wie sie nach auffälligen Verhaltensweisen sucht, die Unterhaltung steuert, um auszuloten, ob sie auf Dysfunktionalität stößt, auf postnatale Depression, Schlafmangel, Mordfantasien. In all meiner Verzweiflung sitze ich vor ihr als Verdächtige, auch wenn sie das Misstrauen verbirgt.

»Wir haben eine sehr enge Bindung«, sage ich, als sie nach meinem Verhältnis zu meiner Tochter fragt. »Sehr. Sie ist mein kleines Mädchen.«

Sie ist mein Leben, meine Liebe, sie gehört zu mir wie meine eigenen Gliedmaßen, meine Knochen und Organe. Haben Sie Kinder, Lorraine? Würden Sie so etwas fragen, wenn Sie welche hätten? Was zum Henker soll das heißen, wie mein Verhältnis zu meiner Tochter ist? Sie ist meine Tochter und ich bin ihre Mutter. Sie ist zwei, verdammt noch mal ... Diese Gedanken behalte ich für mich, selbst in den dunkelsten

Stunden. Lorraine Stephens kann nichts dafür, dass ich ihr in ihr mitfühlendes Gesicht schlagen möchte.

»Lässt sie Sie schlafen?«

»Meistens.« Eine Lüge. Sie weckt mich mindestens dreimal pro Nacht.

»Sie sind total erschöpft, nicht?«

»Alle Mütter sind erschöpft.«

Verpiss dich, Lorraine. So einfach kriegst du mich nicht. Die Wahrheit ist, dass Abi oft in unserem Bett schläft. Die Erschöpfung erringt den Sieg über die schlauen Erziehungsratgeber. Ich liege wach, ganz am Rand und angespannt, weil ich aufpassen muss, nicht aus dem Bett zu kullern, während Matt und Abi tief und fest schlafen. So ist Liebe eben manchmal.

»Mit zwei können sie einen ganz schön terrorisieren, nicht?«, beharrt Lorraine in verständnisvollem Ton, doch der Subtext scheppert in meinen Ohren.

»Sie ist ein liebes Mädchen. Ich lasse sie nie aus den Augen, nie.« Ich breche vor einer Fremden zusammen. Bist du jetzt zufrieden, Lorraine? Zufrieden, dass du mich zum Weinen gebracht hast? »Ich bin vorsichtig.« Ich schluchze. »Ich bin nur kurz raufgegangen, weil sie ja im Buggy angeschnallt war. Mir war nicht klar, dass die Tür wieder aufgegangen war. Ich bin eine gute Mutter.«

»Das weiß ich doch.« Sie tätschelt meine Hand.

»Ich setze sie immer in ihr Reisebettchen, wenn ich mal aus dem Zimmer gehe. Ich lasse sie nie auf dem Wickeltisch liegen. Als sie sich zum ersten Mal gedreht hat, war ich direkt neben ihr. Sie hätte herunterfallen können, wenn ich weggegangen wäre.«

Die Sonne ist um das Haus herumgewandert. Die Küche ist nun abwechselnd heller und dunkler, wenn die Wolken vorbeiziehen und Schauer mit sich bringen, die ebenso plötzlich aufhören, wie sie begonnen haben. Eine groß gewachsene Frau in Hosen mit einem leichten schwarzen Regenmantel geht an der Terrassentür vorbei. Einen Augenblick später steht sie in meiner Küche. Mein Zuhause – ein öffentlicher Raum.

»Mrs Atkins«, sagt sie. »Ich bin Detective Inspector Sharon Farnham und leite die Ermittlungen. Darf ich mich setzen?«

Ich nicke. »Natürlich.«

DI Farnham nimmt auf dem Sofa gegenüber Platz. Sie schweigt, streicht sich kurz mit dem Daumen übers Kinn, dann noch mal und noch ein drittes Mal. Dann sieht sie mir wieder in die Augen. Sie hat grünbraune Augen, freundliche Augen. Sie ist älter als ich. Vierzig, fünfundvierzig vielleicht. Sie sagt, wie schlimm das alles für mich sein muss und dass es ihr leidtut. Sie sagt, sie täten alles, was in ihrer Macht stünde.

»Ich möchte mit Ihnen nur über ein paar Details sprechen«, sagt sie. »Sie haben den Hundeführern erzählt, Ihre Tochter sei auf dem Gehsteig gestürzt und das sei der Grund, warum dort Blut zu finden war. Ist das so richtig?«

»Ja.«

»Gibt es einen Grund, warum Sie das meinen Kollegen heute Morgen zunächst nicht erzählt haben?«

»Ich ... Sie haben gesagt, sie würden noch keine Aussage aufnehmen, sie würden nur die Informationen benötigen. Ich habe also nur das Wichtigste erzählt. Ich wollte, dass sie sich so schnell wie möglich auf die Suche machen.«

»Ich verstehe. Natürlich. Könnten Sie mir nun erzählen, was genau geschehen ist?«

»Das habe ich DS Simmonds bereits erzählt.«

»Ich weiß, aber könnten Sie es mir noch einmal erzählen? In Ihren eigenen Worten? Gehen wir noch einmal zu der Stelle zurück, als sie mit Ihrem Mann aus dem Haus gegangen sind.«

Sie hält meinem Blick stand, ich bin es schließlich, die den Blickkontakt abbricht. Ich wünschte, Matt wäre bei mir.

»Ich habe mir vorgenommen, immer einen Spaziergang zu machen, wenn Matt morgens aus dem Haus geht«, beginne ich. »Abi ist dann nämlich immer schon wach, und ich möchte sicherstellen, dass wir jeden Tag etwas frische Luft bekommen.« Ich schüttle den Kopf. Es ist mir bewusst, dass ich schon ins Schwafeln gerate. »Na ja, Abi wollte jedenfalls raus und spazieren gehen. Ich habe ihr gesagt, sie soll warten, bis wir Daddy verabschiedet haben, aber sie ist stur und hat versucht, beim Fahren aus dem Buggy auszusteigen. Da hatte ich die Schnalle noch nicht befestigt, also ist sie rausgefallen und hat sich beide Knie aufgeschlagen und ihre Hände aufgeschürft.«

DI Farnham kritzelt auf ihrem Notizblock und sieht auf. »Hat sie sich erschreckt? Hat sie geweint?«

»Nicht sehr. Sie hat ein bisschen gebrüllt, aber nicht laut oder so. Sie war erschrocken, aber eher noch fasziniert. Sie ist ziemlich hart im Nehmen. Sie hat gesagt: ›Is hab aua.‹ Aber es ging ihr gut.«

»Aber da war Blut auf dem Gehweg?«

»Ja. Es sah schlimmer aus, als es war.«

»Sind Sie dann mit ihr nach Hause gegangen?«

»Nein, wir ... Ich meine, ich wollte nach Hause, aber ihr tat nichts weh oder so, also haben wir Matt noch zur Ecke gebracht, um ihn zu verabschieden.«

Erst vor ein paar Stunden, meine Güte. Matt hat mich am Ende der Straße auf die Lippen geküsst und seine Hand gegen meinen Bauch gedrückt. Er hat sich zu Abi hinuntergebückt. Ich kann seine Hand noch in meiner spüren.

»Tschüs, Mister Faultier.« Matt hat ihr das Stofftier weggenommen und sie damit geneckt.

»Nis. Nis machen, Daddy.« Ihre winzigen Finger haben danach gegriffen. Sie waren noch ein wenig rot wegen ihres blutigen Knies. »Nein, Daddy. Meins.«

Er hat breit gegrinst, sie zärtlich angesehen und ihr das Stofftier zurückgegeben. *Ich liebe ihn.* Ich kann mich noch erinnern, dass mich dieser Gedanke in dem Moment überwältigte wie eine übermächtige Welle. *Ich liebe diese beiden Menschen mehr als alles auf der Welt.*

Das teile ich nicht mit DI Farnham. Ich erzähle ihr nicht, dass ich den hellen Streifen nachwachsender Haare an seinen Koteletten bemerkt habe, die er gerade etwas länger wachsen lässt, als er seinen silbernen Fahrradhelm festgeschnallt hat. Ich erzähle ihr auch nicht, dass ich daran gedacht habe, dass er sich in ein paar Monaten für den Movember wieder einen Schnurrbart stehen lassen wollte und wir beide uns darüber wieder köstlich amüsieren hätten. Schnauzer oder Spitzbärtchen? Oder ein gezwirbelter Schnurrbart wie bei einem viktorianischen Gentleman? Ich erzähle ihr nicht, dass wir diese Fragen nun wohl nicht mehr stellen, diese Witze nun nicht mehr machen werden.

»Und dann ist er losgefahren.« Das sage ich dieser ernst dreinblickenden, unerschütterlichen Frau in meiner Küche. Noch ein letztes Winken, dann ist er in die Klickpedale gestiegen und in Richtung Thameside Lane davongeradelt. Seine Wadenmuskeln haben sich beim Treten angespannt und ich habe ihn beobachtet – seine breiten Schultern, von denen eine leicht niedriger war als die andere, das enge rote Fahrradshirt. Ich habe zugesehen, wie er an der Ecke gegenüber zu Kevin hinübergefahren ist, der mit zwei leeren orangefarbenen Tüten bewaffnet war. Wahrscheinlich wollte er noch schnell vor dem großen Ansturm zum Supermarkt.

»Kevin hat uns gesehen«, sage ich zu DI Farnham. »Ich kenne seinen Nachnamen nicht, aber er wohnt schräg gegenüber, Sie können da nachfragen. Matt hat kurz angehalten und mit ihm geredet. So ist er. Er bringt die Leute immer auf den neuesten Stand.«

DI Farnham muss beinahe lächeln. »Und dann sind Sie mit Ihrer Tochter nach Hause gegangen?«

»Na ja, ich habe runtergesehen und festgestellt, dass sie mit dem Blut von ihren Knien quasi auf dem Pflaster herumgemalt hat, der kleine Schmierfink. Deswegen war da an der Ecke noch mehr Blut. Eines Tages wird sie mal Chirurgin ...«

Tränen schießen mir in die Augen.

»Ich weiß, wie schwer das für Sie ist, Mrs Atkins, aber wir müssen uns ein möglichst genaues Bild machen. Sie sagten, Ihr Mann ist zur Arbeit gefahren. Wann war das?«

»So gegen Viertel vor acht.«

»Und um die Zeit sind Sie nach Hause gegangen?«

»Ja. Ich bin mit ihr reingegangen und habe ihre Hände und Knie sauber gemacht. Sie war ganz happy, weil es schlimm genug geblutet hat, dass ich ihr ein Pflaster gegeben habe. Sie liebt Pflaster. Und dann bin ich hochgegangen, um mein Handy zu holen.«

»Wann war das ungefähr?«

»Als ich hochgegangen bin? Ich würde sagen, kurz vor acht. Fünf vor vielleicht, so um den Dreh.«

»Sie hätte also da schon hinauslaufen können?«

Ich schüttle den Kopf. »Nein, sie war zufrieden. Sie hatte ihr Stofftier, und ich hatte ihr gesagt, sie soll warten. Sie wäre frühestens um fünf oder zehn nach unruhig geworden. Und dann hätte ich gehört, wenn sie gerufen hätte. Sie hätte nach mir gerufen.« Warum hat sie das nicht getan? Diese Frage lässt mich erschauern. Warum hat sie nicht nach mir gerufen?

»Und Sie sind um Viertel nach heruntergekommen?«

»Ungefähr, ja. Und da war sie weg.«

Eine Pause entsteht, die DI Farnham schließlich beendet. »Also, Sie sagten, zuvor hätten Sie die Schnalle nicht geschlossen, als Sie mit Ihrem Mann das Haus verlassen haben. Machen Sie das oft so, wenn Ihre Tochter im Buggy sitzt, Mrs Atkins?« Sie klingt nicht misstrauisch, ihr Ausdruck wirkt offen, sie sieht mir direkt in die Augen.

Dennoch.

Ich zwinge mich, sie anzusehen. »Nein, nicht oft. Wenn ich weiß, dass sie nur ein paar Minuten im Buggy bleibt, schnalle ich sie manchmal nicht an. Sie hat sich bisher noch nicht rausgestürzt, aber heute Morgen hatte sie Unfug im Kopf, wie meine Mum sagen würde. Sie ist zwei. Zweijährige können sehr ... aufmüpfig sein, finde ich. Und Abi hat einen starken Willen. Wir sagen immer, damit wird sie im Leben weit kommen.« Es klingt nach Rechtfertigung, das ist mir bewusst. Ich fange an, zu weinen. »Ich habe sie nicht angeschrien, aber ich ... ich habe mit ihr geschimpft. Und ich weiß, dass sie angeschnallt war, als wir zu Hause waren, weil ich sie in den Wagen gesetzt habe, um ihre Knie zu reinigen und zu verarzten, und vermeiden wollte, dass sie wieder herausfällt. Mir war nur nicht klar, dass sie inzwischen offenbar gelernt hat, die Schnalle aufzumachen, und ich wusste nicht, dass die Tür nicht richtig zu war.«

»Versuchen Sie, sich nicht aufzuregen, Mrs Atkins. Wir tun, was wir können. Wir haben Fingerabdrücke vom Buggy genommen. Wir brauchen also Ihre und die Ihres Mannes und von anderen Personen, die den Buggy in den letzten vierundzwanzig Stunden angefasst haben, um sie vergleichen und ausschließen zu können. Ich wollte nur noch einmal klarstellen, wie das Blut auf den Gehweg gekommen ist. Damit wir die Ermittlungen in die richtige Richtung lenken können, ja?«

Eine kurze Stille legt sich über uns.

»Und Sie sagen, Sie haben Ihren Mann um etwa halb neun oder Viertel vor neun angerufen?«

Ich nicke.

»Er arbeitet in Chiswick«, fügt sie hinzu. »Wie lange braucht man mit dem Rad dorthin, etwa eine halbe Stunde? Doch er war noch nicht einmal in Richmond.«

Mir gefällt der Tonfall nicht. Er gefällt mir überhaupt nicht.

»Er hatte einen Platten«, sage ich und sehe sie direkt an. »Es hat anscheinend eine Weile gedauert, ihn zu flicken.«

Das Schweigen wird allmählich ungemütlich, bevor die

Kommissarin mich fragt, ob ich jemanden kenne, der einen grünen oder möglicherweise dunkelgrauen BMW fährt.

Ich schüttle den Kopf. »Nicht dass ich wüsste. Wieso?«

»Zwei Zeugen haben ausgesagt, dass sie um etwa Viertel nach acht ein solches Fahrzeug gesehen haben, das in überhöhtem Tempo die Thameside Lane entlanggefahren ist. Das könnte etwas zu früh sein.«

Ich richte mich plötzlich kerzengerade auf. »Nein. Sie hätte da schon draußen sein können. Das Auto ist aus unserer Straße gekommen?«

Sie nickt. »Kennen Sie jemanden mit so einem Fahrzeug?«

Ich schüttle den Kopf, aber meine Gedanken rasen. »Ich glaube nicht, aber wenn mir jemand einfällt, sage ich Bescheid.«

»Wir haben außerdem einen Zeugen, der ein Mädchen, auf das Abis Beschreibung passt, gesehen haben will, wie es in Richtung Landmark Arts Center unterwegs war. Eine ihrer Nachbarinnen hat eine WhatsApp-Gruppe eingerichtet. Ihre Freundin, Mrs Johnson, Bella, richtig? Sie hat Fotos zum Verteilen ausgedruckt.« Sie nimmt ihr Handy heraus, entsperrt es mit dem Daumen und reicht es mir. Ich blicke direkt auf ein Foto meines kleinen Mädchens. Das Bild verschwimmt.

»Das hat sie gestern gemacht«, sagte ich. »Sie waren am Sonntag zum Mittagessen hier, Neil und Bella. Wir haben ihnen erzählt, dass wir noch ein Baby erwarten. Ich ...«

Ich kann nicht weitersprechen. Lorraine streichelt über meinen Rücken. »Schon gut«, sagt sie sanft.

»Die Johnsons sind Abis Paten«, sagt Farnham. »Ist das richtig?«

Ich nicke.

»Verbringen Sie viel Zeit miteinander?«

»Ja. Sie sind unsere engsten Freunde. Na ja, Neil ist Matts bester Freund. Wir treffen uns oft an den Wochenenden, so als Pärchen. Sie verwöhnen Abi. Sie verwöhnen sie wirklich.«

»Mr Johnson war zu Hause, als sie morgens hingelaufen sind, um Hilfe zu holen?«

»Ja. Als ich zum ersten Mal angeklopft habe, war er gerade duschen, aber beim zweiten Mal hat er aufgemacht.«

»Und Ihre direkten Nachbarn waren schon bei der Arbeit?«

»Ja.«

Etwas brummt – ein Handy auf lautlos. Das Sofa vibriert.

Lorraine steht auf, nimmt den Anruf entgegen. Ein Funkgerät knistert, das Geräusch weht durch das geöffnete Fenster herein. *Ja, ja, okay, aber sagt der SpuSi, sie sollen sicherstellen ...*

»Ja«, sagt Lorraine am Handy, dann: »Ja, ja, okay. Mache ich. Okay. Tschüs.«

Ich bin dankbar für die Ablenkung. Ich weiß nicht, wie oft ich noch dieselben Worte wiederholen kann. Sie steckt das Handy ein und lächelt, aber es wirkt nicht fröhlich.

»Sie haben eine Mütze gefunden, auf die Ihre Beschreibung passt.« Sie setzt sich wieder neben mich. »In der Nähe. In der Thameside Lane auf einer Mauer in der Nähe des Freizeitzentrums.«

»Bei der Oase? O Gott.« Ich ringe nach Luft. »Ich habe sie dort nicht gesehen, als ich vorbeigegangen bin. Wir wollten die Enten füttern. Das liegt auf dem Weg. Ich hätte gleich dorthin gehen sollen. Ich hätte früher anrufen sollen.«

»Mrs Atkins, bitte.« Farnham erhebt sich. »Machen Sie sich keine Vorwürfe. Wenn uns alle Eltern immer gleich anrufen würden, wenn sie ihre Kleinen aus den Augen verlieren, würden wir damit nicht mehr fertig. Sie haben erst gesucht und uns dann angerufen, das haben Sie ganz richtig gemacht.«

»Ich kann nicht glauben, dass das real ist.«

»Versuchen Sie, ruhig zu bleiben. Lassen Sie uns unsere Arbeit machen. Ich muss Ihnen allerdings sagen, dass wir die Hunde auch hierher ins Haus bringen werden, wenn das in Ordnung ist. Wir müssen das Grundstück absuchen, um Sie aus den Ermittlungen ausschließen zu können. Wir brauchen auch Zugang zum Haus der Johnsons, okay?«

»Okay. Tun Sie, was nötig ist.«

Sie möchte gehen, aber Neil steht in der Tür. Er sieht verschwitzt aus, allerdings könnte es auch der Regen sein. Dass es Bella war, die Abis Foto ausgedruckt hat, wird mir erst jetzt bewusst. Die beiden sind wirklich gute Freunde.

»Das ist Neil«, sage ich zu DI Farnham. »Matts bester Freund.«

»Okay.« Neil nickt und senkt den Blick. Ein Stück einer tätowierten Schwalbe wird unter seinem linken Ohr sichtbar.

»Mr Johnson«, sagt DI Farnham. »Ich habe Ava gerade erklärt, dass wir die Hunde ins Haus bringen müssen. Haben Sie Einwände dagegen, dass wir die Hunde auch in Ihrem Haus suchen lassen?«

Neils Augen weiten sich etwas. Das ist furchtbar, das ist einfach furchtbar.

»Nein, überhaupt nicht«, sagt er. »Ich kann Sie sofort hinbringen, wenn Sie möchten.«

»Prima. Es ist nur Routine, machen Sie sich keine Gedanken. Wenn Sie einfach hierbleiben würden. Dann komme ich zu Ihnen, wenn sie fertig sind.«

»Klar.«

DI Farnham geht und lässt Neil und mich mit DC Lorraine Stephens, meinem neuen Anstandswauwau, in meiner plötzlich so fremden Küche zurück.

»Alle sind draußen«, sagte Neil. »Sie suchen in den Häusern und Gärten«, fügt er hinzu und wirft einen Blick in den Garten hinter unserem Haus.

»Vielleicht ist sie irgendwo durchgekrabbelt.« Er holt tief Luft. Ich warte ab. »Ich kann nicht glauben, dass sie jemand aus ihrem eigenen Zuhause entführt.«

»Wie meinst du das?«

Er legt die Stirn in Falten. Er sieht ängstlich aus. »Ich meine, in dieser Gegend.«

»Nein, ich meinte, woher weißt du, dass sie entführt wurde.«

»Das weiß ich nicht. Ich sagte, ich kann nicht glauben, dass jemand so etwas tun würde ... nicht hier. Mehr wollte ich nicht damit sagen.«

»Wir wissen nicht, was passiert ist, Neil. Wir wissen nicht, ob sie entführt wurde.«

Er reißt die Hände hoch. »Es tut mir leid, Ava. Tut mir leid, ich wollte nichts andeuten. Komm schon.«

Ich bedecke mein Gesicht mit den Händen, und er zieht mich in eine Umarmung. Er hat recht. Natürlich habe ich schon tausendmal daran gedacht, dass jemand sie entführt haben könnte, das ist klar. Doch mir wäre nicht im Traum eingefallen, dass jemand sie aus dem Haus heraus entführt haben könnte. Vielleicht hat sie die Schnalle nie geöffnet.

Vielleicht hat das jemand anderes getan.

ACHT

MATT

Der kreisende Helikopter sucht nach Abi. Matt weiß es instinktiv, und sein Herz krampft sich zusammen. Obwohl er sie schon gesehen hat, löst der Anblick der Mannschaftswagen in der Thameside Lane und des Flatterbands abermals eine Lawine der Panik in ihm aus. Etwas weiter die Straße runter schlagen Nachbarn angesichts der zahlreicher werdenden Polizeikräfte in Schwarz und beißendem Neongelb die Hände vor den Mund. Die Stille des Schreckens. Die gesamte Atmosphäre hat sich verändert. Alle Geräusche sind gedämpft.

Neil und Ava kommen in Begleitung eines Polizisten auf ihn zu. Als sie ihn entdecken, bleiben sie am Ende der Einfahrt zum Nachbarhaus stehen. Er bremst, kommt zum Stehen und nimmt die Füße aus den Schlaufen. »Hat jemand ihre Mütze abgegeben? Eine Frau sagte, sie hätte auf der Mauer vor dem Pub gelegen, aber da war nichts.«

Neil blickt finster drein und nickt. »Jemand vom Suchtrupp hat sie abgegeben. Wie es aussieht, ist sie mindestens bis zur Thameside gekommen.«

Ava bricht in Tränen aus. »Was, wenn sie jemand angefahren hat und geflüchtet ist?« Sie drückt ihren Kopf an Matts

Brust. Er schlingt die Arme um sie, küsst ihren Scheitel und fragt sich, ob er in seinem Leben je hilfloser gewesen ist.

Neil wischt sich hektisch den Regen aus dem Gesicht. »Ich schätze, sie könnte es bis zum Fluss geschafft haben.«

Matt schüttelt den Kopf. »Dann hätte sie doch jemand gesehen. Und sie kann nicht angefahren worden sein. Die Straße ist zu befahren. Jemand hätte es gesehen.«

»Das möchte man meinen.« Neil runzelt die Stirn.

»Die Leute sind doch meistens so mit sich selbst beschäftigt«, wendet Ava ein. »Besonders morgens um die Zeit. Eltern haben genug damit zu tun, ihre eigenen Kinder im Blick zu behalten.«

Der Regen ist nur noch ein feiner Sprühnebel. Ein Regenbogen erscheint an einem Himmel, der sich an sein letztes Blau klammert. Neil klopft Matt auf die Schulter und lässt den Arm dort liegen.

»Hör zu«, sagt er und deutet mit dem Daumen zu dem Polizisten von vorhin, PC Peak. »Ich zeige dem Mann nur kurz das Haus der Lovegoods, ja? Sie wollen alle Häuser überprüfen, und ich habe einen Schlüssel. Ich glaube nicht, dass sie etwas dagegen hätten.«

»Tu das.«

»Dann war heute Morgen abgeschlossen?«, hört Matt den Polizisten sagen, als Neil und er zum Haus gehen.

»Ich war noch nicht drinnen, aber ja, ich denke schon.« Neil schließt die Tür auf, und ihre Stimmen werden leiser, als sie das Haus betreten.

Ava wimmert. Matt zieht sie wieder in seine Arme und lehnt seinen Kopf auf ihren, wobei er die Straße im Blick behält, die Fenster in den oberen Stockwerken. Niemand zu sehen. Alle sind entweder bei der Arbeit oder hier draußen und helfen bei der Suche. Plakate hängen bereits an den Pflaumenbäumen am Straßenrand. Abis Gesicht starrt daraus hervor, ihr Lächeln erscheint fehl am Platz, unpassend. Er kann nicht hinsehen. Er kann es einfach nicht.

Ava schluchzt heftig an seiner Brust. Lorraine kommt aus dem Durchgang neben seinem Haus. Mit ausgestrecktem Arm nähert sie sich.

»Ava«, sagt sie. »Kommen Sie mit rein. Kommen Sie. Sie werden sich hier draußen noch den Tod holen.«

Ava löst sich langsam von ihm, und sie lässt sich umdrehen und davonführen. Matt lässt es zu und kommt sich vor, als ließe er sie im Stich. Doch sie ist schwanger und sollte nicht im strömenden Regen hier draußen sein und suchen.

Er will sich gerade wieder auf sein Fahrrad schwingen, doch dann steht er plötzlich vor der Haustür der Lovegoods und wirft einen Blick in ihren breiten, geräumigen Hausflur. Das Haus ist deutlich größer als ihr eigenes. Von oben kann er Neil mit dem Polizisten sprechen hören, der aussah, als wäre er höchstens achtzehn.

Bevor er begreift, was er da tut, schleicht Matt ins Haus. Etwas später späht er durch das Glas der Küchentür. Doch auf der Baustelle ist nichts zu sehen, nur Neils Werkzeuge lehnen wie immer ordentlich an der Wand, seine Werkzeugtasche steht da und auf der Waschmaschine neben einem schmutzig wirkenden Wasserkocher und einer halbleeren Rolle Kekse stehen die üblichen gebrauchten Kaffeetassen. Der Umbau wird großartig, das kann er jetzt schon erkennen. Dahinter gibt die fehlende rückwärtige Wand den Blick in den Garten frei, der bisher nur aus struppigem, ungemähtem Rasen und einem baufälligen Schuppen besteht. Das soll zweifellos auch noch alles gestaltet werden, den Wandel vollziehen wie so vieles in dieser Gegend.

Er möchte wieder hinausschleichen, doch im Hausflur trifft er auf Neil und den Polizisten, die gerade die Treppe herunterkommen.

»Entschuldigung«, sagt er. »Ich wollte mich nur selbst schnell mal umsehen.«

Neil legt Matt die Hand auf die Schulter, und sie gehen zusammen hinaus auf die Straße.

»Danke noch mal«, sagt der Polizist.

»Ach was.« Neil klopft ihm kurz auf die Schulter.

Matt sieht dem Polizisten hinterher, wie er die Straße überquert, den Kopf zur Seite neigt und die Jacke mit dem daran befestigten Funkgerät mit zwei Fingern näher an seinen Mund zieht.

»Okay, Sergeant«, hört er ihn sagen. Den Rest kann er nicht mehr hören.

»Matt? Hallo? Matt?« Neil starrt ihn an. »Ich wollte vorschlagen, dass wir uns aufteilen und dann später hier wieder treffen.«

»Äh, ja, klar. Entschuldige. Ist vielleicht besser. Dann suche ich noch einmal beim Treidelpfad.«

»Okay. Ich suche Richtung Kingston, vielleicht im Bushy Park.«

Matt stolpert zu seinem Fahrrad zurück und steigt auf. Wie von einer unsichtbaren Macht gerufen, steuert er auf den Fluss zu.

Allmählich wird es Abend, und offenbar ist die ganze Stadt auf den Beinen und sucht nach Abi. Teams haben sich gebildet und durchkämmen die Wiesen im Landschaftsschutzgebiet in Ham, Freiwillige suchen auf dem Treidelpfad, bilden lange Ketten und durchforsten langsam den Park. Ihr Name schwirrt durch die Luft. Bekannte und Fremde gleichermaßen suchen mit ernster Miene, und ihre Gesichter wirken mit fortschreitender Zeit blasser. Frauen weinen, trocknen sich die Augen mit weißen Papiertaschentüchern, trösten sich gegenseitig in diesem Unglück, das sie unfreiwillig zusammengebracht hat.

Matt radelt zwischen ihnen hindurch wie durch eine trauernde, rauschende See. Es ist halb acht. Der Himmel wird allmählich dämmrig. Als er zu Hause eintrifft, fährt nebenan gerade das Auto der Nachbarn rückwärts die Einfahrt hinauf. Vor Matts Haus steht noch immer eine Polizistin, dieselbe, die schon vor zwei Stunden dort stand, als DI Farnham den versammelten Journalisten ein kurzes Statement abgegeben hat. Inzwischen hat sich die Pressemeute zum Glück zerstreut.

»Hi.«

Als er sich umdreht, sieht er Johnnie Lovegoods Frau aus der Beifahrerseite des Autos steigen. Sie ist groß, größer als er erwartet hätte, und trägt das graue Haar kurz und nach hinten gekämmt.

»Es tut mir so leid«, sagt sie und kommt auf ihn zu. Sie hält ein Taschentuch in der Hand. »Wir haben gerade mit dem Polizisten am Ende der Straße gesprochen.«

»Ja, danke. Es ist ...«

»Können wir irgendwie helfen? Ist Ihre Frau ...? Kann ich ...? Braucht sie vielleicht etwas Gesellschaft?«

»Der psychologische Beistand ist bei ihr. Trotzdem danke. Sie heißt übrigens Ava. Ich bin Matt.«

»Matt. Hi. Ich bin Jennifer, und mein Mann heißt Johnnie. Lovegood. Brauchen Sie irgendetwas?«

»Es tut mir so leid.« Nun ist auch Johnnie ausgestiegen und kommt auf ihn zu. Er ist ebenfalls größer als gedacht, und das verblasste Orange seiner Haare verrät den ehemals Rothaarigen. Er macht Anstalten, Matt die Hand zu schütteln, scheint es sich aber anders zu überlegen. Ums Handgelenk trägt er einen dicken silbernen Armreif.

»Die Polizei sagte, sie wäre gleich heute Morgen verschwunden?«

»Ja. Kurz nachdem ich zur Arbeit gefahren bin. Sie nehmen an, sie könnte zum Fluss gelaufen sein, aber sie gehen unterschiedlichen Spuren nach.«

»Und sie ist einfach rausgelaufen?«

Matt nickt. »So sieht es aus.«

»Verstehe, verstehe.« Johnnie schüttelt den Kopf. »Gott, wie schrecklich. Es tut mir so leid. Brauchen Sie irgendetwas? Ich könnte morgen früh ein paar Plakate aufhängen.«

»Danke. Ich sage Bescheid.«

»Sie müssen erschöpft sein«, schaltet sich Jennifer ein, und erst jetzt bemerkt er ihren leichten irischen Akzent. »Wir lassen Sie dann mal in Ruhe. Es tut mir leid, dass wir nicht ... na ja, dass wir uns bisher nicht ... Sie wissen schon. Ich gebe Ihnen morgen meine Nummer, okay? Falls wir irgendetwas tun können ... ganz egal was. Bitte zögern Sie nicht, sich zu melden.«

Kleine Wunder unter Fremden, denkt Matt. Was für eine Weise, die Nachbarn kennenzulernen.

Als er hereinkommt, sitzt Ava zusammengesunken auf dem Sofa vor einem Teller unberührter Sandwiches aus dem Supermarkt. Er isst eins und trinkt eine Tasse gesüßten Tee, den ihm Lorraine reicht, diese Frau, die inzwischen im richtigen Schrank nach den Tassen schaut und offenbar weiß, wo die Teelöffel sind, ohne fragen zu müssen.

»Die Nachbarn nebenan sind zurück«, erzählt er seiner Frau. »Sie haben gesagt, wenn Sie etwas tun können ... Johnnie meinte, falls wir noch Plakate brauchen oder so. Seine Frau heißt Jennifer.«

Ava schweigt. Es ist, als säße dort nur eine leere Hülle.

Um acht wird es dunkel. DI Sharon Farnham kommt herein und bewegt sich mit einer gemessenen Ruhe, hinter der er allerlei Unsicherheiten vermutet. Sie ist da, um ihnen zu sagen, dass die Suche bis morgen eingestellt wird.

»Ich sage Bescheid, wenn sich etwas tut«, sagt sie. »Sie haben meine Nummer. Rufen Sie an, wenn sich neue Informationen ergeben, ja? DC Stephens wird so lange bei Ihnen bleiben, wie Sie möchten.«

Als sie wieder weg ist, geht Matt in die Küche und ruft Neil an, der gleich nach dem zweiten Klingeln drangeht.

»Hey. Irgendetwas Neues?«

»Nein. Sie haben die Suche bis morgen eingestellt.«

»Wo bist du?«

»Zuhause. Du?«

»Gerade zurückgekommen, um etwas Trockenes anzuziehen. Mir war kalt.« Schweigen. »Hör zu, ich hole meine Jacke und geh wieder raus.«

Matt macht die Augen zu. »Danke, Mann.« Es klingt heiser. Ihm fällt auf, dass seine Sachen ebenfalls feucht sind, und ja, ihm ist auch kalt, so kalt, dass er mit den Zähnen klappert. »Lass mich das mit Ava klären.«

»Soll Bella rüberkommen und sich zu ihr setzen?«

»Im Moment ist die psychologische Betreuerin von der Polizei noch hier. Moment.«

Matt geht ins Wohnzimmer. Den Telefonhörer hält er an die Brust gepresst. Ava sieht auf. Ihr Gesicht ist gerötet und ihre Augen verquollen.

»Ich will noch einmal raus. Mit Neil. Er fragt, ob Bella herkommen und bei dir bleiben soll. Oder möchtest du lieber, dass ich hierbleibe?«

Ava sieht Lorraine an. Die sagt, sie könne so lange bleiben, wie von ihnen gewünscht, und dass sie wenn nötig auch auf dem Sofa schlafen könne – es würde ihr nichts ausmachen.

»Wenn Sie sicher sind«, sagt Ava und drückt ihre Nase in das Taschentuchknäuel in ihrer Hand.

»Natürlich«, erwidert Lorraine.

Ava sieht ihn an. »Ich glaube, ich komme mit Lorraine klar. Sag Neil danke von mir.«

Sie sieht aus, als hätte sie jemand geschlagen. Es ist ein furchtbarer Anblick. Das alles ist furchtbar. Wie oft hat er den Begriff Albtraum verwendet, ohne nachzudenken, doch das hier, das ist wirklich ein Albtraum. Ebenso unwirklich und bizarr, dieses Surren, das quälende Gefühl der Lähmung, der dringende Wunsch, wieder zu Bewusstsein zu kommen, die Frage, ob man daraus je wieder erwachen kann.

»Sicher, dass du mich nicht brauchst?«, fragt er.

»Nein, geh nur«, sagt Ava und sieht ihn flehend an. »Bring ... Bring sie einfach nach Hause.«

Mit schwerem Herzen lässt Matt sie mit Lorraine zurück und geht wieder in den Flur. »Neil? Ja, sag Bella danke, aber die psychologische Betreuerin bleibt, bis ich zurückkomme.«

Eine Viertelstunde später treffen sie sich vor Matts Haus, warm eingepackt gegen die Kälte an diesem Septemberabend. Die Mannschaftswagen sind fort; die Nachbarn sind wieder in ihren Häusern.

Sie stehen noch unter Schock, stellt Matt sich vor, und reden unentwegt darüber. Nebenan bei den Lovegoods dringt ein bernsteinfarbener Schimmer durch die skandinavisch aussehenden Fensterläden. Das Auto steht nicht mehr vor dem Haus.

Matt nickt zum Haus hinüber. »Ich habe sie gerade kennengelernt. Scheint, als wären sie wieder unterwegs.«

»Nee. Johnnie parkt immer in der Garage. So kann er allen unter die Nase reiben, dass er der Einzige ist, der eine Garage hat.«

Matt schüttelt den Kopf. »Kein Wunder. Bei dem Auto, da schlagen früher oder später irgendwelche Vandalen zu.«

»Egal. Er ist ein Arsch.«

Matt sagt nichts dazu. Wenn Neil sich einmal auf jemanden eingeschossen hat, kann man ihn kaum mehr vom Gegenteil überzeugen. Allerdings gilt das auch, wenn er einen Narren an jemandem gefressen hat. Seine Loyalität ist unverrückbar, und dafür war Matt all die Jahre enorm dankbar.

»Wo sollen wir hingehen?« Neil gibt Matt eine der beiden starken Taschenlampen.

»Zum Fluss«, sagt Matt.

Neil nickt mit ernster Miene, und zum ersten Mal fragt sich Matt, was er wohl denkt. Hält er die Suche für vergeblich und kommt nur mit, weil er sein Freund ist?

Sie gehen los und bringen einander dabei auf den neuesten Stand der Ereignisse. Neil erzählt, dass er bis nach Barnes gefahren ist und Ausdrucke von dem Foto verteilt hat, dass er in Strawberry Hill, in Twickenham, St. Margaret und Richmond Plakate an Laternenpfähle geklebt hat. Er ist heiser, wahrscheinlich weil er den ganzen Tag Leute gefragt und Abis Namen gerufen hat, denkt Matt. Er sieht vollkommen erschöpft aus. Natürlich. So ist er nun mal. Keiner baut sich einfach seinen eigenen Betrieb auf, indem er darauf wartet, dass andere für ihn die Arbeit erledigen. Neil hat sich alles von null aufgebaut, ohne den Rückhalt einer wohlhabenden Familie, ohne Vater, ohne Privilegien. Er konnte sich immer nur auf sich selbst verlassen.

Bei der Schleuse angelangt wenden sie sich stromabwärts in Richtung Richmond und quetschen sich zwischen dürren Bäumen und stacheligen Zweigen hindurch, bleiben stehen und teilen sich auf, um das Wäldchen zu beiden Seiten des Weges zu untersuchen. Matts Blick wird immer wieder vom Fluss angezogen. Wenn sie hineingefallen ist, war es das. Er fragt sich, ob er weiß, dass das passiert ist, und sein Bewusstsein sich nur weigert, den Gedanken zu akzeptieren. Vielleicht lenkt es ihn so lange in die Richtung irriger Hoffnung, bis er bereit ist, die viel wahrscheinlichere Wahrheit anzunehmen.

Beim Ham House suchen sie den Parkplatz und die Hecken ab, klettern über das verschlossene Tor und laufen ihren Namen rufend durch die Ziergärten. Wieder vorwärts, vorbei an dem hölzernen Anleger für die Fußgängerfähre zum Marble Hill Park. Wieder hoch vom Flussufer, hinunter zu dem schmalen Pfad, der zur Petersham Gärtnerei führt. Seine Fingerknöchel sind weiß, als er mit den Händen die schwarzen Schmiedeeisengitter umklammert. *Meinst du, sie könnte da drin sein? Nein, glaub ich nicht.* Hier haben schon einige Dutzend Leute bei Tageslicht gesucht. Was sie tun, erscheint sinnlos.

»Ich habe hier schon überall gesucht«, sagt Matt niedergeschlagen, als sie durch die tropfnassen Gärten am Fuße von Richmond Hill stapfen und sich die roten Schrammen an Händen und Handgelenken reiben. »Ich bin den ganzen Weg bis Twickenham und auf der anderen Flussseite zurück mit dem Fahrrad abgefahren.«

Sie suchen trotzdem noch einmal. Es ist, als müssten sie in der Hölle büßen. Das Licht ihrer Taschenlampen huscht durch die Dunkelheit und lässt alles unheimlich und seltsam wirken. Hausboote leuchten von innen; ein paar späte Spaziergänger schlendern über den regennassen Weg beim Tide Tables, dem geschlossenen Café unter den Brückenbögen.

Der Regen hat aufgehört – fast jedenfalls. Zwei Stunden später gehen sie zerzaust und schmutzig vom anstrengenden Marsch durch schlammiges, von Brombeerranken durchzogenes Unterholz zurück in Richtung Cross Deep. Der Alexander Pope Pub lauert zu ihrer Rechten. Hinter dem Glas im gelblichen Licht der Lampen trinken und plaudern Leute, als ob nichts, aber auch gar nichts geschehen wäre.

»Matt?« Neil mustert ihn eingehend. Er bemerkt, dass er stehen geblieben ist. »Hast du etwas gesehen?«

»Die Leute«, sagt Matt. Er kneift die Augen zu, öffnet sie wieder. »Entschuldige. Es sieht nur komisch aus. Leute, die etwas trinken gehen.«

Neil klopft ihm auf den Rücken. »Ach, Mensch.«

Sie betreten das Gelände gegenüber – ein akkurat geschnittener Rasen mit einem Spielplatz am anderen Ende und einem kleinen Café. Hier sind sie manchmal mit Abi hingefahren – eine kurze Fahrt mit dem Bus, die für sie schon Teil des Abenteuers war. Ava und er haben sich Kaffee geholt und sich abgewechselt, ihr auf der Babyschaukel Anschwung zu geben oder sie am unteren Ende der Rutsche mit Lauten des stolzen

Erstaunens in Empfang zu nehmen. Neil und Bella sind manchmal mitgekommen, manchmal auch zum Bushy Park, zum Richmond Park oder einmal zu Garston's Farm zum Erdbeerpflücken. Die Erinnerung ist verschwommen, ein Relikt aus einem lange zurückliegenden Leben, einer anderen Realität.

»Ich habe mich immer unzulänglich gefühlt«, gesteht Matt, als sie den Lichtkegel ihrer Lampen über die steile Böschung neben dem Fußweg ins Wasser schweifen lassen.

»Was? Weswegen?«

»Wenn wir im Park waren. Bella und du, ihr hattet immer so viel Elan für sie. Ihr konntet viel besser mit ihr spielen als wir. Jedenfalls besser als ich.«

»Sag so etwas nicht.«

»Aber es stimmt. Ich sehe dich noch Bälle werfen und wie du ihr beibringst, sie zu fangen, oder wie du sie herumwirbelst, und ich habe gedacht, ich sollte auch so etwas mit ihr machen, ich war bloß zu egoistisch. Ich war zu müde. Ich habe Zeitung gelesen und meinen Kaffee getrunken und gedacht, wie schön es doch ist, einfach mal zu sitzen.«

»Hey, Kumpel.« Neil stellt sich ihm direkt in den Weg. »Das ist Unsinn, das weißt du hoffentlich. Ihr seid ihre Eltern. Ihr braucht mal eine Pause, okay? Dafür sind Bel und ich doch da. Wir sind die Paten, oder nicht? Komm schon. Wir hatten keine schlaflosen Nächte und all diesen Kram. Fang nicht an, dir wegen so etwas Vorwürfe zu machen. Du machst dich doch total verrückt.«

Matt nickt und blinzelt die Tränen aus seinen Augen. Sein Hals tut weh. Unterhalb der Mauer rauscht der dunkle Fluss vorbei.

»Glaubst du, sie ist hineingefallen?«, fragt er und zwingt sich, Neil in die Augen zu sehen.

Neil zieht die Stirn kraus und wendet den Blick ab, schaut zum anderen Flussufer hinüber.

»Lass uns einfach noch gar nichts denken«, sagt er, aber Matt weiß genau, was er meint: Ja.

Noch eine Viertelstunde bis Mitternacht, und der Regen wird stärker. Ihre Kleidung klebt am Körper, das Haar ist an den Kopf geklatscht. Regen läuft ihnen in dicken Tropfen über das Gesicht, tropft von ihren Nasen, ihrem Kinn, ihren Regenjacken. Sie haben die Thameside Lane erreicht, und Matt wird bewusst, dass er unkontrollierbar weint. Auch Neil weint. Der Schreck trifft Matt wie ein Schlag gegen die Brust. Neil weint im Gehen, seine kräftigen Rugbyspielerschultern werden von rauen Schluchzern geschüttelt, die wie Husten klingen.

»O Mann«, sagt er immer wieder. »Ich kann es nicht glauben. Es tut mir so leid, Mann.«

Matt legt den Arm um ihn, und sie stolpern schweigend weiter. Nur einmal hat er gesehen, wie Neil derart aus der Fassung geraten ist: als er beim Rugby eine Erhöhung vergeigt und damit dem Team den Sieg gekostet hat. Neil weint nicht; er weint einfach nicht. Er ist da ganz oldschool. In der weiterführenden Schule war er fünf Jahre lang Kapitän der Rugbymannschaft, später einer der Top-Stammspieler des örtlichen Vereins, inzwischen ist er Veteran und Trainer der unter Zwölfjährigen. Durch den Aufbau seines Betriebs hat er im letzten Jahr einen großen Teil seiner Fitness eingebüßt. Er hat mehr getrunken, weniger trainiert, aber früher war er bekannt dafür, dass er beim Rugby massenhaft Punkte einfährt und in der Kneipe massenhaft Biere stemmt. Her mit dem Humpen – als ob er selbst beim Biertrinken noch gewinnen muss. Als Ava ihn kennengelernt hat, hat sie ihn Action Man getauft, und Matt hat versucht, sich ein Beispiel daran zu nehmen, dass er in allem nach Erfolg strebt. Ich muss eigentlich ganz okay sein, denkt Matt gelegentlich, wenn ich einen Freund wie Neil habe.

Doch nun ist Neils Tapferkeit dahin, als ob sie von dem strömenden Regen weggewaschen worden wäre, als ob sie ohnehin nur ein oberflächliches Furnier gewesen wäre, ebenso wenig ein Teil seiner selbst wie seine Kleidung.

Matt bleibt stehen und lehnt sich an die Schulter seines besten Kumpels. »Ich kann nicht nach Hause. Wie soll ich jetzt nach Hause gehen?«

Sie klammern sich aneinander. Der äußere Schein interessiert nicht mehr. Nach ein oder zwei Minuten finden sie wieder zu sich, lösen sich voneinander und wischen sich unnötigerweise übers Gesicht.

»Vielleicht da drin?« Neil deutet zu dem Bretterzaun einer Baustelle zwischen der Oase und den beiden Pubs hinüber. Werbung für luxuriöse Eigentumswohnungen mit zwei oder drei Zimmern am Flussufer.

»Die Polizei hat da schon gesucht«, wendet Matt ein.

»Ja, heute Morgen.«

Matt holt Luft, atmet den Gedanken weg, der sich dahinter verbirgt. Er schüttelt den Kopf, um die Worte zu verdrängen, die ihn nicht loslassen wollen: Seine Tochter, eine Leiche.

Neil stemmt sich hoch, schwingt einen Arbeitsschuh über die Kante des Bretterzauns. Er keucht einmal und schon ist er drüben.

»Alles klar?«, ruft Matt.

»Ja. Wirf die Lampen rüber.«

Matt wirft nacheinander die Taschenlampen hinüber. Der Zaun rappelt an den Streben, als er ungeschickt hinüberklettert. Er lässt sich fallen, reibt die Splitter von seinen Händen. Gemeinsam betreten sie die skelettartigen Gebilde. Regen glitzert im Strahl ihrer Taschenlampen. Es ist so verflixt dunkel.

»Abi? Abi? Abi!«

Ein Augenpaar blitzt im Lichtkegel von Matts Lampe auf.

»Ach du Scheiße!« Beinahe lässt er die Taschenlampe fallen. Doch es ist nur ein Fuchs, der ihn einen Moment lang anstarrt und dann davonschlendert, als wäre er die Arroganz in Person.

Etwas weiter drinnen gibt es etwas Schutz. Das nervtötende Tropfen des Wassers, das von den Stahlpfosten auf sie herunterfällt. Sie leuchten das Gerüst ab, die halbfertigen Wände, die erzitternde Oberfläche der flachen Wasserpfützen, die sich in den ausgehobenen Gräben gebildet haben.

»Ich weiß nicht, was ich sagen soll.« Tropfen bilden sich an den Spitzen von Neils Wimpern. »Mir fehlen echt die Worte, Mann.«

Matt starrt in Neils feuchte blaue Augen, erkennt darin all die Liebe und Loyalität der vergangenen zwei Jahrzehnte. Wenn es eine Person auf der Welt gibt, der er es sagen kann, dann ist es dieser Mann. Und er muss es jemandem sagen.

NEUN

AVA

Mitternacht. Mein Mann und sein bester Freund stehen in der Tür, ihre Kleider sind klitschnass und schmutzig, überall haben sie kleine rötliche Nadelstiche an den Armen und dunklere rote Kratzer. Ihre Hände sind leer. Sie weinen, und ihr Schluchzen kommt aus der Tiefe, lässt die Muskulatur beben. Wir sind nicht weit genug in unserer Entwicklung, dass solch ein Anblick uns nicht erschüttert. Das tut er, er erschüttert mich, besonders bei einem Mann wie Neil, der zwar nicht groß ist, dafür umso breiter und kräftiger. Er ist ein robuster Kanten von einem Mann, dafür geschaffen, schwer zu heben, Schläge einzustecken, standzuhalten. Matt ist femininer, seine hoch aufgeschossene Gestalt scheint in der Mitte durchzuhängen, sein dunkles Haar glänzt vom Regen, sein Mund wirkt rechteckig, erbarmungswürdig. »Es tut mir leid. Es tut mir leid. Es tut mir so, so leid.«

Der Holzboden im Flur schlägt gegen meine Knie, die Fußmatte sticht in meine Handflächen.

Später, als Lorraine gegangen ist, gehen Matt und ich duschen. Wir ziehen Jogginghosen und T-Shirts an. Wir möchten angezogen sein, falls ein Anruf kommt. Ich schätze, wir müssen in den frühen Morgenstunden eingeschlafen sein. Ich erinnere mich daran, mich an seinen Rücken geschmiegt und geweint zu haben. Bitte, mach, dass sie gefunden wird, habe ich geflüstert. Das weiß ich noch. Bitte, bitte, bitte.

September. Fast ein Jahr her und doch erst gestern. Meine Tochter, verschwunden. Diese Ungewissheit, dieser Akkord, der in der Luft hängt. Unser zerrissenes Selbst. Ich bin dort und ich bin hier. Irgendwo, nicht in meinem Bewusstsein, aber in meinem Herzen, ist die Gewissheit, dass ich bis ans Ende aller Tage nach ihr suchen werde. Jetzt suche ich nach ihr, suche noch immer bis ans Ende aller Tage.

Erst am nächsten Morgen wird Abis Mantel gefunden.

Ich wache in Jogginghose neben Matt auf. Einen kurzen Augenblick ist alles normal. Und dann nicht mehr.

Lorraine kommt schon früh zu uns, gegen halb neun. Sie macht Toast mit Marmelade, und wir essen ihn. Wir trinken Kaffee, den sie so zubereitet hat, wie wir ihn gern trinken. Matt fährt mit dem Fahrrad raus, aber nicht lang, glaube ich. Um etwa halb zehn kommt eine Frau, die ich wiedererkenne: DI Sharon Farnham.

»Mrs Atkins«, sagt sie.

Ich bitte sie herein. Das Klebeband an der Eingangstür ist verschwunden. Tatsächlich, sie haben es gestern Abend entfernt.

»Ist der BMW gefunden worden?«, frage ich.

»Können wir uns hinsetzen?« Der Ausdruck auf ihrem Gesicht verrät mir, dass sie uns etwas Wichtiges mitzuteilen hat. Der Klumpen Angst in meinem Bauch verhärtet sich.

»Sicher.«

Matt kommt die Treppe hinunter. Er ist kurz zurückgekommen, um nach mir zu sehen und sich eine andere Hose anzuziehen, weil seine bei einem erneuten Regenguss nass geworden ist.

»Detective«, sagt er und wirkt nicht im Geringsten verunsichert. »Gibt es etwas Neues?«

»Wenn wir vielleicht einen Augenblick ins Wohnzimmer gehen könnten«, sagt sie.

Und ich weiß in jeder Faser meines Körpers, dass sie Neuigkeiten hat und dass sie nicht gut sind.

»Ava«, sagt Farnham. »Ich glaube, es wäre besser, wenn Sie sich setzen.«

Ich lasse mich neben Matt aufs Sofa sinken. Ich spüre den Schmerz in meinen Schenkeln, das Brennen in meinen übernächtigten Augen, Freds Gewicht in meinem Bauch, obwohl er kaum größer ist als ein Reiskorn. Die Wärme, die Matt neben mir abstrahlt. Der Minzgeruch seines Duschgels. Das Knarzen des Ledersofas. Meine Füße sind kalt. Ich habe vergessen, mir Pantoffeln anzuziehen. Bitterer Speichel läuft mir in den Mund. Ich nicke, damit sie uns endlich sagt, was sie offenbar sagen muss.

»Ich muss Ihnen mitteilen«, sagt sie leise, und dennoch ist jedes Wort klar wie eine Glocke, »dass am Wehr in Richmond eine Jacke gefunden wurde, die Ihrer Beschreibung von Abis Jacke entspricht. Unsere Taucher sind jetzt vor Ort, die RNLI hat Rettungsboote geschickt, und wir sind mit der Küstenwache in Verbindung. Bisher haben wir nichts weiter gefunden. Allerdings muss ich Ihnen sagen, dass der Wasserstand hoch ist und der Fluss schnell fließt, offenbar wegen heftiger Regenfälle in der Gegend um Oxford in den letzten Tagen. Wenn Abi an der Stelle, wo sie immer die Enten füttert, in den Fluss gefallen ist, könnte sie bei ihrem geringen Gewicht innerhalb einer Stunde bis nach Richmond geschwemmt worden sein.«

Der Teppich rast auf mich zu, verschwimmt zu einer einzigen grauen Fläche. Matts Fingerspitzen bohren sich in meine Oberarme. Ich höre meinen Namen. Mein Kopf kippt nach vorn, rollt zurück, dann spüre ich den weichen Samt der Couch an meinem Hinterkopf.

»Ava.« Matts Augen sind braun, das Weiße drumherum gerötet. Meine Knochen sind nur mehr Staub. DI Farnham schließt die Augen. Matt zieht mich an sich und beruhigt mich, doch als er spricht, klingt seine Stimme rau und ängstlich.

»Möglicherweise ist es nicht ihre Jacke«, sagt er. »Bestimmt nicht. Sie würde nie in den Fluss springen. Sie würde nie so weit gehen. Sie würde ... Können wir die Jacke sehen?«

Ich kann nicht sehen. Ich kann mich nur selbst hören, ein tiefes Wolfsgeheul. Ich merke, wie ich falle, als Matt sich zur Seite bewegt. Ich presse die Handballen gegen die Augen. Lorraine reicht mir noch ein Taschentuch und sagt, ich solle stark sein, die Hoffnung nicht verlieren. Sie streichelt meinen Rücken.

Matt hat ein topmodernes iPhone in der Hand. Auf dem Display ist das Bild einer Jacke zu sehen.

»Das ist Abis«, platze ich heraus. »Das ist ihre Jacke. Entschuldigung, ich ... ich muss ...« Ich stehe auf, gehe durch den Flur in die Küche. Auf der Arbeitsfläche liegt mein Handy und lädt. Ich stecke es aus, strecke meinen Arm, so hoch ich kann, und reiße ihn herunter. Dabei lasse ich in letzter Sekunde das Telefon los. Es kracht auf die Fliesen, geht aber nicht kaputt. Ich öffne den Schrank, in dem sich der Staubsauger und ein paar Werkzeuge befinden. Ich hole einen Schraubenzieher heraus, einen Schraubenschlüssel, einen Hammer. Kurz darauf hocke ich über meinem iPhone. Ich lasse den Hammer darauf heruntersausen. Wieder und wieder. Mein Handy kracht, springt hoch, zersplittert.

»Ava! Ava, hör auf damit!« Matt packt meinen Arm, als ich ihn wieder hochhebe, hält mich fest, als wäre ich ein Verbrecher, der entwaffnet wird, doch dann schlingt er die Arme um mich, und wir weinen aneinander gelehnt.

»Es ist meine Schuld«, sage ich. »Es ist alles meine Schuld.«

ZEHN

AVA

Ich bin noch in Nachthemd und Bademantel, habe Fred nach seiner Morgenmahlzeit über die Schulter gelegt. Es ist ungefähr Viertel vor acht. Meine Hausschuhe schlappen über den Fliesenboden, als ich durch die Küche gehe.

Matt lehnt an der Arbeitsfläche und trinkt noch schnell eine Tasse Kaffee, bevor er zur Arbeit fährt. Er sieht zu dünn aus. Ich glaube nicht, dass es am Training liegt. Vom Training bekommt man keine dunklen Augenringe. Die bekommt man von der Trauer. Vom Trauma.

Die zerknitterte Einladung zur Party der Lovegoods liegt auf dem Küchentresen, wo sie schon seit drei Tagen liegt. Als ich den Blick davon abwende, bemerke ich, dass Matt mich beobachtet und es sieht.

»Neil meinte, er und Bella würden zumindest kurz vorbeischauen«, sagt er und schiebt mir eine Tasse Tee zu. »Ich habe gesagt, wir würden vielleicht mitkommen. Nur für ein Stündchen. Einfach aus Höflichkeit.«

Meine Zähne drücken sich in mein Zahnfleisch. Ich frage mich, ob Matt sehen kann, dass ich die Kiefer aufeinanderpresse.

»Ich habe ihnen gesagt, sie können erst hier vorbeikommen«, fährt er fort. »Es könnte uns guttun, uns zu treffen, nur wir vier. Wir sind nicht mehr unter Leute gegangen, seit ... Sie waren ewig nicht mehr hier.«

»Ich habe Bella neulich erst gesehen.« Es ist ein recht offensichtlicher Versuch von mir, das Thema zu wechseln.

»Ach ja? Das hast du gar nicht erzählt.«

»Habe ich vergessen.« Die Erinnerung an den Small Talk lässt mich noch immer schaudern. Sie war sichtlich erleichtert, als sie wieder im Haus verschwinden konnte.

»Sie war wie immer total schick«, füge ich hinzu. »Und ich sah natürlich aus wie ein Schlumpf.«

»Ach, Unsinn. Habt ihr lange geredet?«

»Nicht wirklich. Ich kann sie schließlich nicht nach ihren Freunden fragen. Ich kenne ja nicht einmal ihre Namen. Tja, und sie kann wohl auch nicht nach meinen fragen.« Seit Abi verschwunden ist, habe ich niemanden aus meinem Freundeskreis mehr gesehen, wenn man von den angespannten Anstandsbesuchen zur Geburt des Babys einmal absieht. Die habe ich bewusst kurz gehalten, um ihnen das augenfällige Unbehagen zu ersparen.

»Wie läuft es im Salon?«, fragt Matt.

»Ach, ihr Dad ist wirklich zufrieden, weil sie mit der Nagelmodellage und der Sonnenbank zusätzliche Kunden anzieht.«

Matt lächelt. »Das ist großartig.«

»Sie sagt, ich soll mal reinschauen. Ich bekomme Rabatt. Weiß nicht, warum sie das gesagt hat, sie hat mir schließlich immer Rabatt gegeben. Sie meinte, ein flotter Schnitt und ein bisschen Farbe könnten mich aufmuntern. Durch die Blume gesagt heißt das, ich sehe scheiße aus. Ich hätte beinahe ›Nichts für ungut‹ erwidert.«

Matt sagt nichts. Wahrscheinlich langweile ich ihn, aber *c'est la vie*.

»Neil arbeitet anscheinend nur noch«, fahre ich fort und

langweile mich nun schon selbst.« Bella meinte, sie sieht ihn kaum mehr. Anscheinend hat er durch Johnnie einen Haufen Aufträge bekommen, und sie hofft, dass er sich bald drei Monate freinehmen kann, um zur Abwechslung mal ihr eigenes Haus zu renovieren.«

Um den letzten Satz zeichne ich mit den Fingern Anführungszeichen in die Luft, um Bellas passiv-aggressiven Tonfall zu imitieren.

»Das wird Bella freuen«, entgegnet Matt tonlos. »Neil wird das klasse machen.«

Ich nicke und fühle mich geschlagen.

»Sie hatte die Nägel gemacht«, sage ich. »Offenbar irgendeine neue Methode. Das war ihr ziemlich wichtig.«

Matt wirft mir einen Blick zu, und ich fühle mich mies. So war ich früher nie. Und ich bewundere sie, Bellas Nägel, meine ich.

»Die sehen toll aus!«, habe ich gesagt, allerdings habe ich nicht ihre Hand genommen, wie ich es früher gemacht hätte.

»Komm vorbei«, hat sie gesagt. »Dann macht dir Courtney auch welche.«

Ich habe gelächelt und gesagt, dass ich das tun werde. Bestimmt. Bald.

»Sie hatte sogar falsche Wimpern«, erzähle ich Matt jetzt, ich kann nicht anders. Die Boshaftigkeit kommt mit dem Selbsthass.

»Ach ja?« Auch wenn es ihn garantiert nicht interessiert, rede ich einfach weiter. »Ich habe gefragt, ob sie die hat annähen lassen, und sie fand das unglaublich lustig. Anscheinend werden die angeklebt. Sie hat mich gefragt, ob sie mir gefallen.«

»Und? Haben sie dir gefallen?«

Ich zucke mit den Schultern. »Weiß nicht, es sah nicht schlecht aus.«

Ich versuche, loyal zu sein und nicht zu lästern, aber ich

merke, wie eine andere Kraft das Steuer übernimmt und ich die Kontrolle verliere. Die Wahrheit ist, Bella kann überhaupt nicht schlecht aussehen, und ich bin tatsächlich vielleicht ein bisschen eifersüchtig. Sie ist so symmetrisch, hat volle Lippen und dunkle Haare, dichte, geschwungene Augenbrauen und tolle fast türkisfarbene Augen. Mütterlicherseits gibt es irgendwelche Vorfahren aus Myanmar, vermutlich hat sie die daher.

Die falschen Wimpern ließen sie übertrieben wirken, was beinahe etwas von einem Cartoon hatte. Sie sah erstaunt aus. Es war fast eine psychedelische Erfahrung, sie nur anzusehen.

»Ich glaube, es wäre unhöflich, wenn wir uns bei den Lovegoods nicht wenigstens kurz blicken lassen«, lenkt Matt die Unterhaltung wieder auf das ursprüngliche Thema.

»Tja, und wir wollen ja auf keinen Fall unhöflich sein.«

Mein Sarkasmus ist verstörend wie das Geräusch von Fingernägeln, die über eine Tafel kratzen. Sogar ich zucke zusammen. Matt bleibt standhaft. »Es wäre doch ganz spannend, die Küche mal zu sehen, oder nicht? Anscheinend haben sie allein für die Beleuchtung sechs Riesen hingeblättert.«

»Sechstausend Pfund? Du liebes bisschen! Das dürfen wir natürlich auf keinen Fall verpassen.«

Er zieht die Stirn kraus und legt den Kopf schief. »Komm schon, Ava.«

Ich nicke kaum merklich. Eigentlich möchte ich nur, dass er aufhört zu reden. »Ich denke darüber nach, okay?«

»Sicher. Wenn du gehen möchtest, kannst du einfach sagen, du musst Fred ins Bett bringen.«

»Ich sagte, ich denke darüber nach.«

»Okay. Entschuldige. Sag mir einfach Bescheid.« Er geht durch die Küche, und seine Schritte wirken steif wegen der Fahrradschuhe. Er legt die Hand auf die Klinke und wartet. Ich kann ihn nicht ansehen.

Die Hoffnung wird uns am Ende noch umbringen.

»Und?«, fragt er, und die Frage ist kaum mehr als ein Hauch. »Hast du dir einen Friseurtermin geben lassen?«

Ich schiebe Fred höher auf meine Schulter und greife nach meinem Tee.

»Bella sagte, ich soll mir einen für nächsten Freitag geben lassen und gleich auch einen für die Maniküre. Offenbar muss ich mich noch etwas aufrüschen, wenn sie sich mit mir öffentlich zeigen soll.«

»Ich glaube, sie hat nur versucht, nett zu sein.«

Ich zucke mit den Schultern. Ich bin unausstehlich, wirklich unausstehlich.

»Das ist doch gut, oder nicht? Ein Friseurtermin? Ich könnte von zu Hause arbeiten oder einen Tag freinehmen und auf Fred aufpassen. Ganz ehrlich, es wird uns guttun, einmal rauszukommen. Wir können uns nicht ewig vor den Nachbarn verstecken.«

»Matt, ich habe gesagt, ich denke darüber nach, und jetzt ... jetzt drängst du mich.«

Er hebt defensiv die Hände. »Sorry! Entschuldige. Ich denke nur, wenn wir ein bisschen Normalität ...«

»Normalität?« Mir schießt das Blut in die Wangen.

Matt reißt die Augen auf. »Normalität ist das falsche Wort. Entschuldige. So meinte ich es nicht. Ich meinte nur ... O Gott, Ava. So meinte ich es nicht. Nicht weinen. Bitte, wein doch nicht.«

Ich weine in Freds Strampler. Matt versucht, mich in die Arme zu nehmen, aber es gelingt nicht richtig mit dem Baby auf meiner Schulter, und offen gestanden möchte ich es auch gar nicht. Ich hasse ihn, und ich hasse mich selbst. Ich verdiene keine Umarmung. Doch wir stehen noch immer da und klammern uns so gut es geht aneinander.

»Ava«, sagt er vorsichtig. »Ich meinte nicht ...«

»Das weiß ich doch. Ich weiß auch nicht, warum ich so bin.«

»Es tut mir leid.«

»Unsinn. Ist schon gut. *Mir* tut es leid.«

Er streichelt kurz mein Haar, dann meinen Arm. Wahrscheinlich ist ihm mein Haar zu fettig.

»Ich weiß doch, dass es schwer ist«, sagt er.

»Los. Du musst gehen. Sonst kommst du zu spät zur Arbeit.« Ich will, dass er geht. Ich will wirklich, dass er geht.

»Ich möchte dich so nicht allein lassen. Meinst du, du kommst klar?«

Natürlich nicht. »Ich werde schon nicht wieder einen Zusammenbruch haben, keine Angst.«

»Ava«, fleht er. »Bitte nicht.«

»Scherz. Das war ein Scherz. Ich komm schon klar. Ehrlich. Ich darf traurig sein. Traurig zu sein, ist eine angemessene Reaktion. Ich muss jetzt bloß allein sein, okay? Los, geh ruhig.«

»Okay. Sorry.« Er trommelt kurz mit den Fingern gegen den Türrahmen. Ich spüre, dass er sich entfernt.

»Also, tschüs dann«, ruft er einen Augenblick später, und in seinen Worten ist ein solches Verlangen zu spüren, dass meine Augen gleich wieder brennen. Er tut sein Bestes. Das tun wir beide.

ELF

AVA

Ich bin gerade oben im Kinderzimmer und wickle Fred, als es an der Tür klingelt. Es ist halb zehn, also ist es vermutlich irgendeine Lieferung, und Matt hat vergessen, mir Bescheid zu sagen. Um die Zeit ist es ziemlich unwahrscheinlich, dass Freunde vorbeikommen.

Ich nehme Fred hoch und gehe mit ihm auf dem Arm zur Treppe. Hoffentlich pinkelt er mich nicht an, das macht er gern, wenn er untenrum frische Luft bekommt.

»Ich komme«, rufe ich und gehe schnell zurück, um ihm noch eine Windel anzuziehen. Mit etwas Glück lassen sie das Päckchen einfach vor der Tür.

Eine Minute später kann ich durch das Milchglas der Eingangstür sehen, dass der Besucher nicht verschwunden ist, und obwohl ich vage die elegante Silhouette erkennen kann, erschrecke ich mich dennoch, als ich die Tür öffne und Jennifer Lovegood davorsteht. An einem Freitag.

»Jennifer! Musst du gar nicht zur Arbeit?«

Sie grinst. »Ich mache heute Homeoffice. Ich wollte mir gerade einen Kaffee kochen, aber dann habe ich mich gefragt, was diese Frau Atkins von nebenan wohl gerade so macht und ob ich stattdessen sie dazu bringen kann, mir einen Kaffee zu machen?«

Ich merke, dass ich lächle. »Ja, ich schätze, das könnte klappen. Komm rein.«

»Fantastisch.«

Sie folgt mir in die Küche und setzt sich an den Tresen. Wortlos drücke ich ihr Fred in den Arm und gehe zur Kaffeemaschine. Mein Gesicht glüht. Ich merke, dass ich mich freue, ich bin sogar regelrecht begeistert, sie zu sehen.

»Wie kommt es, dass du nicht im Büro bist?«, frage ich und hole Tassen aus dem Schrank.

»Ich musste auf eine Lieferung warten: Tiefkühlware von einem Delikatessengeschäft. Kannst du dir das vorstellen? Johnnie hat sie für die Party bestellt und mir dann direkt gesagt, dass er einen wichtigen Kunden hat und nicht hier sein kann, um die Lieferung entgegenzunehmen. Typisch Johnnie, sag ich dir. Na ja, sie ist vor fünf Minuten angekommen, also dachte ich, ich mache schnell Pause und sehe mal nach dir.«

Ich muss lächeln. Ihre relaxte irische Art zu erzählen empfinde ich als beruhigend. Neben meiner Mutter ist sie die einzige Person, die ich hier im Haus um mich haben mag, seit Abi verschwunden ist. Ein paar Tage danach kam sie vor der Arbeit vorbei. Ich erinnere mich noch an ihren tollen Hosenanzug, ihre weich fließende rote Seidenbluse, den frischen grünen Duft ihres Parfums.

»Ava«, sagte sie. »Ich bin Jennifer Lovegood. Es tut mir so leid, was geschehen ist. Wie schlagen Sie sich?«

Ich habe den Kopf geschüttelt, die Hände vors Gesicht geschlagen und geweint.

Sie saß neben mir auf der Sofakante und hat meine Hand mit beiden Händen umfasst. Sie hat nichts gesagt, einfach gar nichts. Ihre Hände waren weich, ihre Nägel kurz, sauber, nicht lackiert. Ein Ehering aus Weißgold, sonst nichts.

»Ich wünschte nur, sie würden sie finden.« Ich schluchzte.

»Natürlich. Das ist klar. Es ist so schrecklich.«

Ich kannte sie nicht, sie war völlig fremd, aber ich habe mich an ihre Schulter gelehnt und ihre schöne Jacke vollgeheult.

»Hören Sie«, sagte sie schließlich. »Ich muss zur Arbeit, aber ich gebe Ihnen meine Nummer.«

Sie reichte mir eine Visitenkarte:

Jennifer Lovegood
Kanzlei Lovegood and Fosketh
Expertin für Familienrecht

Eine Nummer im Zentrum von London und eine Handynummer.

»Nehmen Sie die hier«, sagte sie und drehte die Karte um. Auf der Rückseite war mit Lila eine weitere Handynummer notiert. »Das ist die Hotline für Notfälle, okay?«

»Danke.«

Erst jetzt fällt mir auf, dass sie ihre Nummer schon zu Hause notiert haben muss, bevor sie rüberkam. Es war ihre Art, mir zu sagen, dass ich sie stören darf.

»Wenn Sie irgendetwas brauchen, schicken Sie mir einfach eine Nachricht«, hat sie gesagt. »Ich halte dann auf dem Rückweg beim Supermarkt. Wenn ich nichts höre, hole ich trotzdem ein paar Sachen, zögern Sie also nicht. Sie haben jetzt anderes im Kopf.«

Und dann tat sie etwas vollkommen Außergewöhnliches. In ihrem eleganten Outfit ging sie vor mir auf die Knie, kniete vor mir und nahm wieder meine Hände in ihre.

»Ich muss jetzt los«, sagte sie, und ihre warmen grauen Augen schimmerten feucht. »Aber wenn Sie irgendetwas brauchen, egal was, dann melden Sie sich.«

Es war ein erstaunlicher Anblick, wie sie da auf meinem Küchenboden kniete, als ob ihr die teure Hose nicht wichtig wäre, wie eine Frau, die trotz ihres nach außen getragenen Wohlstands weiß, was im Leben zählt. Meine Erinnerung daran, wie sie vor mir kniete, ist noch so deutlich.

Dagegen erinnere ich mich nicht daran, wie sie hinausging.

Seitdem haben wir vier- oder fünfmal zusammen einen Kaffee getrunken, immer bei mir zu Hause. Bei diesen Gelegenheiten fiel es mir so leicht, mit ihr zu sprechen, leichter als bei einigen meiner engsten Freunde. Jemand Fremdes ist manchmal besser. Da gibt es nicht die Erwartung, dass ein Moment der Nähe entsteht, und das macht es weniger erzwungen; man spürt die Einsamkeit dann nicht so akut.

Ich nehme unseren Kaffee mit zum Tresen.

»Und? Wie läuft es so?«, fragt sie und sieht mich aus ihren grauen Augen prüfend an.

»Ach, du weißt schon.«

Wir nippen an unserem Kaffee. Caffè Latte: Espresso, geschäumte Milch. Hier in der Vorstadt kann inzwischen jeder zu Hause perfekten italienischen Kaffee machen.

»Hör mal«, sagt sie. »Ich wollte nur reinschauen, um dir zu sagen, dass du dich nicht verpflichtet fühlen musst, zur Party zu kommen. Ich würde mich natürlich freuen, aber du musst sehen, ob du dich damit wohlfühlst, okay? Mir war nur wichtig, dass du das weißt.«

Mir treten die Tränen in die Augen. »Ich schätze, irgendwann muss ich mich ja mal bei den Nachbarn für die Hühnerfrikassees bedanken.«

»Heißt das etwa, du hast ihnen keine selbst gebastelten Dankeskarten geschickt?« Sie zieht die Augenbrauen hoch. »Wie unhöflich.«

Ich muss lachen – aufrichtig lachen. »Matt sagt, wir müssen uns Fred zuliebe Mühe geben und dass wir den anderen früher oder später wieder gegenübertreten müssen. Sie waren alle so nett. Und ich habe noch nicht einmal ihre Post gelesen, das war undankbar.«

»Nach wessen Maßstäben denn?« Sie schnaubt verächtlich.
»Mensch, Ava. Das ist ein ganz schön dicker Knüppel, mit dem du da auf dich einprügelst.«

Trotz allem muss ich wieder lachen, ein bisschen jedenfalls.

»Ich muss diese Undankbarkeit langsam mal ablegen.«

»Ja, du verzogene Göre.«

Erstaunlicherweise muss ich ein drittes Mal lachen, wirklich richtig lachen, aber ebenso schnell schießen mir die Tränen in die Augen und kurz darauf heule ich.

»Ach herrje!«, sage ich. »Es tut mir so leid. Meine Augen haben ein Inkontinenzproblem.«

»Hey, komm. Das ist schon okay.« Sie ist aufgestanden und zieht meinen Kopf an ihr weiches, loses Leinenoberteil. »Du darfst nicht so streng mit dir sein. Bist du noch bei der Therapeutin?«

Ich nicke. »Aber das ändert nichts an der Sache, das ist das Problem. Es ändert nichts daran, dass ich die Tür offen gelassen habe. Es ändert nichts daran, dass ich nur mein kleines Mädchen wiederhaben will. Ich will sie einfach nur wiederhaben, unversehrt, unverändert, und wenn das nicht geht, interessiert mich sonst nichts, und das war es dann. Weder Hühnerfrikassee noch Zitronenkuchen. Und ich fühle mich mies deswegen, wirklich, aber mir wäre es lieber, die Leute hätten einfach ganz normal Hallo gesagt, so wie du. Ich kann ihre gequälten mitleidigen Mienen nicht ausstehen, weißt du, was ich meine? Ich möchte das Geflüster nicht hören, wenn wir auf der Straße vorbeigehen. Ich möchte nicht, dass sie nicht so ängstlich dreinblicken, wenn sie mit mir sprechen. Ehrlich, es ist, als ob ich irgendeine fürchterliche Krankheit hätte und sie fürchten, sich anzustecken, wenn sie in meine Nähe kommen. Als ob ein Fluch ihre Kinder und Enkel treffen könnte, weil sie Kontakt mit mir hatten.«

»Das ist so scheiße«, sagt sie, und durch ihren Akzent klingt es viel weicher. Sie hält noch immer meinen Kopf, und obwohl ich weine, bin ich extrem erleichtert, dass ich mich heute Morgen dazu durchgerungen habe, mir die Haare zu waschen.

»Tut mir leid«, sage ich, ziehe mich zurück und wische mit dem Handrücken unter der Nase entlang. »Ich muss wieder unter Leute.«

»Du musst überhaupt nichts, wonach dir nicht ist. Und du musst mir nicht auf die Einladung antworten. Alle auf der Straße haben zugesagt, was ich ehrlich gesagt etwas erschreckend finde. Es ist also nicht so, als ob ich einsam in meinem Haus stehen werde, während Steppenläufer vorbeiwehen. Nur für den Fall, dass du dir deswegen Vorwürfe machen wolltest. Hör zu, ich habe um elf einen Call, also muss ich los. Und du schaust einfach, wonach dir ist, okay? Du kannst das ganz kurzfristig entscheiden. Entweder kommst du oder eben nicht. Ich bin nicht beleidigt, und Johnnie wird es wahrscheinlich ohnehin kaum auffallen, weil genug Leute da sein werden, denen er alles über seine Fußbodenheizung erzählen kann.«

»Danke, Jennifer.« Ich reiße mir ein Stück Küchenpapier ab und betupfe meine Augen.

»Jen«, sagt sie und legt mir eine Hand auf den Arm. »Ab dem fünften Kaffee darf man mich Jen nennen.«

»Jen.« Ich lache und putze mir die Nase mit dem Küchentuch. »Danke.«

Als sie gegangen ist, wird mir bewusst, dass es bei ihrem Besuch keineswegs darum ging, Kaffee zu trinken und zu sehen, wie es mir geht, sondern darum, mir zu sagen, dass ihre Freundschaft nicht davon abhängt, ob ich zu ihrer großen, ultrawichtigen Party komme. Anders als bei Matt habe ich ihr geglaubt, als sie sagte, dass ich nicht kommen muss. Und gerade deswegen möchte ich jetzt sogar fast hingehen. Zumindest erscheint es mir nicht mehr unmöglich, dass ich es möchte.

ZWÖLF

AVA

In der Badewanne liegt Fred auf Abis altem roten Plastik-Babybadesitz. Im flachen Wasser strampelt er wild mit Armen und Beinen. Er sieht aus, als kämpfe er ungelenk mit einem unsichtbaren Angreifer, wobei er allerdings vollständig unerschrocken bleibt.

Danach füttere ich ihn unten auf dem Sofa – er in einem Frottee-Strampler, ich in meinem neuen, leichten Baumwollpyjama, den Mum mir letzte Woche geschickt hat. Jennifers Spontanbesuch hat diesen Tag auf eigenartige Weise beflügelt. Jen. Meine Freundin, denke ich nun mit einem behaglichen Gefühl.

Barbara hat gesagt, ich soll mich auf diese Kleinigkeiten konzentrieren. Wenn ich etwas Schönes erlebe oder etwas körperlich Angenehmes spüre. Heute ist es das Gefühl, eine Freundin gewonnen zu haben. Gerade jetzt in diesem Augenblick sind es das Prickeln auf der Haut, als sich der Sommertag dem kühlen Abend zuneigt, das zarte Netz filigraner burgunderroter Äderchen auf Freds winzigen Lidern, sein intensiv pinkfarbener Mund. Den hat er von Matt geerbt. Dasselbe Grübchen über der Oberlippe, derselbe Schwung.

Die Eingangstür klappert und klickt. Matt kommt von der Arbeit nach Hause. Eine Minute später steht er in der Wohnzimmertür.

»Hey.« Es ist kaum mehr als ein Flüstern. Er ist nie sicher, in welcher Verfassung er mich antreffen wird. Meine Laune ist so unberechenbar wie das Wetter.

»Hey«, sage ich.

Er schnauft und pustet wie der Wolf im Märchen von den drei kleinen Schweinchen, stützt die Hände in die Hüfte und schließt kurz die Augen. Er ist außer Atem von der Heimfahrt, sein Radfahrdress ist feucht, was vom Schweiß kommen muss, weil es heute den ganzen Tag furchtbar heiß war. In den Haaren auf seinen Beinen klebt Staub – getrocknete Schlammspritzer – und er wirkt, wie immer, ausgelaugt, hager und hat dunkle Augenringe.

»Alles gut?« Er zieht hoffnungsvoll die Augenbrauen hoch.

Ich lächle. »Ich füttere nur den kleinen Knirps.«

Er lässt die Schultern ein winziges Stück sinken, und ich werde von einem Schuldgefühl überwältigt. Er ist erleichtert, dass es mir gutgeht oder ich zumindest in der Lage bin, ihm zuliebe so zu tun. Ich möchte ihm sagen, dass ich mich heute wirklich ganz gut fühle. Heute war ein guter Tag, und genau in diesem Augenblick fühle ich mich, ja, ich fühle mich okay.

»Warst du heute vor der Tür?« Seine Augenbrauen sind noch immer hochgezogen. Die Hoffnung wird uns am Ende noch umbringen.

»Nein, heute nicht.« Ich wende den Blick von seinem Gesicht ab. »Aber ich habe eine Stunde Klavier gespielt.«

»Das ist gut! Klasse!« Er klingt zu erfreut, viel zu erfreut. »Wir könnten nachher noch ein bisschen spazieren gehen.«

Oh, dieser ungebremste Optimismus!

»Ich dachte, du bist mit Neil zum Training verabredet.«

»Das kann ich absagen.«

»Nein, schon gut.« Ich wende meinen Blick Freds weichem,

dunklem, unglaublich dichtem Haarschopf zu. »Ich gehe morgen vor die Tür, das verspreche ich. Jen war heute hier.«

»Jen?«

»Jennifer von nebenan. Sie hat heute von zu Hause gearbeitet und hat auf einen Kaffee vorbeigeschaut.«

»Das ist super! Das ist wirklich toll!«

»Ich mag sie sehr gern.«

Die Atmosphäre verändert sich. Er steht immer noch in der Tür. Ich kann spüren, dass er lauert. Ich weiß, er möchte mich fragen, ob ich meine Meinung in Bezug auf die Party geändert habe. Und das habe ich auch beinahe. Glaube ich.

Noch wage ich mich jedoch nicht aus der Deckung, falls meine Stimmung doch noch umschlägt.

»Ich ziehe mich nur schnell um«, sagt er nach einer Weile. »In diesen Shorts kann ich nicht laufen.«

»Klar.«

Ich höre seine Schritte auf der Treppe. Er tauscht ein Sportoutfit gegen das nächste. Bevor er zum Laufen geht, wird er kaum etwas essen. Er wird sagen, dass er mit vollem Magen nicht laufen kann. Was als Fitnesstraining begann, ist zur Obsession geworden. Er muss seit jenem Morgen mindestens sechs Kilo abgenommen haben, und er war vorher schon schmal.

Fred ist allmählich satt und lässt sich zurücksinken wie ein angetrunkener Kerl. Genau wie das Bad, wie saubere Baumwolle auf sauberer Haut, hat der Anblick meines kleinen Jungen nach dem Füttern die Macht, in mir die ersten zarten Keimlinge von Freude hervorsprießen zu lassen. Seine satte Selbstvergessenheit, seine schweren Lider, sein seliges Zahnfleischlächeln. Es gab die Befürchtung, dass ich keine Bindung zu ihm würde aufbauen können. Als er geboren wurde, ist meine Mutter extra zwei Wochen hergekommen.

»Ich kümmere mich um dich«, sagte sie mit ihrem zugewandten Pragmatismus, mit dem sie mich mein Leben lang umsorgt hat. »Und du kümmerst dich um ihn.«

Sie war ruhig, sie war still, sie war da. Wenn Fred geschlafen hat, saßen wir zusammen und haben Kreuzworträtsel gelöst. Unendlich viel Tee getrunken. Unendlich viel geredet. Jetzt ruft sie mich täglich übers Festnetz an, weil sie weiß, dass ich zu Hause bin, und auch das hilft mir neben der Therapie, für deren Kosten Matts Eltern aufkommen. Sie haben darauf bestanden.

Liebe war nie ein Problem. Auch wenn sie nicht frei von Schrecken ist, aber jede frisch gebackene Mutter ist etwas ängstlich, und wieder einmal habe ich es Barbara zu verdanken, dass ich gelernt habe, diese Liebe, meine Fähigkeit, Liebe zu geben, als eine großartige Errungenschaft anzusehen, die einen Nobelpreis verdient hätte. Mit Hilfe und Zeit werde ich es schaffen, dass Fred diese zerrissene Version von mir nie zu sehen bekommt. Ich arbeite daran – an ihr – an mir. Ich versuche, mich wieder der Person anzunähern, die ich einmal war. Es ist schwer oder besser gesagt zermürbend, etwas anzustreben, das so vollkommen außerhalb der Reichweite liegt, und sich nicht ständig dafür fertigzumachen, dass man es nicht schafft. Doch Barbara spricht davon, dass ich meine Batterien mit den schönen Momenten aufladen soll, damit ich Energie für die schlechten habe. Sie redet viel davon, im Augenblick zu leben, darüber, dass ich mich selbst gut behandeln soll. Mitgefühl ist ein Wort, das sie häufig benutzt. Es braucht Mitgefühl für mich selbst, wenn ich erreichen möchte, dass ich besser mit mir selbst umgehe. Tragischerweise habe ich den Eindruck, dass die Dinge, die wir tun können, um die schlimmsten Momente besser durchzustehen, – ein langer Spaziergang, ein mit Liebe zubereitetes Mahl, ein Musikstück, das man gern hat – in diesen Situationen genau die Dinge sind, die wir nicht ertragen. Dagegen erscheint all das, was es schlimmer macht, viel schlimmer, – Junkfood, zu viel Wein, sich in einen Raum zu sperren, der von Grabesstille erfüllt ist – so unglaublich verlockend.

Heute hat Jens unerwarteter Besuch meine Batterien aufgeladen und mir genug Energie gegeben, um zum ersten Mal seit Abis Verschwinden Klavier zu spielen. Es fühlte sich so gut an, dass ich gar nicht sagen kann, warum ich so lange nicht gespielt habe. Ich wusste, muss gewusst haben, dass es mich beruhigen würde. Das hat es schließlich immer. Ich habe zu lange gewartet, aber heute habe ich es geschafft, nur das zählt. Ich habe es irgendwann geschafft. Und wenn ich an meinem lange vernachlässigten Miniflügel sitzen kann, wenn ich die sanfte, fließende Umarmung der Tasten unter den Fingerspitzen spüren kann, wenn ich zu vergessen geglaubten, vertrauten und geliebten Melodien die Augen schließen kann – Chopin, Beethoven, Rachmaninow – und feststelle, dass ich in eine Art Zuhause zurückkehre, dann weiß ich, dass Heilung möglich ist, dass irgendwann der Tag kommen wird, an dem auch frische Luft und Menschen zu meiner Heilung beitragen werden.

Matts Schritte kommen wieder die Treppe herunter. Wenn er in die Küche kommt, wird er feststellen, dass ich nichts fürs Abendessen vorbereitet habe. Es wird ihn stören, aber nicht seinetwegen. Er wird nicht sagen, dass er sich Sorgen macht, jedenfalls nicht mir gegenüber, und er wird mich auch nicht daran erinnern, dass seine Bestellung vom Supermarkt erst gestern Nachmittag angekommen ist, dass es reichlich zu essen gibt, obwohl er selbst so wenig isst. Nichts davon muss er sagen, ebenso wenig wie er mir sagen muss, dass ich versuchen muss, ins Leben zurückzufinden, obwohl dieser nicht aufgelöste Akkord in der Luft hängt. Unsere körperlose Tochter. Wir beide wissen es. Wir beide wissen, dass wir es wissen, wozu also?

»Möchtest du ein Omelett?«, fragt er stattdessen.

Statt zu sagen: *Ich werde mich um dich kümmern. Wie lange es auch dauert.*

»Ich mache schnell eins«, sage ich, anstatt: *Es tut mir leid, dass ich noch immer in diesem Zustand bin.* »Es macht mir nichts aus.« *Ich bin müde, so unendlich müde, aber wenn du möchtest, dass ich es tue, werde ich es tun.*

»Sei nicht albern, ich mache schon was.« *Es tut mir leid, dass ich mich nicht um dich kümmere.*

Flaschen klirren, als er die Kühlschranktür öffnet. »Da ist noch etwas Couscous. Ein bisschen grüner Salat und etwas Schinken und Käse.« *Vergiss die Kocherei. Einigen wir uns wenigstens darauf, überhaupt zu essen.*

»Perfekt! Ich könnte ein kleines Glas Wein trinken.« *Siehst du? Allmählich kehre ich zurück. Bitte warte auf mich.*

»Prima.« *Welch eine Erleichterung.*

»Prima.« *Es tut mir leid.*

Prima. Prima. Prima. Prima. Prima. Prima.

Wer weiß? Wer versteht schon die eigentliche Bedeutung von dem, was man sagt? Wer weiß noch, was wir einander wirklich sagen?

Nach dem Abendessen, das ich esse und das Matt nicht anrührt, möchte er, dass ich mich hinsetze, während er die Küche aufräumt. Von meiner Übungsstunde am Nachmittag ermutigt, hole ich die Noten zu Beethovens *Pathétique* heraus und lehne sie an das Klavier. Ich beschließe, dass der erste Satz zu dramatisch ist, und entscheide mich stattdessen für das *Adagio*. Ein Fehler. Ich schaffe es nicht einmal, mich über die ersten drei Takte zu retten, und kann schon nicht mehr aus den Augen schauen.

Es klingelt an der Tür. Das wird Neil sein.

Ich wische mit dem Ärmel über meine Augen, versuche, mich zu beruhigen. Das ist das Problem bei schöner Musik, überhaupt bei schönen Dingen: Sie bringen einen zum Weinen.

Es klingelt abermals.

Fred schläft in seinem Babykörbchen zu meinen Füßen. Ich möchte Neil nicht begegnen. Zwischen uns ist es zu verkrampft, aber Matt muss oben sein, und ich möchte nicht, dass er noch einmal klingelt und das Baby aufwacht.

Ich hieve mich vom Klavierhocker und durchquere eilig den Flur.

»Ich komme.«

Ich kann Neils kräftigen Umriss durch die Milchglasscheibe erkennen, bleibe kurz stehen und atme durch.

Noch einen Augenblick. Dann öffne ich die Tür.

Kurz steht Neil der Schreck ins Gesicht geschrieben. Er errötet, wird tatsächlich rot und sagt Hallo.

»Hi«, entgegne ich und versuche, unbeschwert zu klingen.

Er senkt den Blick. Das Schweigen zwischen uns dauert etwas zu lang.

»Wie läuft es?« Er sieht auf, hält ganz kurz meinen Blick und schaut dann wieder auf die Spitzen seiner Turnschuhe, mit denen er etwas Moos aus der Ritze zwischen dem Pflaster schabt. Er hat offenbar zugenommen. Sein Gesicht ist geröteter, als ich es in Erinnerung habe, etwas aufgedunsen.

»Na ja«, sage ich. »Du weißt schon. Man versucht, durchzuhalten.«

Hinter mir aus dem Obergeschoss ist die Klospülung zu hören.

»Anscheinend gehen wir zusammen zu dieser Party bei den Lovegoods«, sagt er. »Nächsten Samstag.«

»Ach, hat Matt das gesagt?«

Er zuckt etwas zurück. »Äh, na ja, nein, nicht direkt. Er meinte, eventuell. Ich kann mich offen gestanden nicht richtig erinnern. Bella sagte, vielleicht macht sie dir Freitag die Haare?«

»Oh. Okay. Ja, ich schreibe ihr noch.«

Er zuckt mit den Schultern. »Müssen uns ja nicht jetzt entscheiden, oder? Ich meine, Johnnie Pupsgesicht wird schon ohne uns klarkommen.«

Keiner von uns lacht. Ich versuche, Matt mit bloßer

Willenskraft dazu zu bringen, herunterzukommen, doch oben ist nichts zu hören.

Neil macht Anstalten, etwas zu sagen. »Ich ...«

»Ihr könntet zuerst zu uns kommen«, sage ich gleichzeitig. »Wir könnten etwas trinken und dann weitersehen.«

»Ja. Ja, klar. Das machen wir.« Er nickt. Die Spitzen seiner Ohren leuchten tiefrot. Ich kann hören, wie er ausatmet. Wie still die Straße ist, besonders abends. Man könnte wirklich eine Nadel fallen hören. Als ob hier niemand wohnte.

Matts schnelle Schritte donnern die Treppe hinunter.

»Hey!«, ruft er. »Entschuldige, ich habe die Klingel nicht gehört.«

Gott sei Dank. Er schlüpft vorbei, legt mir seine warmen Hände auf die Schultern. Er riecht nach frischer Wäsche, einem Hauch von Schweiß. Wenn er zurückkommt, wird er die Fahrradsachen und die Laufklamotten in die Maschine stecken und sie aufhängen, bevor er ins Bett geht. Ich habe keine Ahnung, wie er es schafft, so weiterzumachen.

Er küsst kurz meine Wange. »Bin in einer Stunde zurück.«

Und weg sind sie. Ich stehe auf der Türschwelle meines Hauses und sehe ihnen nach, wie sie Richtung Thameside Lane joggen. Ich kann mir nicht vorstellen, worüber sie wohl reden mögen. Die Party vermutlich, zu der wir anscheinend gehen werden, ob ich will oder nicht. Vielleicht sind Matts Gespräche mit Neil so wie die Gespräche, die wir führen. Alle außer Jen sprechen auf diese Art mit mir – man spürt den bewussten Versuch, nicht darüber zu reden. Darüber, wie an jenem Morgen Sekunde um Sekunde, Schlag um Schlag der Rhythmus meines Lebens kollabiert ist, und über das untrennbare Gebilde aus gestern, letztem Jahr und heute, als die Zeit sich verlangsamt und gleichzeitig beschleunigt hat, auf millionenfache Weise verzerrt, seit ich meinen Körper verlassen habe und nie wirklich zurückgekehrt bin. Darum kann ich mich auch so klar sehen an jenem Tag, wie eine separate Einheit, wie irgendeine bedauernswerte Kuh schwebe ich irgendwo da oben im All. Dissoziation nennt Barbara das. Ein Schutzmechanismus. Wie wenn man einen gruseligen Film durch die gespreizten Finger anschaut, damit es nicht so schlimm ist.

Ich. Jener Morgen. Jener Nachmittag. Nutzlos im Haus, während sich draußen überall die Polizei, meine Freunde, die Nachbarn nützlich gemacht haben, gesucht haben, nach ihr gesucht haben – in Parks, in Hecken, in hügeligen Feldern, an Straßenrändern, in Gassen, Gärten, Schrebergärten, im Unterholz, im Farngestrüpp, am schlammigen Flussufer. Der dunkler werdende Himmel. Die Zeit läuft und läuft und läuft, sie läuft davon. Läuft ab.

DREIZEHN

MATT

Sie laufen die Hauptstraße entlang, doch Matt fühlt plötzlich eine Enge in der Brust. Er bleibt stehen, und nach einer Weile bleibt auch Neil stehen und schaut zurück.

»Alles okay?«, ruft er ihm zu. Einen Augenblick später ist er zurückgelaufen und legt Matt die Hand auf die Schulter. »Kumpel?«

»Alles gut.« Allmählich verflüchtigt sich die Kurzatmigkeit. Matt richtet sich auf.

»Einfach weiteratmen«, sagt Neil. »Ganz langsam. Genau. Ehrlich gesagt siehst du ganz schön müde aus. Augen wie ein Zombie. Hast du geschlafen?«

Matt nickt, eine stumme Lüge.

»Weiteratmen, ein und aus, gut. Ein und aus. Isst du genug?«

Wieder nickt Matt wortlos. Wieder gelogen. Er kann sich nicht erinnern, wie es ist, eine Nacht durchzuschlafen, eine vollständige Mahlzeit zu essen.

Neil zieht am Gummibund seiner Shorts, holt eine Bankkarte aus der versteckten Tasche und grinst.

»Drauf geschissen«, sagt er. »Lass uns einfach auf ein Pint in den Pub gehen.«

Matt verzieht das Gesicht. »Ich habe nicht geduscht.«

»Du willst ja niemanden aufreißen, oder? Es ist warm genug, um draußen zu sitzen. Komm schon. Du brauchst ein Bier.«

Matt folgt Neil zum King's Head, wo draußen an den Tischen kleine Grüppchen zusammensitzen, plaudern und trinken. Die meisten sind so um die vierzig, gut sitzende Kleidung, keine sichtbaren Logos, teure Brillengestelle und gute Schuhe.

»Schnapp dir schon mal einen Tisch«, sagt Neil und geht hinein. Etwas abseits gibt es einen kleinen Tisch mit nur einem Stuhl direkt neben dem Gehsteig. Matt holt einen freien Stuhl von einem anderen Tisch und setzt sich. Er streckt den Rücken durch und versucht bewusst, die Schultern zu lockern. Der Abend ist schwül und windstill, der Himmel dunkelblau, Sterne sind im Schein der Straßenlaternen nicht zu sehen. Der Geruch nach knusprig gebratener Ente aus dem chinesischen Schnellimbiss gegenüber lässt ihm schwindlig werden. Ihm läuft das Wasser im Mund zusammen. Eine pawlowsche Reaktion, denkt er. Er fragt sich, ob er eigentlich schon das ganze Jahr so hungrig ist und in seinem Gehirn irgendwie die Verknüpfung mit dem Bereich verlorengegangen ist, der den Appetit regelt. Sein Magen ist wie eine leere Höhle, plötzlich kann er es spüren. Als er sich das letzte Mal im Spiegel betrachtet hat, konnte er seine unteren Rippenbögen sehen und dass seine Brustwarzen trotz aller Fitness irgendwie vorzeitig schlaff geworden sind.

Ein Brummen.

Neil hat zwei Päckchen Chips zwischen die Zähne geklemmt und zwei Pints nussbraunes Bier mit cremigem Schaum in der Hand, die er auf den Tisch stellt.

»Das ist ein IPA«, sagt er, nachdem er die Chipstüten aus

dem Mund genommen und auf den Tisch geworfen hat. »Dunbar.«

Er setzt sich und zieht die Hälfte seines Pints auf einmal weg. Matt tut es ihm gleich und schließt einen Augenblick die Augen, um den Geschmack zu genießen. Das Bier ist malzig und kalt, unglaublich köstlich, und als er das Glas abstellt, stößt er zufrieden die Luft aus wie die Typen in der Bierwerbung.

»Lange her, dass ich ein anständiges Bier getrunken habe«, sagt er.

»Bei mir auch.« Neil zwinkert. »Nicht seit heute Morgen.«

»Prost.«

»Prost.«

Matt nimmt noch einen großen Schluck. Es ist so lange her, dass er so mit irgendjemandem im Pub gesessen hat, beunruhigend lange her.

Er widersteht der Versuchung, das Glas zum dritten Mal an die Lippen zu bringen, weiß, dass er es locker austrinken könnte, aber er hat seine EC-Karte nicht bei sich. Obwohl das natürlich kein Problem wäre.

Sie sind befreundet, seit Neil damals eingeschritten ist und Matt höchstwahrscheinlich ein blaues Auge von Robbie Timmins, dem Klassenrüpel, erspart hat. Es war Matts erster Tag an der neuen Schule. Er und seine Eltern waren gerade aus Manchester hergezogen. Das war um Ostern. Die ersten Trimester des Schuljahres waren vorbei, alle hatten zu Cliquen zusammengefunden – ein Albtraum für einen schüchternen, lernbeflissenen Jungen. Erst auf dem Heimweg bemerkten Neil und er, dass sie in derselben Straße wohnten. Einmal haben sie versucht, zu überschlagen, wie oft sie die Strecke zur Schule wohl zusammen gegangen sein müssen, und sich schließlich auf »verdammt oft« geeinigt.

»Hier, nimm ein paar Chips.« Neil reißt beide Päckchen auf und legt sie flach hin. »Et voilà. Häppchen.«

In wenigen Momenten hat Matt die ganzen Chips quasi

inhaliert. Nur seine guten Manieren halten ihn davon ab, auch noch das Salz direkt von der fettigen Tüte zu lecken. Doch er ist noch hungriger als vorher. Hungriger als er es seit ... na ja, seit jenem Tag gewesen ist. Seit Abi. Und jetzt hat er sein Pint fast leergetrunken, und der herzhafte Duft nach knuspriger Ente ist wie Folter.

»Es ist immer noch hart, oder?«, sagt Neil.

»Ja.« Es in Worte zu fassen, ist nicht möglich.

»Hey, du hast alles getan, was du konntest.«

Matt trinkt, zwingt sich aber, abzusetzen und den letzten Schluck im Glas zu lassen, der Fitness zuliebe. Er schiebt den Glasboden über den feuchten Ring, den das Bier auf den verblassten Buchenlatten der Tischplatte hinterlassen hat.

»Was denkst du, ob ihr auch einmal Kinder haben werdet, Bel und du?«, fragt er.

Neil lehnt sich zurück. »Holla! Wie kommst du denn jetzt auf so was?«

»Tschuldige.« Matt grinst und hebt beschwichtigend die Hand. »Ich schätze, weil du so toll mit Abi umgehen konntest. Und Bella auch.«

Neil schiebt die Unterlippe über die Oberlippe und nickt. »Sobald ich mit der Firma Fuß gefasst habe, schätze ich. In 'nem Jahr? Vielleicht in zwei?« Er lässt den Blick auf die andere Straßenseite schweifen, scheint das Schild in neongrüner Schreibschrift zu entziffern, auf dem *China Garden* steht. »Ich warte, bis wir finanziell abgesichert sind, das Haus fertig ist und Bella den Laden von ihrem Vater vollständig übernommen hat. Sie braucht jemanden, der den Laden für sie am Laufen hält, jemanden auf den sie sich verlassen kann. Aber ja, grundsätzlich wollen wir Kinder.« Er trinkt, leckt sich die Lippen. »Wie geht's Ava?«

Matt schüttelt den Kopf.

»Anscheinend wusste sie nichts davon, dass ihr zur Party

geht, als ich gerade mit ihr gesprochen habe«, fügt Neil hinzu. »Ich hoffe, ich bin da nicht in irgendein Fettnäpfchen getrampelt.«

»Sie hat gesagt, sie überlegt es sich. Sie hat natürlich ein bisschen Angst, aber ich finde, wir sollten uns vornehmen, hinzugehen. Und wenn sie dann doch nicht mitgeht, dann ist das halt so. Wir vier können doch trotzdem vorher etwas zusammen trinken, oder nicht?«

»Klar. Das hat sie zugegebenermaßen auch selbst vorgeschlagen.«

»Ich meine, sie hat sich praktisch vollständig in ihr Schneckenhaus zurückgezogen. Aber das weißt du ja.«

»Die Zeit heilt alle Wunden, stimmt's?«

Eine Last legt sich auf Matts Brust. Er ist sich nicht so sicher. »Ich würde nur gerne ...«

»Nur gerne was?«

Er schüttelt den Kopf.

»Weißt du was? Lass uns einfach noch eins trinken, okay? Und dann erzählst du es mir.«

Neils Stuhl schabt über das Pflaster, als er aufsteht und im Pub verschwindet.

Der Mond lugt hinter einer Wolke hervor – fast Vollmond, genau wie damals. Matt sieht noch, wie sie mitten auf dieser gruseligen Baustelle stehen, er und Neil, beide vollkommen verzweifelt nach ihrer erschütternden, vergeblichen Suche. Er sieht, wie er zum Mond aufsieht und denkt: Jetzt erst? Jetzt am Ende, wo wir dein Licht seit Stunden gebraucht hätten? Hört noch, wie er sagt: »Hey, Mann, ich muss dir etwas sagen.«

Ein Versprechen. Ein Handschlag.

Ava sagt, die Hoffnung wird sie beide noch umbringen. Doch ein Jahr später, halb ohnmächtig vor Hunger, der ihn schon seit einem Jahr begleitet, glaubt Matt, dass es eher die Schuldgefühle sind, die ihn umbringen werden. Es ist bestimmt möglich, an Gewissensbissen zu sterben – oder wie auch immer er dieses schwarze Etwas bezeichnen soll, das in seinem Innern wuchert. Er weiß, dass er es seinem Vater verdankt, dass es ihm schwerfällt, zu seinen Fehlern zu stehen. Ava war es, die ihm diese kleinen Lügen ausgetrieben hat, die er ständig ganz unbewusst erzählt hat, ohne darüber nachzudenken. Sie hat ihn immer dabei erwischt, wie er sich eine Ausrede ausgedacht hat, um nicht zu irgendeiner Veranstaltung gehen zu müssen, oder wie er versucht hat, sich irgendwie herauszuwinden, wenn er auf der Arbeit einen Fehler gemacht hat.

»Sag ihnen doch einfach, dass du zu müde bist«, sagte sie verwundert. Oder: »Sag doch einfach, dass du einen Fehler gemacht hast. Es geht um die Arbeit. Ihr seid doch alle erwachsen, und sie sind nicht dein Vater, Matt. Wenn du die Verantwortung übernimmst, kann keiner mehr etwas sagen. Sag ihnen einfach die Wahrheit.«

Erst durch Ava hat er gelernt, dass es eigentlich fast immer einfacher ist, die Wahrheit zu sagen. Doch jetzt sitzt er hier und trinkt Bier, obwohl er angeblich Joggen gegangen ist, weil es nicht einfacher war, die Wahrheit zu sagen. Das schwarze Ding hat ihm den Atem abgeschnürt, füllt seinen Magen aus und setzt sich in seinem Hirn fest. Und Neil fragt ihn, was los ist, und er kann es kaum ertragen, zu sagen, dass es noch immer dasselbe ist, dieselben Schuldgefühle, dieselbe Reue. Dass er an manchen Tagen an nichts anderes denken kann, als daran, wie sie den kleinen blauen Mantel seiner Tochter aus dem Fluss gefischt haben, wie er mit zittriger Stimme vor die Presse getreten ist, sich bemüht hat, das handschriftliche Statement zu verlesen, das er auf eine herausgerissene Ringbuchseite geschrieben hatte. Wie er versucht hat, gleichzeitig mit der anderen Hand seine gebrochene Frau aufrecht zu halten. Ihre Schultern waren dünn, ihr Hals irgendwie in ihr Schlüsselbein eingesunken. Es war, als ob man sie fallen gelassen hätte. Selbst jetzt noch hat er manchmal den Eindruck, dass ihr Kopf tiefer sitzt oder ihre Schultern höher, als würde sie sich ducken, um Schutz zu suchen. Seine Frau Ava, die so viel gelacht hat, als sie sich kennengelernt haben, so viel, dass ihr Bier in die Nase geraten ist. Und darüber musste sie dann so lachen, dass sie Schluckauf bekam. Diese lachende, optimistische junge Frau ist verschwunden, das weiß er. Doch er ist ja auch nicht mehr der junge Kerl, der er mal war, der Mann, der er gern gewesen wäre. Jetzt sind sie das hier, sie sind die, die sie an jenem Tag geworden sind: gebrochene Schatten, die einer Meute gieriger Journalisten eine hingekritzelte Notiz vorlesen, eine flehentliche Bitte um Informationen, um Privatsphäre. Er kann den Blick nicht von den Dutzenden Mikrofonen wenden, die vor ihm lauern wie zitternde Hunde. Das sind sie jetzt geworden: die armen Eltern des kleinen Mädchens, das verschwunden und vermutlich ertrunken ist.

Sein Wissen zu begraben, hat nicht geholfen.

»Hier.« Neil ist zurück mit zwei frischen Pints, einem Tütchen Chips und einem mit gerösteten Erdnüssen. Er stellt die Pints ab und wirft die Snacks in die Tischmitte. »Fünf Portionen am Tag.«

»Zählen Nüsse als Obst?«

»Glaub schon.« Er setzt das Pint an. »Und Weizen ist Gemüse.«

»Ist es nicht, du Lauch.«

Sie trinken dieses Mal langsamer, stellen gleichzeitig die Gläser zurück auf den Tisch. Einen Moment lang sagt keiner von ihnen etwas.

»Also«, sagt Neil. »Was ist dieses Nichts, das dir nicht zu schaffen macht?«

Matt lächelt. »Nichts. Ich bin nur müde.«

»Ich weiß, was du meinst. Auf der Arbeit …«

»Ist die Hölle los?«

»Ganz genau.« Neils Augen sind schmal, blass und sein Blick intensiv. Einen Moment wirkt es, als ob er noch etwas sagen will, doch dann greift er stattdessen nach dem Glas und trinkt. Der Augenblick in all seiner möglichen Tragweite ist verflogen.

VIERZEHN
AVA

Ich sehe mir irgendeine langweilige Komödie auf Netflix an, während Fred auf meinem Schoß schläft, als ich höre, wie Matts Turnschuhe nacheinander in den Korb im Flur geworfen werden. Wir haben den Schuhkorb extra angeschafft, um der für zwei Personen unverhältnismäßigen Menge Schuhe in diesem Haushalt Herr zu werden. Ein Seufzer, und ein paar Sekunden später steht Matt in der Wohnzimmertür. Sein Blick wirkt etwas schläfrig. Außerdem meine ich, Bier zu riechen.

»Gut«, sagt er und trommelt wie gewöhnlich auf dem Türpfosten herum. »Du bist wach.«

Er spricht nicht undeutlich, vielleicht habe ich mich geirrt. Vielleicht ist er nur müde.

»Hat das Laufen gutgetan?«, frage ich.

»Eigentlich haben wir ein paar Bier getrunken.«

Aha.

»Mit Neil? Das ist ungewöhnlich.«

Er fixiert irgendeinen weit entfernten Punkt an der Wand. »Nur ein bisschen geredet. Ein bisschen rumgeflachst.«

Was impliziert, dass ich ihm das nicht bieten kann. Ich sage nichts dazu.

Matt wendet sich ab, spricht über die Schulter weiter. »Ich muss mir ein Toast machen. Ich sterbe vor Hunger.«

Vorsichtig lege ich Fred neben mich und zwinge mich, vom Sofa aufzustehen. Mein Körper fühlt sich schwer an, und das liegt nicht an den Schwangerschaftspfunden. Das Gewicht steckt in den Beinen, den Armen, im Bauch. Wenn ich nichts dagegen unternehme, *verwandle* ich mich noch in dieses Gewicht, und Matt wird keine andere Wahl haben, als sich loszuschneiden und auf Nimmerwiedersehen davonzutreiben.

Er ist in der Küche und isst händeweise Kettle Chips mit Salz und schwarzem Pfeffer und beobachtet erwartungsvoll den Toaster. Zum ersten Mal seit ... na ja, seit ... damals sehe ich, dass er auch nur annähernd etwas Begeisterung für Essen zeigt. Im Kühlschrank finde ich Butter und Camembert in einer rustikal wirkenden Spanschachtel. Matt muss sie bestellt haben. Außerdem finde ich mit Kräutern eingelegte Oliven in einem durchsichtigen Plastikbehälter, zwei Pizzen einer Restaurantkette, deren Packungsaufdruck mit gegrilltem mediterranen Gemüse wirbt, und einen Pack teurer, sahniger Fruchtjoghurts. Chorizo-Würstchen liegen voll Optimismus eng aneinandergeschmiegt in ihrer Verpackung, die feste Pelle leuchtet kräftig in verbranntem Rotorange. In glücklicheren, witzigeren Zeiten hat Matt dazu immer Fuchsklöten gesagt. In einem Glas daneben schwimmen glänzend rote, mit Hirtenkäse gefüllte Kirschpaprika in Öl wie anatomische Präparate in Formaldehyd. So sehen Matts Supermarktbestellungen immer aus: französischer Käse, teure, salzige Snacks, dicke Kekse in eleganter Verpackung, auf der etwas von handgemacht steht. Es soll uns dazu verführen, normal zu essen, zu versuchen, das Essen zu genießen, das Leben zu genießen, wenn es uns gelingt.

Ich schiebe ihm Butter und Käse über den Tresen zu und versuche zu ignorieren, dass er überhaupt keinen Hintern mehr hat. Seine Joggingshorts hängen an ihm wie das Röckchen einer Eiskunstläuferin.

»Wollte Neil etwas Bestimmtes besprechen?«, frage ich.

»Nein. Wir waren bloß beide zu müde, um zu laufen, und du weißt doch, wie er ist. Er hat sich nicht lange bitten lassen. Ich wusste gar nicht mehr, wie schnell er trinkt. Er ist wie ein Staubsaugeraufsatz.«

»Dann war das dein Vorschlag?«

»Ja, mir war nicht nach Joggen. Ich habe gestern Nacht nicht gut geschlafen.«

Wie die übrigen Nächte auch. Das weiß ich, weil ich auch wach liege. Ich höre ihn, wie er sich dreht, ins Kissen schlägt, schließlich aufgibt und nach unten geht. Und dann kommt er kalt und verspannt zurück ins Bett. In solchen Momenten sollte ich mich ihm zuwenden, ich weiß. Doch ich stelle mich schlafend, halte die Augen geschlossen und atme regelmäßig ein und aus. Sogar Schnarchen habe ich schon vorgetäuscht. Nie wäre mir im Traum eingefallen, dass ich im Bett mal so etwas vortäuschen würde, aber es ist erstaunlich, wie überzeugend man sein kann, wenn es sein muss.

Habt ihr über Abi geredet?

Hat Neil sich dafür entschuldigt, dass er so distanziert war?

Ist einem von euch ein neuer Gedanke gekommen, wo sie sein könnte?

Matt antwortet nicht. Ich stelle fest, dass ich die Fragen nicht laut ausgesprochen habe. Ich habe ihm wieder und wieder alle erdenklichen Fragen gestellt. Darüber zu sprechen, lässt nur den Schmerz wieder aufflammen, sagt er, und er hat recht – wir müssen einen Weg finden, weiterzumachen, weiterzuleben, unserem Sohn zuliebe.

»Hör zu«, sage ich, und er beißt ein riesiges Stück Toast ab. »Ich habe darüber nachgedacht, und ich möchte zu der Party gehen.« Ich wende den Blick ab. Es reicht, dass ich es laut ausgesprochen habe. Ich brauche nicht zu sehen, wie sich die Hoffnung auf seinem Gesicht ausbreitet.

FÜNFZEHN

AVA

Es ist ein komisches Gefühl ohne Fred. Es ist ein komisches Gefühl, einen Friseurtermin zu haben. Es ist ein komisches Gefühl, dass ich überhaupt in der realen Welt existiere, aber das tue ich ja eigentlich auch gar nicht, glaube ich. Ich schwebe darüber. Schwimme vielleicht hindurch.

Ertrinke. Egal, heute Morgen kann ich mich kaum erinnern, wie man läuft. Ohne Kinderwagen, mit albern herumschlackernden Armen wie ein Clown.

Meine Füße sehen seltsam aus, die abwechselnden Schritte meiner weißen Converse-Schuhe auf dem breiten grauen Gehsteig erscheinen mir absurd. Ebenso absurd ist die Erinnerung an mein altes Ich, das diese Schuhe unbedingt haben wollte, das Ich, das zwar nicht übermäßig materialistisch war, aber dennoch Freude an weltlichen Besitztümern hatte. Ich kann mich daran erinnern, wie ich mit diesen Turnschuhen nach Hause gekommen bin. Ich erinnere mich an das leicht elektrisierte Kribbeln, als ich den Schuhkarton mit dem berühmten Stern-Logo aus der Einkaufstasche gezogen habe, wie aufregend, fast ungehörig der Anblick des Seidenpapiers war, erinnere mich an den freudigen Seufzer, der mir entfuhr, als ich die nagelneuen Segeltuchpumps herausnahm. Diese Person ist vollkommen verschwunden, das weiß ich. Diese hier, mein jetziges Ich, läuft auf surrealen Füßen, ist desorientiert, ein ätherisches Geschöpf, viel zu leicht für die Schwere meines Seins.

Doch gleichzeitig bin ich mein fröhliches Ich von damals, von davor, das ist mir klar. Ebenso wie die arme Frau an jenem schrecklichen Morgen, auch das bin ich. Ebenso dieser benommene Automat, der ich in der gegenwärtigen Zeitlinie bin. Da bin ich also und gehe mit einem Klumpen im Magen zu einem Friseurtermin, obwohl ich nicht sicher bin, ob ich ihn durchstehen werde, und das für eine Party, auf die ich nicht gehen möchte. Wieder drehen meine Gedanken ihre täglichen, stündlichen Schleifen. Sekunde um Sekunde, Schlag um Schlag, gestern, letztes Jahr, heute. Vor langer, langer Zeit versuchte mein damaliges Ich ein teuflisch schweres Klavierstück – zum Beispiel Liszts *Liebestraum Nr. 3* – zu meistern, glaubte, dass meine Hände die gewaltigen Akkordgriffe niemals würden greifen können, und verknotete sich die Finger an den schnellen Arpeggios. Oder an Chopins *Ballade Nr. 1*, die mir im College Tränen der Verzweiflung in die Augen getrieben hat; genau wie damals versucht mein jetziges Ich nun, blindwütig mit meinem episodischen Gedächtnis zurechtzukommen und mit diesem nicht aufgelösten Dreiklang des Teufels zu leben, den das Verschwinden meiner Tochter darstellt. Der leere Buggy im Flur, die offene Haustür, die verlassene Straße, die heiße, aufwallende Panik in meinem Herzen. Matts Gesicht, der Laut, der mir entfuhr, als er sagte, die Polizei sei auf dem Weg, die Autos mit dem Schachbrettmuster, die Mannschaftswagen, die Uniformen, eine kleine schwarze Linse am Revers, das Bellen der Hunde, die Nachbarn, der Helikopter, das Durcheinanderrufen der Presseleute, das Blitzlichtgewitter, die stille Kapitulation vor der Dämmerung. Mein Mann und sein bester Freund um Mitternacht weinend vor der Haustür.

Das Bild der triefend nassen Jacke meiner Tochter auf DI Farnhams Handy.

Im Friseursalon wartet Bella auf mich. Sie bemüht sich, kümmert sich rührend. Sie begleitet mich in den Wartebereich, als wäre ich ein Ehrengast, obwohl ich mir hier immer von ihr die Haare habe schneiden lassen, seit wir uns kennen. Es war mein Versuch, Matts und Neils Freundschaft zuliebe eine Gemeinsamkeit zu finden. Eigentlich brauche ich nicht viel Getue beim Friseur. Waschen, schneiden, mal ein bisschen länger, mal ein bisschen kürzer. Bevor ich Bella kannte, habe ich mir nie die Haare färben oder mir Locken machen lassen. Bella hat mich nach Abis Geburt überredet, mir Highlights machen zu lassen, damit es ein bisschen »frischer« aussieht. Jetzt, mit fünfunddreißig, sind schon erste weiße Haare im braunen Ansatz erkennbar. Aber das kümmert mich nicht wirklich.

»Setz dich hierher, meine Liebe.« Bellas Fröhlichkeit ist unnatürlich, aber ich versuche, den Gedanken zu verdrängen. Wir waren miteinander nie so vertraut, dass wir uns gegenseitig hätten aufziehen können.

»Ich bringe dir etwas zu trinken. Kaffee oder Tee? Oder vielleicht etwas Stärkeres? Es ist ja Freitag. Ich hätte etwas Baileys da, ich könnte dir einen Baileys auf Eis bringen.« Sie hebt die Augenbrauen genau wie Matt.

»Nein, danke. Einfach nur Tee wäre prima.« Ich spüre die Rechtfertigung in meinem Lächeln. Mehr liegt nicht drin. »Danke, Bel.« Bel. Na bitte – mein Versuch, ihr zu versichern, dass ich noch immer ich bin und dass wir uns immer noch kennen. Ich brauche nicht viel Fantasie, um mir vorzustellen, wie beklemmend es sein muss, mit mir umzugehen. Es stand allen, mit denen ich im vergangenen Jahr Kontakt hatte, immer deutlich ins Gesicht geschrieben, und jetzt erkenne ich es wieder im Gesicht meiner Freundin, die darum bemüht ist, es mir recht zu machen.

Im Wartebereich setze ich mich auf das rote Ledersofa. Meine Arme schweben herum. Ich weiß nicht so recht, wo sie hingehören.

»Sieh dir ein paar Bilder an.« Sie deutet mit dem Kopf zu den Zeitschriften, als hätte sie meine Gedanken gelesen. »Vielleicht findest du etwas, das dir gefällt. Aber keine Dauerwelle.« Sie kichert kurz, dann mildert sie es zu einem wohlwollenden Lächeln ab. In ihrem Gesicht lese ich eine Andeutung von – Stolz. Sie ist stolz auf mich, weil ich es fertiggebracht habe, herzukommen. Vielleicht glaubt sie auch an die Magie, die sie als Stylistin vollbringen kann. Bella legt viel Wert auf das Äußere. Ich hatte immer den Verdacht, dass meines ihren Ansprüchen nicht ganz gerecht wird und dass sie mich deswegen nicht zu ihren Mädelsabenden einlädt, das hat sie auch davor schon nicht getan. Ihre anderen Freunde haben diese besondere Art von Glamour. Ihre Kleidung entspricht immer voll dem Trend, von dem ich üblicherweise noch nichts mitbekommen habe, jetzt erst recht nicht mehr. Ihre Haare haben immer die perfekte Farbe und den perfekten Schnitt, diese Art Frisur, die aussieht, als wären sie gerade ein paar Minuten zuvor aus dem Meer gekommen oder von einem Hügel ins Tal gewandert, etwas ausgeblichen, vom Wind zerzaust, vielleicht soll es ein bisschen wirken wie kurz nach dem Sex, wer weiß? Frauen wie Bella kennen Sachen, von denen ich keinen Schimmer habe, – Modemarken, Make-up-Hersteller, neue Boutiquen in der Gegend – und wissen, welche Schuhe man zu welchem Kleid trägt. Ihre Nägel sind immer perfekt, ihr Instagram-Feed ist eine professionelle Fotostrecke. Ich finde es nicht falsch, Wert auf das Äußere zu legen. Ein Gesicht für die Öffentlichkeit ist nützlich, sogar wichtig. Im Moment ist es das Einzige, was mich zusammenhält.

Hinten im Salon läuft Radiowerbung, übertönt von Föhngeräuschen. Sind die Nachrichten bei Magic Radio wirklich magisch? Ich bezweifle es. Der Geruch von Haarfärbemittel und Nagellackentferner ist durchdringend. Ich blättere durch die Zeitschriften, versuche, mir nicht allzu offensichtlich ansehen zu lassen, wie sehr mich die misogyne Darstellung des weiblichen Körpers und die schadenfrohe Lust an Zusammenbrüchen von Prominenten schockiert. Wie soll ein Mädchen so aufwachsen, ohne sich selbst zu hassen. Mal ehrlich, wie? Schließlich werfe ich die zerfledderte Zeitschrift angewidert zurück auf den Tisch und beschließe, mir die Haare einfach ein bisschen nachschneiden zu lassen.

Eine junge Frau mit pinkfarbenem Kittel und einer weißen Teetasse in der Hand weist mir den Weg zu einem Friseurstuhl und stellt mein Getränk auf die schmale Ablage unter dem Spiegel. Mein Spiegelbild ist eine Beleidigung. Der braune Ansatz ist viel länger und auffälliger, als ich dachte. Das strähnige Blond ist nur noch halb zu erkennen und schon fast ganz herausgewachsen. Meine Wangen sind eingefallen und um meine Augen haben sich grauschwarze Ringe gebildet, die ich im Spiegel zu Hause geflissentlich übersehen habe. Ich muss an Edward Munchs Gemälde *Der Schrei* denken. Mein restlicher Körper ist dünn, aber nicht in Form, mein Bauch steht hervor wie ein aus der Form gestürzter Wackelpudding. Ich sehe aus wie eine Schlange, die ein weichgekochtes Straußenei verschluckt hat.

»Was möchtest du denn machen lassen?« Über den Spiegel lächelte mich Bella mit ihrem makellosen Make-up und dem dichten, glänzenden rotbraunen Hollywoodhaar an. Ihre Zähne sind übernatürlich weiß, und ich kann mich daran erinnern, wie dieses perfekte Äußere an jenem Tag in scharfem Kontrast zu der Sorge und dem Schmerz in ihrem Ausdruck stand. Wie sie weinend mitten auf der Fahrbahn die Straße hinuntergelaufen ist, in ihren kleinen hochhackigen Stiefeletten, den superengen Jeans und dem schulterfreien Top.

»Ava? Matt? Abi?« Damals trug sie das Haar aubergine gefärbt und es fiel ihr schräg über ein Auge. Sie hielt die Finger unter die Wimpern. Jetzt aus der Rückschau wird mir klar, dass auf diese Weise beim Weinen die Mascara nicht verläuft. »O Gott«, schluchzte sie. »Ich fasse es nicht. Ich kann es nicht glauben. Die kleine Abi.«

Sowohl sie als auch Neil waren an jenem Tag nicht zögerlich. Niemand war das. Erst danach wurde es schwer für uns alle. Wenn ein Kind verschwindet, sucht man. Man wird sofort aktiv. Wenn es nicht gefunden wird, verschwindet diese Handlungsfähigkeit. Man weiß nicht mehr, was man tun soll. Man weiß nicht, was man trauernden Eltern sagen soll. Das ist schon schwer genug. Doch was sagt man jemandem, der nicht einmal trauern kann?

Doch jetzt steht sie da und lächelt mich über den Spiegel an. Das ist etwas, das ich tun kann, sagt ihr Lächeln. Zumindest das Äußere kann ich in Ordnung bringen.

»Einfach nur nachschneiden«, sagte ich und zupfe an den Spitzen.

Sie sieht mich durch die kunstvoll gemachten Wimpern an. »Das bekommen wir auch besser hin.« Mit den Fingern bildet sie eine Schere und hält sie auf Kinnhöhe an mein Haar. »Wenn ich sie hier abschneide, betont es dein Gesicht und deine tollen Wangenknochen.«

Aha, was auf mich skeletthaft und eingefallen wirkt, sind bei ihr offenbar Wangenknochen.

»Okay.«

»Ich ziehe Strähnchen in drei unterschiedlichen Tönen, dann sieht man das Rausgewachsene nicht so. Man sieht am Ansatz schon ein paar graue Haare, Süße.«

Ich habe keine Ahnung, ob es für graue Haare zu früh ist oder nicht. Ich schätze schon. Mir wird klar, dass es mir vollkommen egal ist, was sie anstellt, und der Gedanke ist befreiend. Wahrscheinlich hat sie recht. Ein Haarschnitt könnte mich tatsächlich ein bisschen aufmuntern.

»Mach, wie du meinst.« Ich lächle über den Spiegel zurück, und sie geht, um die Farbe anzurühren.

Fünf Minuten später trägt sie die Paste auf und wickelt die einzelnen Strähnen in Folie. Ich muss ihr zugutehalten, dass sie nicht fragt, ob ich mich auf die Party freue. Sie sagt nur: »Glaubst du denn, du schaffst es morgen Abend für ein Stündchen oder so?«

Ich nicke. »Ich werde es versuchen.«

»Großartig. Wir kommen ja zum Vorglühen zu euch. Und du hast Matt, dann bist du nicht allein.«

»Ich nehme Fred mit. Ich weiß, sie haben gesagt, keine Kinder, aber ...«

»Richtig, und er wird schließlich nicht über ihr dänisches Parkett rennen oder weiß der Geier.«

»Dänisches Parkett haben sie?«

Sie runzelt die Stirn. »Ich glaube, sie haben sich letztlich für polierten Beton entscheiden, da müsste ich Neil fragen. Ich weiß, dass sie die Küche extra haben anfertigen lassen, weil Neil sie nicht einbauen musste. Das hat irgendein Schreiner aus Devon gemacht. Und ich weiß, dass sie ein Vermögen für die Beleuchtung ausgegeben haben. Der Garten ist anscheinend auch fertig. Offenbar haben sie eine Pergola und so ein Zink-Kubus-Gartenbüro-Dings. Ich bin so gespannt, es zu sehen. Ich wette, sie haben Catering bestellt.«

»Jen ist neulich vorbeigekommen«, werfe ich ein. »Ich weiß, dass sie irgendwelches Schickimicki-Essen bestellt haben.«

»Ich kenne sie leider überhaupt nicht. Sie ist älter als wir, oder nicht?«

»Ein paar Jahre, glaube ich. Sie war sehr nett, als ... als Abi ...« Ich kann nicht weitersprechen, sonst klinge ich passiv-aggressiv. Fakt ist, dass Jen mich im vergangenen Jahr öfter besucht hat als Bella – einfach indem sie mich überhaupt besucht hat.

»Sie ist Anwältin, nicht?«, fragt Bella und schmiert noch einen Klecks Zeug auf meine traurigen Splisshaare. »Er ist Baustatiker, das weiß ich natürlich von Neil.«

»Ja, sie ist Anwältin, glaube ich. Scheidungsrecht, meine ich. Er hat ein Büro auf Eel Pie Island, glaube ich.«

»Genau. Ich bin dort gewesen, als ...« Sie errötet und rührt energisch in der Plastikschüssel mit der Farbe. »Sie arbeitet in der Stadt, oder nicht? Ich glaube, sie bringen erst die Kinder weg, dann bringt er sie zum Bahnhof und danach fährt er rüber nach Eel Pie.«

Ich zucke mit den Schultern. Zu meiner Schande muss ich gestehen, dass ich die Kinder nie wirklich kennengelernt habe. Ich weiß nur, dass die jüngere Tochter ungefähr im selben Alter ist, wie Abi es wäre oder vielleicht immer noch ist, denn irgendwann einmal habe ich gesehen, wie Jen am Wochenende versucht hat, sie ins Auto zu bugsieren. Die ältere habe ich tatsächlich nie gesehen, was mir verwunderlich vorkommt, jetzt wo ich darüber nachdenke. Sie sind erst kurz vor Abis Verschwinden eingezogen, und in diesem Jahr habe ich mich so organisiert, dass ich möglichst niemandem zufällig begegne. Johnnie hat sich wie die meisten ferngehalten, und wenn Jen mich besucht hat, war sie immer allein. Ich nehme an, ich sollte mich geehrt fühlen oder so, dass sie sich solche Mühe gegeben hat, mich kennenzulernen, vor allem unter den gegebenen Umständen. Ich hätte sie fragen sollen, ob ich mir das Haus ansehen darf, schätze ich, und sie hätte mich bestimmt gern herumgeführt, aber das ist mir nicht einmal in den Sinn gekommen. Es ist erstaunlich, wie unwichtig die greifbare Welt um einen herum werden kann, wenn man jemanden verliert, der ein lebendiger Teil von einem selbst war. Es ist die Ironie des Schicksals, dass ich den Lovegoods gerade durch mein mangelndes Interesse an der glänzenden Luxusfassade des neuen Jetset-Pärchens der Straße unabsichtlich nähergekommen bin als alle anderen. Na ja, zumindest einem Teil des Pärchens. Aus Matts Äußerungen entnehme ich, dass alle Nachbarn sich ein Bein ausreißen würden, um sich mit den Lovegoods anzufreunden. Das erklärt auch, warum alle die Einladung so eifrig angenommen haben.

»Die Nanny holt sie offenbar ab«, sagt Bella, und mir fällt auf, dass ich gar nicht zugehört habe. »Der VW up! gehört ihr, der kleine schwarze, weißt du, welchen ich meine? Den haben sie extra für sie gekauft. Die haben der Nanny ein Auto gekauft. Wer macht denn so was? Die haben was Überhebliches, oder? Ich meine, ich weiß, alle haben hier jetzt SUVs und so, aber ein Porsche Cayenne ist doch pure Angeberei und dieses leuchtende Orange ... Weißt du, was er zu Nee gesagt hat? Er sagte: Orange wie Cayenne, du weißt schon, wie Cayennepfeffer. Als ob Neil nicht wüsste, was Cayennepfeffer ist.« Sie lacht. »Vollpfosten. Und ein Besserwisser. Als ob wir nicht wüssten, was Cayennepfeffer ist, der Blödmann. Glaubst du das? Ich wette, ich kann besser kochen als er. Neulich habe ich für Nee und mich Zucchiniblüten gemacht. Ich möchte wetten, der kriegt einen Herzschlag, wenn er das wüsste. Nach dem Motto: Essen Leute wie ihr nicht Spiegelei mit Pommes? Mal ehrlich, wer braucht einen Porsche, nur um zwei Meilen die Straße runterzufahren. Ich meine, wir haben es verstanden, Junge. Du bist so reich wie die Kardashians.« Sie lacht noch einmal, schüttelt die kleine Plastikschüssel und fügt hinzu, dass das jetzt fies war. Sie sagt, ich soll warten, und geht den Wärmestrahler holen.

Ich bleibe in meinem Umhang zurück und versuche, nicht auf meine Nase zu starren, die im grellen Licht zu wachsen scheint, oder auf die tiefer werdenden Schatten unter meinen Augen, versuche nicht darüber nachzudenken, wie viel besser sie über meine direkten Nachbarn Bescheid weiß als ich, und das trotz der Freundschaft, die sich gerade mit Jen entwickelt.

Wir sind keine Freundinnen, nicht richtig, denke ich mit schlechtem Gewissen. Wenn wir Freundinnen wären, hätte ich ihr Fragen gestellt. Ich wüsste über ihre Kinder Bescheid, mehr über ihren Job und ihre Herkunft. Stattdessen habe ich nur zugelassen, dass sie mir eine Schulter zum Anlehnen sein darf. Ich habe sie irgendwie ausgenutzt. Das beschließe ich zu ändern.

Dass Bella Johnnie für überheblich hält, überrascht mich hingegen nicht. Doch soweit ich mich erinnere, war er an jenem Tag enorm freundlich und hilfsbereit. Johnnie hat Bella den Drucker im Büro benutzen lassen, um noch mehr Flyer und Plakate auszudrucken. Ach, natürlich. Das war es, was sie vorhin meinte, warum sie rot geworden ist und so schnell das Thema gewechselt hat.

»Ich hätte anbieten sollen, dass ich die Tinte bezahle«, sage ich zu meinem Spiegelbild, bevor ich aus meinem Tagtraum hochschrecke und feststelle, dass niemand etwas von meinem Selbstgespräch mitbekommen hat.

Niemand sieht mich an. Niemand kümmert sich. Niemand bemerkt überhaupt etwas, nicht einmal ein kleines Mädchen, das allein die Straße entlangläuft, ein Kleinkind, das sich am Flussufer mit den Enten unterhält, sich zu weit vorbeugt, viel zu weit ... hineinfällt.

Ich höre den Föhn, aber ich weiß nicht, ob ihn gerade eben jemand eingeschaltet hat oder ob ich das Geräusch erst jetzt bewusst wahrnehme. Ein Jingle, dann das Versprechen, dass es gleich eine Stunde lang klassische Lovesongs zu hören gibt. Der chemische Geruch von Färbemittel. Das Geplapper der Frauen. Der Spiegel zeigt mir eine Frau mit meinem Gesicht, bloß dünner und älter als ich, ihre Haare sind unter gefalteten Folienstreifen verschwunden. Sie sieht vollkommen erschöpft aus. Ich bin zu jung, um auszusehen wie sie. Ich bin zu jung, um so auszusehen.

Bella kommt zurück und schiebt den Strahler vor sich her,

die drei Heizarme sind ausgestreckt wie die Köpfe einer Hydra. Sie positioniert das Gerät über meinem Kopf. Sie bringt mein Äußeres wieder in Schuss. Sie stellt das Gerüst auf, tut, was sie kann.

Das tun wir alle, allesamt, wir tun, was wir können.

SECHZEHN
MATT

Um halb sieben klingelt es. Ava ist noch immer oben und macht sich zurecht, weil Fred, der vielleicht die Unruhe seiner Mutter gespürt hat, beim Füttern sehr hibbelig war. Matt wünschte, sie wäre jetzt bei ihm, dann könnte er sie vor der Party noch einmal umarmen und etwas Mutmachendes sagen. Sie hat heute kaum mit ihm gesprochen, ihn kaum angesehen.

Aber es ist, wie es ist, und er öffnet mit dem schlafenden Fred auf dem Arm die Tür. Wie erwartet sind es Bella und Neil. Vor einem Jahr wäre es vollkommen normal gewesen, ihnen die Tür zu öffnen. Freitags haben sie oft beim Chinesen bestellt oder einen Filmabend gemacht, vielleicht hätten sie sich zu einem gemütlichen Sonntagsessen getroffen. Und jetzt schreckt er zurück, als er sie so aufgebrezelt sieht.

Als ob er die Förmlichkeit der Situation betonen wollte, die früher einmal so ungezwungen gewesen wäre, sieht Neil aus, als käme er direkt vom Friseur. Sein kurzes Haar ist an den Seiten geschoren, und das restliche Haar hat er mit viel Wachs aufgetürmt und nach hinten gelegt. Er trägt ein blütenweißes Hemd mit dem gestickten Superdry-Logo in Marineblau auf der Brusttasche, passende marineblaue Chinos und hellbraune

Halbschuhe. Neil war immer schon superadrett und schick, immer frisch rasiert, selbst auf der Baustelle, aber seit er Bella vor sechs Jahren kennengelernt hat, ist er immer wie aus dem Ei gepellt. Selbst seine Arbeitsoveralls sind weiß, jeden Tag ein frischer. Bella hat Neil etwa so kennengelernt, wie die meisten hier beim Hauskauf vorgehen – großartige Lage, solides Fundament, braucht aber etwas Aufmerksamkeit und Zuwendung, um es wie ein Makler auszudrücken. Der Fairness halber muss man allerdings zugeben, dass sie ihrem Sanierungsvorhaben wirklich reichlich Liebe und Zuwendung gewidmet hat.

Bella trägt ein todschickes Kleid und hochhackige Sandaletten, und sie riecht stark parfümiert. Sie folgt Neil ins Haus und reicht Matt eine Flasche Prosecco, als er sich vorbeugt, um ihr einen Kuss auf die Wange zu hauchen.

»Das wäre doch nicht nötig gewesen«, sagt er. »Wir trinken doch nur schnell ein Schlückchen hier, bevor wir gehen. Nimm sie doch mit zur Party.«

»Ist schon okay, ich habe noch eine zweite in der Tasche.« Sie dreht die Hüfte, und eine große weiße Ledertasche wird sichtbar, in der eine verräterische, flaschenförmige Beule zu erkennen ist. »Ich habe auch ein paar Pralinen. Hotel Chocolat.« Sie spricht es aus wie *Schokolatt*, und Matt ärgert sich, dass es ihm überhaupt auffällt. Das ist genau die Art bildungsbürgerlicher Snobismus, den Neil nicht leiden kann und er selbst genauso wenig, denkt er mit schlechtem Gewissen.

»Danke, das ist wirklich nett.« Matt hebt die Flasche und fühlt sich plötzlich unwohl in seiner Haut, obwohl er weiß, dass Bella immer übertrieben großzügig ist. Wie er feststellt, muss er sich erst wieder an sie gewöhnen. Vor langer Zeit hat er herausgefunden, dass hinter Bellas überkandidelter Art – ihrer Art, Geschenke zu machen, sich zu kleiden, zu sprechen, zu feiern – eigentlich Unsicherheit steckt, das weiß er von Neil, der ihm einmal erzählt hat, dass Bella immer das Gefühl hat, mehr tun zu müssen, mehr sein zu müssen, dass sie nie genug ist. Wenn man sie jedoch kennenlernt, kommt sie einem vor wie die selbstbewussteste Frau der Welt. Bella läuft vorbei und hüllt ihn in ihre Duftwolke. Ihr Kleid ist vermutlich der letzte Schrei – mit dünnen Schulterträgern und einem blassen Animalprint, der den tätowierten Gecko auf ihrer Schulter und ihre gebräunten, im Fitnessstudio gestählten Arme betont. Sein Blick fällt auf ihre Sandaletten mit den dünnen Absätzen und die lackierten Zehennägel. Ihre aufgebrezelte Aufmachung stört ihn, denn er kann nicht darüber hinwegsehen, wie sich Ava angesichts dessen fühlen wird. Ava hat einen ganz anderen Stil, ist eine vollkommen andere Persönlichkeit, dennoch, in letzter Zeit ...

»Ich lege Fred nur schnell ins Körbchen«, sagt er und flüchtet sich ins Wohnzimmer.

Als er zurückkommt, hängt Bella gerade ihre Lederjacke auf die Lehne des Barhockers und klagt, es sei zu heiß. Er versucht zu ignorieren, dass sie ihre üblichen Plätze gewählt haben, als seien sie für sie reserviert.

»Das Blöde ist«, sagt sie und schiebt sich auf den Sitz, »wenn die Sonne erst einmal weg ist, wird es frisch. Also habe ich die Lederjacke mitgenommen, weil wir später bestimmt im Garten sein werden. Wenn sie die ganze Straße eingeladen haben, ist bestimmt nicht genug Platz in der Küche, oder? Ich meine, die Küche ist groß, aber so groß nun auch wieder nicht, und es kann ziemlich kühl werden. Richtig frisch, wenn die Sonne weg ist. Man will ja nicht frieren, oder? Frieren ist das Schlimmste.«

Sie nimmt sich eine Olive und steckt sie in den Mund, als ob sie sich selbst damit zum Schweigen bringen wollte. Ihre langen Nägel haben die Farbe einer Feldmaus. Das muss der neueste Schrei in Sachen Nagellack sein. Wie Matt sich erinnert, hatte sie sich vor ein paar Jahren in ihrem Salon die Nägel in einer Mischung aus Pink und Beige lackieren lassen, die ihn an Wundsalbe erinnerte, und sie war darüber vollkommen in

Verzückung geraten. Ava und er hatten später darüber gelacht, wofür er sich jetzt schämt, als er vier Sektflöten aus dem Schrank holt und sie auf den Küchentresen stellt. Tatsache ist jedoch, dass Neil und Bella einfach total anders sind, und es für ihn und Ava manchmal einfach gewöhnungsbedürftig ist. Es ist schließlich nicht so, als hätten sie nicht auch ihre Unsicherheiten.

»Es ist richtig schön, mal wieder zusammenzusitzen«, sagt Neil und macht sich daran, die Flasche zu öffnen. Er hat die Ärmel hochgekrempelt und drückt mit den Daumen so fest gegen den Korken, dass sie weiß werden.

»Und wie«, stimmt Bella zu. »Ich kann es nicht erwarten, ihr Haus zu sehen. Glaubst du, die Kinder dürfen auch ein bisschen runterkommen? Ich habe die Kinder noch nie gesehen. Du schon, oder, Nee?«

Neil schüttelt den Kopf. »Nicht richtig. Ich meine, flüchtig. Ich, äh, habe sie nicht richtig kennengelernt oder so.«

Die Atmosphäre verändert sich. Ava steht in der Küchentür. Ein Blick genügt, um zu erkennen, dass sie sich mit Mühe zusammenhält. Ihre Haare sehen eigenartig aufgebauscht aus, ihr blasses, erschöpftes Gesicht wirkt irgendwie zu klein.

Sie trägt ein locker fallendes Hemdkleid aus Jeansstoff, das an der Taille mit einem hellbraunen Ledergürtel zusammengebunden ist. Dazu trägt sie ihre weißen Converse-Pumps, die ein bisschen schmutzig aussehen. Ihre Schienbeine sind bläulich weiß.

»Ava.« Bella erhebt sich. »Deine Frisur sieht toll aus, Süße. Mir gefällt, wie du sie gestylt hast.«

Ava nimmt eine Hand an den Kopf, ihre Wangen erröten. »Ich habe nur den Föhn draufgehalten und gehofft, dass es gutgeht.«

Sie blickt auf, sieht Matt direkt an, und ihr unsicheres Lächeln bricht ihm das Herz. Er muss ich abwenden, Neils dicke rosa Finger betrachten, mit denen er die Flasche hält, während er die Gläser füllt.

»Jedenfalls sieht es toll aus«, beharrt Bella. »Und das Kleid ... Hast du das neu?«

»Es ist ein Umstandskleid.« Avas Lachen ist so brüchig, dass es niemanden überzeugt. »Hab nur einen Gürtel drumgebunden. Mir passt sonst nichts.«

Bella greift sich unbeeindruckt zwei Gläser und reicht Ava eines davon.

»Es sieht jedenfalls wirklich schön aus, Süße.« Sie streicht über Avas Arm und nimmt einen großen Schluck aus ihrem Glas. Matt ergreift eine plötzliche Sympathie für Bella. Sie tut ihr Bestes. Ava und sie können sich nicht so einfach mit Kindheitserinnerungen über die Kluft retten wie er und Neil. Und seit Abi verschwunden ist ... seit ihrem Tod ... haben er und Neil ihre Freundschaft aus dem jeweiligen Zuhause verbannt und mit hinausgenommen, sodass die beiden Frauen irgendwie gestrandet zurückgeblieben sind.

»Prost jedenfalls«, sagt er.

»Prost.« Es klingt angestrengt, aber er sagt sich, dass er zu viel nachdenkt, und trinkt vor Verwirrung das halbe Glas in einem Zug. Die Bläschen steigen ihm in die Nase und bringen ihn zum Niesen. Bella zupft immer noch an Ava herum, und interpretiert ganz offenbar deren Körpersprache nicht richtig.

»Soll ich dich schminken? Das mache ich gerne.«

»Nein«, wehrt Ava unhöflich ab. Dann schickt sie noch eine Beschwichtigung hinterher. »Ich habe mich schon ein bisschen geschminkt, danke.«

»Hey, Matt ...«, sagt Neil. »Hast du vielleicht ein Bier?«

»Klar.« Es ist erleichternd, etwas zu tun zu bekommen.

»Neil«, hört er Bella sagen. »Krempel die Ärmel runter, Schatz.«

Matt holt ein Stella Artois aus dem Kühlschrank und will es

Neil gerade geben, doch Neil ist damit beschäftigt, die Ärmel in Ordnung zu bringen – ohne das leiseste Murren.

»Wie läuft es denn so auf der Arbeit?«, fragt Bella, und Matt wird klar, dass sie mit ihm spricht.

»Na ja, ganz gut.« Er öffnet die Bierflasche und reicht sie Neil.

»Was macht ihr denn gerade?« Bella bleibt beim Thema und blinzelt mehrfach.

Er seufzt, es tut ihm innerlich weh. Bella fragt ihn nie nach der Arbeit, das tut sie jetzt nur, weil Ava sie abgewiesen hat. Vor einem Jahr wäre Abi hier gewesen und hätte mit ihrem munteren Gebrabbel das Eis gebrochen. Neil und Bella schienen immer ganz versessen darauf, zu hören, was sie Lustiges zu sagen hatte, und später bestand sie jeweils darauf, dass NeeNee sie ins Bett brachte und noch eine Gutenachtgeschichte vorlas, woraufhin er zunächst immer so tat, als würde er sich zieren, und die Augen verdrehte.

Matt beantwortet Bellas Frage, so knapp er kann. Er muss ein Bürogebäude entwerfen. Es ist ziemlich wichtig und spannend. Bella nickt, aber er kann erkennen, dass ihr Blick in die Ferne geht.

»Wie läuft es im Salon?«, fragt er im Gegenzug und schämt sich. Auf Details aus dem Salon ist er ungefähr so versessen wie auf eine Darmspülung, und ihm ist vage bewusst, dass Neil und Ava schweigend dasitzen. Doch Bella zieht aufs Kommando die perfekt geschwungenen Brauen hoch. »Gut, ja. Um die Zeit ist immer viel los. Die Leute freuen sich auf den Herbst oder haben eine Last-Minute-Reise gebucht. Da kommt viel Kundschaft zum Färben, mal ein paar gewagte Schnitte. Und Waxing natürlich.« Sie kichert und grinst schelmisch. »Es lassen sich auch viele Männer waxen. Ich sag Neil immer, es soll es mal ausprobieren.«

»Und ich sage immer: Nur über meine Leiche«, sagt Neil.

»Rücken, Ritze, Sack, niemals!« Er hebt die Flasche an die Lippen und trinkt einen großen Schluck.

»Neil Johnson!« Bella schlägt die Hand vor den Mund und schüttelt den Kopf, aber sie lacht.

»Und was ist mit dir, Neil?« Es ist Ava, die spricht, doch sie klingt freudlos. Der Raum scheint plötzlich eiskalt zu sein. »Du hattest viel um die Ohren, nicht?«

»Ja, der Betrieb läuft eigentlich gut«, erwidert Neil, und seine Ohren werden rot. »Ich schätze, das wird mein bestes Jahr. Lovegood hat mich vorangebracht und mir im Endeffekt zu einigen lukrativen Aufträgen in Richmond verholfen. Das hätte ich nie gedacht, um ehrlich zu sein.«

Matt versucht zu ignorieren, dass Neil Ava dabei nicht einmal ansieht. Das schmerzhafte Ziehen, das diese Beobachtung in seiner Brust auslöst, versucht er zu verdrängen. Alles ist so unglaublich anders geworden als früher. Als ob sie alle vier noch von der Druckwelle der Ereignisse zurückgeschleudert würden und ungeschickt mit Armen und Beinen ruderten. Vielleicht fühlen sie sich alle noch immer beschmutzt. Beschmutzt von den vermeintlichen Routinebefragungen, die eigentlich – das wissen sie alle tief im Innern – dazu dienten, zu überprüfen, ob ihre Geschichten übereinstimmten. Beschmutzt von herausgegebenen Telefonnummern und davon, dass Hunde in ihren privaten Sachen herumgeschnüffelt haben. Ja, ganz sicher wirkt das noch nach, er jedenfalls spürt es noch deutlich. Die Anspannung hatte sich etwas gelegt, als die Ermittlungen zu den Akten genommen wurden, und sie hatten sich vorgenommen, sich bald einmal wieder zu viert zu treffen. Doch aus »bald« wurden zwei Wochen. Ava wurde krank. Als sie aus der Klinik entlassen wurde, waren aus Wochen Monate geworden und ihr Bauch hatte sich gerundet, die Situation war eine andere. Neil hat vorgeschlagen, für einen Zehn-Kilometer-Lauf oder einen Triathlon zu trainieren. Zu viert haben sie sich aber seither nicht mehr getroffen.

Bis zum heutigen Abend.

»Hat Neil erzählt, dass wir nächstes Jahr auch gern unsere Küche renovieren würden?«, fragt Bella und füllt den Rest aus Neils Glas in ihr eigenes. »Und den Dachboden. Neil will sich drei Monate freinehmen, nicht, Schatz?«

Neil verdreht die Augen.

»Von wegen frei«, sagt er, und Matt muss lachen.

Bella schlägt ihm aufs Knie. »Du weißt genau, was ich meine.« Sie sieht Matt an, dann Ava, als ob sie sich von ihnen Rückendeckung erwartet. »Neil weiß genau, was ich will, besser als irgendjemand.«

»Wir reden aber immer noch über die Renovierung, ja?«, witzelt Neil und entlockt seiner Frau damit einen gespielt entsetzten Aufschrei.

»Nein, ganz im Ernst«, bemüht sie sich weiter. »Ich bin so gespannt, was die Lovegoods aus ihrer Küche gemacht haben. Ich werde Notizen machen und ganz viele Fotos.« Sie lacht schelmisch, und Matt wird klar, dass sie das ernst meint. »Wobei mir einfällt: Meinst du, sie haben wohl etwas dagegen, wenn ich Fotos mache?«

»Oh, Großkotz-Johnnie wird das sicher gefallen.« Neil schüttelt den Kopf, bringt die Flasche an die Lippen und trinkt sie aus. Matt holt eine neue aus dem Kühlschrank und reicht sie ihm. Er nickt nur und reckt den Daumen hoch.

Matt runzelt die Stirn. »Alles okay?«

Neil zuckt mit den Schultern. Zum Glück haben die Frauen jetzt auch angefangen, sich zu unterhalten. Ava hält Bellas Finger und beugt sich darüber. »Dunkles Taupe«, hört Matt, und: »Einfach was Neutrales für den Winter.« Dann blendet er das Gespräch aus.

»Wir bleiben nicht lang«, sagt Neil leise.

»Du kannst ihn wirklich nicht leiden, was?«

Er schaudert – wirklich, er schaudert. »Ich hatte einfach die Nase voll davon, wie ein Dienstbote behandelt zu werden, als ich für ihn gearbeitet habe, verstehst du? Ich sag dir was: Wenn der mir heute wieder so blasiert daherkommt, geb ich ihm eine auf die Zwölf.«

»Blasiert bedeutet, andere mit einer herablassenden Art zu behandeln. Das weißt du schon, oder?«

Neil lacht. »Du Arsch!«

»Du schlägst niemanden, und das weißt du auch.«

»Ich weiß, aber ...«

»Aber was? Du hast Erfolg, bist gut in dem, was du tust, hast eine wunderschöne Frau, ein nettes Zuhause. Was er hat, hast du schon lange. Warum bringt der dich trotzdem so auf die Palme?«

Neil bewegt den Kopf, als versuche er einen steifen Nacken zu lockern. »Keine Ahnung. Er sagt zum Beispiel, ich soll irgendetwas so und so machen, und ich sage: Kein Problem. Und er erklärt mir trotzdem genau, wie es geht. So Kleinigkeiten eben. Blöde Sticheleien. So nach dem Motto: Ach, so machen Sie das? Immer mit so einem Unterton. Er hat sich auch keinen Architekten genommen, okay, kann man machen. Aber wie er es sagt, regt es mich auf. So in der Art: Architekten! Was wissen die schon?«

»Tja, genau.«

Neil lächelt beinahe. »Dich hätte er ohnehin nicht beauftragt, oder? Aber nein, ich meine, das ist so typisch für ihn. Er denkt, er kann deinen Job besser machen als du, obwohl er nicht mal seinen eigenen hinkriegt. Ich hab mal gesehen, wie er die Berechnungen für die Stahlträger auf der Rückseite von einem Briefumschlag gemacht hat. Ehrlich, ich mach keine Witze. Oder auf der Rückseite von einem Werbezettel, egal, und als sie dann geliefert wurden, waren sie dreißig Zentimeter zu kurz.«

Matt nickt. »Das hast du mir ja noch gar nicht erzählt.«

»Nein, na ja, du hattest ... du hattest andere Sorgen. Ich hatte die Stahlträger gerade verbaut, als ... Aber nee, der Typ ist einfach ein Arsch. Wir hatten deswegen einen Riesenkrach. Ich so: Junge, ich hab die Scheißträger nicht bestellt, oder? Ich meine, wie soll das meine Schuld gewesen sein? Ich weiß, dass ich gut bin, aber ich kann keine Wunder vollbringen.«

»Er ist also schludrig?«

»Schludrig?« Neil schnaubt belustigt. »In welchem Jahrhundert lebst du eigentlich, Alter? Schlampig? Meinst du das? Ja, genau. Er ist zu schnell, macht alles in Eile. Ich meine, wie soll das meine Schuld sein, wenn die Träger zu kurz sind? Letztlich musste der Blödmann sich eben mit einer schicken Mauernische abfinden. Ich kann schließlich keine Stahlträger neu machen. Habe allerdings seine Außenwand neu gemacht. Kostenlos. Bei den meisten Anbauten sieht man die Linie, wo der neue Anbau anfängt, weißt du? Na ja, ich habe sie abgerissen und neu gemacht, damit die Ziegel sich nahtlos einfügen. War das sein Vorschlag? Nein, das war meine Idee. Hat er sich bedankt? Hat er v...«

»Sollen wir gehen?« Bella rutscht von ihrem Hocker. Sie nimmt einen Spiegel aus der Tasche und trägt mit gekonntem, schnellem Schwung etwas braunen Lippenstift auf. Matts Blick begegnet Avas. Nur eine Sekunde, und sie wendet den Blick ab, dennoch, es ist ausreichend, um zu sehen, wie zögerlich sie ist. Er ist ihr in den Rücken gefallen, jedenfalls fühlt es sich so an. Er hat sie zu sehr gedrängt.

Doch wie sollen sie jemals ins Leben zurückfinden, wenn sie sich nicht hineinwagen?

»Ich hole Fred«, sagt sie.

Er spürt, wie der Luftdruck abzufallen scheint, als sie den Raum verlässt.

Bella streichelt über seinen Arm. Und er muss ihr zugutehalten, dass sie ihm in die Augen sieht, was zurzeit so viele vermeiden. »Sie sieht müde aus. Geht's ihr okay?«

Er schüttelt den Kopf. »Vielleicht sollten wir nicht hingehen.«

»Sei nicht albern. Es ist nur nebenan, und ich bleibe bei ihr.

Vielleicht kommt sie so ein wenig aus sich heraus. Nur ein Stündchen mal nicht ständig drüber nachdenken.«

»Klar. Danke.«

Sie drückt noch einmal kurz seinen Arm. Ava ist im Flur, Fred in seinem Tragetuch. Matt hofft, dass sie nicht gehört hat, dass er mit Bella über sie gesprochen hat.

»Wird ihm nicht zu warm?«, fragt er. »Beziehungsweise wird dir nicht zu heiß?«

Sie starrt ihn beinahe feindselig an. »Du hast doch nicht etwa gedacht, ich würde ihn auf dem Boden liegen lassen, oder?«

»Nein, ich ...«

»Sieh dir seine kleinen Fäustchen an«, flüstert Bella, und ihre Augen glänzen. »Er ist so sehr gewachsen.«

»Das stimmt«, bestätigt Ava.

Das anschließende Schweigen wiegt schwer. Der Flur erscheint plötzlich zu klein für sie alle fünf. Das hat Fred bewirkt, ohne auch nur ein Wort zu sprechen. Einfach, indem er gewachsen ist. An Babys und kleinen Kindern sieht man, wie die Zeit vergeht, besser als in jedem Kalender. Und als sie hinausgehen, fragt sich Matt, ob Neil und Bella die Veränderung auch so erlebt haben wie Ava und er – als eine permanente und deutliche Erinnerung daran, wie lang es nun schon her ist, dass ihr kleines Mädchen verschwunden ist.

SIEBZEHN

AVA

»Willkommen!« Johnnie Lovegood steht mit ausgebreiteten Armen in der Tür und ist von Kopf bis Fuß in Schwarz gekleidet. Sein Hemd hat einen kleinen Stehkragen, seine schwarze Jeans einen dünnen roten Streifen diagonal über der vorderen Tasche. Ich erkenne die Marke. Sie war bei modebewussten Großstädtern vor fünfzehn Jahren ziemlich in, ist es wahrscheinlich noch. Sein dichtes Haar hat er zum größten Teil mit Gel nach hinten frisiert, nur eine widerspenstige Locke ringelt sich in byronscher Manier am Nacken. In seinem ordentlich gestutzten Bart sind die ersten weißen Sprengsel zu erkennen, und zu guter Letzt ist er barfuß. Es wirkt, als hätte er sich übertrieben viel Mühe gegeben, so zu wirken, als hätte er sich überhaupt keine Mühe gegeben. Ich erinnere mich noch daran, wie er bei unserer ersten Begegnung gekleidet war, in einem teuer aussehenden schwarzen Anzug über einem schwarzen T-Shirt und mit dem silbernen Armreif, den er heute Abend ebenfalls trägt.

»Hereinspaziert, hereinspaziert, liebe Leute«, sagt er, und ich lasse die anderen vorgehen. »Wir haben ein paar fantastische Cocktails für euch zusammengestellt.«

Ich halte mich ein wenig im Hintergrund. Die anderen schütteln ihm die Hand, er küsst Bella auf beide Wangen. Zum Glück legt sich ihr Verbaldurchfall, als sie weiter ins Haus hineingeht.

»Moment.« Johnnie deutet mit einem herzlichen Lächeln auf meinen Rucksack. »Ich nehm Ihnen den schon mal ab.«

»Oh, nein, danke. Da sind nur Windeln und Feuchttücher drin und so. Der ist nicht schwer.«

»Na, dann darf ich vielleicht das Baby nehmen? Fred, nicht wahr?«

»Eigentlich Ava.«

»Nein, ich meinte ...« Er kapiert den Scherz ein bisschen zu spät. »Ah, sorry, das war ein Witz. Ich kann ihn Ihnen abnehmen. Zumindest für ein Weilchen.«

»Nein, danke. Ist schon okay.«

»Ernsthaft, kommen Sie. Es ist Jahre her, dass ich ein Baby im Tragetuch hatte.«

Ich kann kaum fassen, wie unangenehm das alles ist. Erwartet er wirklich, dass ich ihm einfach so mein Baby überlasse, vor allem, nachdem ich meine Tochter verloren habe? Hat er das vergessen?

»Ich komme schon zurecht.« Ich sehe ihm in die Augen, ohne zu lächeln. Er hat ein blaues und ein braunes. Wie Bowie. Gott, das gefällt ihm bestimmt.

Er hebt die Hände und weicht zurück, sein Ausdruck betont, dass er sich nicht vorwerfen lassen muss, es nicht wirklich versucht zu haben. Neil hatte recht: Der Mann ist mir gleich unsympathisch. Ich weiß, ich bin überkritisch, aber bei ihm wirkt ehrlich jedes Wort, jede Geste, jede Gesichtsregung irgendwie hochnäsig, und mit seiner falschen Freundlichkeit will er eigentlich nur zeigen, welch ein toller Typ er ist. Das war auch mein Eindruck von ihm in den ersten Tagen nach Abis Verschwinden. Es kann sein, dass er es nicht beabsichtigt. Vielleicht ist er in Wirklichkeit sogar nur schüchtern. Früher habe ich immer versucht, nicht vorschnell zu urteilen. Doch auch bevor ich mir diese harte Schale zugelegt habe, hatte ich immer den Eindruck, dass seine scheinbar mitfühlenden Fragen irgendwie nach Schuldzuweisungen klangen.

»Und Sie haben wirklich die Haustür offen gelassen? Und wie lange genau waren Sie oben, zehn, zwanzig Minuten?« Er wollte einfach nicht aufhören, von der Tür zu sprechen. Bei ihm klang es so, als ginge es um Tage, nicht um Minuten. Als ob ich mir wegen alldem nicht bereits selbst genug Vorwürfe machen würde. Seine Frau hingegen war weniger taktlos. Und Jen steht mir jetzt auch in ihrem gigantischen Hausflur gegenüber.

Sie lächelt. »Ihr seid gekommen.« Sie sieht wunderschön aus; elegant, aber zurückhaltend. Sie trägt ein dunkelgraues Maxikleid aus Leinen, dazu Designer-Zehensandalen und perfekt lackierte korallenrote Zehennägel. Ihre grauen Haare hat sie auf französische Art elegant nach hinten gelegt.

»Jen, hi«, begrüße ich sie erleichtert.

Sie streckt die Arme aus, aber nicht nach dem Baby oder der Tasche, sondern nach meiner Hand. Sie hält sie fest und hält sie noch eine Weile, nachdem sie sich vorgebeugt und mir zur Begrüßung einen Kuss auf die Wange gegeben hat. Sie riecht fantastisch – dieser frische grüne Geruch, denn ich mit ihr verbinde.

Noch einen Moment, dann lässt sie meine Hand los, die andere ruht aber weiterhin leicht auf meinem Oberarm, als sie fragt, ob ich etwas trinken möchte, als wolle sie bewusst vermeiden, dass ich mich auch nur ansatzweise alleingelassen fühle.

»Matt hat eine Flasche Sekt mitgebracht.« Vor mir kann ich einen ersten Blick auf die offenbar gigantische Wohnküche erhaschen.

»Das ist ziemlich ungezogen und sehr nett, aber ich habe gefragt, ob du etwas trinken möchtest, nicht, ob ihr etwas mitgebracht habt.« Ihre trockene Art und ihr leichter irischer Akzent lassen sie verschmitzt wirken. »Ich schätze, du kannst etwas zu trinken gebrauchen.« Sie sieht mir direkt in die Augen. In ihrem Blick lese ich seit einem Jahr nichts als dieselbe gleichbleibende Freundlichkeit, genau wie bei ihrem Besuch vergangene Woche. Und da ist noch mehr: Anerkennung. Ich sehe dich, und ich werde den Blick nicht abwenden.

»Ja«, erwidere ich. »Etwas zu trinken wäre nicht schlecht.«

»Vertraust du mir, wenn ich sage, dass ich dir etwas leckeres Alkoholisches bringe?« Sie hat die Hand noch immer auf meinem Arm liegen. Normalerweise würde mir das langsam unangenehm werden, irgendwie ist das aber jetzt nicht der Fall.

»Ich stille noch.«

Sie wirft kurz einen Blick auf das Baby und lächelt. »Wie alt ist er? Drei Monate?«

»Fast.«

»Ein Drink wird ihm nicht schaden, und es wird dich ein bisschen beruhigen. Als meine klein waren, habe ich täglich ein Guinness getrunken. Die Gilmartins schwören seit Generationen auf Stout.« Bei den letzten Worten ist ihr irischer Akzent deutlicher zu hören.

»Gilmartin?«

»Mein Mädchenname. Ich habe ihn mit der Heirat abgelegt. Das ist entweder altmodisch oder postfeministisch, da bin ich mir nicht ganz sicher, aber offen gestanden konnte ich Lovegood doch wohl schlecht ablehnen, oder? Stell dir das mal im Gerichtssaal vor. Außerdem wusste ich, dass es meine Eltern auf die Palme bringen würde. Sie hassen alles, was hochtrabend klingt, was einer der Gründe ist, warum unsere Mädchen so bildungsbürgerliche Namen bekommen haben. Und jetzt komm mit. Ich reserviere dir den bequemsten Sessel im ganzen Haus.« Sie hakt mich unter und führt mich in einen Raum, der wohl das Wohnzimmer sein muss. »Das hier ist übrigens der einzige Raum, den ich einrichten durfte. Aber ehrlich gesagt könnte man auf Möbeln, die Johnnie ausgesucht hat, auch gar nicht sitzen. Leider geht bei ihm Design über Komfort. Tja, aber wenn Johnnie etwas will ...« Sie lacht und verdreht die Augen.

Wenn Johnnie etwas will ... Sie sagt es mit einer Leichtigkeit, von Druck ist in ihren Worten nichts zu spüren. Wenn überhaupt, scheint Jen Johnnie für einen totalen Kindskopf zu halten, dem man mit einem schiefen Lächeln und viel Nachsicht begegnen muss, und wieder schelte ich mich dafür, dass er mir so unsympathisch ist, obwohl er doch nichts dafürkann.

Jen führt mich durch die Tür in einen in Taubengrau gehaltenen Raum, der vom flackernden Licht eines Holzfeuers erhellt wird. Es ist Ende August, aber es ist nicht zu heiß, nur gemütlich. Perfekt. Geschmackvolle Bilder zieren die Wände, und bernsteinfarbene Lichterketten ringeln sich in großen Glaszylindern und interessanten Gebilden, die ich eher als Kunst und nicht als Einrichtungsobjekte bezeichnen würde.

»Setz dich hierher.« Sie deutet auf ein klassisches Ledersofa mit weichen Wolldecken.

»Es ist wunderschön hier.«

»Johnnie gefällt es überhaupt nicht.« Sie lacht kurz. »Er kann Sofaüberwürfe nicht ausstehen und Lichterketten, und den Kamin mag er auch nicht. Ihm gefallen nur klare Linien.«

»Wirklich? O nein! Dabei ist der Raum so einladend und hübsch.« Das Sofa ist weich. Fred quäkt leise, und meine Brustwarzen reagieren direkt. Der Vorteil des Tragetuchs ist, dass man eventuelle nasse Flecken an der Brust darunter verstecken kann.

»Bequem?«

»Und wie! Das Sofa ist himmlisch.«

Außer mir ist niemand hier, und zum ersten Mal an diesem Abend entspannen sich meine Bauchmuskeln, als ich in die Kissen sinke. Ich könnte hier den ganzen Abend sitzen bleiben. Könnte ich den ganzen Abend hier sitzen bleiben?

»Die Überwürfe sind aus Kaschmir. Auweia«, sagt Jen. »So, nicht bewegen, ich bin gleich wieder da.«

Tatsächlich kommt sie kurz darauf zurück, allerdings ohne Drinks.

»Zwei Caipirinhas sind unterwegs.«

Mein Mund ist mir eigenartig bewusst. Wie seltsam das Lächeln auf meinen Lippen sich anfühlt.

»Ich habe nicht damit gerechnet, dass du kommst.« Wie immer ist sie entwaffnend ehrlich, setzt sich neben mich und zupft eine helle Fluse von ihrem in Leinen gehüllten Oberschenkel. »Nachdem ich bei dir war und gesagt habe, dass du dir wegen der Einladung keine Gedanken machen sollst, habe ich mir Sorgen gemacht, du könntest dich erst recht verpflichtet fühlen, und ich schätze, noch mehr Druck kannst du gerade ungefähr so gut gebrauchen wie ein Loch im Kopf.«

»Ich wollte auch nicht kommen.« Es ist mir herausgerutscht, bevor ich mich selbst zensieren kann, doch es scheint sie nicht zu schockieren.

»Das überrascht mich nicht. Du kannst gerne den ganzen Abend hier sitzen bleiben, wenn du möchtest, oder einfach wieder gehen. Wie ich schon sagte, Johnnie und ich wären nicht beleidigt, außerdem geht es überhaupt nicht um uns oder um sonst irgendwen. Du solltest allein darauf Rücksicht nehmen, was du selbst möchtest.«

Sie hört sich echt an wie Matt, außer ... Ja, außer was?

Außer dass sie es wirklich so meint, vielleicht.

»Danke«, erwidere ich.

»Ich frage nicht, wie es dir geht. Wie soll es dir schon gehen? Aber du bist hier, und ich freue mich wirklich, dich zu sehen. Außerdem finde ich deine Frisur klasse.«

»Danke. Das hat Bella gemacht. Und ich bin froh, dass ich hergekommen bin. Wir müssen irgendwann zurück ins Leben finden. Allein schon für das Baby. Ich meine, das sollten wir jedenfalls.«

»Vergiss, was man sollte.« Jennifer steht auf, als die Tür einen Spalt geöffnet wird. Sie nimmt die Getränke aus den körperlosen, weiß behandschuhten Händen, und ich muss an das weiße Kaninchen aus *Alice im Wunderland* denken. Anscheinend haben sie Servicepersonal engagiert. Bella hatte es vermutet, sie wird entzückt sein. Eben hat sich Neil noch in unserer Küche darüber beschwert, dass er wie Dienstpersonal behandelt wurde, und für einen Moment stelle ich ihn mir in weißen Handschuhen und mit einem Silbertablett vor – und mit zornesrotem Kopf, der durch das blonde Haar schimmert.

»Hier.« Jen reicht mir ein Glas, dessen Inhalt aussieht wie trübes Wasser. Zwei Limettenstücke quetschen sich zwischen eine Handvoll Eiswürfel.

»Das ist frischer Limettensaft mit Zucker und einem brasilianischen weißen Rum namens Cachaça. Johnnie konnte keinen Sagatiba finden, das ist seine Lieblingsmarke, also mussten wir 51 nehmen, was seine Laune natürlich enorm gesteigert hat. Ich will gar nicht wissen, wie er in einer globalen Krise klarkommen würde. Prost.«

»Vergiss, was man sollte«, sage ich als Toast.

Sie grinst. »Vergiss, was man sollte. Das wird mein neuer Trinkspruch.«

»Meine Therapeutin sagt das auch.« Ich trinke und stelle überrascht fest, dass der Kloß in meiner Kehle verschwunden ist. »Gott, ist das lecker.«

»Mein Lieblingscocktail.« Sie streicht ihre Haare hinters Ohr. »Also. Sag mir, ich soll die Klappe halten, oder antworte einfach nicht, wenn du nicht möchtest, aber ich habe dich letzte Woche gar nicht gefragt, wo die Polizei mit den Ermittlungen steht. Haben sie den Fall zu den Akten gelegt?«

»Sie haben schon vor ein paar Monaten die Priorität heruntergestuft. Um ehrlich zu sein, ich glaube, sie haben im Grunde schon aufgegeben, als sie Abis Jacke gefunden haben, aber DI Farnham – so heißt die Chefermittlerin – meldet sich einmal im Monat. Wir sollen sie kontaktieren, wenn wir etwas hören, was Licht in die Sache bringen könnte, und ich soll mich melden, wenn ich Fragen habe. Aber ich weiß, na ja, ich habe jedenfalls das Gefühl, dass sie davon ausgehen ... Ich ... Matt findet, dass wir Abschied nehmen sollten. Schon allein unserer geistigen Gesundheit zuliebe. Er findet, wir sollten eine Zeremonie veranstalten.«

»Sollten. Schon wieder dieses Wort. Also gibt es keine Verdächtigen? Keine Spuren?«

»Nein. Alles deutet auf einen tragischen Unfall hin.«

Von irgendwoher ist leise Musik zu hören. Matt hat versprochen, bei mir zu bleiben, genau wie Bella, und doch sind sie nicht hier.

»Es ist diese Ungewissheit«, flüstere ich in den perfekten, bernsteinfarben beleuchteten Raum. »Das ist das Schlimmste.«

»Ja.«

»Natürlich wünsche ich mir nicht, dass sie tot ist.«

»Nicht eine Sekunde habe ich geglaubt, dass du das gemeint hast. Aber du hast niemanden, den du beerdigen könntest. Niemanden, um den du trauern kannst. Und doch trauerst du jeden Tag und hast gleichzeitig Schuldgefühle, weil du glaubst, dass es bedeutet, dass du sie aufgibst, wenn du dir gestattest, zu trauern.«

»Das trifft es ziemlich genau. Und ich fühle mich schuldig, weil ich sie aus den Augen gelassen habe. Weil ich die Tür offen gelassen habe.«

Jen legt mir den Arm um die Schultern. Ich erinnere mich, wie sie mich letzte Woche umarmt hat und dass sie nie zurückscheut, wenn ich mal wieder eine Szene mache, obwohl ich mir solche Mühe gebe, das zu vermeiden. Nachdem ich mich so lange gefühlt habe wie eine Aussätzige, ist es tröstlich, von jemand anderem außer meinem Mann, meinem Sohn oder meiner Mutter berührt zu werden. Ich warte darauf, dass sie sagt, ich solle mir keine Vorwürfe machen und dass Schuldgefühle reine Verschwendung sind.

Aber das tut sie nicht.

»Wie oft gehst du zur Therapie?«, fragt sie stattdessen.

»Einmal die Woche.« Ich nippe noch einmal an meinem Cocktail. Der Alkohol brennt, aber es fühlt sich gut an. »Jetzt nicht mehr so oft. Es hilft, aber es ändert nichts an den Tatsachen, das ist das Problem. Ich kann alles auseinanderpflücken, ich kann ewig alles noch einmal durchsprechen, aber ich möchte doch nur wissen, dass sie nicht leiden musste. Entschuldige, ich sollte mit dem Thema aufhören, ich habe dich schon genug gelangweilt.«

»So ein Unsinn. Ich habe breite Schultern zum Anlehnen, glaub mir.«

»Bloß, wenn ich sie mir im Wasser vorstelle, wie sie sich fragt, wo ich bin, und sie ... Oder noch schlimmer, wenn sie entführt wurde, verstehst du?«

»Ja, kann ich mir vorstellen. Also, nein, kann ich nicht. Ich wünschte nur, wir wären damals hier gewesen, um zu helfen. Wir hatten ja keine Ahnung.«

Ein Holzscheit sackt im Kamin in die orangefarbene Glut. Wir beobachten es beide schweigend. Ich weiß nicht wieso, aber ich fühle mich irgendwie erleichtert.

»Na ja, trotzdem«, sage ich und straffe die Schultern. »Das ist eure Einweihungsparty. Ich würde sehr gerne die Küche sehen, über die alle reden. Du hast keine Ahnung, für wie viel Wirbel euer Umbau hier gesorgt hat.«

»O Gott.« Sie lacht. »Bist du sicher?«

»Ganz sicher.«

»Lass uns noch zehn Minuten hier sitzen bleiben und dann rübergehen. Und wenn du Johnnie siehst, erwähne ja nicht den nahtlosen Übergang vom Innen- zum Außenbereich, okay?«

Ich muss lachen. »Versprochen.«

Die ganze Straße scheint in einem Raum versammelt zu sein, und ich würde am liebsten davonlaufen. Die Szene erinnert mich ein bisschen an Glastonbury oder daran, wie ich mir Woodstock vorstelle, oder vielleicht an die Weihnachtsbeleuchtung in Kew Gardens, dieselbe magische Atmosphäre, pulsierende bunte Lichter, die einen locken, näherzukommen, das Stimmengewirr, sanfte Sambamusik, die nach Astrud Gilberto klingt. Die Lichter blinken, kleine Lichtpunkte, die von Rot nach Orange, dann zu Blau und Grün wechseln und einmal ganz herumlaufen. Es müssen auch Strahler in den Boden eingelassen sein, denn der polierte Betonboden scheint zu leuchten. Die Arbeitsflächen sind schneeweiß, hochglänzend, und in der Luft liegt das klebrig süße Aroma der Cocktails, gemischt mit Gewürzen und blumigen Düften, die sich zu einem schwindelerregenden Mix vereinen. Es ist beinahe zu viel, eine Reizüberflutung, und einen Augenblick fürchte ich, dass ich nicht hineingehen kann.

Doch Jen ist an meiner Seite und schiebt mich schweigend vorwärts. Mit Fred im Tragetuch ist mir zu warm, aber anders geht es nicht. Ich entdecke einige Nachbarn, die ich kenne. Matt redet mit Pete Shepherd, Bella zupft prüfend an Louise Parkers Oberteil und Sportklamotten-Lizzie, die sich gerade mit Johnnie unterhält, trägt offenbar das Kleid, das sie neulich gekauft hat: ein auffälliges rotes Teil in Wickeloptik mit einem Rüschenausschnitt, der mich an Piraten erinnert. Sie scheinen ganz in ihr Gespräch vertieft. Niemand sieht mich an, sage ich mir. Bei der Party geht es um die Lovegoods und ihren spektakulären Anbau, um ihr atemberaubendes Haus und nicht um mich und meinen Versuch, in die Realität zurückzukehren; außer mir denkt hier niemand an Abi.

Vom Garten, der ebenfalls in Regenbogenfarben getaucht ist, weht eine frische Brise herein und kühlt den Schweiß auf meiner

Stirn. Die Rückwand des Hauses ist so gut wie nicht vorhanden, und die Gäste verteilen sich auf der rückwärtigen Veranda. Einige sitzen hinten auf gigantischen dunkelgrauen Samtsofas. Links, wo das Haus aufhören müsste, sehe ich einen breiten dunkelgrauen Streifen und schließe, dass es sich um eine geöffnete, unglaublich teure deckenhohe Glas-Faltwand handelt. Die Küche ist noch größer, als ich sie mir vorgestellt habe. Sie erscheint fast größer als die Außenmaße des Hauses. Ich mache Jen gegenüber eine entsprechende Bemerkung, und sie lacht.

»Das sind die Vorteile, wenn man einen Statiker geheiratet hat«, sagt sie und ergänzt rasch: »Und natürlich hat Neil wahre Wunder vollbracht. Er ist so ein geschickter Handwerker. Johnnie empfiehlt ihn immer weiter.«

Als ob die Nennung seines Namens ihn wie einen Geist heraufbeschworen hätte, taucht Johnnie plötzlich vor uns auf.

»Fließender Übergang vom Innen- zum Außenbereich«, sagt er, als er meinen Blick bemerkt. »Keine Begrenzung. Die Türen sind jeden Penny wert. Wie gefällt es Ihnen?«

Ich bin nicht sicher, ob ich ihn furchtbar aufdringlich finde, ob die Frage nach meiner Meinung ein Zeichen für seine verborgene Verletzlichkeit ist oder ob ich seine Ehrlichkeit vielleicht sogar ganz erfrischend finde. Er hat uns eingeladen, um den Umbau zu bewundern, warum sollte er so tun, als sei das nicht der Fall? Jetzt sieht er mich mit seinen verschiedenfarbigen Augen so ernst an, dass ich es nicht übers Herz bringe, ihn zu enttäuschen. Wie seine Frau angedeutet hat, ist er ein großes Kind.

»Es ist umwerfend«, antworte ich pflichtschuldig. »Der Raum ist riesig! Aber nicht kühl, also von der Atmosphäre her, meine ich. Modern, aber einladend.«

»Das macht das Glas«, sagt er und beschreibt mit dem Arm einen Bogen, als würde er auf eine weite Landschaft hinausweisen, etwa auf eine Siedlung oder ein Königreich. »Es ist erstaunlich, was heutzutage alles möglich ist. Und die Basis der Weiß- und Grautöne ist eigentlich ein Grün, das lässt die blasse Farbpalette wärmer erscheinen, ohne kitschig zu wirken; ich nenne es den Hafermilch-Hipster-Stil.«

»Mir gefällt, dass Sie die Stahlträger nicht verkleidet haben«, sage ich und speichere alles, was er gerade gesagt hat, für Matt ab, während ich die breiten Metallverstrebungen an der Decke bewundere. »Ein ziemlich cooler Industrie-Look.«

Er presst die Lippen fest zusammen und versucht nicht zu zeigen, wie stolz er ist. Dadurch wirkt er allerdings noch viel selbstgefälliger.

»Wir wollten einen modernen Look«, sagt er. »Also nicht diesen altmodischen Firlefanz, was ich immer als Oma-Anbau bezeichne. Nein, wir wollten etwas Gewagtes, einen Kontrast. Ein Statement. Die Leute werden uns bestimmt für verrückt halten, aber hey, ich war schon immer ein kleiner Rebell.«

Ich nicke. Mir ist ein wenig schwindlig, was eventuell am Cocktail liegt oder vielleicht an der Angeberei-Salve, die gerade auf mich abgefeuert wurde.

»Sie sollten mit Matt darüber sprechen«, sage ich. »Er ist Architekt für kommerzielle Immobilien. Ich bin nicht sicher, ob Sie das schon wussten. Er arbeitet im Moment am Ausbau einiger denkmalgeschützter Gebäude in London.«

Er wedelt kurz mit der Hand. »Ich habe mich nicht um einen Architekten bemüht. Habe die Pläne selbst gezeichnet. Eine Skizze zu machen, ist schließlich kein Hexenwerk, und dann fehlen eigentlich nur noch die Berechnungen.«

»Äh, ja.« Ich schnappe fast nach Luft. Es kommt mir vor, als hätte ich Matt, ohne es zu merken, für eine Art Wettbewerb angemeldet.

»Und Neil hat seine Sache großartig gemacht«, fügt er hinzu. »Ein geschickter Kerl. Verlässlich.«

»Er sagt nur Gutes über Sie.«

»Das hört man gern«, sagt er und scheint den Sarkasmus nicht bemerkt zu haben.

»Ein fleißiger Typ. Gewissenhaft. Und immer in aller Herrgottsfrühe schon da, bevor wir überhaupt zur Arbeit gefahren sind, nicht wahr, Jen?«

Jen nickt. »Das stimmt. Danach hätte man die Uhr stellen können. Clever ist er auch, und ordentlich. Das ist mir positiv aufgefallen. Und er war immer so lieb zu den Mädchen.«

»Johnnie«, ruft jemand. »Sind das LED-Leuchten?«

»Eigentlich sind es ...« Johnnie entfernt sich, hocherfreut, ein williges Opfer gefunden zu haben.

Louise Parker, die ein paar Häuser weiter wohnt, hat sich derweil Jen geschnappt und deutet auf den Garten. Einen Augenblick bin ich wie gelähmt, als wären meine Segeltuchpumps am Boden festgeklebt. Alle um mich herum unterhalten sich angeregt, lachen und amüsieren sich. Ich bin vollkommen allein. Ich habe keine Ahnung, wie ich mich in dieses Getümmel stürzen soll, die gesamte Sozialkompetenz, die ich einmal besessen habe, hat sich schon lange verabschiedet. Ich blicke mich in dem riesigen Raum um. Überall stehen Champagnerflaschen, ein großer silberner Kübel ist mit blauem Eis gefüllt. Darin türmen sich Bierflaschen, deren Etiketten mir nicht bekannt vorkommen. Das dämmrige Licht pulsiert beständig, die Musik ist nun instrumental – kubanisch, wenn ich mich nicht irre, jedenfalls lassen die lockeren Akkordfolgen und der Salsa-Rhythmus darauf schließen. Ich lasse den Blick über die handgefertigten grauen Arbeitsflächen wandern, die edlen Snacks, die auf quadratischen schwarzen Tellern auf dem Küchentresen stehen, dann wieder hin zur offenen Rückseite des Hauses, wo ich zwischen den Köpfen hindurch Neil erspähe, der unter der Trauerweide steht, die das Zentrum des Gartens bildet und die Rasenfläche wie einen japanischen Teich wirken lässt. Er nippt an einer Flasche Bier und sieht sich um. Er wirkt angespannt, als ob er überall lieber wäre als hier.

Da ist er nicht der Einzige.

Ich fahre zusammen, als ich merke, dass ich nie wirklich über seine Gefühle nachgedacht habe. Erst jetzt, wo ich ihn aus der Ferne betrachte, kann ich sehen, dass er ebenso elend wirkt wie ich. Er trinkt schnell, mehr auf Wirkung bedacht als auf Genuss. Für einen Augenblick lichten sich die Wolken, ich vergesse kurz meine eigenen Gefühle, und mir wird mit durchdringender Klarheit bewusst, dass jener Tag auch an ihm nicht spurlos vorübergegangen ist. Natürlich war es auch für ihn ein Schlag. Bei ihm und auch bei Bella hat unser erster gemeinsamer Abend seit damals ebenso schmerzhafte Erinnerungen wachgerufen wie bei uns. Er hat sich liebevoll um Abi gekümmert, und Abi war ganz vernarrt in ihn. Er hat sie vollkommen verwöhnt, sie in die Luft geworfen, bis sie vor Vergnügen gequietscht hat, und sie so zum Lachen gebracht, dass ich ihn oft gebremst habe, weil ich Angst hatte, sie bekommt keine Luft mehr. Ich habe bisher nie darüber nachgedacht, wie schwer jener Morgen, jener Tag, jene Nacht und alles, was dann folgte, für solch einen robusten, fähigen Mann gewesen sein muss. Plötzlich in einer furchtbaren Katastrophe mit der eigenen Hilflosigkeit konfrontiert zu werden, muss mindestens seinen männlichen Stolz tief erschüttert haben. Es muss verheerend gewesen sein. Ich kann mich noch an seinen Gesichtsausdruck erinnern, als wir ihn und Bella gebeten haben, Abis Paten zu werden. Er hat um Fassung gerungen; seine Augen waren feucht. Er hat gehüstelt und sich ein Danke in den Bart gemurmelt. Er sagte, es wäre ihm eine Ehre. Ein Privileg. Er hat die Aufgabe fast zu ernst genommen, hat sie mit Geschenken und Aufmerksamkeit überhäuft, als wäre sie sein eigenes Kind. Mein Gott, an Neil habe ich überhaupt nicht gedacht, aber jetzt beobachte ich ihn und sehe, dass er allein ist, unter all diesen Menschen, ebenso allein wie ich, und ich sehe seinen gequälten Ausdruck an jenem Tag, die Tränen, die er vergossen hat, ohne sich dafür zu schämen, und meine Wangen glühen, weil ich mich schlecht fühle. Er trauert auch. In jenen schwarzen, verzweifelten Stunden standen zwei gebrochene Männer vor meiner Haustür – Matt, der Vater, und Neil, der Patenonkel. Sicher, für mich und Matt war es schlimmer, aber für Neil war es auch schrecklich. Und für Bella, die kaum mehr weiß, wie sie sich mir gegenüber verhalten soll, die eben beim Prosecco nervös geplappert hat, als würde sie uns kaum kennen, die versucht hat, mich mit einem neuen Haarschnitt, einer frischen Haarfarbe, einer Schicht Make-up und einer Maniküre wieder hinzukriegen. Aber das schaffe ich noch nicht. Ihre Trauer kann ich nicht auch noch tragen. Ich habe genug mit mir selbst zu tun.

Mein Glas ist leer. Ich weiß, ich sollte nicht mehr trinken. Ich sollte nüchtern bleiben.

Vergiss, was man sollte.

ACHTZEHN
AVA

Es ist kurz nach halb zehn. Ich bin schon zu lange hier, meine Begleitung nicht mitgerechnet, habe ich mit vielleicht fünf Leuten geredet. Sie befinden sich alle in ihren kleinen Gesprächsblasen, einzelne Gesprächsfetzen verschmelzen mit der dumpfen kollektiven Geräuschkulisse. Niemand hat mich etwas anderes gefragt als, wie es mir geht. Wie ich damit fertigwerde, wollen sie sagen, und das ist nett. Sie haben recht, die Ereignisse definieren mich. Den Gedanken, in diesem Rahmen darüber zu sprechen, finde ich erschreckend. Das Letzte, was ich will, ist öffentlich in Tränen auszubrechen. Doch ich kann kaum über etwas anderes sprechen, also habe ich nichts, überhaupt nichts zu sagen.

Im Garten stoße ich auf Bella, wie sie in der Nähe der brasilianisch aufgemachten Bar zur Musik wippt.

»Hi«, sage ich und bin trotz des gestrigen Friseurtermins und dem kleinen Umtrunk bei uns ihr gegenüber noch immer zurückhaltend.

»Süße!« Bella umarmt mich, was wegen der Babytrage mit Fred nicht so ganz gelingt, und fängt überraschenderweise an zu weinen. »Es tut mir so leid«, jammert sie und entlässt mich aus ihrer ziemlich verschwitzten Umklammerung.

»Was tut dir leid?«

»Na, alles.« Ihre Augen sind gerötet, das Make-up ist schwarz verlaufen. Nicht einmal in all den Jahren, die ich sie kenne, auf all den Partys, auf denen wir zusammen waren, habe ich sie je mit verschmiertem Make-up gesehen. »Ich weiß, ich war nicht für dich da, und es tut mir leid. Es tut mir so leid, Süße.«

Oje, das ist weder die Zeit noch der Ort dafür, doch Bella klammert sich an meinen Arm und sieht mich mit großen, traurigen Augen durch ihre Wimpern hindurch an, und sie ist ohne Zweifel ziemlich betrunken. Ich versuche, mich nicht darüber zu ärgern. Neils Anblick eben hat mich versöhnlich gestimmt, mir bewusst gemacht, wie sehr ich auf mich selbst fixiert bin, und mich aus meiner tiefen Trauer geweckt. Ja, auch für Bella war es nicht leicht. Sie war Abis Patentante, und ich nehme an, dass die teuren Geschenke ihr zu verdanken waren.

»Mach dir keinen Kopf«, sage ich. »Ehrlich. Es war doch auch für euch schwer, das verstehe ich doch. Nur weil es für uns noch schlimmer war, heißt das ja nicht ...«

»Neil hat getan, was er konnte«, sagt Bella betrübt. »Er hat überall gesucht. Er ist daran zerbrochen, Ave, vollkommen zerbrochen. Das weißt du doch, oder?«

»Ich weiß.«

»Er ist noch immer nicht der Alte. Es hat ihn kaputtgemacht. Er ist noch immer nicht wieder in Ordnung.«

Ich sehe zur Küche hinüber. Ich wünsche mir verzweifelt, ihr zu entkommen, aber ich möchte sie auch nicht verletzen, nicht, nachdem sie diesen gewaltigen Schritt gemacht hat.

»Ich meine«, sagt sie und tätschelt mir mit einer Hand ungelenk die Schulter, »er hat in der Nacht überall gesucht.«

»Das weiß ich doch«, tröste ich sie. »Wirklich, ihr habt getan, was ihr konntet.«

»Die ganze Nacht hat er gesucht, Ave. Die ganze Nacht. Es hat ihn kaputtgemacht. So habe ich ihn noch nie gesehen. Wir ... Wir machen gerade eine schwierige Phase durch. Er trinkt ziemlich viel, weißt du?« Sie drückt mit den Fingerspitzen gegen ihre Lider und stöhnt.

Ich weiß, dass ich sie trösten sollte. Stattdessen weiche ich zurück. Es ist schlimm, das zuzugeben, aber ich fühle mich bedrängt. Es zieht mich runter. Offen gestanden wünschte ich, sie würde die Klappe halten, und habe Angst, ich könnte es laut aussprechen.

»Wir hätten öfter rüberkommen sollen«, fährt sie fort. »Ich komme mir deswegen so mies vor, aber es war zu schwierig.«

»Hör zu, Bella«, ich nehme ihre Hand von meinem Arm, halte sie bewusst noch eine Weile fest und lasse sie sinken. »Es ist schwer, wenn man etwas nicht wieder in Ordnung bringen kann. Es ist hart, die Freunde leiden zu sehen, das verstehe ich. Aber alles wird sich finden, keine Sorge. Wir müssen ... müssen einfach versuchen, darüber hinwegzukommen, okay? Es dauert noch, bis die Wunden verheilen. Meine werden nie ganz verheilen, und damit muss ich lernen umzugehen.«

Sie schnieft hörbar. Ich frage mich, ob sie mir überhaupt zugehört hat. »Ich will nur, dass du weißt, dass Neil alles getan hat, was er konnte. Er hat Abi geliebt, das hat er, egal, was passiert ist.«

»Das weiß ich doch.«

»Wir beide haben sie geliebt. Ich meine, wir wollen auch Kinder.«

»Ich weiß. Hör zu, lass uns einfach nicht mehr darüber sprechen. Ich werde gleich gehen, also sehen wir uns morgen oder so, okay?«

»Okay, Süße. Entschuldige, ich bin ein bisschen emotional. So bin ich eben, ich bin emotional.«

»Weiß ich doch. Ist schon okay. Wir sehen uns, ja? Okay?«

In der Küche wird das Stimmengewirr immer lauter, die

Musik passt sich in Lautstärke und Tempo an, ein trendiger Bossanova-Remix, glaube ich, bin mir aber nicht hundertprozentig sicher. Egal. Unter dem Einfluss der starken Cocktails schwanken einige meiner Nachbarn schon ein wenig zur Musik und wagen es hier und da, mit den Köpfen im Takt zu wippen. Sie würden gern tanzen, aber in diesen vorstädtischen Gefilden traut sich wohl niemand, den Anfang zu machen, denke ich.

»Ava.« Es ist Johnnie. Er ist rot und glänzt ein wenig.

»Hi.« Ich sehe mich um und suche Matt. Hilfe.

»Es ist so schön, dass Sie heute gekommen sind«, sagt er. »Das muss Sie eine Menge Überwindung gekostet haben.«

Ich sehe ihn an, und meine Wangen brennen. Ich habe nicht die leiseste Ahnung, wie ich reagieren soll.

Wenn Jen es gesagt hätte, wäre es in Ordnung gewesen, aber Johnnie ist nicht Jen.

»Jen sagt, sie hätten schon vor Monaten die Ermittlungen heruntergefahren? Glauben Sie, dass sie, wenn das Jahr um ist, ganz eingestellt werden? Es ist jetzt schon fast ein Jahr her, nicht?«

»J...Ja.« Ich schlage die Hand vor den Mund.

»Ich meine«, fügt er offenbar unbeeindruckt hinzu, »ich weiß nicht, wie so etwas funktioniert, aber man möchte meinen, dass ein Jahr lang genug ist. Es wird ja überall gespart und so. Kann mir nicht vorstellen, dass da noch viel zu gewinnen ist.«

Meine Haut brennt wie Feuer. Der Raum dreht sich. Ich habe das Gefühl, abzuheben. Ich muss etwas sagen, um am Boden zu bleiben.

»Für uns ist es anders. Für uns ist da alles zu gewinnen.«

Er wedelt mit einer Hand durch die Luft. »Natürlich, ja. Ich meinte es nicht so, ich meinte es mehr in dem Sinne, dass ich mir nicht vorstellen kann, dass noch Hinweise zutage gefördert werden. Nach all der Zeit wird es wohl keine neuen Spuren mehr geben, oder? Oder haben sie jemanden im Auge?«

Ich warte ab. Warte, um zu sehen, wie tief er sich noch in

dieses Loch graben möchte, bevor er auf Felsen stößt und die Schaufel zerbricht. Hören Sie doch auf, möchte ich sagen. Reden Sie nicht weiter.

»*Im Augenblick* gibt es keine neuen Spuren«, sage ich stattdessen. »Und es gibt auch keinen Verdächtigen. Doch noch sind die Ermittlungen nicht eingestellt. Sollte es neue Hinweise geben, könnten sie schnell reagieren.«

Er nickt betont, schiebt die Unterlippe über die Oberlippe, sein Kinn kräuselt sich unter den gepflegten Bartstoppeln. »Ja, ja«, sagt er und legt den Kopf schief wie ein Kunstkritiker bei seinen Betrachtungen. »Ja, das verstehe ich, das verstehe ich ... Es ist nur, dass es hieß, es sei ein tragischer Unfall gewesen, nicht wahr? Ich schätze, weil sie nichts Verdächtiges gefunden haben. Und sie haben alle Häuser und Gärten durchsucht. Die Hunde waren auch in Neils Haus, oder nicht?«

»Das war reine Routine. Sie sind schließlich unsere engsten Freunde.« Die letzten beiden Worte klingen spitz und sind auch so gemeint. Bis hierhin. Nicht weiter.

»Natürlich, natürlich. Aber sie waren mit den Hunden sonst in keinem der Häuser, oder?«

Ich verenge die Augen zu Schlitzen und sehe ihn an. Falls er spürt, wie fassungslos ich bin, lässt er es sich nicht anmerken.

»Sie können ja nicht alle wie Verdächtige behandeln, Johnnie«, bringe ich heraus. »Solange sie keine verdächtigen Hinweise gefunden haben, müssten sie gute Gründe haben, ein solches ... Eindringen zu rechtfertigen.«

»Also hatten sie einen guten Grund? Ich dachte, Sie sagten, es wäre Routine gewesen.«

Ich hole tief Luft, meine Schultern heben sich. »Das habe ich, und das war es auch. Ich meinte ...«

»Hey.« Matt taucht neben mir auf und reicht mir ein Getränk. Mein drittes. Ich sollte wirklich nicht ... Doch meine Hände zittern, und ich bin so erleichtert, ihn zu sehen, dass ich es beinahe auf ex hinunterkippe.

»Ava hat mich gerade über ... na ja, über alles auf den neuesten Stand gebracht«, erklärt Johnnie. Matt beobachtet ihn misstrauisch. »Okay.« Er wendet sich mir zu, muss es mir ansehen, denn in seinem Blick flackert Sorge auf. »Möchtest du bald gehen?«

»Leute, wir sprechen uns später«, sagt Johnnie und drückt mir den Oberarm, bevor er geht, als ob die Unterhaltung irgendeine Art Verbindung zwischen uns geschaffen hätte. Mein Gott, denke ich. Was findet Jen bloß an ihm?

»Neil hatte nicht ganz unrecht«, sagt Matt leise, als Johnnie außer Hörweite ist.

»Nein, das stimmt.«

Die Musik wird leiser gedreht, und wir sehen beide zur anderen Seite der Küche hinüber. Mit einem kleinen Seufzer sagt Matt: »Ach du Schande.«

NEUNZEHN
AVA

Am anderen Ende der Küche steht Johnnie und hat die Arme erhoben, seine Wangen sehen sogar noch rosiger aus, und er hat frappierende Ähnlichkeit mit einem gealterten Putto. Er sagt nichts, steht einfach nur mit ausgebreiteten Armen da, in der Erwartung, dass die Gespräche verstummen werden. Wie Moses bei der Teilung des Roten Meeres, denke ich. Und tatsächlich erstirbt das Geplapper. Jen ist an seiner Seite und sieht ein wenig schüchtern aus. Ich brauche einen Augenblick, um zu bemerken, dass sie ein junges Mädchen von vielleicht zwölf oder dreizehn Jahren an der Hand hat.

Als es still geworden ist, lässt Johnnie zufrieden die Arme sinken.

»Hallo, alle miteinander«, sagt er. »Wir möchten uns nur bedanken, dass ihr der Einladung in unsere bescheidene Behausung gefolgt seid.« Er schmunzelt, niemand lacht. »Es ist toll, endlich unsere Nachbarn kennenzulernen, also ja, hallo, welcome, willkommen, bienvenue. Wie ihr wisst, bin ich Johnnie, das ist Jennifer und das sind unsere Mädchen, Jasmin und Cosima, die eigentlich längst ins Bett gehören.«

»Ins Bett gehören, ins Bett gehören, ins Bett gehören«, sagt die Ältere, tritt vor und wedelt vor der Brust mit den Händen. Ihr Lächeln ist so breit, dass es an ein Lachen grenzt, das auch sogleich folgt. Sie tritt wieder zurück und sieht ihre Mutter nach Bestätigung suchend an. Jen fasst sie an beiden Händen, schwenkt sie vor und zurück und lächelt sie dabei unentwegt an. In diesem Augenblick ereilt mich, wie ein Schlag in den Solarplexus, die Erkenntnis, dass ihre Tochter offenbar irgendeine Art von Lernbehinderung hat.

»Das ist Jasmine«, sagt Jen an die Gäste gewandt. »Sag gute Nacht, Jasmine.«

»Sag gute Nacht, Jasmine«, ruft Jasmine und lacht wieder. »Sag gute Nacht, Jasmine, sag gute Nacht, Jasmine.«

Die Gäste grüßen als herzlicher Chor zurück, und ich empfinde brennende Scham. Die ganze Zeit habe ich angenommen, die Tochter sei auf einer noblen Privatschule. Ich habe nie daran gedacht, dass es womöglich auch einen anderen Grund dafür geben könnte, dass sie jeden Morgen in ihrem dicken Luxusschlitten weggebracht wird. Ich habe nie nachgefragt.

»Ich wusste gar nicht, dass die Älteste behindert ist«, flüstert eine Frau hinter mir laut genug, dass ich es höre. »Das würde man gar nicht vermuten.«

Ich habe kaum Zeit, darüber nachzudenken, was das überhaupt heißen soll, weil Jasmine in diesem Augenblick auf Kevin von gegenüber zeigt und extrem laut und aufgeregt »Fahrrad! Fahrrad, Fahrrad!« ruft.

Jen und Johnnie grinsen wie die Honigkuchenpferde. Ihr Stolz rührt mich. Ich habe harsch über Johnnie geurteilt, aber vielleicht ist er doch kein so übler Kerl.

»Fahrrad, Fahrrad!«, ruft Jasmine wieder und lacht.

»Sie hat recht.« Kevin hebt sein Glas, nickt und sagt in die Runde: »Ich fahre morgens mit dem Fahrrad zur Arbeit.«

Ein kollektives Raunen der Zuneigung geht durch den Raum. Ich muss ständig daran denken, dass ich Jen nicht einmal nach ihren Töchtern gefragt habe. Trauer ist egoistisch.

Ich bin nicht nur gehässig und sarkastisch geworden, sondern auch egoistisch. Früher habe ich den Leuten Fragen gestellt, ich habe mich für sie interessiert. Ich war schlagfertig, nicht hart. Nicht nur auf mich selbst fixiert. Nicht so wie jetzt.

»Jasmine könnt ihr nichts vormachen«, sagt Jen, lacht und deutet in die Runde. »Sie weiß alles über euch.«

Aber Jasmine hat sich schon jemand anderem zugewandt, sie gestikuliert nun in Louise Parkers Richtung. Sie deutet Kopfhörer an und läuft, die geballten Fäuste an der Seite schwingend, auf der Stelle.

Louise wird rot. »Ja, ich laufe.« Sie hebt ihr Cocktailglas. Ihre Augen sind glasig, und sie sieht schon ein wenig betrunken aus.

Jen streckt sichtlich erfreut die Arme aus. »Na? Was habe ich euch gesagt?«

Jasmine trippelt von einem Fuß auf den anderen. Sie wedelt nun ziemlich heftig mit den Händen. Sie atmet aufgeregt ein und deutet in die Menge.

»Taschen!«, ruft sie laut und freudig. »Taschen, Taschen, Taschen.«

Ich folge ihrem Blick und sehe Neil, der sich hinten in der Küche herumdrückt. Sie hat ihn entdeckt, obwohl er fast draußen steht.

»Taschen«, ruft sie wieder und ist ganz aus dem Häuschen. »Taschen! Taschen!«

Johnnie legt den Arm um sie. »Okay, Jazzy. Ich glaube, das war jetzt genug Aufregung für heute. Zeit fürs Bett.«

Jasmine zeigt noch immer in die Richtung.

»Taschen«, sagt sie. »Taschen, Taschen.«

Johnnie sieht zu Neil hinüber, und irgendetwas an seinem Ausdruck ist schwer zu deuten. Neil hat den Kopf gesenkt. Seine Ohren sind feuerrot.

Ich wende den Blick wieder Johnnie zu.

»Sie fragt sich, warum du deinen Overall nicht anhast,

Neil«, ruft Johnnie über die Köpfe hinweg und wendet sich dann an die anderen. »Jasmine war ganz vernarrt in Neils Overall, als er für uns gearbeitet hat. Nicht wahr, Schatz?«

»Nicht wahr, Schatz«, wiederholt sie. »Nicht wahr, Schatz, nicht wahr, Schatz.«

»Scheiße«, murmelt Matt und geht.

Ich fühle die Hitze in meine Wangen steigen. Vermutlich ist Matt zu Neil hinübergegangen, aber ich traue mich nicht, hinzusehen. *Ich hatte einfach die Nase voll davon, wie ein Dienstbote behandelt zu werden.* Das hat er heute Abend in unserer Küche gesagt. Johnnies Kommentar wäre vollkommen unverfänglich gewesen, wenn irgendjemand anderes es gesagt hätte. Dass aber ausgerechnet er die Aufmerksamkeit darauf lenkt, dass Neil unter seiner Anleitung als Handwerker für ihn gearbeitet hat, lässt unverhohlen etwas von Standesdünkel und Hierarchiedenken mitschwingen. Vielleicht bin ich überempfindlich und denke zu viel nach, aber wenn ich diese Gedanken habe, dann hat Matt sie mit Sicherheit auch.

Ich werfe einen Blick in den Garten, wo neben der Bar eine Gruppe von etwa acht Leuten steht. Ein Stück weiter, wieder unter der Weide, steht Neil mit Matt. Neil schüttelt den Kopf. Matt legt ihm die Hand auf die Schulter, doch er schüttelt sie ab, und völlig aus dem Nichts überkommt mich das Gefühl, dass noch etwas anderes dahintersteckt, etwas Gravierenderes, als vor einer Menge Leute herablassend behandelt worden zu sein. Keine Ahnung, was es ist, aber irgendetwas daran stört mich, ohne dass ich Gründe dafür nennen könnte. Aber diese Gründe haben etwas mit Abi zu tun. Barbara hat gesagt, dass ich noch lange alles immer wieder auf Abi beziehen werde, also halte ich mich an das, was ich in der Verhaltenstherapie gelernt habe, und ermahne mich, dass das hier nichts mit ihr zu tun hat. Meine *Reaktion* hat mit ihr zu tun, mit mir und mit meiner Trauer.

»Komm, das reicht jetzt. Wink noch einmal, Jazzy.«

Meine Aufmerksamkeit kehrt zu Johnnie zurück, der jetzt seine Tochter aus dem Raum führt, die seine Worte aufgeregt wiederholt: Wink noch einmal, Jazzy, wink noch einmal, Jazzy, wink noch einmal, Jazzy. Wie es scheint, übergibt er sie an jemanden im Flur, den ich nicht sehen kann. Als er zurückkommt, verschwindet er kurz aus meinem Sichtfeld und taucht mit einem hübschen kleinen Mädchen wieder auf. Cosima. Sie sieht Jen so ähnlich und ist in diesem Jahr sehr gewachsen, sieht nun viel weniger wie ein Kleinkind und mehr wie ein kleines Mädchen aus – genau wie es bei Abi der Fall sein sollte. Könnte. Irgendwo. Sie sitzt auf seiner Hüfte und lächelt schüchtern, ein kleines Mädchen, das sich darüber freut, dass es aufbleiben und den Erwachsenen Hallo sagen darf. Mein Herz zieht sich zusammen. Meine Augen brennen. Ich beiße mir auf die Unterlippe.

Es reicht nicht.

Mein Herzschlag beschleunigt sich. Mein Blick verschwimmt. Ich starre auf meine Schuhe und konzentriere mich auf das Atmen.

»Das ist Cosima«, höre ich Johnnie sagen.

Matt hat mich verlassen. Er hat mich alleingelassen.

»Sag gute Nacht, Cozzie«, sagt Johnnie.

Ich zwinge mich, aufrecht zu stehen, ganz gerade, und hinzusehen. Cosima kichert und lässt ihren Kopf gegen die Brust ihres Vaters sinken. Einen Augenblick später hebt sie das Köpfchen wieder, wirft ein Küsschen in die Luft und sagt in ihrer süßen, piepsigen Mädchenstimme, die mir durch Mark und Bein geht, gute Nacht. Dann kichert sie verschämt, genau wie Abi es getan hätte. Ich starre auf den Boden, versuche die Tränen zurückzuhalten, mir ist glühend heiß, und mein Herz rast. Ich atme tief ein und aus, halte mich kraft meines Willens aufrecht. Ich stecke fest, stecke hier allein in dieser heißen, pochenden Blase fest, während die anderen ihr gute Nacht wünschen. Ihre Stimmen sind sanft von Alkohol und Zuneigung, vielleicht auch von der Erinnerung an ihre eigenen Kinder in dem Alter, an Kinder, die längst groß sind, die noch hier sind.

Johnnie übergibt Cosima einer mittelalten Frau, die mit ausgestreckten Armen direkt hinter ihnen steht. Sie nimmt das Kind mit einem Nicken und einem freundlichen Lächeln auf den Arm. Die Nanny, schätze ich. Die, der sie einen kleinen Citycruiser gekauft haben. Mit Cosima auf der Hüfte und Jasmine an der Hand entfernt sie sich, und die drei werden zu Schatten. Mein Hals schmerzt.

Die lässige Bossanovamusik erfüllt wieder die Luft. Jennifer fuchtelt mit ihrem Handy herum und richtet es mit zusammengekniffenen Augen auf unauffällige, runde Lautsprecherboxen an der Decke. Die Musik wird lauter. Meine Nachbarn fangen an zu tanzen. Sie sind rot und ausgelassen, fröhlich und redselig. Die Party geht jetzt erst richtig los.

Ich muss weg. Ich muss hier raus. Und zwar jetzt sofort.

ZWANZIG

MATT

Neil ist auf hundertachtzig.

»Hast du das gesehen?« Er macht Anstalten, wegzugehen, entscheidet sich aber offenbar anders, doch es kostet ihn sichtbar Mühe, ruhig stehen zu bleiben. »Hast du ihn gehört? Er konnte es einfach nicht lassen, was?« Halb flüstert er, halb zischt er wütend. »Konnte einfach nicht widerstehen, sich in seinem Palast, den ich für ihn gebaut habe, wie der große Zampano aufzuspielen. Dieses Arschloch.« Weitere Beschimpfungen folgen und münden in einer wüsten Tirade, die immer lauter wird, sodass auch andere sie hören können. Sein Gesicht und seine Augen sind rot. Seine Kopfhaut leuchtet durch die kurzgeschorenen Seiten seiner Haare.

»Junge.« Matt ist sich bewusst, dass die Leute sie ansehen. »Reg dich ab, okay? Er hat es nicht so gemeint.«

»Und ob. Natürlich hat er das, Matt. Der Typ ist ein überheblicher Sack. Als ich seine Küche gemacht habe, war es jeden Tag so. Jeden einzelnen Tag.« Neil ballt die Fäuste an seiner Seite.

»Hey, Alter. Es war seine Tochter. Sie kann nichts dafür. Sie hat ... Sie kann nicht in ganzen Sätzen sprechen. Es ist nicht ihre Schuld. Johnnie wollte nur ... Ich weiß nicht ... Er wollte ihr entgegenkommen oder so.«

»Okay.« Neil hebt eine Hand, und sein Kopfnicken zeigt, dass er versucht, sich zusammenzureißen und keine Szene zu machen. »Ich muss bloß echt lachen, denn die Küche würde total scheiße aussehen, wenn ich nicht gewesen wäre. Er hat schließlich die Maße für die Stahlträger falsch berechnet, und ich und die Jungs mussten zusehen, wie wir es hinkriegen und seine dämlichen Fehler ausbügeln. Ich hätte das im Kopf ausrechnen können.«

Matt wartet ab. Es wäre jetzt der falsche Zeitpunkt, zu erwähnen, dass er das schon gehört hat.

»Ich hab die Berechnungen schon im Kopf gemacht, als er mir das Haus gezeigt hat.« Neil schaut auf die Küche, beißt sich angewidert auf die Unterlippe und legt sich zwei Finger zur Pistole geformt an die Schläfe. »Ich habe alles schon hier in meinem Kopf gebaut. In meiner Birne! Diese Blödmänner tun so, als wäre das Atomphysik, aber es ist einfach ... einfach Handwerk. Die bilden sich ein, dass sie besser sind, bloß weil sie sich ein paar Jahre an der Uni die Eier geschaukelt haben. Die denken, sie können es besser, aber meistens sind sie zu nichts zu gebrauchen. Ich sag dir, nur weil er so ein blödes Diplom hat, glaubt er, er wäre der Erste, der je auf die Idee gekommen ist. Die Stahlträger nicht verkleiden, um dem Raum einen industriellen Touch zu geben?« Er unterstreicht den sarkastischen Ton mit seiner Gestik. »Wow! Ganz großes Damentennis. Das habe ich schon vor fünf Jahren in Peckham gesehen. Er denkt, er ist so extravagant mit seinem Titanzink und dem dämlichen Glasanbau. Er ist ein ... Er ist ein ... Der Typ ist ein ...« Er seufzt tief und scheint, sich allmählich zu beruhigen. Er wirft Matt einen entschuldigenden Blick zu. »Damit meine ich nicht dich.«

»Das weiß ich doch.«

»Wirklich nicht. Ich weiß, du hast an der Uni hart gearbeitet. Ich meine, ich weiß, was du draufhast. Ich hab damit kein Problem oder so.«

»Ich weiß.« Matt fragt sich, warum Neil meint, dass er das betonen muss. Er hat noch nie etwas in der Richtung gesagt.

»Ich wollte nur sagen, dass ich nicht neidisch auf dich bin, also nicht, dass du mich falsch verstehst. Ich bin einfach nur sauer. Auf ihn, meine ich. Ich wette, er hat es nicht zu einem Architekturstudienplatz gebracht. Deswegen hat er auch keinen Architekten engagiert.«

»Ich bin sicher, er war in der Lage, die Zeichnungen anzufertigen. Er wusste wahrscheinlich nur nicht so genau, was er wollte.«

»Okay, ja, ich weiß. Ich bin nur ... Und ich weiß, dass er mir die ganzen Aufträge vermittelt hat und mir am Ende ein dickes Trinkgeld gegeben hat. Habe ich dir das überhaupt erzählt?« Neil schüttelt den Kopf und fährt fort, ohne auf eine Antwort zu warten. »Na ja, nein, es war ... Wahrscheinlich habe ich es nie erwähnt, aber ... Es waren schwierige Zeiten, aber ja, er hat mir einen Bonus von fünfhundert Pfund gezahlt. Fünfhundert Mäuse. Wer macht so was? Ich hab abgelehnt, aber er hat drauf bestanden und gesagt, dass ich außergewöhnlich gute Arbeit geleistet und es verdient habe und all so einen Quark, also habe ich es schließlich angenommen. Ich hab es genommen, weil ich dachte, es wäre wieder so ein überhebliches Gehabe von ihm. Weißt du, was ich meine? So nach dem Motto: Bezahl den Pöbel.« Er schnaubt lange aus und regt sich noch ein bisschen weiter ab. »Ich weiß nicht, irgendwie geht mir der Typ mit seinem Gehabe einfach auf die Nüsse. Aber du, du warst eben immer einfach clever. Das meine ich ehrlich, das weißt du, oder?«

»Ja. Ja, natürlich. Ich bin nicht eingeschnappt oder so.«

»Darum warst du auch so ein mieser Fußballer.« Er grinst beinahe und trinkt wütend noch einen Schluck Bier.

»Sehr witzig.« Die Enge in Matts Brust legt sich, wie wenn

er in letzter Sekunde noch einen Fehler in seinen Entwürfen bemerkt und ihn korrigiert.

»Jedenfalls läufst du nicht rum und sagst den Bauarbeitern, wie sie ihren Job machen sollen.«

»Ich gebe mich mit den Bauarbeitern überhaupt nicht ab. Ich bin zu wichtig.«

Neil sieht ihn an, als hätte er ihn geohrfeigt. Doch dann kräuseln sich Fältchen um seine Augen. Er lacht. »Du Arsch!«

»Komm schon.« Matt nimmt Neil die leere Bierflasche ab. »Wir besaufen uns mit Johnnie Lovegoods Bio-Bier, okay?«

Er ist schon auf dem Weg zu der brasilianischen Bar, die auf einem Podest vor dem Bürokubus aufgebaut wurde, doch zu seiner Verwunderung schüttelt Neil den Kopf.

»Nee, lass mal, Alter.« Er blickt auf seine Schuhspitzen und tritt gegen etwas Unsichtbares auf der polierten Betonoberfläche. »Ich kann hier nicht bleiben. Es ist ... Ich kann einfach nicht.« Er klopft Matt auf die Schulter und geht mit hängendem Kopf wie ein Trauernder ins Haus. Kurz darauf ist er verschwunden.

EINUNDZWANZIG

AVA

Draußen auf der Einfahrt der Lovegoods schicke ich Matt eine Textnachricht.

Bin nach Hause gegangen. Alles okay. Viel Spaß noch. Wir sehen uns morgen früh. Xx

Die Luft ist kühl. Der Himmel ist marineblau und sternlos. Wegen der Wolken ist der Abend warm geblieben. Ich strecke meine Arme aus und atme tief aus.

»Ava? Ave.«

Es ist Neil. Ich schaudere, drehe mich um und warte, als er ein paar Schritte geht und sich zu mir gesellt.

»Entschuldige«, sage ich. »Ich musste da raus. Einfach ...«

»Ja. Ziemlich heftig.«

Wir stehen einen Augenblick unangenehm berührt da, dann gehen wir die Einfahrt hinunter. Noch drei oder vier Schritte und ich bin vor unserem Haus. Keiner von uns hat ein Wort gesagt.

»Das ist nett von dir, dass du mich den ganzen weiten Weg begleitest«, scherze ich.

Er zuckt mit den Schultern. »Du kennst mich doch.«

Nein, ich kenne dich überhaupt nicht mehr, würde ich am liebsten sagen. Doch ich sage natürlich nichts dergleichen.

»War es heute Abend sehr schlimm?«, frage ich stattdessen.

Er nickt, und sein Blick huscht zur Haustür der Lovegoods, dann über den Gehsteig, doch mich sieht er nicht an. »Hast du ihn gehört? Wie er über meinen Arbeitsoverall geredet hat? Arschloch.«

Er lallt, nur ein bisschen, aber ich kenne ihn so lange, wie ich Matt kenne. Ich weiß, wie er klingt, wenn er etwas zu viel getrunken hat, und wie viel er dafür trinken muss.

»Ich glaube, er meinte es nicht böse«, beschwichtige ich.

Er schüttelt den Kopf. »Das sagst du, weil du ihn nicht kennst.«

»Ich glaube, er ist hauptsächlich unbeholfen. Er will allen gefallen und übertreibt es. Ich schätze, eigentlich ist er unsicher. So ist es doch meistens.«

»Keine Ahnung. Ich bin nicht so tiefsinnig.«

»Sag so etwas nicht.«

»Was?«

»Tu nicht so, als wärst du nicht klug, oder als hättest du keine Gefühle. Du bist klug. Das weißt du. Und du hast Gefühle. Du bist sehr empfindsam.« Ich merke, dass ich rot werde. Die Cocktails haben meine Zunge gelöst. Na ja, das ist ja auch irgendwie Sinn der Sache.

Neil lässt den Blick ans Ende der Straße wandern, dann betrachtet er wieder seine Schuhe. Mein Brustkorb wird heiß und schwillt an.

»Neil.« Ihn mit Namen anzusprechen, gibt mir hoffentlich den Mut, es offen anzusprechen. Cocktails hin oder her, es ist so schwer, seinen engsten Freunden zu sagen, dass sie einem wehgetan haben. Man hat immer Angst, dass sie einem den Vorwurf übelnehmen, dass danach nichts mehr ist, wie es einmal war. Doch ich schätze, über den Punkt sind wir hinaus.

»Ich weiß, ihr trefft uns nicht gerne«, sage ich zögerlich. »Ich meine, ich weiß, es fällt dir schwer, mir zu begegnen.«

»Auf der Arbeit war die Hölle los.« Er scharrt mit dem Fuß, sieht aber nicht auf.

»Ich weiß. Das weiß ich, aber ...« Jetzt bin ich es, die mit dem Blick ausweicht. Ich sehe zu den Pflaumenbäumen hinüber, die unsere Straße säumen, wo einmal Plakate hingen, auf denen zu lesen war:

WER HAT DIESES MÄDCHEN GESEHEN?

»Ich will nur sagen, ich weiß, wie schwer es ist. Und ich weiß, dass ihr auch trauert. Ich glaube, mir ist das erst heute Abend richtig klar geworden. Ich weiß, ihr habt sie auch geliebt. Das wollte ich nur sagen.«

Irgendwie schafft er es, den Blick von den Schuhen loszureißen. Als er aufsieht, sieht er mich direkt an, und seine Augen sehen schmerzerfüllt aus, seine und auch meine. Schlagartig wird mir bewusst, dass es das erste Mal seit jenem Tag ist, dass er mich angesehen hat, mir wirklich in die Augen gesehen hat.

»Ich habe sie wirklich geliebt«, sagt er, und seine Unterlippe bebt. Bei einem solchen Mann ist der Anblick noch erschütternder. »Ehrlich«, wiederholt er und wendet den Blick wieder ab. »Das müsst ihr wissen.«

Von seinen Gefühlen überwältigt bedeckt er die Augen mit der Hand und stößt einen gequälten Laut aus.

Ich lege ihm die Hand auf den Arm. Es wird kühl. Ich habe angefangen, zu bibbern. Fred schläft friedlich in seinem Tragetuch an meiner Brust.

»Ich weiß, dass ihr sie geliebt habt«, sage ich sanft. »Natürlich weiß ich das. Und sie war vollkommen vernarrt in euch. Ich hatte nur keinen Platz für ... für irgendetwas anderes. Irgendjemand anderes. Offen gestanden hat es mich verletzt, wie distanziert ihr wart, aber ich verstehe es. Und ich mache euch deswegen keinen Vorwurf.«

Ein gequälter Laut kommt über seine Lippen. »O Gott, Ava«, ruft er. »Es tut mir so leid. Ich habe euch enttäuscht, ich habe euch beide enttäuscht. Ich werde mir nie verzeihen.«

»Nicht doch, Neil. Es war nicht deine Schuld. Ich habe schließlich die Tür offen gelassen. Es ist meine Schuld. Alles ist meine Schuld.« Tränen laufen mir übers Gesicht. Ich wische sie weg und schniefe.

»Jetzt redest du Blödsinn. Es war nicht deine Schuld, okay? Du musst aufhören, dich so fertigzumachen. Es bringt dich noch um. Das sehe ich doch.«

Er streckt die Arme aus, und ich lehne mich an. Er zieht mich in eine halbe Umarmung. Ich lasse den Kopf gegen seine Brust sinken, Fred schläft zwischen uns. Neil ist so viel kräftiger als Matt, und es fühlt sich gut an, solide. Die Umarmung dauert länger, als wir beide geplant haben. Als wir uns voneinander lösen, wischt er sich mit den Handrücken über die Augen und sieht so aus, als ob er sich zum Gehen wendet, doch kurz darauf, ich bin nicht ganz sicher wie, lehnt er die Stirn gegen meine und hält mich fest, die Hand an meinen Hinterkopf gelegt.

»Ich wünschte, ich hätte sie zurückbringen können«, flüstert er. »Ich werde mir nie verzeihen.«

»Du hast getan, was du konntest«, flüstere ich zurück. »Ich bin es, die sich nie verzeihen wird.«

Einen ganz kurzen Augenblick, nicht länger, fühlt es sich an, als könnten wir uns küssen. Kein freundschaftlicher Kuss, auch kein Kuss zwischen zwei Menschen, die von Leidenschaft übermannt werden. Eine andere Art Kuss, ein Augenblick tiefer Verbundenheit, zu intim dafür, was wir eigentlich füreinander sind. Ich bin sicher, er spürt es auch. Er weicht zurück und stößt einen tiefen, bebenden Seufzer aus.

»Ich war so tief drin in ... alldem«, sage ich schnell. »Ich habe ganz vergessen, dass Bella und du auch leidet. Ich habe überhaupt nicht an euch gedacht, und das tut mir so leid. Aber ich konnte nicht anders, ich musste das erst einmal durchstehen. Noch immer geht es nur Schritt für Schritt voran. Ich wusste noch nicht einmal, dass die Tochter von den Lovegoods eine Lernbehinderung hat. Meine Güte, Jen ist meine direkte Nachbarin und meine Freundin, sie war so nett zu mir, und ich habe noch nicht einmal ... Was sagt das über mich? Ich ... Ich bin ein Ungeheuer.« Tränen schießen mir in die Augen. Ich zwinge mich, aufzuhören.

»Du bist kein Ungeheuer.« Er nimmt meine Hand und streicht mit dem Daumen über die Knöchel. Seine Haut ist rauer als Matts, die Berührung ist kratzig, und auch das fühlt sich gefährlich an.

»Du machst das klasse, Ave. Du musst Schritt für Schritt gehen, jeden Tag für sich angehen. Und es tut mir leid, dass wir nicht für euch da waren. Viel Arbeit ist keine Entschuldigung.«

»Du hast dich mit Matt getroffen.« Ich ziehe meine Hand aus seiner. »Er weiß es zu schätzen, dass du mit ihm für den Triathlon trainierst, das weiß ich. Ich schätze, es ist für uns einfach schwer, wieder gemeinsam Zeit zu verbringen wie früher, wenn Abi nicht dabei ist. Sie hat eine Lücke hinterlassen, die sich nicht schließen lässt, und keiner von uns war in der Lage, sich damit auseinanderzusetzen. Ich wünschte, wir wüssten, was passiert ist. Das ist das Schlimmste. Diese Ungewissheit, die uns ständig begleitet. Ich weiß, dass alles darauf hindeutet, dass sie ertrunken ist, aber ohne eine Leiche ... Alleine der Gedanke, sie könnte entführt worden sein und irgendwo da draußen sein und ... leiden.« Leiden. Was sich hinter diesem Wort verbirgt, ist unaussprechlich. »Und dass ich schuld daran bin. Niemand sonst. Ich. Wie kann eine Mutter je darüber hinwegkommen?«

»Ava, bitte.« Er versucht, noch einmal meine Hand zu nehmen, doch ich ziehe sie weg.

»Nein, Neil, es ist die Wahrheit. Ich wünschte, ich hätte Fred nie bekommen. Ich wünschte, ich wäre nicht schwanger gewesen. Ich hätte sonst nie noch ein Kind bekommen, niemals. Und ich kann niemandem verraten, dass ich so empfinde. Es ist zu schrecklich. Noch nicht einmal meiner Therapeutin habe ich es gesagt. Ich habe einfach kein Baby verdient. Ich bin keine gute Mutter. Bei mir ist es nicht sicher.« Ich weine, und die Tatsache schockiert mich. Ein Jahr lang bin ich Neil aus dem Weg gegangen, habe kaum mit ihm gesprochen, und jetzt, jetzt sprudelt es nur so aus mir heraus, Worte, Tränen, ich schütte alles über ihm aus, Dinge, die ich noch nie laut ausgesprochen, die ich kaum zu denken gewagt habe. Wir sind Freunde, die Fremde und dann wieder Freunde geworden sind – beinahe noch mehr –, und stehen weinend zusammen auf der Straße. Das hätten wir schon die ganze Zeit tun müssen. Wir wussten es beide, aber wir hatten zu viel Angst.

»Du bist so stark gewesen«, sagt er schließlich. »Ehrlich. ich weiß, du denkst, das stimmt nicht, aber es ist wahr. Und ich verstehe, dass du daran glauben möchtest, dass Abi noch lebt, aber ...«

»Matt ist der Stärkere von uns beiden«, sage ich, um ihm nicht dahin zu folgen, worauf er hinauswill – um nicht einmal für einen Moment zu erwägen, zu akzeptieren, was ich in den Augen der anderen irgendwann akzeptieren muss. »Er kann meistens nicht mal zugeben, dass er den letzten Teebeutel aufgebraucht hat. Wer hätte gedacht, dass er einmal der Fels in der Brandung für uns beide sein würde?«

»Du bedeutest ihm alles, das weißt du, oder? Er würde dich nie verlassen. Er würde alles tun, um dich zu halten, meine ich.« Jetzt, da sich die Unterhaltung hauptsächlich um Matt dreht, verfliegt das Gefühl der Gefahr, und ich bin mir nicht mehr sicher, ob ich es mir nur eingebildet habe.

»Ich weiß nicht, Nee. Ich habe ihn unmöglich behandelt, einfach unmöglich, jedenfalls sehr oft. Wenn ich er wäre, wäre ich schon längst weg. Ich bin so ein Jammerlappen. Ein unzuverlässiger Jammerlappen.«

Neil bläst die Wangen auf und lässt die Luft entweichen. »Das macht mich fertig, Ave. Du musst aufhören, so etwas zu sagen. Es ist nicht, wie du denkst. Es ist nicht deine Schuld, glaub mir. Ich weiß es.«

»Was?« Ich wische mir über das Gesicht, sehe direkt in seine blassblauen Augen. Meine Eingeweide haben sich verknotet. »Was meinst du? Was weißt du?«

Er schüttelt den Kopf. »Nichts. Vergiss es einfach.«

»Neil. Was weißt du? Wenn du etwas weißt, musst du es mir sagen. Das bist du mir schuldig. Bitte, Neil. Woher willst du wissen, dass es nicht meine Schuld war?«

»Du ...« Sein Gesicht fällt in sich zusammen.

»Neil! Bitte! Wenn ich muss, flehe ich dich an. Ich knie nieder, wenn es sein muss.«

»Okay.« Er hebt die Hände, wirft einen Blick über die Schulter zum Haus der Lovegoods und sieht dann wieder mich an. »Aber du musst wissen, dass er es für dich getan hat, okay?«

»Was? Wer?«

»Matt. Er liebt dich. Er würde sich für dich auf heiße Kohlen legen, das weißt du, okay? Aber er war es.«

»Er?«

»Er hat die Tür offen gelassen. Das warst nicht du. Das war er.«

ZWEIUNDZWANZIG

MATT

»Wo ist Nee hin?« Bella ist wie aus dem Nichts aufgetaucht und sieht sich nach allen Seiten um. »Gerade vor ein paar Sekunden habe ich ihn noch hier gesehen.«

»Bella«, sagt er. »Wo hast du die ganze Zeit gesteckt?«

»Was weiß ich, aber wo ist Nee, Matt?«

»Er ...« Matt deutet in Richtung Küche, kann aber nicht viel mehr sagen. »Ich war auf der Suche nach Ava, kann sie aber auch nirgends finden.«

»Jetzt guck dir bloß diese Hütte an«, sagt Bella, und scheint sich über den Verbleib ihres Mannes keine Gedanken mehr zu machen. Durch einen schwarzen Papierstrohhalm schlürft sie ihren pinkfarbenen Cocktail, dann mustert sie Matt mit einem direkten, beinahe koketten Blick. Sie lässt den Strohhalm mit einem kleinen Schmatzer los. »Ich glaube, ich war noch nie auf einer Party, wo sie richtige Kellner im Haus hatten. Der Typ an der Bar ist so ein richtiger Barkeeper. Ich hab ihm gesagt, was ich möchte, und er hat extra für mich einen Cocktail kreiert.« Sie hält das Glas in die Höhe und betrachtet es. »Er heißt Pink Gin Bella. Ist total lecker. Probier mal.«

Matt schüttelt den Kopf.

»Ach, komm schon. Sei kein Langweiler.« Sie hält ihm den Strohhalm an die Lippen und er trinkt zögerlich einen Schluck.

»Nett«, sagt er, ohne zu wissen, was er damit eigentlich meint.

»Schmeckst du den Rhabarber raus?«, fragt Bella mit glänzenden Augen. »Da ist Rhabarber drin.« Sie zieht die Stirn kraus. »Oder waren es Stachelbeeren? Ich weiß nicht mehr. Egal, ist auch schon mein vierter, lol.« Wie zum Beweis hat sie die Augen halb geschlossen und schwankt etwas. »Johnnie hat gesagt, er dreht gleich die Musik auf. Er meinte, ich soll anfangen, zu tanzen.«

»Cool«, sagt Matt und lässt seinen Blick wieder zur Küche schweifen. Keine Spur von Neil oder Ava. Er hat Ava alleingelassen, dabei hat er ihr versprochen, das nicht zu tun. Er wollte sich um Neil kümmern, und als er sich umgesehen hat, war sie weg. Und dann ist Neil gegangen, und er hat sich mit Pete Shepherd unterhalten, dem Rentner von gegenüber. Er wollte nach Ava suchen, wirklich. Aber irgendwie hat er sie vergessen.

Das schlechte Gewissen, das ihn durchfährt, wird durch eine andere Erkenntnis noch verstärkt: Es war eine Erleichterung, sie einmal zu vergessen.

»Hast du Ava gesehen?«, fragt er Bella.

Sie schüttelt den Kopf. »Ich habe sie eben noch gesehen. Vor der Rede, na ja, nicht Rede, aber du weißt, was ich meine.«

»Ich gehe sie suchen, okay?«

»Okay, tu das.« Bella hebt ihr Glas. Sie schließt die Augen, und es gelingt ihr erst beim zweiten Anlauf, mit dem Strohhalm ihren Mund zu treffen.

In der Küche ist die Musik lauter. Das Stimmengewirr verstärkt sich in dem riesigen Raum. Die Küche ist zu groß, denkt er. Wie eine Garage. Ein Flugzeughangar. Die harten Oberflächen, der Hochglanz und das Fehlen von Gardinen und Polstermöbeln lässt das Durcheinander der Stimmen hallen, und es klingt, als wären hundert Leute im Raum und nicht bloß die Hälfte. Der warme Duft von Gewürzen erreicht seine Nase; heiße Snacks auf quadratischen schwarzen Tellern sind auf der schneeweißen Küchentheke aufgereiht. Es ist fast zehn, und die Atmosphäre ist feuchtfröhlich. Das ging schnell, vielleicht wegen der starken Cocktails und vielleicht, weil alle so scharf darauf sind, einen Einblick in das Privatleben der Lovegoods zu bekommen. Peter Shepherd jedenfalls konnte seine empörte Aufregung kaum zurückhalten, als er mit großen Augen alles betrachtet und sichtbar fassungslos die enormen Kosten überschlagen hat. Matt nimmt sich noch ein Bier aus der sorgfältig kuratierten Auswahl, die sich in einem futuristischen Metallkübel auf einem Haufen blauem Eis türmt, und nutzt die Gelegenheit, etwas zu probieren, das sich als ein Reisbällchen mit einer Füllung aus geschmolzenem Käse entpuppt – Mozzarella vielleicht? Und gewürzt mit einem Hauch ... Kreuzkümmel? Fenchel? Auf jeden Fall Chili und Salz. Verflixt, ist das lecker.

»Matt«, hört er jemanden sagen.

Als er sich umdreht, steht Jennifer Lovegood neben ihm, ihre Züge sind weich vom Alkohol, und er schätzt sie auf Anfang vierzig.

»Die sind so lecker«, murmelt er und hält das ... Ding hoch.

»*Suppli*, ja, die sind klasse, nicht? Die sind von Angelo's, dem italienischen Feinkostgeschäft drüben in Barnes, kennen Sie das? Wie dem auch sei, ich bin so froh, dass Sie und Ava gekommen sind. Wie geht es Ihnen?«

»Äh, ganz gut«, sagt er gedankenverloren. »Eigentlich war ich auf der Suche nach Ava.«

Sie sieht sich um. Aufgrund ihrer Größe kann sie den Raum überblicken. »Wahrscheinlich ist sie im Wohnzimmer. Ich habe es ihr vorhin gezeigt, falls sie sich zurückziehen möchte, um Fred zu stillen.«

Er kann nicht anders und sieht sich nach seiner Frau um, entdeckt eine Frau mit weißen Haaren, die ihm vage bekannt vorkommt und auf einen Gehstock gestützt in ein ernsthaftes

Gespräch mit einem großen Mann mit Brille und grauem Gandalf-Bart vertieft ist, während Shirley, Petes Frau, dabeisteht und zuhört.

»Ich habe mich nett mit Ava unterhalten«, sagt Jennifer und zieht ihn zurück. »Wir sind im Wohnzimmer geblieben, damit sie einen Moment Zeit hatte, erst mal innerlich anzukommen. Und das ist sie dann auch. Sie ist prima zurechtgekommen.«

Er begegnet ihrem Blick. Ihr leichter irischer Akzent ist so beruhigend, dass er ihr alles glauben möchte, was sie sagt, obwohl er nicht weiß, wieso. Ihr Blick strahlt eine Ruhe und eine kluge Tiefsinnigkeit aus, die in starkem Kontrast zu der eher schrillen Art ihres Mannes steht. Wenn man Glück hat, findet man genau den Menschen, den man braucht, denkt er. Das ist Jennifer für Johnnie, Bella für Neil, und Ava war es für ihn. Das darf er nie vergessen. Er muss es nur schaffen, dass sie wieder diese Person wird. Er muss sie wieder in Ordnung bringen, dafür sorgen, dass sie wieder sie selbst ist. Vielleicht ist der heutige Abend ein Anfang.

»Ava sagte, die Polizei hat die Ermittlungen zurückgefahren«, sagt Jennifer mit einer Direktheit, die ihn zurückschrecken lässt, aber seine Nerven nicht so reizt wie Johnnie. Heute hat keiner außer den Lovegoods Abi erwähnt. Niemand erwähnt sie, wenn er das Thema nicht selbst anschneidet. Und das tut er nicht. Nie.

»Oh, das haben sie schon vor Monaten.« Er zwingt sich, Jennifer in die Augen zu sehen. »Sie haben den Fall nicht zu den Akten gelegt, aber es gibt vorerst keine neuen Spuren.« Wie eigenartig das klingt, wenn man es laut ausspricht. »Ich nehme an, wir werden immer nach neuen Spuren suchen. Ich versuche, Ava zu bewegen, nach vorne zu schauen, aber ...«

Jennifer nickt ernst, aber ihre Aufmerksamkeit an der klaffenden, blutenden Wunde seines Lebens hat nichts Vampirisches. »Es muss so schwer sein.«

Solch eine simple Aussage.

»Es ist die Hölle, wenn ich ehrlich bin«, sagt er. Noch eine simple Aussage. Was sonst? Es ist die Hölle. Oder das Fegefeuer vielleicht, ein grausiges Vorzimmer, in dem wir warten. Möglicherweise für immer. Er möchte noch mehr sagen, hinzufügen, dass er glaubt, dass seine Tochter an jenem Tag ertrunken ist, dass es ein Unfall war und nicht jemand ihre Leiche hineingeworfen hat, nachdem noch viel Schlimmeres geschehen ist. Er hat sich entschieden, das zu glauben, sonst würde er verrückt. Doch er sagt es nicht. »Die Polizei glaubt, sie ist ertrunken«, sagt er stattdessen. »Sie glauben, sie hat die Enten gefüttert und hat sich womöglich im Eifer des Gefechts vorgebeugt, um sie zu streicheln, und hat dabei das Gleichgewicht verloren. Das haben sie jedenfalls gesagt.« Dies als die Vermutung der Polizei darzustellen, lässt es weniger danach klingen, als habe er Abi einfach kaltherzig abgeschrieben. Ja, es kam sich manchmal kaltherzig vor. Tut es immer noch. Als ob er sich wünsche, seine Tochter wäre tot. Was natürlich Unsinn ist. Doch es wäre besser, wenn sie verunglückt wäre. Besser als ...

»Sie haben wundervolle Töchter«, sagt er, und es klingt selbst in seinen Ohren nichtssagend.

»Danke. Und ihr kleiner Junge ist absolut goldig. Ich liebe den Namen. Fred. Ist er nach einem Großvater benannt?«

»Nach Chopin.«

»Ah, natürlich. Ava unterrichtet Klavier, nicht? Ich würde ja gern spielen lernen. Ich hatte mal Unterricht, aber ich habe aufgegeben. So eine typische blöde Teenie-Aktion.«

Er hat das Gefühl, dass Jennifer akzeptiert, dass er das Thema wechseln möchte, und nicht, wie so viele hier, einfach darauf wartet, dass sie über ihre eigenen Kinder reden kann. Sie war ihm gegenüber so direkt, also denkt er, dass er es auch sein kann.

»Ihre ältere Tochter, Jasmine«, sagt er, doch ihn verlässt der Mut, weiterzusprechen.

»Sie hat das Angelman-Syndrom«, erklärt Jennifer. Ihre Offenheit erstreckt sich also auch auf sie selbst und ihre Familie.

Er nickt. »Sie scheint sehr fröhlich zu sein. Vorhin hat sie den Raum zum Strahlen gebracht.«

Jennifer lächelt. »Ja, das tut sie. Das ist ein Merkmal dieses Syndroms. Sie lächelt viel, lacht viel. Sie fuchtelt mit den Händen. Es gibt noch andere Sachen, die Sie nicht gesehen haben, wie ihre extreme Faszination für Wasser und Schuhe. Jetzt als Teenager ist sie weniger besessen davon, aber als sie klein war, hat sie immer Wasser in meine Hausschuhe gegossen. Na ja, eigentlich in all unsere Schuhe, aber aus irgendeinem Grund besonders gern in meine Hausschuhe.«

Sie lacht.

»Wow. So etwas habe ich noch nie gehört.«

»Echolalie ist auch ein Symptom.«

Matt neigt fragend den Kopf.

»Entschuldigung, man gewöhnt sich die Fachbegriffe an. Sie wiederholt, was Leute sagen. Wie ein Echo. Echolalie. Ihre Fähigkeit, sich sprachlich zu äußern ist stark eingeschränkt, aber sie kann Wörter oder Dinge mit Menschen verknüpfen. Sie kann auf ihre eigene Art nach Dingen fragen. Zum Beispiel hat sie vorhin ›Fahrrad‹ gesagt, weil wir ihr immer welche zeigen und sie Kevin so oft auf seinem Fahrrad gesehen hat.«

»Und Neil hat sie ›Taschen‹ genannt.«

Sie verzieht das Gesicht. »Er ist anscheinend etwas sauer deswegen.«

Matt winkt ab. »Ach, er ist okay. Machen Sie sich keine Gedanken deswegen. Neil ist ein prima Typ, aber er kann manchmal etwas ... empfindlich sein. Er ist einer der fähigsten und klügsten Menschen, die ich kenne, aber er ist nicht ... Er ist kein ...«

»Kein Akademiker?«

»Richtig. Er ist Legastheniker, aber intelligent. In vielen

Dingen intelligenter als ich. Und ehrgeizig. Er hat sich alles ganz allein aufgebaut, alles auf seine Weise. Manchmal kommt es mir vor, als wäre ich durch eine vorgefertigte Röhre gerutscht, durch den Trichter der höheren Bildung oder so etwas, aber Neil ist einfach drauflosmarschiert und hat gemacht. Er brauchte diesen Anschwung nicht. Das akademische Gehabe kann manchmal ziemlich anstrengend und angeberisch sein, besonders hier. Als ich noch ein Kind war, war das nicht so. Heute ist es, als gäbe es nur den einen richtigen Weg oder so. Um ehrlich zu sein, weiß ich gar nicht so genau, was ich eigentlich sagen will. Ich glaube einfach, auf die eine oder andere Art fühlen wir uns alle unzulänglich.«

»Sie sind offensichtlich sehr stolz auf ihn.« Jennifer nippt an ihrem Drink. Er ist durchsichtig und sprudelt, und Matt hat den Verdacht, dass es Mineralwasser ist. Sie ist nicht der Typ, der sich sinn- und haltlos betrinkt. Niemand, der gern die Kontrolle verliert.

»Sie scheinen sich sehr nahezustehen«, fährt sie fort.

»Wir sind Freunde, seit wir elf waren. Wir waren jeweils Trauzeuge bei der Hochzeit des anderen und so weiter.«

»Nun ja, er ist ein guter Typ. Arbeitet hart, ist sehr zuverlässig. Ich habe ihm vollkommen vertraut, wenn er im Haus war, und das heißt schon etwas, wenn man Handwerker ins Haus lässt, besonders wenn man ein so verletzliches Kind hat. Manche vergessen, dass sie bei jemandem zu Hause sind. Für sie ist es nur ein Job, aber Neil hat meine Wünsche immer ohne Diskussion respektiert. Und Jasmine hat ihn geliebt.«

»Ach, wirklich?«

»Taschen«, sagt Jennifer und lächelt wieder. »Er hat immer ihr Spielzeug in den Taschen seines Overalls versteckt, und wenn er sie gesehen hat, hat er plötzlich ihren Teddy oder ihre Puppe oder so herausgeholt und gefragt: ›Nanu? Was macht die denn in meiner Tasche.‹ Darüber hat sie sich kaputtgelacht und immer wiederholt: ›Taschen, Taschen, Taschen.‹« Sie schüttelt lächelnd den Kopf. »Manchmal hat sie ihm ein Spielzeug gegeben und die Wörter zusammengesetzt – ›Puppe Taschen‹ oder ›Teddy Taschen‹. Und er hat verstanden, was sie ihm damit sagen wollte, und hat es für sie noch einmal gemacht. Das war so süß.«

Ja, das klingt nach Neil, danach, wie er mit Abi herumgealbert hat. Matt trinkt einen Schluck von seinem Bier, und eine Nachbarin vom anderen Ende der Straße verwickelt Jennifer in ein Gespräch. Ihm wird bewusst, dass sie nur auf so eine Gesprächspause gewartet hat. Sie hat die Hände auf die Brust gelegt und sieht aus, als stünde sie Schlange, um ihren Lieblingsschauspieler zu treffen. So wirken die Lovegoods auf die Leute. Sie sind so etwas wie Stars. Vorstadt-Prominenz.

Er fragt sich, ob es in allen Kreisen, in denen man sich bewegt, so etwas wie Prominente gibt und ob es nur eine Frage der Größenverhältnisse ist.

Er tippt Jennifers Arm an, um sich zu verabschieden, und schiebt sich durch das Gedränge, das trotz der vorgerückten Stunde dichter geworden zu sein scheint. Er hätte erwartet, dass sich eine Gruppe wie diese so gegen zehn Uhr langsam aufgelöst hätte, ab nach Hause, gemütlich ins Bett, nur nichts Wildes. Ava ist nicht im Garten. Bella ist auch nicht zu sehen. Er zieht sich wieder ins Haus zurück. Keine Ava, keine Bella, kein Neil. Die Stahlträger fallen ihm auf, und er muss zugeben, dass es tatsächlich ziemlich cool aussieht, dass sie nicht mit Gipskarton verkleidet, sondern einfach nur dunkelgrau angestrichen wurden, um sich von den blassgrauen Wänden abzuheben. Die Kanten der Träger verleihen dem Raum eine moderne, urbane Atmosphäre. Die Lovegoods sind ihrer Zeit etwas voraus, und er hat den Verdacht, dass einige der Anwesenden hier darüber lästern und es dann in den kommenden Jahren nachmachen werden. Er stützt die Hand gegen den Stahlträger und fühlt, wie stark er ist. Und er fühlt noch etwas anderes, obwohl es genauso gut Einbildung sein könnte: den Rhythmus der Musik, der sich durch seine Handfläche bis in sein Handgelenk fortsetzt. Der lebendige Puls des Hauses. Gebäude haben eine Seele, daran glaubt er. Fast sofort beim Betreten vermitteln sie ein Gefühl. Er weiß, dass es mit Design zusammenhängt, mit dem Grundriss, der Farbskala, mit den Leuten, die dort leben, und damit, ob Gäste wirklich willkommen sind und ob die Gastgeber noch vor fünf Minuten einen heftigen Streit hatten. Aber manchmal spürt man auch etwas Rätselhafteres, als ob das Fundament, die Steine und Wände tatsächlich ein lebender Organismus wären, die Rohrleitungen das Verdauungssystem, die Elektrik die Venen und Arterien. Er sieht auf und bemerkt erst jetzt eine industriell wirkende Uhr, die mit riesigen Bolzen an dem Balken angebracht ist. Das war es, was er gespürt hat – nicht die Musik, sondern diesen Herzschlag der Sekunden. Und plötzlich überläuft ihn deswegen ein Schauer. Abi, ihr winziges Herz. Ihr winziges, schlagendes Herz, schlägt nicht mehr. Seine Augen füllen sich mit Tränen. Er ist ein bisschen betrunken, das muss es sein. Ganz bestimmt. Wenn er jetzt Abi um sich spürt, dann weil der Alkohol Dinge losgerüttelt hat, die er lieber festgezurrt lässt, festgezurrt lassen muss.

DREIUNDZWANZIG

AVA

Wie blau Neils Augen sind, unter dem marineblauen Himmel wirken sie dunkler. Er ist im vergangenen Jahr gealtert, finde ich – ziemlich deutlich. Das geht mir durch den Kopf, bevor das Wissen zu mir durchdringt, bevor es landet.

»Wie meinst du das?«, frage ich. Allmählich dämmert mir die Bedeutung der Worte, aber ich kann sie noch immer nicht ganz erfassen. »Was soll das heißen, ich habe die Tür nicht offen gelassen? Wie soll Matt es gewesen sein? Er war doch gar nicht da.«

Neil schüttelt den Kopf. Kurz spiegelt sich der Mond in seinen Augen. »Ich habe geschworen, dass ich dir davon nichts sage«, erklärt er. »Ich hätte es dir nicht sagen sollen. Aber es wird dich noch umbringen. Es wird uns alle noch umbringen. Du hast die Tür nicht offen gelassen. Dich trifft überhaupt keine Schuld.«

Er sitzt auf der Mauer vor unserem Haus und bedeckt das Gesicht mit den Händen. Ich möchte mich neben ihn setzen, aber ich kann nicht. Ich kann mich nicht hinsetzen. Ich muss mich bewegen, gehe zwei Schritte vor, zwei Schritte zurück, schüttle meine Hände, als ob ich sie trocknen wollte. Meine Finger habe ich steif abgespreizt.

»Aber er ist zur Arbeit gefahren«, flüstere ich. Der Schreck ist noch immer nicht in mein Inneres gedrungen, er ist noch dabei, einzusickern. »Er war schon weg.«

»Es hat geregnet, erinnerst du dich? Na ja, er ist schnell noch einmal zurückgekommen, um seine Jacke zu holen.«

»Seine Jacke?« Ich versuche nachzudenken. An der Straßenecke. Abi fällt hin. Blut auf dem Gehweg. Matt neckt sie mit Mister Faultier, küsst sie, küsst mich, radelt davon. »Sein rotes Oberteil«, sage ich und sehe es vor mir, sehe das Spiel der Schultermuskulatur unter dem elastischen Stoff, während er davonfährt, sehe ihn, wie er später zurückkommt, wie er vor dem Haus neben seinem Fahrrad steht. Ich versuche es, bekomme aber kein klares Bild. Nicht da, aber später, später sehe ich ihn ganz deutlich, seinen Umriss in der Tür mit dem Telefon am Ohr.

»Er hatte seine schwarze Regenjacke an«, sagte ich mehr zu mir selbst als zu Neil. »Als er mit der Polizei telefoniert hat, war er komplett schwarz angezogen. Ich habe nicht darüber nachgedacht, was ...«

»Er ist nur schnell zurückgefahren und hat seine Jacke geholt.« Neil steht mit gekrümmten Schultern da, sein Bauch drückt sich durch das Hemd, und der Stoff klafft zwischen den Knöpfen auf. »Er sagt, er hat gerufen, aber du hast ihn nicht gehört. Er war anscheinend spät dran, also ist er einfach weitergefahren, als ihm einfiel, dass er die Tür offen gelassen hatte, aber nur, weil er dachte, du wärst bestimmt sowieso schon wieder unten. Er hat es nicht absichtlich getan. Es ist einfach passiert.«

Meine Augen fühlen sich an, als wäre Sand hineingeraten. Ich blinzle gegen das Fremdkörpergefühl an. Um klar sehen zu können. Um zu sehen, zu sehen, zu sehen. Die dreieckigen Dächer der Häuser gegenüber, so viele Dreiecke, alle gleich, weiße Pfeile bis zum Ende der Straße. Irgendwo paaren sich Füchse, und die Fähe schreit ihren Schmerz und ihre Verwirrung heraus.

»Warum hat er es mir nicht gesagt?«

Neil sieht nicht auf. »Er hat es dir nicht erzählt, weil du vollkommen aufgelöst warst. Alles ging so schnell, alle sind in Panik geraten. Er ist auch panisch geworden. Er dachte, sie würde wieder auftauchen und es wäre nichts Schlimmes. Und dann später, als sie nicht gefunden wurde, dachte er wohl, dass es zu spät sei, um etwas zu sagen. Der Moment dafür war vorbei. Und er dachte, es würde alles nur schlimmer machen, wenn er es dir sagt.«

Ein Vierergrüppchen Nachbarn stolpert von der Party hinaus. Sie lachen und sind lauter, als sie es sonst wären. Als sie uns sehen, zischen sie einander übertrieben zu, leise zu sein, wie es Sturzbetrunkene tun, nicken uns zu und torkeln mit unterdrücktem Kichern weiter.

»Wie lange weißt du das schon?«, frage ich.

Neil starrt zu Boden, scharrt mit den Sohlen seiner Halbschuhe über das Pflaster.

»Wie lange, Neil?«

»Seit der Nacht.«

Mein Herz hämmert. Mein Atem geht schnell und flach. »Seit der Nacht?« Ich boxe gegen seine Schulter, boxe ihn noch einmal, wieder und wieder.

»Ava!« Er packt meine Handgelenke. »Ava, hör auf! Ava!«

»Lass mich.« Ich versuche, mich loszureißen.

»Ava, es tut mir leid«, sagt er. »Vielleicht hätte ich es dir nicht sagen sollen, aber ich ertrage es nicht, dich so zu sehen. Ich kann nicht dastehen und zusehen, wie du dich kaputtmachst. Aber du musst ihm vergeben. Er liebt dich wirklich über alles.«

»Er liebt mich? Wohl kaum. Jemandem, den man liebt, tut

man doch so etwas nicht an. Du kannst mich mal, Neil. Ihr könnt mich beide mal, ihr verdammten Feiglinge.«

Ich laufe los.

»Ava«, höre ich ihn rufen. »Komm schon. Bitte.«

Ich krame hektisch nach dem Schlüssel, finde ihn schließlich und stecke ihn ins Schloss. Kaum bin ich drinnen, schlage ich die Tür zu und lehne mich dagegen. In meinem Kopf rauscht es.

Matt. Matt hat die Tür offen gelassen. Mein eigener Mann ist schuld daran, dass meine Tochter ...

Ich lasse mich zu Boden gleiten, halte das Gesicht fest gegen den Hinterkopf meines kleinen Jungen gedrückt.

Er war es, nicht du.

VIERUNDZWANZIG

MATT

Es vibriert in seiner Tasche. Sein Handy. Sein Handy vibriert. Wegen der Musik hat er es nicht gehört. Vor einer Stunde oder so hat er Bella im Garten wiedergefunden. Er winkt ihr zu. Sie reckt den Daumen nach oben und taumelt leicht gegen Pete Shepherd. Der lacht und hat offensichtlich nichts dagegen, sie zu stützen. Er lässt die beiden auf der Veranda zurück, die jetzt als Tanzfläche dient, und geht in den hinteren Teil des Gartens. Hier in der dichten Dunkelheit neben dem Zaun ist es etwas ruhiger. Auf dem Display wird ihm ein verpasster Anruf von Neil angezeigt. Vor einer Minute. In einer blauen Sprechblase erscheint eine Nachricht.

> *Ich musste es ihr sagen. Ich habe versucht, dich zu erreichen. Sorry.*

Ein ungutes Gefühl macht sich in ihm breit. Sorry. Es ihr sagen. Ihr was sagen? Wem was sagen? Er sieht auf die Uhr, stellt fest, dass es nach elf ist.

Was?, tippt er und drückt auf Senden.

Da ist noch eine Nachricht, etwas früher. Von Ava.

Bin nach Hause gegangen. Alles okay. Viel Spaß noch. Wir sehen uns morgen früh. Xx

Sein Handy leuchtet auf. Neil.

Habe ihr gesagt, dass du die Tür offen gelassen hast. Ich kann es erklären, aber wir müssen reden. Tut mir leid, Mann. Es ging nicht anders.

Seine Eingeweide rumoren. Er stützt sich mit der Hand gegen den Gartenzaun der Lovegoods und glaubt, sich übergeben zu müssen. Neil muss Ava nach draußen gefolgt sein. Er hätte sich mehr Mühe bei der Suche geben, ihr selbst folgen sollen. Sie ist seine Frau. Er hat versprochen, bei ihr zu bleiben, und hat sein Versprechen nicht eingehalten. Als die Kleine von Lovegoods gute Nacht gesagt und gewinkt hat, war er nicht bei ihr, um ihr beizustehen, nicht einmal das hat er geschafft.

»Scheiße«, flüstert er. »Scheiße, Scheiße, Scheiße.«

Er ruft Neil an.

»Neil.« Er presst eine Hand gegen sein Ohr, um die lateinamerikanische Musik auszublenden, die ihm in voller Lautstärke entgegendröhnt.

»Hey, Mann, ich musste es tun«, sagt Neil.

»Warum?«

»Sie braucht Hilfe. Sie geht noch kaputt. Wir können ihr das nicht antun, das ist nicht richtig.«

Matt drückt seinen Nasenrücken mit Zeigefinger und Daumen zusammen, aber die Musik ist so laut, dass er wieder das Ohr bedecken muss, um etwas zu verstehen und sich darauf konzentrieren zu können, was er sagen möchte. »Ich ... Ich wünschte, du hättest das nicht getan. Ist sie ... Wie hat sie es aufgenommen?«

»Nicht gut. Du solltest dringend nach Hause gehen, Mann.«

»Wie ist es überhaupt dazu gekommen? Wart ihr allein?«

»Sie war draußen, als ich gegangen bin. Sie hat geweint, also habe ich ... Natürlich habe ich mit ihr geredet. Wir haben seit ... na ja, du weißt schon ... nicht miteinander geredet. Ich wollte sie nur beruhigen. Aber ich habe gemerkt, dass es sie um den Verstand bringt, verstehst du? Die Schuldgefühle fressen sie auf. Wenn sie so weitermacht, ist bald nichts mehr von ihr übrig. Also habe ich es ihr gesagt. Ich habe ihr gesagt, dass du es ihr nicht erzählt hast, weil du sie liebst. Ich habe es erklärt. Ehrlich, ich habe getan, was ich konnte. Es tut mir leid, Alter. Ich wusste einfach nicht, was ich sonst tun soll.«

Matts Kopf dröhnt. Er ist schlagartig nüchtern.

»Tut mir wirklich leid, Mann«, wiederholt Neil kläglich.

Jemand tippt ihm auf den Rücken. Er dreht sich um und sieht Bella, die einen beschwipsten Shimmy aufführt und mit den Lippen eine Aufforderung formt, ihr zur Tanzfläche zu folgen. Sie bedeutet ihm mit einer Geste, das Gespräch zu beenden.

Er hebt einen Finger und dreht sich weg.

»Nein, mir tut es leid«, sagt er in den Hörer. »Ich hätte es ihr sagen sollen.«

»Na ja, du solltest nach Hause gehen. Ist Bella noch da?«

Matt dreht sich um. Bella sitzt nun auf dem Boden und schüttet sich aus vor Lachen. Sie hebt die Arme und lässt sich von Pete Shepherd hochhelfen. An der Bar steht Johnnie, raucht etwas, das aussieht wie ein Joint, und kichert wie ein Vierzehnjähriger auf einer Hochzeit. Er hat sich eine Lichterkette um den Hals geschlungen. Von Jennifer keine Spur.

»Sie ist hier. Sie amüsiert sich. Keine Sorge. Hör zu, ich muss los.«

»Sicher. Es tut mir leid, okay?«

Neil legt auf.

Bella ist wieder auf den Beinen und tanzt. Matt geht um den Rasen herum, schiebt sich in die Küche und durch den

Flur. An der Eingangstür wirft er einen letzten Blick zurück auf die Müllhalde, in die sich die Küche der Lovegoods verwandelt hat. Es sieht aus, als hätte auf der perfekten Party eine Bombe eingeschlagen und alles in Schutt und Asche gelegt.

Sein eigenes Haus liegt still da, bis auf das dumpfe Wummern der Musik von nebenan. Er zieht die Schuhe aus und schleicht den Flur entlang. Fast erwartet er, dass Ava ihn in der Küche mit verweinten Augen erwartet. Doch sie ist nicht da. Behutsam geht er die Treppe hinauf, hört gedämpft die Duschkabine in ihrem Badezimmer klappern. Sie muss geduscht haben. Sie wird sich abtrocknen. Wenn sie ihn hereinkommen gehört hat, wird sie sich darauf einstellen, ihm entgegenzutreten, ihn zur Rede zu stellen. In seinem Innern brodelt eine alte Furcht wieder an die Oberfläche. Er ist sechs. Sein Vater reißt die Tür zu seinem Kinderzimmer auf, sein Gesicht ist zornesrot, weil Matt wieder irgendetwas angestellt hat, wovon er noch gar nichts weiß. Er erstarrt auf halbem Weg nach oben. Das Knarzen der Dielenbretter auf dem Treppenabsatz ist zu hören, das Licht verändert sich kaum merklich, und Ava erscheint als Schatten in der Schlafzimmertür.

»Ava?« Sie zieht sich ins Schlafzimmer zurück. Etwas später nimmt er seinen Mut zusammen und folgt ihr.

Sie sitzt auf der anderen Seite des Bettes und hat ihm den Rücken zugekehrt. Sie ist in ein türkisfarbenes Handtuch gehüllt, ihr Haar ist nass und nach hinten gestrichen.

»Ava, es tut mir leid.« Er bleibt an seiner Bettseite stehen und weiß nicht, was er tun soll.

»Was tut dir leid?« Sie dreht sich nicht um.

»Das weißt du doch. Neil hat mich angerufen. Es tut mir leid, dass ich es dir nicht gesagt habe. Es tut mir so leid, aber an jenem Tag ... Alles ging so schnell. Ich wollte es dir sagen, aber die Polizei war da, alle haben Fragen gestellt, und du warst vollkommen aufgelöst. Und außerdem hätte ich nie gedacht ... Ich habe nie geglaubt, sie würden sie nicht finden. Ich habe nie gedacht ... Und dann wurde es immer später, und wir haben ... wir haben sie nicht gefunden, und dann waren da Hunde und der Helikopter, das Gerede vom Fluss, und dann war es plötzlich dunkel, und Neil ...«

»Und dann hast du es Neil gesagt. Du hast es Neil gesagt, aber nicht deiner Frau.«

Ihm ist übel. Er möchte über das Bett klettern und sie berühren, aber er weiß, das kann er nicht.

»Ich musste es irgendjemandem erzählen«, sagt er. »Und es war zu spät, es dir zu sagen. Sie haben ihre Jacke gefunden, und ich wusste, dass sie tot ist, ich wusste es einfach, und ich dachte, wenn du erfährst, dass es meine Schuld ist, würdest du ... Ich dachte, du verlässt mich. Ich dachte, du würdest mir nie vergeben können.«

Sie zieht ihr Nachthemd unter dem Kissen hervor und zieht es über, dann nimmt sie das Handtuch ab. Die Geste bleibt ihm nicht verborgen.

»Ava? Rede mit mir. Es tut mir so leid.«

Sie steht kurz vom Bett auf, um das Nachthemd herunterzuziehen. Noch immer sieht sie ihn nicht an.

»Es tut mir leid«, sagt er, und seine Stimme bricht.

»Das hoffe ich doch«, sagt sie leise. »Aber das ist kaum genug, um es wiedergutzumachen, oder?«

Er fühlt sein Herz sinken.

»Weißt du, was Gaslighting bedeutet?«, fragt sie.

»Was? Hey, das ist nicht fair, ich habe dich nicht bewusst hinters Licht geführt.«

Sie reißt die Hand hoch und hält sie ihm wie ein Stoppschild entgegen. Noch immer hat sie ihm den Rücken zugedreht. Er spricht mit der gegenüberliegenden Wand.

»Gaslighting heißt, dass man jemanden in dem Glauben an etwas bestärkt, von dem man weiß, dass es die Unwahrheit ist, und damit der geistigen Gesundheit dieser Person schadet.«

Es ist unangenehm, nur mit ihrem Hinterkopf reden zu können. Er würde sie gern bitten, sich umzudrehen, ihn wenigstens anzusehen, wenn sie mit ihm spricht, aber er hat das Recht auf Widerspruch verwirkt, das weiß er.

»Zum Beispiel«, fährt sie mit beängstigender, schwelender Ruhe fort, »wenn man jemandem vorwirft, einen Brief nicht eingeworfen zu haben, obwohl man genau weiß, dass die Person es getan haben. Oder – ganz wörtlich genommen – wenn man jemandem weismacht, das Licht sei keine Spur dunkler als tags zuvor, obwohl man gerade das Gas heruntergedreht hat und es im Raum eindeutig dunkler geworden ist. Oder – lass mich nachdenken – wenn man einer Person einredet, dass sie die Haustür offen gelassen hat, ein Versäumnis, das ihre Tochter das Leben gekostet hat, obwohl man weiß, dass sie es nicht getan hat. Vielmehr weißt du, dass du es warst. Du hast die Tür offen gelassen. Das. Das ist Gaslighting.«

»Ava, komm schon. Das habe ich überhaupt nicht gewollt. Ich habe es nicht getan, um dich zu kontrollieren oder dich um den Verstand zu bringen. Ich habe es getan, um unsere Beziehung zu retten. Es war keine bösartige Intention dahinter, nicht die Spur. Ich dachte, wenn du weißt, dass ich es war, würdest du mich verlassen, und dann hätte ich nicht nur Abi verloren, sondern auch noch dich und Fred. Und du hättest auch deine Familie verloren. Es stand so viel auf dem Spiel. Wir hatten schon so viel verloren. Ava, ich liebe dich.«

Endlich dreht sie sich um, ganz langsam, stützt ein Knie aufs Bett. Dieses Mal sieht sie ihn an, sieht ihn direkt an, und er wünscht sich, sie hätte es nicht getan. Ihre Augen sind verkniffen und ihr Blick ist zornerfüllt.

»Vielleicht *wolltest* du nicht bewirken, dass ich den Verstand verliere. Tatsache ist allerdings, dass du es getan hast. Das hast du, Matt. Und du hast dagestanden und zugesehen.

Und der Grund, warum du es mir nicht erzählt hast, ist nicht so kompliziert, wie du behauptest. Du bist ein Feigling. Das ist der Grund. Ich wusste, dass du feige bist, bevor ich dich geheiratet habe, aber ich dachte, mit der Zeit würdest du stärker werden. Ich dachte, meine Liebe könnte einen mutigeren Mann aus dir machen, doch das ist nicht gelungen. Du hast gelogen, weil du dich nicht getraut hast, die Verantwortung zu übernehmen. Ich weiß, das ist deine Art, durchs Leben zu gehen, aber ich dachte nicht, dass du das bei mir durchziehst. Du hast zugesehen, wie ich mich vor Schuldgefühlen kaputtgemacht habe, und wusstest, dass du mich wenigstens davor hättest bewahren können. Ein *Jahr* lang hast du mir dabei zugesehen. Du hast mich ein *Jahr* lang belogen, zugesehen, wie ich völlig die Kontrolle verloren habe. Du hast zugesehen, wie ich versucht habe, mich diesen verfluchten Hügel aus Sand hinaufzukämpfen, aber du hast mir nicht die Hand gereicht, um mich hochzuziehen.« Sie fängt an zu weinen. »Verstehst du, was das bedeutet? Wir sind am Ende. Von uns ist nichts mehr übrig. Ich werde dir nie wieder vertrauen können, nie mehr. Es ist ... Es ist einfach gar nichts mehr da.«

»Sag das nicht.« Furcht legt sich fest um seine Brust. Dies ist kein Streit. Das ist mehr, viel mehr. Er hätte wissen müssen, dass es so sein würde. Vielleicht hat er das auch gewusst. »Bitte, Ava. Ich habe dich nicht belogen, jedenfalls nicht so, wie du denkst. Wir können das überwinden. Vielleicht brauche ich auch Hilfe. Ich kann mir Hilfe holen.«

»Das ist deine Sache. Ich hatte Hilfe, Matt. Eine Menge Hilfe. Es vergeht kein Tag, an dem ich nicht die tollen neuen Techniken anwende, die ich in der Verhaltenstherapie gelernt habe, um mich durch eine Krise zu bringen. Ich brauche nur noch zwanzig Milligramm am Tag. Mir geht es richtig gut.« Ihre Worte triefen vor Sarkasmus. Sie klettert aufs Bett, lehnt sich gegen das Kopfteil.

»Ava ...«

»Es gibt nichts zu überwinden.« Sie legt sich das Kissen in den Rücken, lehnt sich zurück und verschränkt die Arme vor der Brust. »Bei all der Hilfe, die ich bekommen habe, ist es dir da nicht ein einziges Mal in den Sinn gekommen, dass du derjenige bist, der mir am allerbesten hätte helfen können? Ich hasse dich, verstehst du das? Ich hasse dich. Irgendwann musst du für dein Handeln geradestehen und Verantwortung übernehmen, dein Versprechen halten und der Mann sein, der du sein wolltest. Aber das hast du nicht getan. Neil hat dein schmutziges Geheimnis für dich bewahrt, aber es war so bitter, so schwer, dass er mir nicht einmal mehr gegenübertreten konnte. Er konnte mich nicht ansehen. Und als er es schließlich doch getan hat, hat ihn das Mitgefühl überwältigt – seine *Liebe* war zu stark – und er *musste* es mir sagen.«

Sie lacht kurz verächtlich. »Du hast mich nicht angelogen? Meinst du das ernst? *Ach Schatz, gib dir nicht die Schuld. Wir machen doch alle Fehler. Wir müssen darüber hinwegkommen. Du* musst darüber hinwegkommen, Matt – *du* musst das. Es ist alles deine Schuld. Kein Wunder, dass du so wild darauf bist, sie zu beerdigen. Natürlich hast du mich belogen! Natürlich hast du das! Du bist fähig, einem anderen Menschen so etwas anzutun, einem Menschen, den du angeblich liebst, während Neil … Neil hat mich nur einmal angesehen und konnte es nicht ertragen, dabei ist er nicht derjenige, der mich über alles lieben sollte, oder?« An ihren Wangen läuft je eine Träne hinunter. »Er sollte mich doch nicht mehr lieben als du.«

FÜNFUNDZWANZIG

AVA

Fred stöhnt und meckert leise. Meine Augen brennen, mein Kopf und mein Rücken schmerzen. Eine Minute bleibt mir noch, mehr nicht. Babys merken, wenn man nicht geschlafen hat. Sie sind wie Darth Vader und wissen es einfach, und dann bestrafen sie einen.

Sein Quengeln wird nachdrücklicher. Ich quäle mich aus dem Bett und nehme ihn aus seinem Bettchen. Meine Glieder fühlen sich schwer an, es kommt mir vor, als wären meine Augenlider aus Stein. Ich erinnere mich, dass ich Vögel singen gehört habe, aber ich weiß nicht mehr, ob das beim Einschlafen oder beim Aufwachen war. Doch ganz gleich, wie leer meine Akkus sind, der Anblick meines Sohnes ist jeden Morgen aufs Neue eine Erleichterung. Für mich ist Liebe mit Erleichterung verknüpft. Er lebt, Gott sei Dank. Heute lebt er, und ich kann ihn sehen, hören und im Arm halten, ihn riechen, seine Wärme spüren. Er hat die Nacht überstanden. Er atmet. So fühlt sich die Erleichterung, die Liebe an – selbst jetzt noch.

Die Bettseite neben mir ist leer.

Die Erinnerung kehrt zurück.

Meine Ehe ist kaputt. Mein künftiger Ex-Mann ist im Gästezimmer.

Ich drücke Fred an mich und weine in sein weiches Haar. Ich habe keine Ahnung, was ich tun soll oder was nun geschieht. Der einzige Mensch, mit dem ich reden und dem ich diese furchtbare Sache anvertrauen möchte, ist Matt, aber der gehört nicht zu mir, nicht mehr.

Ich nehme Fred mit ins Badezimmer und halte ihn sogar noch im Arm, während ich pinkle. Mein Gesicht im Badezimmerspiegel erschreckt mich. Die Lider sind verquollen, pink und glänzend wie Furunkel. Ich sehe aus wie am Morgen nach jenem Tag. Ohne Schlaf. Nach stundenlangem Weinen. So sieht Verzweiflung aus. Sie ist hässlich. Sie riecht auch nicht gut. Sie lagert Wasser ein.

Unten mache ich mir, Fred über die Schulter gelegt, einen starken Tee. Mein Blutdruck ist zu niedrig, das sagen mir das Schwindelgefühl und die Sterne, die vor meinen Augen tanzen, seit ich mich aufgerichtet habe. Gestern Abend habe ich nicht viel mehr als ein paar Chips gegessen. Und zu viel getrunken. Ich knabbere an einem Keks und spüre, wie der Zucker ins Blut geht und mich belebt. Ich setze mich im Wohnzimmer aufs Sofa und stille Fred. Der vordere Bereich unseres Hauses zeigt nach Osten, also sitze ich gern hier, wenn er trinkt, und sehe mir den Sonnenaufgang an. Ich lerne beziehungsweise lerne wieder, mich an kleinen Dingen zu erfreuen.

Wie wird es jetzt weitergehen? Wie funktioniert so was? Wie schlimm muss es werden, bis die ganze Achtsamkeit »so nutzlos wie ein Feuerwehrmann aus Schokolade« ist, wie meine Mutter sagen würde.

Was Barbara wohl zu dieser jüngsten Entwicklung sagen wird, wie wird sie mich nur ein Jahr nach dem Verschwinden meiner Tochter durch den Verlust meines Mannes, meines Seelenverwandten, meines besten Freundes begleiten?

Versuch, es langsam anzugehen. Wird sie etwas in der Richtung sagen? *Versuch, die einfachen Freuden zu genießen. Lade deine Batterien, so gut es geht, mit Dingen auf, die dich erfreuen, ganz gleich wie klein. Denk nur daran, was im Hier und Jetzt geschieht.* Mal ehrlich, wird das reichen?

Nach zwanzig Minuten lässt Fred, satt und zufrieden von der Milch, das Köpfchen nach hinten sacken. Ich lege ihn auf sein Schaffell auf dem Boden und gehe zum Plattenspieler. Neil kommt mir wieder in den Sinn. Wie könnte es auch anders sein? Die Intensität seiner Gefühle. Sein gequälter Ausdruck. Wie wir uns auf der verlassenen Straße mit der Stirn gegeneinander gelehnt haben. Seine Festigkeit. Sein Mitgefühl.

Ich blättere durch die Schallplatten und bin mir bewusst, wie surreal all das ist. Das hier ist etwas, das ich schon kenne: die menschliche Fähigkeit, einfach mit den alltäglichsten Ritualen weiterzumachen, in den Ruinen eines ausgebombten Hauses Tee aufzubrühen.

Neulich habe ich zum ersten Mal wieder Klavier gespielt. Einfache Stücke für meine eingerosteten Finger. Den ersten Satz der *Mondscheinsonate*, Debussys *Clair de Lune*, die beliebten Klassiker, die alle kennen. Es hat mich beruhigt. Ich muss daran glauben, dass es mich wieder beruhigen wird.

Heute, an meinem ersten Morgen als frischgebackener Single, werde ich eine Platte hören. Es ist fast ein feierliches Gefühl, als würde es der Situation nicht gerecht, bloß das Radio anzustellen. Es ist lange her, dass ich wirklich bewusst Musik gehört habe. Ich habe es genauso aufgegeben wie den Unterricht, Kaffeetrinken mit Freunden, abends auszugehen, mit Genuss zu essen, Glück. Zunächst war es nur ein Aufschieben, doch jetzt ist es eine Aufzählung der Dinge, die ich nicht mehr ertragen kann.

Vielleicht wird diese neue Krise diese Freuden zurückbringen. Vielleicht wird jetzt, da ich ganz allein dastehe, eine Art abgestumpfte und notwendige Psychopathie einsetzen, die es mir erlaubt, einfach weiterzumachen, als wäre nichts geschehen.

Matt hat immer gesagt, dass ich Zeit brauche. Zeit wird die Wunden heilen. Aber das wird sie nicht, jedenfalls ist das meine eigene Überzeugung. Und selbst wenn es stimmt, habe ich die Wahrheit mehr gebraucht als Zeit. Ich brauche sie noch immer. Es gibt noch immer so viele unausgesprochene Wahrheiten. Der einzige Unterschied zwischen gestern und heute ist das Wissen, dass ich belogen wurde, ohne es zu ahnen. Also bin ich nicht wirklich weitergekommen. Matts Verrat ist ein Schock, und ich werde Jahre brauchen, ihn zu verarbeiten, das weiß ich. Ich habe es nicht kommen sehen, wie denn auch? Ich hatte ja keine Ahnung. Diese Lüge ist ein neuer Schatten, denke ich, und nun sitze ich allein in einem noch dunkleren Raum und lausche diesem ruhelosen, nicht aufgelösten, misstönenden, teuflischen Dreiklang und warte auf die Note, die ihn endlich auflöst, doch offenbar kann sie niemand spielen. Kein Wunder, dass man so etwas im achtzehnten Jahrhundert mit dem Bösen assoziiert hat, denke ich, hole Kate Bush aus der Hülle und entscheide mich sogleich dagegen. Kein Wunder, dass dieser Dreiklang verboten wurde. Unvollständige Kadenzen sind wie eine ewige Wasserfolter.

Ich dachte, das wäre der Grund dafür, dass Matt glauben möchte, dass unser kleines Mädchen ertrunken ist, dabei war es nur seine Art, mit der Schuld umzugehen. Nach vorne schauen und trauern. Er musste die Kadenz auflösen. Ich verstehe das, wirklich. Ich brauche nicht erst ins Darknet zu gehen, um zu wissen, was da los ist. Ich möchte gar nicht erst darüber nachdenken. Matt hat sich für den Tod entschieden, dann muss er es sich nicht ausmalen. Es ist einfacher, den Verlust unserer kleinen Tochter zu betrauern, daran zu glauben, dass ihr Tod ein Unfall war. Er wusste, dass ich die Tür geschlossen habe, sie behütet habe, er hat sie in Gefahr gebracht, indem er die Tür geöffnet hat. Deshalb wollte er glauben, dass ihre letzten bewussten Gedanken so vage und flüchtig und voll unschuldiger Freude waren wie der Fall an sich – ein kurzer Augenblick, in dem sie gespannt darauf ist, die Enten zu treffen, die sie so liebt, bevor sie aufschlägt, Ende, aus.

Schnell fließendes Wasser. Eine so geringe Masse.

Ich muss eine Platte auswählen. Ich sollte mich beruhigen, wie man es mir geraten hat. Ich werde lernen müssen, es allein zu tun.

Max Richters *From Sleep*.

Ich schiebe sie zurück in den Stapel. Ich möchte etwas Beruhigendes hören, ja, aber nicht in Tränen ausbrechen.

Dasselbe mache ich mit Chopins *Präludium in e-Moll*.

Mit Debussys *Prélude à l'après-midi d'un faune*.

Mit den Carpenters.

Mit Björks *Vespertine*.

Tja.

Billie Holiday: eine Greatest-Hits-Sammlung, die Matt mir am Anfang unserer Beziehung geschenkt hat. Ich denke, die wird zu meinen Sachen gehören, wenn wir unser Zeug aufteilen müssen. Melancholisch wie eine tief hängende Wolke, aber kathartisch – Schwermut und Kummer, versetzt mit einer knisternden Prise Mut.

Ich schätze, wir werden das Haus verkaufen müssen. Wir können uns kein doppeltes Eigentum leisten.

Ich setze die Nadel auf die Platte.

Ich frage mich, wie wir das Sorgerecht teilen sollen.

Billie Holiday singt. Ich stille Fred und beobachte den Sonnenaufgang. Die Musik passt nicht exakt zu meiner Stimmung, aber sie beruhigt die rasenden Gedanken in meinem Kopf. Der gestrige Abend erscheint mir wie ein unlösbares Rätsel. Dann wieder scheint es, als gäbe es gar kein Rätsel, dann wieder, als gäbe es doch eins. Ich selbst bin ein Rätsel. Ich bin ein Wrack. Weniger Wrack als zuvor, aber noch immer ein Wrack.

Hör auf. Hör der Musik zu, Ava. Schließe die Augen. Hör zu. Bleibe im Augenblick. Konzentriere dich auf den sanften Blues. Diese Phrasierungen. Wenn nichts mehr hilft, gibt es noch immer die Musik. Es gibt die aufgehende Sonne, es gibt Fred, es gibt Tee und das weiche Sofakissen unter mir. Und es gibt mich.

Ich sollte wieder unterrichten. Vergiss, was man sollte. Nein, das ist ein gutes »Sollte«. Vielleicht erst einmal nur ein paar Kinder nach der Schule, einmal die Woche. Mich auf die Kinder zu konzentrieren, könnte mir helfen, mir selbst zu entfliehen. Vor Abis Geburt war ich stellvertretende Rektorin einer Grundschule, habe den Schulchor geleitet, bei den Schulversammlungen und bei Schulaufführungen Klavier gespielt. Am Anfang habe ich es vermisst, als ich mit Abi zu Hause war. Ich habe in Teilzeit wieder angefangen zu arbeiten und hatte eigentlich geplant, weiter bis auf Vollzeit aufzustocken, bis ... zu jenem Tag. Und danach konnte ich mir nicht vorstellen, jemals wieder zurückzukehren – nirgendwohin. Jetzt denke ich, ich könnte wieder anfangen. Ich könnte es langsam aufbauen. Was auch immer geschehen ist, wo Abi auch sein mag, ich bin nun allein. Fred braucht mich.

Doch noch während ich im Kopf ganz rational über all das nachdenke, bin ich mir bewusst, dass es nur ein Pendelschlag des Metronoms ist und das Gewicht ans äußerste Ende geschoben wurde, der langsamste mögliche Takt. Und sowie ich mir dessen bewusst werde, kehrt sich der Schwung des Pendels um.

Ich habe Matt verloren. Meine Liebe. Meinen Geliebten. Meinen besten Freund.

Sofort fallen die Tränen. Ich lasse Fred schlummernd und satt auf seinem Schaffell auf dem Boden zurück. Ich möchte es nicht tun, ich weiß, dass ich es nicht tun sollte, aber ich sehe dennoch – zweimal – nach, ob die Haustür verschlossen ist, bevor ich nach oben gehe, um mich anzuziehen. Es ist fast acht.

Ich öffne die Tür zum Gästezimmer einen Spalt. Matt schläft mit offenem Mund, dunkle Stoppeln sprießen auf seinem Kinn. Das Zimmer stinkt nach abgestandenem Alkohol, saurem Schweiß und schlechtem Atem. Der Schmerz, den er mir mit seinem Handeln zugefügt hat, rührt sich wieder in meiner Brust. Die zertrampelten Grenzen, die ich nicht wieder aufbauen kann. Ich kann ihm nicht verzeihen. Ich kann es nicht. Und doch hole ich Paracetamol und ein Glas Wasser aus dem Badezimmer und stelle beides auf den Nachttisch im Gästezimmer.

Ich muss in Bewegung bleiben, also wasche ich mir das Gesicht und binde mir die Haare zum Pferdeschwanz. Ich finde ein Paar Jeans und ein T-Shirt auf der Stuhllehne, ziehe sie an und hole mir saubere Socken aus der Schublade.

Unten versuche ich, mich darauf zu konzentrieren, wie frisch die Milch ist, wie nussig das Müsli, wie geschmeidig der Joghurt, und wie wunderbar das Wort »geschmeidig« in meinem Kopf klingt. Ich beachte diese Dinge, ich beachte, dass ich sie beachte, und weiß, dass ich mich außerhalb meiner selbst befinde und mich beobachte. Das Ich wird zu ihr. Es funktioniert nicht. Ein entkoffeinierter Kaffee aus der Maschine. Nimm das Aroma wahr, bewundere die karamellfarbene Crema, die Muster, die der Milchschaum in den Espresso zeichnet. Ja, genau, Ava, gut gemacht.

Es funktioniert nicht, und ich kann mir nicht vorstellen, wie es das je sollte.

Ich nehme den Kaffee mit ins Wohnzimmer und setze mich aufs Sofa. Ich sitze nur da und wende mein Gesicht der Sonne zu. Spüre die Sonne. Schließe meine Augen und fühle ihre Wärme. Keine sozialen Medien, keine Ablenkung, kein Leben außerhalb des gegenwärtigen Moments. Ich scrolle nicht mehr durch mein iPhone. Ich habe nicht einmal mehr eins, nur ein billiges Handy für Notrufe und Textnachrichten. Ich habe mich daran gewöhnt, allein zu sein. So wie jetzt, ganz allein. Ich habe keine Freunde mehr. Ich hatte den Großteil des Hintergrundrauschens bereits eliminiert. Jetzt habe ich es vollständig eliminiert. So ist es einfacher. Es ist meine Entscheidung. Keine Frau ist eine Insel. Das wollen wir doch noch sehen.

Um neun Uhr lege ich Fred in den Kinderwagen. Eine Decke sollte an diesem ersten Septembertag reichen. Und natürlich Mister Faultier.

Es war Matts Idee, Fred das Faultier zu schenken.

»Ist das nicht etwas morbide?«, habe ich damals verstört gefragt. Jetzt hat sich natürlich ein noch dunklerer Schatten darübergelegt. Es kommt mir manipulativ vor. Verletzend.

»Es könnte doch ein Geschenk sein«, hat er gesagt. »Von seiner älteren Schwester. Es wird uns alle von Anfang an daran erinnern, dass wir mit ihm über Abi reden sollten. So wird er mit der Zeit das Wissen aufnehmen und es akzeptieren, ohne dass es traumatisch wird.«

Ich vertraue seinen Begründungen nicht mehr. Ich wollte das Faultier nie behalten. Ich hätte es zusammen mit dem Kinderwagen verbrennen sollen, so wie ich es eigentlich vorhatte.

Ich lege Mister Faultier oben auf den Kinderwagen. An der Haustür atme ich tief ein und aus und lege meine Hand auf den Riegel. Auf einen Blick in den Flurspiegel hin suche ich meine Sonnenbrille heraus. Ich sehe aus, als hätte ich zehn Runden im Boxring hinter mich gebracht. Sonnenbrille auf. Du schaffst das, Ava. Du hast dich den Nachbarn einmal gestellt, dann kannst du es auch noch einmal. Außerdem ist es noch früh für einen Sonntag. Es wird keiner unterwegs sein.

Kaum stehe ich mit beiden Füßen auf dem Weg vor unserem Haus, höre ich eine Tür zuschlagen, und ich spüre heiße Angst in der Magengegend. Doch es ist nur Jen, die mit ihren beiden Mädchen aus dem Haus kommt.

»Ava!«, ruft sie und winkt. Sie trägt auch eine Sonnenbrille. Ihre ist groß und teuer. »Ich bin heute ein bisschen neben der

Spur, kann ich dir sagen.« Sie lacht. Es ist ein ansteckendes, tiefes Lachen, das ich gerne erwidern würde.

Ich schiebe den Kinderwagen bis zum Ende ihrer Einfahrt. »Vielen Dank noch einmal für gestern Abend«, bringe ich heraus. »Es war schön, viel besser, als ich dachte, falls du weißt, was ich meine. Danke jedenfalls. Hi, ihr beiden.«

Die Mädchen lächeln und greifen beide nach je einer Hand ihrer Mutter.

»Es tut mir leid, dass ich gegangen bin, ohne mich zu verabschieden«, schicke ich hinterher.

»Ach, was«, wehrt sie ab. »Mach dir keine Gedanken deswegen. Es war auf jeden Fall ein guter Zeitpunkt, um zu gehen. Die letzten Gäste sind wir erst um vier Uhr morgens losgeworden.«

»Um vier? Ach, du Schreck. Wen denn?«

»Louise – du weißt schon, Louise Parker? Und Pete von gegenüber und deine Freundin Bella.«

»Bella ist bis vier geblieben?«

Jen nickt. »Sie war ... Na ja, sagen wir, sie hatte ziemlich einen im Tee.«

»Du liebe Güte. Ich wette, Neil wird nicht begeistert sein.«

»Ich glaube, er hat so gegen ein Uhr versucht, sie abzuholen, aber sie wollte nichts davon wissen.«

»O nein. Haben sie sich gestritten?«

Jen schüttelt den Kopf. »Na ja, es wurde vor der Haustür ein bisschen laut, glaube ich, aber als sie zurückkam, wirkte sie nicht aufgebracht oder so. Pete hat sie nach Hause begleitet. Er ist so ein Kavalier.«

Wir müssen beide lächeln. Ich frage mich, ob sie merkt, dass bei mir etwas nicht stimmt, denn ich fühle mich sehr eigenartig.

»Kann ich dich etwas fragen?« Die Worte sind mir entschlüpft, bevor ich darüber nachdenken konnte, wie schlau es ist, sie zu äußern.

»Na klar.«

»Es geht um Abi.«

Sie runzelt die Stirn. Kurz huscht ihr Blick zu den Mädchen.

»Es ist nichts Wichtiges«, sage ich. »Ich habe mich nur gefragt, wann ihr an dem Morgen losgefahren seid. Also an dem Morgen, als Abi ...«

Hinter ihr tritt Johnnie aus dem Haus. Das Garagentor fährt hoch, und er duckt sich darunter hinweg. »Äh«, macht Jen und zieht die Stirn kraus. »Es muss so gegen acht gewesen sein. Wieso?«

»Nur so. Ich habe mich gefragt, ob ihr Matt auf seinem Fahrrad gesehen habt.« Ich möchte mehr sagen, hinzufügen, dass er zurückgekommen ist, um die Regenjacke zu holen, aber ich traue mich nicht.

»Nein, tut mir leid. Ich dachte, er ist etwas später zurückgekommen. Hatte er an dem Tag nicht einen Platten?«

Ich nicke, etwas zu schnell und zu oft. »Ja. Ja, das stimmt.«

Der Porsche kommt mit schnurrendem Motor herausgerollt, Johnnie sitzt mit Sonnenbrille am Steuer. Er hält an und steigt aus. Wieder trägt er Schwarz, hat aber nun ein kurzärmliges Leinenhemd an, eine lockere, wadenlange Leinenhose und Designer-Flip-Flops. Ein dünner Schweißfilm glänzt auf seiner Stirn, aber abgesehen davon sieht er absolut gelassen aus.

»Ava«, grüßt er, hebt Cosima hoch und öffnet die hintere Tür des Autos.

»Johnnie. Hallo.« Ich wende den Blick ab, spüre aber dennoch das Ziehen in der Magengegend. Wie locker er sie aufhebt, wie gut sich ihr Gewicht anfühlen muss, wie es ihm vermutlich nicht einmal bewusst ist, wie sehr er dieses Gefühl liebt, wie schön es ist, sein Kind so auf den Arm zu nehmen. Meine Augen brennen. Ich bin froh, dass ich eine Sonnenbrille trage, und darüber, dass Jasmine jetzt Hallo ruft. Hallo, hallo,

hallo. Ich erwidere ihr strahlendes Lächeln mit meinem eigenen ziemlich lausigen Versuch. Ich konzentriere mich auf das Strahlen ihres fröhlichen Gesichtsausdrucks. »Hallo noch mal, Jasmine.«

»Hallo noch mal, Jasmine«, wiederholt sie lächelnd. »Hallo noch mal, Jasmine.«

Unsicher, wie ich darauf reagieren soll, lächle ich zurück, halte Mister Faultier hoch und bewege ihn hin und her. Ich kann nicht in Cosimas Richtung schauen, denn bei ihrem Anblick zieht es mir die Brust zusammen. Ein feines Rinnsal Schweiß läuft mir unter jeder Achsel hinunter. Johnnie schnallt sie im Kindersitz fest und plaudert mit ihr. Ihre hohe Kinderstimme dringt an meine Ohren und fühlt sich an wie tausend Messerstiche.

»Mister Faultier!« Jasmine kommt mit hocherfreutem Gesicht auf mich zu. »Mister Faultier, Mister Faultier!« Sie streckt beide Hände nach ihm aus.

»Jasmine!«, ruft Johnnie. »Das gehört uns nicht. Das Stofftier gehört dem Baby, Jasmine.«

»Dem Baby, Jasmine«, wiederholt sie. »Dem Baby, Jasmine. Dem Baby, Jasmine. Mister Faultier.«

»Mister Faultier gehört Fred«, erkläre ich. »Aber du kannst ihm Hallo sagen.« Ich lächle weiter, und frage mich fast, ob ich Jasmine das Spielzeug schenken und es auf die Weise loswerden soll. Ich ertrage es nicht. Ich kann den Anblick des Spielzeugs nicht ertragen.

Jasmine wedelt mit beiden Händen.

»Taschen«, sagt sie. Sie stülpt die Tasche ihrer weiten Shorts nach außen. »Mister Faultier Taschen.«

Meine Kopfhaut prickelt. Ich habe keine Ahnung, warum. Ein verschüttetes, ungutes Gefühl kommt wieder an die Oberfläche, dasselbe Gefühl, das ich hatte, als Jasmine auf der Party Neil erkannt hat. Erst jetzt wird mir klar, warum. Neil hat gesagt, dass er Jens Kinder nie kennengelernt hat. Oder zumindest, dass er sie nicht kannte. Wie dem auch sei, das entspricht jedenfalls offensichtlich nicht der Wahrheit.

Jasmine gestikuliert, zupft an ihrer Tasche und greift dann nach dem Stofftier.

»Mister Faultier«, sagt sie. »Mister Faultier Taschen, Mister Faultier Taschen.« Sie wedelt wild mit den Händen und tritt von einem Fuß auf den anderen.

»Komm schon, Jazzy«, sagt Johnnie und schmunzelt. »Ab ins Auto, komm schon.«

Doch Jasmine freut sich zu sehr über das Spielzeug, und weil ich nicht sicher bin, was ich tun soll, gebe ich es ihr. Es kann schließlich nicht schaden, ihr einen Augenblick das Vergnügen zu lassen. Es ist Sonntag, wir haben es nicht eilig.

»Und was sagt man da?«, mahnt Johnnie. Er geht toll mit ihr um, so geduldig. Freundlich. Und doch ...

»Sagt man da, sagt man da, sagt man da.« Jasmine stopft das Stofftier in ihre Tasche, ihre Miene erhellt sich. Sie nimmt es wieder heraus und steckt es dann mit einem Ausdruck solch ungetrübten Schalks zurück in die Tasche, dass ich lachen muss, zieht es noch einmal hervor und gibt es dann verschämt zurück. »Mister Faultier Taschen, Taschen.« Ihr Ausdruck verändert sich und wird ernst. »Taschen.« Sie blickt sich um, als ob sie jemanden oder etwas suche. »Taschen? Taschen?«

»Meinst du Neil?«, frage ich. »Suchst du ihn?«

»Taschen«, wiederholt das Mädchen und lächelt breit. »Taschen.«

»Jasmine.« Johnnie fasst sie bei den Schultern und bugsiert sie zum Auto. »Komm schon, Schatz. Wir müssen los. Sag Ava auf Wiedersehen. Sag auf Wiedersehen, Ava.« Er sieht mich mit leicht schief gelegtem Kopf an. »Wir wollen früh im Park sein, bevor es voll wird.«

»Sag auf Wiedersehen, Ava«, wiederholt Jasmine, bevor ich etwas entgegnen kann. »Sag auf Wiedersehen, Ava, sag auf Wiedersehen, Ava.«

»Tschüs, Jasmine«, sagte ich und setze Mister Faultier wieder auf den Kinderwagen. »Und danke noch einmal für die Party«, rufe ich ihnen hinterher. »Es war schön. Wirklich schön.«

Jennifer wirft mir eine Kusshand zu. »Wir sehen uns die Tage«, sagt sie. »Na ja, wahrscheinlich nächstes Wochenende. Warum kommst du nicht auf einen Kaffee zu mir? Zum Beispiel am Sonntagvormittag? Sozusagen eine Art Lagebesprechung.«

Und was das für eine Lagebesprechung wird.

»Klar«, sage ich. »Danke. Das mache ich. So gegen elf?«

Sie reckt den Daumen hoch und klettert ins Auto.

Johnnie startet den Motor.

Mit eingezogenem Kopf husche ich vorbei, bevor sie abfahren. Ich bin bereits am Ende der Straße angekommen, als ich bemerke, dass mir die Tränen über die Wangen laufen und mein Herz in der Brust wummert.

SECHSUNDZWANZIG

MATT

Licht dringt durch die Jalousien, es steht tiefer und ist heller und wärmer, als es sein sollte. Er hat lang geschlafen, so lang wie schon eine ganze Zeit nicht mehr. Sie haben doch überhaupt keine Jalousien. Doch, die haben sie. Im Gästezimmer. O Gott. Er setzt sich auf. Sein Kopf dröhnt.

»Oh, verdammt.«

Auf dem Nachttisch steht Wasser und daneben liegt ein Streifen Schmerztabletten. Die muss Ava gebracht haben. Er fragt sich, was das bedeutet, ob er es wagen soll, sich deswegen Hoffnung zu machen.

Er nimmt zwei Schmerztabletten und trinkt das Wasser, dann schleppt er sich stöhnend und jammernd wie ein alter Mann zur Dusche. Er hebt den Kopf und lässt das Wasser auf sich herabprasseln. Danach rubbelt er sich trocken und wirft dabei kurz einen Blick in den Spiegel. Seine Rippen stehen hervor wie die Klangstäbe an einem Glockenspiel, seine Augen sind gerötet, sein Haar müsste dringend geschnitten werden, und er ist unrasiert. Er sieht schrecklich aus, wie ein räudiger, halb verhungerter Wolf.

Er zieht die schwarzen Jeans von gestern und ein frisches T-

Shirt an und putzt sich zweimal die Zähne, bevor er nach unten geht, um Ava zu suchen. Sie ist nicht da, und als er feststellt, dass es bereits nach elf Uhr ist, überkommt ihn ein schlechtes Gewissen. Sie ist spazieren gegangen, allein. Er weiß nur zu gut, wie viel Überwindung sie das gekostet hat. Doch als er dabei ist, eine Kanne Kaffee zu kochen, hört er die Haustür.

Er weiß nicht, was er sagen soll. Weiß nicht, ob sie überhaupt noch zusammen sind. Gestern Abend fühlte es sich endgültig an, doch vielleicht ...

»Hey«, sagt er schließlich, damit sie weiß, dass er aufgestanden und in der Küche ist. Er wird sich heute Nachmittag um Fred kümmern, dann kann sie sich ausruhen, denkt er. Um es wiedergutzumachen. Und dann können sie reden.

Sie steht in der Küchentür. Er findet, dass sie nicht wütend aussieht. Doch sie sieht ihn nicht an.

»Wo ist Fred?«

»Schläft im Kinderwagen.«

»Kaffee?«, fragt er. »Entkoffeiniert?«

»Nein, ich glaube, ich trinke zur Abwechslung einen normalen.«

Kurz angebunden, aber höflich. Das ist besser, als er es verdient hätte. Er stellt die Kanne und zwei Tassen auf den Frühstückstresen. Er möchte gerade die Milch dazustellen, doch dann entscheidet er sich, sie in einen Krug zu gießen.«

»Sehr zivilisiert«, kommentiert Ava.

Er versucht, das unangenehme Gefühl zu verdrängen, das ihre Worte bei ihm auslösen. Sie hatte schon immer eine sarkastische Ader, aber es war eine Ader und nicht ihr dauerhafter Normalzustand so wie jetzt, und sie war eher schlagfertig als bitter. Er kann sich nicht ganz entscheiden, in welche Kategorie ihr letzter Kommentar fällt.

»Toast?«

»Sicher.«

Die Mischung aus Angst und Unsicherheit hält sich. Er

hasst das Gefühl, und es gefällt ihm überhaupt nicht, dass sie es bemerkt. Ihm ist bewusst, dass man sich in einer Beziehung nicht so fühlen sollte und dass es früher auch nie so war. Und vieles mehr. Er weiß, dass es seine Schuld ist. Seinetwegen steht ihr gemeinsames Leben auf der Kippe.

»Hör zu, es tut mir leid«, sagt er und stellt einen Teller mit Toast zwischen sie.

»Früher konnten wir Spaß haben, oder? Ganz früher? So hat es mit uns angefangen.« Sie klingt wehmütig, als ob ihre frühe Zeit zusammen für sie nur noch eine melancholische Erinnerung ist, ein Stück Vergangenheit, das sie hinter sich lassen musste. Hat sie das?

Einen Augenblick weiß er nichts zu entgegnen, beißt stattdessen von seinem Toast ab und dann noch einmal. Er hat keine Ahnung, was sie damit sagen will. Er hatte gehofft, dass die Ereignisse des gestrigen Abends ihnen nicht in den Morgen folgen würden, oder besser gesagt, er wusste, dass sie es würden, doch er hatte die Hoffnung, dass es irgendwie besser geworden wäre, dass sie anfangen könnten, ihre Ehe vorsichtig wieder aufzubauen. Er wagt nicht, zu sprechen, weiß, dass er etwas sagen müsste, aber kann nicht, und nun legt sich ein Schatten über ihr Gesicht, ihre Miene verfinstert sich.

»Ava?«, ist alles, was ihm schließlich einfällt. »Wir können das überwinden, ehrlich. Wir können uns Hilfe suchen.«

»Das glaube ich nicht«, sagt sie und sieht ihn kurz direkt an. Sie hat so schöne Augen. Gefühlvoll, klug, aufmerksam und nun von unfassbarer Traurigkeit getrübt. »Wie soll das denn gehen?«

Sein Mut sinkt rapide ab. »Ava, komm schon. Bitte. Ich kann gar nicht sagen, wie leid es mir tut. Ich werde mir nie verzeihen.«

»Ich weiß, dass es dir leidtut.« Ihre Augen füllen sich mit Tränen, fließen über. Die Tränen laufen in dünnen Rinnsalen über ihre Wangen. Sie senkt den Kopf und bedeckt ihr

Gesicht mit der Hand. »Mir tut es auch leid. Mir tut es leid, und ich bin traurig, und ich weiß, dass du dir nie verzeihen wirst, nur das Problem ist, dass ich dir auch nie verzeihen werde.«

»Ava.« Er umrundet den Tresen und legt seinen Arm um sie. Erstaunlicherweise lässt sie es zu. »Bitte weine nicht. Lass uns den Kaffee trinken, ja? Ich weiß, es gibt für uns viel zu besprechen, eine Menge aufzuarbeiten, aber lass uns einfach ein paar Minuten hier sitzen, ohne uns mit alldem zu quälen.«

»Du wolltest immer nach vorne schauen.« Sie schluchzt. »Aber nur, weil du deine eigene Schuld nicht ertragen konntest. Ich kann nicht nach vorne schauen, wenn ich nicht weiß, was mit ihr passiert ist, und ich kann nicht mit dir zusammen sein, nachdem ich nun weiß, dass du wegen so etwas Wichtigem gelogen hast und dass du diese Lüge jeden Tag weiter genährt hast, obwohl du mir jederzeit die Wahrheit hättest sagen können.«

Sein Hals schmerzt. Er hat das Gefühl, dass er gleich in Tränen ausbrechen wird. Er nimmt seinen Arm weg und geht langsam zurück zu seinem Hocker. »Ich weiß nicht, was ich sonst noch sagen soll. Tu das nicht.«

»Was soll ich nicht tun? Ich habe nichts getan. Nicht ich habe unsere Ehe kaputtgemacht.« Sie wischt sich die Nase mit dem Handrücken ab. »Ich war den ganzen Morgen draußen und habe versucht, meine Gedanken zu ordnen – über uns und diese Party.«

»Die Party? Was hat die denn damit zu tun?« Trotz der Tabletten pocht sein Kopf, und er hat einen abgestandenen, bitteren Geschmack im Mund.

»Es hängt doch alles zusammen, oder nicht? Abi, Neil, Bella. Die Lovegoods. Ich habe sie vorhin getroffen. Bei ihnen auf der Einfahrt.« Sie seufzt und schüttelt den Kopf. »Es gibt einfach so viele Ungereimtheiten, Matt.«

»Zum Beispiel?«

Sie schweigt. Das Schweigen erzeugt Druck auf seiner Brust.

»Nichts«, sagt sie schließlich.

»Sag es mir«, entgegnet er.

»Zum Beispiel, dass Jasmine Mister Faultier erkannt hat und dann nach Taschen gefragt hat. Taschen ist ihr Name für Neil, oder nicht? So nennt sie ihn.«

»Was?« Er verzieht das Gesicht. Er weiß nicht, wovon zur Hölle sie da spricht, und es macht ihm Angst.

»Du sagst, unsere Ehe ist vorbei, und jetzt willst du über Abis Stofftier sprechen und meinem besten Freund irgendetwas anhängen? Ehrlich? Das ist es, was du jetzt möchtest?«

Sie schnieft laut und hebt die Hand. »Das Problem ist, dass du einerseits möchtest, dass ich mit dir rede, doch wenn ich es tue, hörst du mir nicht zu. Nach allem, was du getan hast, hätte ich erwartet, dass du die Größe hättest, mich ernst zu nehmen, aber nein. Vielleicht ist das der Grund, warum wir nicht miteinander reden können. Ich hätte es nicht einmal versuchen sollen. Und außerdem hast du nicht das Recht, einfach so locker beim Kaffee mit mir zu sprechen. Ich stehe dir nicht mehr dafür zur Verfügung.«

Aus dem Flur ist Fred zu hören, der einen hustenähnlichen Schrei ausstößt.

»Ava, bitte. Ich kann mich um dich kümmern. Wir können zusammen heilen.«

»Nein, das können wir nicht. Wie denn? Ich vertraue dir nicht mehr. Ich möchte es, aber ich kann es nicht. Es tut mir leid, mehr als ich sagen kann.« Ihr Blick ist so verletzt, dass er sich abwenden muss. Er hatte recht. Das gestern Abend war mehr als ein einfacher Streit. Es war endgültig. Tu das nicht, würde er am liebsten sagen, wieder und wieder, bis sie nachgibt, aber er tut es nicht.

»Du musst deine Sachen packen«, fügt sie hinzu und sieht ihn nicht mehr an.

»Hör zu«, sagt er vorsichtig. »Ich gehe morgen früh, okay? Ich nehme Fred heute Nachmittag, dann kannst du schlafen. Ich bin verkatert, und ich muss mich erst einmal sortieren. Ich kann unmöglich ...«

Sie reißt die Hand hoch. »Schon gut, schon gut. Noch eine Nacht. Erwarte aber nicht, dass ich es mir bis dahin anders überlegt habe, das wird nicht passieren. Du hast noch einen Abend, um dir etwas zu organisieren, aber spätestens morgen nimmst du dir ein Hotelzimmer oder suchst dir eine Couch, auf der du übernachten kannst, mir egal, was. Ich meine das ernst. Wenn es sein muss, tausche ich die Schlösser aus. Und bitte halte dich den Rest des Tages von mir fern.«

SIEBENUNDZWANZIG

AVA

Es ist Mitternacht. Ich stehe in der Tür vom Gästezimmer und beobachte meinen Mann beim Schlafen. Ich habe keine Ahnung, warum ich das tue. Ich glaube, ich bin seltsam. Ich bin seltsam geworden.

Matt schläft inzwischen geräuschlos. Früher hat er geschnarcht, jetzt ist es, als sei einfach nicht mehr genug von ihm da, um so ein lautes Geräusch zu produzieren – dieses leise, rhythmische Atmen ist alles, was dieser dürre Mann noch zuwege bringt. Ihn zu betrachten und ihn nicht in den Arm nehmen zu können, sorgt dafür, dass ich mich noch einsamer fühle, als wenn er überhaupt nicht da wäre. Doch ich kann ihn nicht berühren. Wir sind nicht mehr wir. Ich habe es immer gehasst, wenn wir uns gestritten haben. Außer Fred hatte ich sonst niemanden. Und jetzt habe ich nicht einmal mehr ihn. Heute sind wir umeinander herumgeschwebt wie Geister. Jetzt habe ich nur noch Fred.

Ich schleiche nach unten, gieße mir ein Glas kalte Milch ein und trinke es im Stehen vor dem vorderen Fenster im Wohnzimmer. Gegenüber reckt Petes und Shirleys Magnolie ihre Zweige in den nie ganz dunklen Himmel. Keine

Menschenseele ist zu sehen. Wenn ich nachts allein so durch die Zimmer streife, überrascht es mich immer, wie verlassen nächtliche Vorstadtstraßen sind. Es ist, als würde hier niemand wohnen, überhaupt niemand.

Den ganzen Tag habe ich versucht zu begreifen, was Matt zu mir gesagt hat. Dass er es wiedergutmachen kann, dass wir es irgendwie gemeinsam schaffen können, zu heilen. Doch wenn ich mit meinem eigenen Mann nicht darüber reden kann, was mich daran stört, welche Chance haben wir dann? Ich stehe vollkommen nackt und bloß da. Die Trauer hat mir die Knöpfe abgerissen, der Verrat hat meine Kleidung weggeworfen, und jetzt gibt es niemanden mehr, der mich wärmt, niemanden, der eine Decke um mich legen und mich vor der Kälte schützen könnte.

Und trotz alldem, trotz der Einsamkeit, für die ich mich bewusst entschieden habe, ist da eine hartnäckige Stimme tief in meinem Innern. Ich kann sie spüren, in meinem Körper, so wie ich Musik spüre. Ich höre den falschen Ton in diesem verteufelt schwer zu greifenden Akkord.

Ein Glas, das auch nur den feinsten Haarriss aufweist, klingt nicht, wenn man es mit der Gabel anschlägt.

Ich weiß, dass wir alle die Welt um uns herum verschieden wahrnehmen und Dinge verschieden interpretieren. Und ich weiß, dass ich viel mitgemacht habe, dass meine Hormone überschießen und ich zu wenig Schlaf bekomme. Doch ich bin nicht paranoid. Wenn ich paranoid wäre, hätte ich Neil an jenem Tag verdächtigt. Das habe ich nicht. Selbst gestern Abend habe ich Neil immer nur als jemanden gesehen, der uns liebt, der unser Kind geliebt hat, als jemanden, der Himmel und Hölle in Bewegung gesetzt hätte, um sie zu finden. Herrgott, ich bin doch nicht einmal sicher, ob ich ihn jetzt verdächtige, ich weiß nur, dass ich mir einfach nicht erklären kann, warum Jasmine Lovegood Abis Stofftier erkannt hat. Irgendetwas stimmt da nicht.

Die Endlosschleife jenes Morgens ist einer neuen Endlosschleife meiner Gedanken gewichen, die nun um Matt, Bella und Neil kreist. Ist das verrückt? Bin ich verrückt? Sehe ich Dinge, die nicht da sind? Neil hat Abi geliebt, das weiß ich. Und ich weiß, dass vermutlich mein Zusammenbruch der Grund ist, warum wir ihn und Bella nicht mehr gesehen haben. Doch warum ist er mir bei der Party nach draußen gefolgt, obwohl wir vorher ein Jahr lang kaum miteinander geredet haben? Es ist, als hätte er dringend mit mir sprechen *müssen*, als hätte die Party seine Gefühle an die Oberfläche gebracht.

Und Bella. Bella war Abi so zugetan. Es kommt mir jetzt so eigenartig vor, dass sie in Fred nicht ebenso vernarrt war. Und es war wie bei Neil. Nach fast einem Jahr Schweigen, nach dem gequälten Small Talk im Friseursalon schien es im Vergleich dazu auf der Party, als wolle sie mir etwas sagen. Es hatte dieselbe Dringlichkeit wie bei Neil. Sie wollte nicht aufhören zu betonen, wie niedergeschmettert er war, wie ihn die Sache verändert hat. Vielleicht lag es nur am Alkohol, aber es war ihr offenbar wichtig, dass ich weiß, dass er Abi geliebt hat, *ganz egal, was passiert ist. Ganz egal, was passiert ist.* Das impliziert doch, *dass* etwas passiert ist. Das ist eine andere Art zu sagen *trotz allem.* Das und all die anderen Dinge kann ich nun nicht mehr mit meinem Mann durchsprechen, weil er nicht mehr mein Mann ist. Jedenfalls nicht mehr richtig, und ganz egal, wie man es dreht und wendet: Dass Jasmine Abis Stofftier erkannt hat, ist der Riss im Glas, die falsche Note in dem Akkord. Doch außer mir scheint niemand sie hören zu können. Ich bin schließlich Abis Mutter. Meine Knochen, mein Fleisch und mein Herz sind für immer mit ihren verwoben.

Ziellos gehe ich zurück in die Küche. Vor einem Jahr hätte hier auf dem Tresen mein Handy zum Aufladen gelegen, und es wären bereits diverse Benachrichtigungen eingetrudelt. Facebook, Instagram, die WhatsApp-Müttergruppe, die mir mit den unzähligen Nachrichten an alle auf den Keks ging:

X kann an dem Tag nicht, weil er musikalische Früherziehung hat. Y hat an dem Tag eine Party, vielleicht geht es wann anders?

Dieser ständige überflüssige Informationsstrom. Und wie viel Zeit man darauf verwenden muss, all das zu verwalten, um auch nur annähernd so etwas wie ein Sozialleben aufrechtzuerhalten. Mein Handy hat mich ehrlich gesagt in den Wahnsinn getrieben. Es hat meine Lebenszeit abgesaugt und es mir fast unmöglich gemacht, im Augenblick zu leben. Doch dann wieder war es in meinem einsamen Dasein als Mutter die einzige Verbindung zur Außenwelt. Nachts, in den dunklen und ruhigen Stunden, in denen ich Abi gestillt habe, habe ich auf dem Handy Solitaire gespielt. Wenn ich, so wie jetzt, aufgewacht bin, weil mein Körper sich auf den eigenen Hunger besonnen hat, nachdem Abis Bedürfnisse gestillt waren, habe ich mir etwas Milch oder einen Mitternachtssnack geholt und oft noch zehn Minuten im Lichtschein von Facebook dagesessen, über lustige Memes gelacht, meinen Senf zu irgendeinem Thread abgegeben, Zweifelnden den Rücken gestärkt, und ja, in diesen Augenblicken kam es mir vor, als würde ich etwas von Bedeutung teilen.

Jetzt kann ich mir nicht mehr vorstellen, in einem Post oder einem Kommentar-Thread etwas über mein Leben zu teilen. Höchstwahrscheinlich war es genau das, was ich gerade getan habe, als ich meine Tochter verloren habe. Höchstwahrscheinlich habe ich da gerade irgendeinen blöden Kommentar verfasst.

Jetzt habe ich nur noch ein ganz einfaches Handy. So ein richtiges Wegwerfhandy wie ein Gangster. Ich schaue nicht allzu oft darauf. Es liegt irgendwo in der Küche ... Aha, da ist es, in der Krimskrams-Schublade neben einer Dose Bilderhaken, einem Briefmarkenheftchen und etwas kariertem Geschenkband, das ich wahrscheinlich einmal von einem Geschenk aufbewahrt habe.

Ich schalte es ein und suche seinen Namen, bevor ich mir überhaupt richtig bewusst bin, was ich da gerade tue. Als ich ihn finde, wird mir klar, dass das der Grund ist, warum ich nach dem Handy gesucht habe.

Hi, tippe ich. *Bist du wach?*

Die Stille um mich scheint sich zu verdichten. Ich wasche mein Glas ab und stelle es kopfüber auf das Abtropfgitter. Ich will gerade aufgeben und zurück ins Bett gehen, als mein Telefon vibriert.

Alles ok? N

Nein, nichts ist okay. Mein Finger schwebt über dem Display. Ich bin so müde, aber ich weiß, dass ich nicht einschlafen kann, bevor ich mit Neil gesprochen habe, und zwar in persona, damit ich ihn beobachten und seine Reaktionen sehen kann. Also schreibe ich:

Können wir uns treffen? Jetzt?

Ich warte. Die Uhr in der Küche tickt. Zwanzig nach zwölf. Der Kühlschrank brummt. Mein Handy vibriert.

Ok. Wo?

Draußen – in 5 Min?

Ok.

———

Neil kommt mit gesenktem Kopf auf mich zu. Die Hände hat er tief in die Jackentaschen geschoben. Seine weißen Beine sind nackt, aber man sieht noch den Saum seiner karierten Pyjamahose unter der Jacke hervorschauen. An den Füßen trägt er weiße Nike-Sandalen.

»Hey.« Er bleibt stehen und bibbert. »Alles okay?«

Ich begegne dem Blick seiner blauen Augen. Ich habe keine Ahnung, wie ich anfangen soll. Was ich zu sagen habe, könnte unsere Freundschaft für immer zerstören. Es ist Verrat an uns allen, doch mein Verlangen nach Antworten ist größer als Freundschaft, größer als meine Ehe, größer als alles andere in meinem Leben.

»Können wir ein Stück gehen?«, schlage ich vor.

Er zuckt mit den Schultern. »Klar.«

Wir kommen bei den Lovegoods vorbei und gehen zum anderen Ende der Straße.

»Seit der Party kann ich nicht schlafen«, beginne ich. »Ich meine, ich habe gestern Nacht nicht geschlafen und ich konnte heute auch nicht einschlafen.«

»Wie kommt's?«

Wir biegen nach links ab in die Thameside Lane. Wir sind schon bei den Tennisplätzen, als mir klar wird, dass er darauf wartet, dass ich etwas sage.

»Matt und ich haben uns getrennt«, sage ich.

»Ach du Schande.« Er bleibt stehen. »Nein! Mann, ich weiß, das fühlt sich jetzt wahrscheinlich richtig an, aber ...«

Ich hebe die Hand. »Ich weiß, was du sagen willst, und ich weiß, dass du es gut meinst, aber das ist eine Sache zwischen mir und Matt. Ich kann nicht mit jemandem zusammen sein, dem ich nicht vertraue, nicht nach allem, was wir durchgemacht haben. Ich brauche jemanden, auf den ich mich verlassen kann, oder niemanden.« Ich gehe weiter und zwinge ihn so, ebenfalls weiterzugehen. »Ich überlege, in den Norden zu ziehen. Ich habe noch nicht mit meiner Mutter gesprochen, aber ich denke, dass ich zunächst einmal zu ihr ziehe. Ich kann hier nicht bleiben.«

»Na ja, du weißt wahrscheinlich selbst am besten, was du tun musst«, sagt er nach einer Weile, obwohl ich nicht einen Augenblick glaube, dass er akzeptiert hat, was ich gesagt habe, sondern dass er lediglich gemerkt hat, dass es zwecklos ist, in meiner gegenwärtigen Verfassung mit mir zu diskutieren, und das ist gleichermaßen ärgerlich und deprimierend. »Ist es das, weswegen du mit mir sprechen wolltest?«

Wir überqueren die Straße beim Freizeitzentrum.

»Ich habe über den Morgen nachgedacht«, setze ich noch einmal an. »Den Morgen, als Abi ... Ehrlich gesagt denke ich kaum an irgendetwas anderes. Es ist wie eine Endlosschleife. Ich weiß nicht, was ich mir davon erhoffe. Vielleicht denke ich, dass ich die Endlosschleife nur oft genug ansehen muss, damit irgendwann ein anderes Resultat dabei herauskommt. Abi verschwindet nicht, oder ein Nachbar findet sie, oder sie schafft es nicht zum Fluss. Ich weiß es nicht.« Ich bin mir bewusst, dass ich ins Schwafeln gerate, aber er zeigt keine Spur von Ungeduld.

Wir haben das Fisherman's Arms erreicht. Der Fluss ist direkt um die Ecke, und eine unsichtbare Kraft zieht uns in seine Richtung. Ich frage mich, ob er es auch bemerkt hat. Wenn ja, dann lässt er sich nichts anmerken.

»Es tut mir leid, dass ich dich so aus dem Bett geholt habe«, sage ich schließlich. Das hätte ich gleich zu Beginn sagen sollen.

»Schon okay. Ich schlafe ehrlich gesagt auch nicht so gut.« Er sagt es ganz natürlich. Er hat keine Ahnung, was ich in seine Schlaflosigkeit hineinlesen könnte, in das schlechte Gewissen, das sie implizieren könnte.

»Ich habe nur ein paar Fragen an dich.«

Wir gehen um die Ecke. Das Geschäft mit dem Bootsbedarf taucht aus den Schatten am Ende des Weges auf, die Senke, wo Abi vermeintlich die Enten gesehen hat und ihrem Tod entgegengelaufen ist. Bei der Senke setzen wir uns auf die kleine Mauer neben dem Fußweg und starren auf das seichte Wasser. Ich glaube, hier ist meine Tochter gestorben.

»Na los«, ermuntert er mich. »Du kannst mich alles fragen. Das weißt du doch.«

Ich hole tief Luft. »An dem Morgen. Du warst zu Hause, als ich zu euch gekommen bin. Warum?«

»Was meinst du, warum? Warum ich zu Hause war?«

»Ja.« Meine Wangen brennen vor Scham. Ich kann ihn nicht ansehen. Mir wird die Ungeheuerlichkeit meiner Frage bewusst, aber es ist zu spät, sie zurückzunehmen.

»Ich war beim Baustoffhandel, um noch etwas zu besorgen, warum?«

»Ich ... Ich schätze, herauszufinden, dass Matt mich belogen hat, hat mich vollkommen durcheinandergebracht. Ich mache mir Sorgen, dass meine Erinnerung mir einen Streich spielen könnte, das ist alles, und ich dachte, vielleicht könntest du etwas Licht in die Angelegenheiten bringen, für die ich vielleicht damals eine Erklärung hatte, die ich aber in der Zwischenzeit vergessen habe. Weißt du, was ich meine?« Wieder rede ich wirr. Das ist mir bewusst, aber ich rede einfach weiter. »Es ist bloß ... Wir haben uns nicht gesehen, um alles durchzusprechen. Nicht bis gestern Abend. Und gestern auf der Party hat Johnnie erwähnt, dass du immer früh da warst. Er sagte, du wärst jeden Tag da gewesen, bevor sie losgefahren sind, also habe ich mich natürlich gefragt, warum es ausgerechnet an dem Tag anders war.« Ich schweige einen Augenblick und traue mich nicht, weiterzusprechen.

Neil sagt nichts, also grabe ich weiter. »Es ist nur, wenn Abi verschwunden ist, nachdem sie losgefahren sind«, meine Stimme zittert, »und du immer da warst, bevor sie gefahren sind ... Ich weiß nicht, ich ...«

»Du fragst dich, warum ich nicht da war? Verstehe. Na ja, jetzt weißt du es. Ich bin zum Baustoffhof beim Apex-Corner-

Kreisverkehr gefahren.« Sein Ton ist unbewegt. »Soll ich den Bon für dich raussuchen?«

O Gott.

»Ich beschuldige dich nicht wegen irgendetwas, Neil. Ich versuche nur die Teile zusammenzusetzen, nachdem mein eigener Mann ...« Ich wappne mich, entschlossen, mich nicht von meinen Gefühlen dazu hinreißen zu lassen, etwas zu sagen, das ich mehr bereuen würde, als überhaupt hierhergekommen zu sein. »Warum hast du gesagt, dass du die Töchter der Lovegoods nicht kennst?«

»Habe ich das?«

»Ja. Kurz bevor wir zu der Party gegangen sind.«

Er verzieht den Mund, um anzudeuten, dass er keine Ahnung hat, wovon ich spreche. »Daran kann ich mich ehrlich gesagt nicht erinnern«, sagt er. »Aber ich kannte sie nicht, jedenfalls nicht richtig. Sie waren fast den ganzen Tag außer Haus, und wenn sie mit der Nanny zurückgekommen sind, war ich meistens schon fast auf dem Weg nach Hause. Mit der älteren habe ich hin und wieder etwas herumgealbert ...«

»Na ja, bei der Party hast du ziemlich heftig reagiert, als Jasmine dich ›Taschen‹ genannt hat ...«

»Nein, ich habe darauf reagiert, dass diese Arschgeige Johnnie Lovegood es einfach nicht lassen konnte, allen unter die Nase zu reiben, dass ich sein Handlanger war. Und ich war ohnehin schon mies drauf, weil ich nicht zu seiner blöden Angeberparty gehen wollte und Bella mir die ganze Zeit einen Keks an die Backe gelabert hat wegen der Einrichtung und den Armaturen und wir ... wir sind zurzeit ziemlich unter Druck. Sie hat mich damit wahnsinnig gemacht. Was möchtest du mit alldem überhaupt andeuten?«

»Sei bitte nicht böse. Matt sagt, ich soll akzeptieren, dass Abi an jenem Tag gestorben ist. Dass sie ertrunken ist. Vielleicht genau hier. Doch das ist so schwer.«

Tränen schnüren mir die Kehle ab, und als ich weiterspreche, ersticken sie meine Stimme. Sie ist rau und kratzig. »Es ist so schwer, weil wir keine Leiche haben. Es ist so schwer zu glauben, dass niemand, wirklich niemand sie gesehen hat. Ich weiß, sie hätte nur fünf oder zehn Minuten gebraucht, um hierherzulaufen, und ich weiß, das war noch, bevor die ganzen Eltern unterwegs waren, ich weiß, dass es nicht vollkommen unmöglich ist, dass es so gelaufen ist. Aber das ist eben auch alles. *Es ist nicht vollkommen unmöglich.* Aber ohne Leiche ist das einfach nicht ausreichend.«

»Ich dachte, jemand hätte sie gesehen.«

»Die waren nicht ganz sicher. Dabei ist nichts herausgekommen.«

»Ich weiß, aber sie könnten sie doch gesehen und gedacht haben, dass sie nur getrödelt hat und ein Stück zurückgeblieben ist oder so. War es das? Hast du noch mehr Fragen? Ich muss nämlich früh raus.« Er steht auf.

Ich bleibe auf der Mauer sitzen und zwinge mich, zu ihm aufzusehen. Er hat die Stirn gerunzelt, und er wirkt wie jemand, dessen Geduldsfaden zu reißen droht, der es aber zu verbergen versucht.

»Heute Morgen habe ich Jasmine getroffen«, sage ich.

»Ach ja?«

»Sie ... Sie hat Mister Faultier erkannt. Erinnerst du dich? Das Stofftier, das ihr ...«

»Ich weiß, was du meinst, Ava. Du musst das nicht erklären.« Sein Ton ist jetzt anders. Härter. »Ich habe Matt gesagt, er hätte es wegwerfen oder in irgendeine Kiste legen sollen. Ich weiß nicht, warum er wollte, dass Fred es bekommt. Ich habe gesagt, dass wir ihm ein neues Stofftier kaufen würden. Es ist – ich weiß nicht – ein wenig morbid, finde ich.«

»Ich weiß. Das habe ich auch gedacht, aber ... warum hat Jasmine es erkannt? Warum kannte sie seinen Namen? An dem Tag ... Na ja, die Lovegoods waren schon weg, als Abi verschwunden ist. Wo soll sie es überhaupt gesehen haben?«

Er kommt mit dem Gesicht näher. Den Blick, mit dem er mich ansieht, habe ich an ihm noch nie gesehen. So sieht man jemanden an, wenn alle Zuneigung für diese Person erloschen ist.

Er schüttelt kaum merklich den Kopf. »Hast du mich etwa aus dem Bett gezerrt, um mich wegen irgendetwas zu beschuldigen?« Es ist fast ein Flüstern. »Ist es das? Was glaubst du denn, was ich getan habe, verdammt? Meine eigene Patentochter entführt? Glaubst du ich verstecke sie in meinem Schuppen? Verdammt, Ava, glaubst du etwa, ich bin ein ...«

»Nein! Um Gottes willen!« Blut schießt mir in den Kopf.

»Glaubst du, ich habe sie verkauft? Ist es das, was du denkst? Wäre gut zu wissen. Dann könnten wir klarstellen, dass du, eine meiner besten Freundinnen, denkst, ich hätte etwas damit zu tun, obwohl unser Haus, mein Schuppen und mein Lieferwagen durchsucht wurden, sogar mit den Hunden, obwohl sie meine Fingerabdrücke genommen haben wie bei einem Verbrecher und obwohl die Polizei keinerlei Verdacht gegen mich hatte. Trotz alldem. Verdammt noch mal, Ava!«

Ich breche in Tränen aus. »Es tut mir leid. Ich bin vollkommen durcheinander, das weiß ich. Aber um je loslassen zu können, muss ich das einfach alles klarkriegen, verstehst du? Ich muss akzeptieren, dass sie für immer fort ist, das Problem ist nur, dass es sich wie ein Verrat angefühlt hat, dass wir überhaupt zu dieser Party gegangen sind, als wären wir bereit, auch nur daran zu denken, uns ohne sie wieder zu amüsieren, verstehst du? Es kommt mir vor, als ließe ich sie im Stich. Wie kann ich das tun? Und dann sagte Bella, dass du damals die ganze Nacht weg warst. Doch das stimmt nicht. Du bist um Mitternacht nach Hause gekommen. Mit Matt. Du warst nicht die ganze Nacht unterwegs. Warum also sollte sie das sagen?«

»Ich habe Matt um Mitternacht nach Hause gebracht.« Seine Stimme ist heiser vor Wut, er spreizt die Finger seiner ausgestreckten Hände. »Ich habe ihn zurückgebracht, und weißt du, was dich dann getan habe? Weißt du das? Na, rate mal. Los. Ich habe nämlich noch weitergesucht. Ich bin noch einmal rausgegangen, um sie zu suchen.« Spucketröpfchen fliegen aus seinem Mund. Je mehr er redet, umso wütender wird er, als würde ihm mit jedem Wort bewusster, was ich ihn gefragt habe. »Allein. Allein, okay? Der letzte im Ring, das bin ich. Keiner hat mehr versucht als ich, Ava. Keiner. Ich habe mich mehr reingehängt als ihr eigener Vater, verdammt noch mal.«

Ein Brennen läuft meinen ganzen Körper entlang, aber es ist zu spät, viel zu spät, viel zu spät. Ich hätte ihm die Nachricht nicht schicken sollen. Er ist unser engster Freund. Mein Gott, was habe ich getan?

»Ich war die ganze Nacht draußen«, ruft er und wirft verzweifelt die Arme in die Luft. »Ich habe verzweifelt versucht, sie zu finden, okay? Ich kann das alles nicht glauben. Ich kann nicht glauben, dass du mich so etwas fragst. Jasmine hat das Stofftier vielleicht an irgendeinem anderen Tag gesehen oder an dem Nachmittag oder so. Ich weiß es doch nicht. Ich habe keine Ahnung, woher sie es kennt. Okay, sie hat es wiedererkannt. Aber das hat doch nichts zu bedeuten. Das Mädchen ist lernbehindert, verdammt. Denk doch mal nach, was du da sagst, Ava!«

In meiner Brust staut sich tiefes Bedauern. Ich hätte so etwas nie denken dürfen. Ich hätte diesen Verdächtigungen nicht nachgehen dürfen. Ich schluchze in meine Hände. Meine Nase läuft, und ich kann vor Tränen kaum sehen.

»Ich kann einfach nicht aufhören, wieder und wieder an all das zu denken. Ich ertrage das nicht, Neil. Ich ertrage die Ungewissheit nicht. Und ich habe Matt verloren, und jetzt habe ich noch dich, unseren Freund, unseren besten Freund beschuldigt, und ich wünschte nur ... Ich wünschte, ich hätte Fred nicht. Ich verdiene ihn nicht. Ich liebe ihn, aber er sollte nicht gezwungen sein, mit einer Mutter wie mir aufzuwachsen. Er sollte nicht so ein Wrack als Mutter haben. Ich verdiene ihn nicht. Ich bin nicht gut genug. Ich bin nicht gut genug, um Mutter zu sein ... weder für ihn noch für irgendein Kind. Wo ist Abi, Neil? Wo ist sie? Wo ist mein kleines Mädchen? Ich will mein kleines Mädchen.«

Ich starre auf das Wasser. Ich sehe Neil und mich auf dieser Mauer. Ich sehe die Straßen, all die Straßen, die ich mit Abi entlanggelaufen bin, die Schule, zu der ich sie einmal gebracht hätte, die Parks, die wir besucht haben, die Läden, an denen wir auf dem Heimweg vorbeigekommen sind. Ich sehe die Helling vor mir. Ich sehe die Schleuse. Ich sehe den Mond auf dem schwarzen Fluss dahinfließen wie einen weißen Seidenschal. Ist das die letzte Ruhestätte meiner Tochter? Dieser schwarze Fluss? Ist sie jetzt dort?

Und dann renne ich. Ich renne auf den Fluss zu.

ACHTUNDZWANZIG

AVA

Die nasse Umarmung des Flusses. Das Wasser klettert mir über die Knöchel, die Schienbeine und die Knie. Es tränkt den Saum meines Nachthemds.

»Ava!«

Neil schlingt fest die Arme um meine Brust. Ich stolpere und wir fallen ins tiefere Wasser. Mein Kopf taucht unter. Hustend tauchen wir auf, rudern mit den Armen. Neil hält mich über Wasser, hält mich an sich gedrückt und zieht mich zurück auf die Helling, zurück ins flache Wasser. Wir keuchen und schnappen nach Luft. Der Himmel verdunkelt sich, als der Mond hinter einer Wolke verschwindet. Das Wasser schwappt sanft gegen das Ufer.

Wir lösen uns voneinander, sitzen beide völlig durchweicht im kalten, nassen Wasser.

»Um Himmels willen, Ava!« Er hält noch immer meine Hände fest.

»Lass mich los.« Ich versuche, ihm meine Hände zu entziehen. »Lass mich los.«

»Nie im Leben.«

»Lass los. Es ist vorbei. Ich habe nichts. Ich habe nichts mehr. Ich will meine Tochter. Ich will zu ihr.«

Mit meinem ganzen Gewicht versuche ich, mich loszureißen, stemme meine Fersen in den glitschigen Boden. Ich kann eine Hand befreien. Ich strecke den Arm nach dem Fluss aus, aber wie in einem eigenartigen Tanz zieht er mich zurück in seine Arme und hält mich fest, etwas zu fest, meine Rippen schmerzen.

»Ava, komm schon. Mach keinen Unsinn. Du hast Fred. Du hast Matt. Ich weiß, du denkst, das stimmt nicht, aber das tut es. Er liebt dich. Du hast noch eine Familie, das ist mehr ... Es ist mehr als genug. Matt liebt dich. Er liebt dich über alles.«

Allet, denke ich. So spricht Neil das Wort »alles« aus. Ich bin klatschnass. Ich sitze in der Themse. Der beste Freund meines Mannes sagt *allet* statt alles. *Allet jut.* Alles gut. Ich muss lachen.

»Ava?« Er lässt meine Hände los, packt aber meine Oberarme und hält mich auf Armeslänge. Er sieht aus, als hätte er Angst. Vor mir.

»Du hast mir einen Rugby-Tackle verpasst«, sage ich und lache und lache. Ich lache mich vollkommen kaputt. Ich kann überhaupt nicht mehr aufhören. Meine Knochen sind wie Wackelpudding. Ich bin ein Lumpenpüppchen, das jemand weggeworfen hat. Ich bin Mister Faultier, im Rinnstein mit nassem Laub auf dem Kopf.

Ich möchte mich im Wasser zurücklehnen. Ich möchte davontreiben.

»Ava.« Er flüstert flehend meinen Namen. »Ava, komm da raus, bitte. Komm aus dem Wasser. Bitte.«

Ich lasse zu, dass er meine Hand nimmt. Ich lasse mich von ihm hochziehen.

Ernüchtert von dem Schock sitze ich auf der Mauer. Er hat seine Jacke um mich gelegt. Sie ist trocken geblieben. er muss sie ausgezogen haben, bevor er mir ins Wasser gefolgt ist.

Ich muss lachen. Ich muss weinen. Beides und nichts so richtig.

Neil steht vor mir. Er hält mir den Saum seines T-Shirts hin. Darunter sehe ich die Rundung seines Bierbauchs, seinen stämmigen, kräftigen Oberkörper. »Hier.«

Ich wische mir mit dem T-Shirt über Nase und Augen. Nach einer Weile setzt er sich neben mich.

»Du Bekloppte«, sagt er.

Schweigen legt sich über uns. Ich habe keine Ahnung, wie ich mich fühle, merke nur, dass ich mich allmählich schäme und gerne hinter mir lassen würde, was da eben geschehen ist. Ich habe mich lächerlich verhalten. Meine Paranoia hat mich lächerlich gemacht. Herrgott, Neil ist unser bester Freund.

Ein paar Typen kommen lärmend von der Fußgängerbrücke geschlendert. Die Luft füllt sich mit dem Geruch von Gras. Wir warten, bis sie vorbeigegangen sind, wollen beide keine Aufmerksamkeit auf uns ziehen.

»Jen sagt, du bist gestern noch einmal zurückgegangen, um Bella zu holen«, sage ich, als ob ich eine ganz normale Unterhaltung wieder aufgreife, klatschnass, um Mitternacht, auf einer Mauer mitten in der Öffentlichkeit.

»Wir haben uns gestritten«, erwidert er. »Sie war besoffen. So vollkommen besoffen.«

Ich zucke mit den Schultern. »Na ja, sie ist immer schon gern feiern gegangen. So kennen und lieben wir sie.«

»Ich weiß, aber es ... Sie ... In letzter Zeit ist sie ... sind wir ...« Er legt die Hand an die Stirn.

»Neil? Was denn?«

»Sie trinkt, um klarzukommen.«

»Klarzukommen? Damit, was mit Abi passiert ist?«

Er schüttelt den Kopf. »Wir ... Wir haben eine künstliche Befruchtung versucht. Keiner weiß davon. Nicht einmal Matt.«

Mein Kopf pocht. Ich fühle mich, als hätte mir jemand den Atem aus der Lunge gepresst.

»O Neil!«, bringe ich hervor. »Es tut mir ... Es tut mir so leid. Habt ihr ... Ich meine, habt ihr es schon lange versucht?«

»Letztes Jahr haben wir es zum ersten Mal probiert. Kurz vor dem Tag, als Abi verschwunden ist, hatten wir ... Wir hatten eine Fehlgeburt. Es war noch nicht ... Bel ... Es hatte sich nicht eingenistet. Sie war total fertig, und ich konnte nicht ... Ich konnte nichts für sie tun.«

»O Neil, das tut mir so leid. Wann habt ihr ... Wann hatte sie die ... die Fehlgeburt?«

Er seufzt. »Das war am Samstag. Am Sonntag waren wir bei euch.«

»Am Samstag? O Gott ... Und wir haben euch erzählt, dass wir ein zweites Kind erwarten. O Neil.« Ich versuche, ihn an mich zu ziehen, aber er befreit sich aus meiner Umarmung. »Das muss so schwer gewesen sein.«

Das erklärt ihre Reaktion auf unsere Neuigkeiten an dem Abend. Ich kann nicht genau sagen, was es war, aber ich habe es gespürt.

»Seitdem haben wir es noch ein weiteres Mal probiert. Vor ein paar Monaten.«

Ich lege meinen Arm, so gut es geht, um ihn und muss daran danken, wie er gestern Abend so außer sich war. Es ging um Abi, ja, aber es steckte noch so viel mehr dahinter.

»Es tut mir auch für Bella leid«, sage ich.

Kein Wunder, dass sie sich ferngehalten hat. Fred zu sehen, muss ihr das Herz gebrochen haben. Mit allem, mit all meinen Gedanken über ihr Verhalten im vergangenen Jahr lag ich vollkommen daneben.

»Sag aber nichts, ja?«, bittet Neil und steht auf. Seine Zähne klappern. »Sie hätte es dir erzählt, aber du hattest schon genug zu verkraften. Wir wollten euch das nicht auch noch zumuten.«

Ich stehe auch auf. Ich halte ihm seine Jacke hin, aber er lehnt mit einem Kopfschütteln ab.

»Ihr hättet es uns ruhig sagen können«, versichere ich. »Wir sind Freunde. Was uns passiert ist, ist ... Aber das heißt doch nicht, dass wir nicht auch noch Kraft haben für ...«

»Ich weiß, aber ... Na ja, du weißt schon, was ich meine. Tja, jedenfalls weißt du es jetzt. Lass uns nach Hause gehen, bevor wir uns den Tod holen, ja?«

Mit langsamen, leisen Schritten gehen wir bibbernd die von Laternen beleuchtete Straße entlang nach Hause. Neil legt den Arm um mich. Er redet. Er redet und redet, redet über mein Leben. Ich glaube, er will es mir wieder näherbringen, mir Mut machen, es wieder zu leben.

»Matt ist ein anständiger Kerl«, sagt er. »Er ist der Beste. Ich weiß, was er getan hat, war falsch, aber du bedeutest ihm alles. Du und Fred. Abi hat ihm auch alles bedeutet.« Und so geht es weiter. Ihm fällt es leicht, so zu reden, ein Geschäftsmann, ein Kumpeltyp. Ich weiß, dass er versucht, mich zu beeinflussen. Ich kann es an seinem beinahe hypnotischen, beschwichtigenden Tonfall hören. »Du solltest ihn nicht dafür verurteilen, was er damals getan hat, Ave. Was geschehen ist, ist geschehen, und alle sind in Panik verfallen. Alle. Er hat nur versucht, zu beschützen, was er hat. Wir müssen doch alle beschützen, was wir haben, oder nicht? Jeder muss sich um seine Liebsten kümmern. Mehr können wir nicht tun. Wir bauen uns Festungen, und wir verteidigen sie, oder nicht? Mit Zähnen und Klauen, wenn nötig. Er ist wie ich, er hat nicht alles auf dem Silbertablett serviert bekommen. Er hat ein kluges Köpfchen, ich die Lebenserfahrung, aber wir haben beide hart gearbeitet, um das zu erreichen, was wir haben. Was sollte er denn tun? Das alles einfach wegwerfen? Tu mir den Gefallen und verzeih ihm, Ava. Was wäre denn die Alternative? Was er getan hat, hat er getan, daran kannst du nichts ändern, und du bekommst Abi auch nicht zurück, wenn du ihn verlässt.«

Sogar sein Gang ist stabil, denke ich und versuche, mit ihm Schritt zu halten. Ich frage mich, wie es wohl ist, so einen Gang zu haben und so ein Kerl zu sein. Der Typ, der sich um alle kümmert, der Sachen repariert und Lösungen findet. Doch was passiert, wenn du dich nicht um alle kümmern kannst? Wenn du es nicht wieder in Ordnung bringen oder die Lösung finden kannst? Was dann? Was passiert dann?

NEUNUNDZWANZIG
MATT

Die eigenartige Zwangsjacke eines Einzelbetts. Der seltsame Anblick des weißen Origami-Lampenschirms aus Kunststoff vor dem Hintergrund der weißen Zimmerdecke. Er hätte nicht hierbleiben sollen. Er hatte gehofft, sie würden sich versöhnen, aber das ist nicht passiert. Er hätte gestern Abend gehen sollen. Er muss gehen, wenn er je zurückkehren möchte. Das ist ihm jetzt klar. Doch wie immer hat er nicht das getan, was er hätte tun sollen. Er hat kein Rückgrat gezeigt. Er hat eigentlich überhaupt nicht gehandelt. Also liegt er jetzt hier im Gästezimmer und denkt an das zornesrote Gesicht seines Vaters, an seine Größe und sein Gebrüll, das ihm durch Mark und Bein ging.

»Gib es schon zu, Junge«, schreit sein Vater in das geplagte Ohr seines Gedächtnisses – der nasale Manchester-Einschlag, der ungerührte Tonfall. »Lügen machen es doch nur schlimmer. Steh dazu, verdammt noch mal.«

Er ist sechs Jahre alt. Bei dem Gedanken brennen seine Augen. Seine Haut wird heiß, als sein Körper sich erinnert. Mit sechs aus nächster Nähe von einem ausgewachsenen Mann so angeschrien zu werden. Weswegen? Er kann sich nicht daran erinnern. Er kann sich nie daran erinnern. Hat er das Fahrrad im Regen draußen stehen gelassen? Versäumt, seiner Mutter beim Tischabdecken zu helfen? Eine schlechte Schulnote geschrieben?

Er kann sich nicht erinnern, weil nichts, was ein sechsjähriges Kind tun könnte, eine solche Raserei rechtfertigen würde. Nichts könnte rechtfertigen, wochenlang ignoriert zu werden, die finsteren Blicke und bittere Ablehnung über Tage hinweg, die vielen Tage mit einem Kloß der Angst im Magen, bis sein Vater endlich irgendetwas Freundliches sagte oder einen Witz machte. Erst dann konnte er wieder erleichtert aufatmen, die Furcht strömte aus seinen Adern, und sein Herz schlug vor seliger Erlösung langsamer, weil der Ärger endlich vorbei war.

Das ist der Grund, warum er es Neil an jenem Abend gesagt hat. Er musste es jemandem beichten, es mit jemandem teilen, um etwas Erleichterung zu spüren. Eigentlich, denkt er jetzt, hat er sich Vergebung für seine Sünden erhofft.

»Ich bin nur schnell reingegangen und habe sie vom Haken genommen«, hat er gesagt, als sie im Mondlicht standen und der Regen in Strömen auf sie herabfiel. »Ich war vielleicht zwei oder drei Sekunden im Haus. Eine Sekunde vielleicht. Ich habe sie nur gegriffen und dann ... Ich dachte, Ava würde gleich runterkommen. Ich habe nicht weiter darüber nachgedacht. Ich dachte, sie wäre nur kurz oben, also dachte ich, dafür muss ich nicht extra zurückfahren.«

Dieser schreckliche Moment, in dem Neil darüber nachzudenken schien. Matt hatte das Gefühl, dass alles auf dem Spiel stand, als ob Neil irgendein vernichtendes endgültiges Urteil sprechen könnte und Matt gezwungen wäre, nach Hause zu gehen und seiner Frau zu erzählen, dass er verantwortlich war. Und dann würde er dabei zusehen müssen, wie sein ganzes Leben um ihn herum zusammenfällt. Er konnte nur mit angehaltenem Atem abwarten, während sein Freund die Regentropfen wegblinzelte, die noch immer aus seinen Augenbrauen tropften. Er wollte ihn anschreien, er solle irgendetwas sagen, damit er sich weniger jämmerlich fühlt, doch dann endlich, Gott sei Dank, hat ihm Neil die Hand auf die Schulter gelegt und den Kopf geschüttelt.

»Schon gut, Alter«, hat er gesagt. »Es ist okay.«

»Ich habe mir nichts dabei gedacht.« Matt konnte kaum aufhören zu reden, als die Worte einmal angefangen hatten, aus ihm herauszusprudeln. »Aber als sie anrief und sagte, dass Abi verschwunden ist, wusste ich es. Ich wusste es einfach. Doch als ich nach Hause kam, war sie überzeugt, dass sie es gewesen war, und ich habe nichts gesagt. Ich hätte es zugeben müssen, aber das habe ich nicht getan, Nee. Ich wollte es, aber alles war so ... Es war so ... Und dann war der Augenblick vorbei. Ich hatte meine Chance verpasst. Ich wollte es ihr später sagen, wenn wir Abi gefunden hätten. Ich dachte, wir würden sie sofort finden, ganz ehrlich, aber dann ... Und jetzt haben wir sie nicht gefunden, wir werden sie auch nicht finden, und jetzt ist es zu spät. Es ist zu spät, um es ihr zu sagen, oder nicht? Wie kann ich es ihr je sagen? Ich darf sie nicht verlieren. Verstehst du, was ich sage? Sie wird mich verlassen. Ich werde alles verlieren. Ich werde sie verlieren und das Baby.«

»Baby?« Verwirrung stand Neil ins Gesicht geschrieben, doch dann klarte seine Miene auf. »Ach so, du meinst wegen der Schwangerschaft.«

Matts Beine drohten, unter ihm nachzugeben. Einen Moment später musste Neil ihn stützen.

»Hör mir zu«, sagte er, und seine Stimme war kaum mehr als ein Krächzen. »Du hast die Tür offen gelassen. Und ja, du hättest es ihr sagen sollen. Aber so etwas passiert eben, und du hast nun einmal nichts gesagt. Okay, du hast nichts gesagt. Aber wir tun doch alle mal etwas, ohne nachzudenken. Das ist menschlich, okay? Menschen machen Fehler. Und es tut dir natürlich leid. Aber es wird dich nicht weiterbringen, es jetzt zuzugeben, oder? An dem, was geschehen ist, wird es nichts ändern. Die Tür aufzulassen ist nicht dasselbe, wie Abi zu entführen. Was soll das also bringen?«

»Du glaubst, jemand hat sie entführt? Denkst du das wirklich?«

Neil schüttelte den Kopf. »So meine ich das nicht, Mann. Ich meine nur, du hast sie nicht entführt, falls sie überhaupt entführt wurde. Du hast ihr nicht wehgetan. Du hast überhaupt nichts getan. Hast du Ava nicht das Gleiche gesagt? Dass sie sich nicht die Schuld geben soll?«

»Ja, aber doch nur, weil ich weiß, dass sie die Haustür zugemacht hatte. Weil ich sie aufschließen musste, um meine Jacke zu holen ... O Gott, was mache ich nur? Ich habe unsere kleine Tochter umgebracht, Neil. Ich habe sie getötet.«

»Okay. Okay. Hör auf. Du weißt das doch gar nicht, und du denkst da auch viel zu krass. Hör zu. Du liebst Ava, oder? Und du hast recht; du kannst dich nicht um sie und das Baby kümmern, wenn du es ihr sagst. Nicht jetzt. Sie würde dich verlassen, zumindest besteht die Möglichkeit, und was würde das bringen? Nichts. Für sie würde es dadurch doch auch schlimmer, oder nicht? Sie wäre allein. Sie wäre verzweifelt. Also lass es. Erzähl es ihr nicht. Sag nichts, Mann. Dadurch wäre überhaupt nichts gewonnen. Hörst du mir zu? Was geschehen ist, ist geschehen, und keiner von uns kann es ändern. Und wenn ihr das hier durchgestanden habt, habt ihr das Baby, und ihr beiden könnt weiter das tollste Liebespaar der Welt sein.« Neil packte fest seine Oberarme. »Sieh mich an. Hey, sieh mich an.«

Matt zwang sich, aufzusehen.

»Hör zu.« Neils Augen waren hell und klar. Fokussiert. »Du hast es mir erzählt, und das war's. Damit ist es vorbei. Du erzählst es weder der Polizei noch Ava und auch sonst niemandem. Ende, aus. Unser Geheimnis. Ich stehe hinter dir. Verstehst du, was ich sage?«

Rechtfertigung. Absolution. Die Kunststoff-Origami-Lampe verschmilzt mit der weißen Decke. Der Pakt, den sie in jener Nacht geschlossen haben, hat nicht funktioniert. Es hätte ihn nicht geben dürfen, und nun ist es ohnehin herausgekommen, und seine Tochter ist noch immer verschwunden, vermutlich ertrunken, und darüber hinaus ist auch seine Ehe am Ende, und er kann Neil zwar nicht dafür verantwortlich machen, schließlich versteht er, warum er es Ava letztlich erzählt hat, dennoch brennt dieses bekannte Gefühl, ungerecht behandelt zu werden, in seinem Innern. *Gib es schon zu, Junge. Lügen macht es nur schlimmer.* Es war nie fair, und das ist es auch jetzt nicht. Wie hätte er mit sechs irgendetwas zugeben können, wenn er genau wusste, wie heftig die Strafe ausfallen würde und dass sie ihn ohnehin schon erwartete? Ja, ja, sein Vater hatte recht. Wenn er es zugegeben hätte – was auch immer es war –, wenn er die Verantwortung übernommen, sich entschuldigt und versprochen hätte, es nie wieder zu tun, hätte er den Ärger schneller hinter sich gebracht. Ja, ja, ja. Doch er war ein Kind. Und was viel entscheidender war, er hatte Angst. Es war eine Panikreaktion, es waren immer Panikreaktionen. Sie wurden zur Gewohnheit, zum Muster, instinktgesteuert wie der Drang zu fliehen, wenn Gefahr naht. Ein Reflex. Ganz gleich, wie sehr ihm Ava geholfen hat, diesen Mechanismus zu verstehen, es ist ihm nicht gelungen, das Muster aufzubrechen und zu verhindern, dass es sich wiederholt. Und dann, im wohl entscheidendsten Moment seines Erwachsenenlebens, hat der Instinkt das Ruder übernommen, es ist ihm nicht gelungen, Verantwortung zu übernehmen. Er ist in alte Muster verfallen, Lügen durch Auslassung, hat zugelassen, dass seine Frau die Schuld auf sich nimmt, und zwar jeden Tag aufs Neue, obwohl er sehen konnte, wie es sie immer mehr in die Verzweiflung trieb. Mit seiner Lüge wollte er Avas Zorn und letztlich ihrer Ablehnung entgehen. Er hatte gehofft, das Leben bewahren zu können, das er sich mit harter Arbeit aufgebaut hatte – seine Festung, wie Neil sagen würde. Aber hier im Dunkeln ist ihm bewusst, dass hinter der Fassade die schäbige Wahrheit verborgen liegt, die wirkliche Wahrheit, das, worauf letztlich alles hinausläuft: Wenn er sich von Strafe bedroht sieht, ist es sein Reflex, in erster Linie sich selbst zu schützen.

DREISSIG
MATT

Er geht früh zur Arbeit und verabschiedet sich flüchtig von Ava, die gerade im Kinderzimmer ist und Fred wickelt. Am Nachmittag ruft er sie auf dem Festnetzanschluss an und versucht es dreimal auf ihrem Handy, doch sie geht nicht dran. Er versucht es weiter stündlich, aber vergeblich. Ihr Schweigen ist schrecklich. Zum Warten verdammt zu sein, ist schrecklich, ein entsetzlicher, furchteinflößender Schwebezustand.

Um halb fünf hat er noch nichts erledigt, obwohl er weder Mittagspause gemacht noch in der Kaffeeküche geplaudert hat. Er weiß, dass Ava zu Hause sein muss, also schickt er eine Nachricht:

Hey. Können wir reden? Xx

Nichts.

Er spürt, wie er nach vorne kippt, und kann sich noch im letzten Moment fangen, bevor er mit dem Kopf auf die Schreibtischkante schlägt. Er stützt sich mit den Händen ab und lässt die Stirn auf die kühle Glasplatte sinken. Er ist froh, dass er sein eigenes Büro hat. Er sollte bleiben und die Skizzen für die

Ladenfronten in Aldgate fertigstellen, um sie direkt morgen früh ans Team weiterzuleiten, aber es hat wenig Zweck, es jetzt auch nur zu versuchen. In seinem Hirn wimmelt es umher wie Maden, und sein Herz ist ein knirschender Scherbenhaufen. Ava hat den Verstand verloren, und daran ist er schuld – er hat ihr das angetan. Er weiß, dass ihr Herz ebenso zerschmettert ist wie seines – und dass er dafür verantwortlich ist. In dieser langen Zeit ist ihm aufgegangen, dass er sie nicht nur in jener Nacht betrogen hat, sondern an jedem einzelnen Tag, der folgte. Jedes Mal, wenn sie kämpfen musste, hätte er ihr die Hand reichen können. Er hätte sie aus ihrem Sandhügel ziehen können. Doch das hat er nicht getan. Er hat nicht gehandelt. Was er getan hat, ist nicht so schlimm wie das, was er nicht getan hat. Das ist unverzeihlich. Wenn er darüber nachgedacht hätte, hätte er das verstanden. Neil hätte ihm nie zustimmen und schon gar nicht anbieten sollen, ihn zu unterstützen. Neil, bei dem er heute übernachten muss.

Ein Brummen. Sie hat doch noch geantwortet, aber die Worte sind wie ein Schlag gegen die Brust.

Es gibt nichts zu reden. Bitte mach es nicht schlimmer. Ich werde mir einen Anwalt nehmen. Je eher du das akzeptierst, desto einfacher wird es für uns beide.

Wie konnten sie sich nur so schnell von zwei Menschen, die einander lieben, in das hier verwandeln, wie auch immer man es nennen möchte.

Es tut mir so leid, antwortet er. *Kann ich wenigstens vorbeikommen und ein paar Sachen holen? X*

Natürlich, schreibt sie umgehend zurück. *Wir sollten uns Fred zuliebe um einen zivilisierten Umgang miteinander bemühen. Wir müssen in Zukunft auch an ihn denken.*

Es schnürt ihm die Kehle zu. Diese Förmlichkeit! Er liest die Nachricht wieder und wieder, und ein schwerer Stein legt sich auf seinen Magen. Es ist, als wäre sie jemand, den er gern kennenlernen würde, der für ihn aber unerreichbar bleibt. Er erinnert sich noch daran, dass er das auch gedacht hat, als er sie zum ersten Mal gesehen hat, bei der Party eines Kunden in Islington. Sie war damals mit jemand anderem zusammen. Sie war ein bisschen beschwipst und hat Klavier gespielt, und als er mit ihr geredet hat, war er überrascht, dass sie, genau wie er, aus der Nähe von Manchester stammte.

»Du spielst fantastisch«, hat er gesagt, als sie aufgehört hatte zu spielen und lauter betrunkene Rufe nach einer Zugabe erntete. Später standen sie zusammen in der engen, verrauchten Küche. »Du könntest Konzertpianistin sein.«

Sie schüttelte den Kopf. »Lampenfieber. Ich bin Grundschullehrerin. Ich hoffe, du bist nicht enttäuscht.«

»Daran ist doch nichts enttäuschend. Spielst du für die Kinder? Ich wette, sie finden dich toll.«

»Könntest du dich vielleicht mal mit meiner Mutter unterhalten?« Sie verdrehte die Augen und ließ den Kopf etwas hängen, aber sie wurde rot. »So eine Vergeudung. Du verschwendest dein Talent.«

»Sein Talent mit anderen zu teilen, ohne als Gegenleistung Ruhm zu erwarten, ist doch keine Verschwendung.«

Eine Woche später holte er sich von dem Kunden ihre Nummer. Eine weitere Woche später rief er sie an, ohne sich allzu viel davon zu versprechen, und war erstaunt, als sie Ja sagte. Ja, sie würde gern mit ihm essen gehen. Er ging mit ihr in ein kleines, schummriges Restaurant in Soho. Sie wirkte so weltgewandt, und er hätte auch gern so gewirkt, aber beim Essen musste er gestehen, dass er keine Ahnung von klassischer Musik hatte.

»Ich komme aus einem Arbeiterhaushalt«, erklärte er.

»Ist klassische Musik denn nur der Mittelschicht vorbehalten?«, fragte sie mit einem Funkeln im Blick. »Wer sagt denn so etwas?«

Er spürte die Hitze in die Wangen schießen und war froh, dass der Laden so schlecht beleuchtet war. »Nein, nein, ich meinte ...«

Sie lachte. »Mein Großvater war ein einfacher Arbeiter, wie man so sagt, aber er hat Noten auf ein Stück Pappe gezeichnet und sich auf einem Instrument, das er von seinem Vater geerbt hatte, selbst Klavierspielen beigebracht. Er hat im Garten seines Bungalows Äpfel und Rhabarber angebaut und mir Puppenmöbel aus Holz gebaut. Auf der Seite meines Vaters haben alle Klavier gespielt, wirklich alle. Sie haben an Weihnachten immer dazu gesungen. Einer meiner Großonkel hatte einen Herzinfarkt und ist an der Tastatur zusammengebrochen. Alle haben gelacht, weil sie dachten, er macht einen Scherz. So geht jedenfalls die Familien-Legende.« Sie grinste, und ihr Ausdruck verriet, dass sie mit ihrem Vortrag noch nicht am Ende war. »Meine Mutter spielt wundervoll. Sie hat mir zum Einschlafen immer die *Mondscheinsonate* vorgespielt. Mein Dad kocht gern, macht Pesto und Brot selbst. Beide sind mit sechzehn von der Schule abgegangen und hatten am Anfang ihrer Ehe nur eine winzige Wohnung. Sie haben die Waschmaschine als Esstisch benutzt. Aber ich bin trotzdem umgeben von klassischer Musik aufgewachsen. Ehrlich, die Leute haben manchmal merkwürdige Vorstellungen davon, was Arbeiterklasse bedeutet. Sieh dich doch an. Du bist auf eine staatliche Schule gegangen, oder nicht? Und jetzt bist du Architekt. Nicht gerade ein Proll, oder?«

»Nein, aber mein bester Freund ist einer.« Er lachte und schenkte ihnen Wein nach, während er darüber nachdachte, was er sagen sollte. »Tut mir leid«, war alles, was ihm einfiel. »Ich habe voreilige Schlüsse gezogen. Ich schätze, ich hatte Angst, wir könnten nicht genug gemeinsam haben.«

»Wir brauchen gar nicht so viele Gemeinsamkeiten. Nur in den wichtigen Dingen. In Werten. Darin, was richtig und was falsch ist. Und wir haben beide Angst – da haben wir noch eine Gemeinsamkeit.«

»Angst?«

»Ich habe Angst vor der Bühne, und du hast Angst vor ... na ja, im Moment anscheinend vor mir.« Sie lachte. »Ich zieh dich nur auf. Egal, ich höre jedenfalls auch andere Musik. Ich liebe Bruce Springsteen.«

»Ich auch.« Er lehnte sich im Stuhl zurück. Und schon da wusste er, dass er in Schwierigkeiten war. Er war dabei, sich zu verlieben.

Ich habe sie nicht verdient, hat er schon damals gedacht.

Und das stimmte. Er verdient sie nicht. Das hat er jetzt bewiesen.

Jetzt liest er ihre abweisende Nachricht, fährt sich mit den abgekauten Nägeln durchs Haar. Sie hatte recht: Er hatte immer Angst. Angst vor seinem Vater, vor den Schulhofrüpeln, vor Erfolg. Er ist ein Feigling. Doch das wusste sie und hat ihn trotzdem geheiratet. In dem scheußlichen Gespräch nach der Party hat sie ihm mehr oder weniger gesagt, dass sie gehofft hatte, er würde sich ändern. Wie sagt man noch gleich? Männer heiraten Frauen in der Hoffnung, dass sie sich nie verändern, doch das tun sie. Und Frauen heiraten Männer in der Hoffnung, dass sie sich ändern, aber das tun sie nicht. Und er hat es auch nicht getan.

Natürlich, antwortet er. *Ich komme nach der Arbeit und hole ein paar Sachen. Es tut mir so leid, Ave. Ehrlich.*

Sie antwortet nicht.

Er wartet.

Nichts. Es gibt nichts mehr zu sagen. Eine Entschuldigung reicht da nicht.

EINUNDDREISSIG

MATT

Ava ist im Wohnzimmer und sieht fern. Fred schläft im Bettchen zu ihren Füßen. Er hat es gehasst, sie in den letzten Monaten so zu sehen, wie jeder andere vor den Fernseher befläzt, anstatt Ava zu sein, dynamisch, die Frau, die er geheiratet hat, die Frau, die Scott Joplin auf dem Klavier klimpert, während Abi dazu in einem ihrer rosa Tutus und mit Feenflügeln auf dem Rücken durchs Wohnzimmer tanzt.

»Guck, Daddy.« Mit wedelnden Armen dreht sie sich im Kreis und glaubt fest, eine Ballerina zu sein. Auf und ab durchs ganze Wohnzimmer, ums Klavier herum und zurück zum vorderen Teil des Wohnzimmers, wo DI Farnham mit ihnen gesessen hat und ihnen erzählt hat, dass sie Abis Jacke gefunden haben, und wo nun Fred zu Füßen seiner Mutter schläft. Und Ava, seine geliebte Ava ...

»Hi«, sagt er und klopft gegen den Türrahmen.

»Hi.« Sie schaut nur kurz herüber, dann wendet sie den Blick wieder dem Fernseher zu.

Er wartet noch, bis er merkt, dass mehr nicht zu erwarten ist.

»Ich gehe dann mal und hole ein paar Hemden«, sagt er schließlich. *Bitte, zwing mich doch nicht dazu. Bitte nicht.*

»In Ordnung.«

Wie lange steht er noch so in der Tür, starrt ihren Hinterkopf an und hofft, sie würde sich doch noch richtig umdrehen und mit Tränen in den Augen verkünden, dass sie ihm doch vergeben kann? Er würde sich ihr so gern zu Füßen werfen und ihr versprechen, dass sie darüber hinwegkommen werden. Doch instinktiv weiß er, dass sie bereits deutlich gemacht hat, dass jetzt nicht die Zeit dafür ist, dass die richtige Zeit dafür möglicherweise nie kommen wird. Sie jetzt um Vergebung zu bitten, wäre eine Beleidigung. Also lässt er sie in Ruhe. Oben packt er ein paar Hemden ein, Unterhosen, Socken und ein Paar Hosen, ein paar Waschutensilien – die Banalität der Gegenstände hinterlässt einen bitteren Geschmack in seinem Mund, als er sie einen nach dem anderen in seine Sporttasche packt. Er geht zurück nach unten zu dem Stillleben, das seine Frau darstellt. Geistesabwesend starrt sie auf den Bildschirm, oder vielleicht tut sie es auch bewusst, um ihren armseligen, jammernden Ehemann nicht ansehen zu müssen.

»Ich bin dann weg«, sagt er in heiterem Ton.

Und dann endlich, dreht sie sich um. Doch was sie nun sagt, erschüttert ihn vollkommen.

»Wusstest du, dass Bella und Neil versucht haben, ein Kind zu bekommen?«

»Was?« Matt lässt die Tasche auf den Boden fallen. »Wann hast du das herausgefunden?«

»Gestern Abend.«

»Wie gestern Abend?«

Sie hebt das Kinn, senkt die Lider ein klein wenig. »Du warst schon im Bett. Ich konnte nicht schlafen. Gegen Mitternacht habe ich Neil getextet.«

»Warum?«

»Weil ich ihn fragen musste, warum Jasmine Mister Faultier erkannt hat.«

»Ach, Ava.« Er wird traurig.

»Schenk dir dein ›Ach, Ava‹!«

Ihre Stimme hat etwas Stählernes.

»Neil hat gesagt, er wollte warten, bis sein Geschäft richtig läuft«, sagt er und vermeidet es, über das Faultier zu sprechen, das verdammte Stofftier, von dem er sich nun wünscht, er hätte es weggeschmissen.

»Sie haben es mit In-vitro versucht.«

»Was?« Matt ist verunsichert. »Seit wann? Halt, Moment mal. Sagtest du Mitternacht? Du hast Neil um Mitternacht getextet?«

»Ja, wir haben uns getroffen und sind zusammen zur Schleuse gegangen.«

Er starrt sie an. Sie hat noch immer das Kinn angehoben und die Lider gesenkt. Sie ist seine Frau, und doch hat er keine Ahnung, wer sie ist.

»Du hast geschlafen«, sagt sie mit einer Spur Trotz in der Stimme.

Er schüttelt den Kopf und zwingt sich, ruhig zu bleiben, vor allem aber, nicht laut zu werden. »Neil hatte nichts mit Abi zu tun, das weißt du. Du kennst ihn, Ava.«

»Ich dachte auch, dass ich *dich* kenne. Und wie sich herausgestellt hat, lag ich da falsch.«

Touché. Er schließt die Augen und hält sie einen Augenblick geschlossen.

»Am Tag vor Abis Verschwinden«, fährt sie fort, und ihr steht die Anspannung ins Gesicht geschrieben. »Erinnerst du dich? An dem Sonntag haben wir ihnen erzählt, dass ich schwanger bin. Am Abend zuvor hatten sie ihr Baby verloren. Sie hatten eine In-vitro-Fertilisation gemacht und dann hatten sie eine Fehlgeburt. Und ein paar Monate später ist dasselbe noch einmal passiert.«

»O Gott.« Matt schlägt sich mit der Hand vor die Stirn. Einen Augenblick ist er sprachlos. Neil. Sein bester Freund, den er kennt, seit er elf ist. »Warum haben sie uns nichts gesagt? Ich verstehe nicht, warum sie nichts gesagt haben.«

Sie zuckt mit den Schultern. »Ich weiß nicht. Ich hab mich heute erinnert, dass Bella an dem Sonntag schlecht aussah, also, für ihre Verhältnisse. Ich dachte, sie wäre vielleicht verkatert. Ich dachte, wir hätten sie beleidigt, weil wir ihnen nicht gleich von der Schwangerschaft erzählt haben –dass sie es uns übelgenommen haben, dass sie raten mussten, als wären sie Fremde. Und im Nachhinein betrachtet blieb ihnen nichts anderes übrig. Sie konnten uns nichts sagen, nicht direkt nach unseren guten Neuigkeiten. Das wäre schrecklich gewesen. Und ich glaube, nach Abis Verschwinden haben sie angenommen, dass wir schon genug Probleme haben. Ich meine, ich wäre schließlich auch kaum eine Unterstützung gewesen.«

»Aber er hätte es mir erzählen können.«

»Vielleicht hat er das Gefühl, dass irgendwie alles – ich weiß nicht – aus dem Gleichgewicht gerät, wenn er anfängt, dir von seinen Problemen zu erzählen.«

Es braucht eine Weile, bis der Subtext bei ihm ankommt. Er ist schwach. Das will seine Frau offenbar sagen. Neil ist der Stärkere, derjenige, der zuhört, Probleme löst und Dinge baut. Mit ihrer messerscharfen Beobachtungsgabe hat seine Frau diese Dynamik für ihn offengelegt. Matt bringt sich in Schwierigkeiten, mit denen er nicht fertigwird, die Neil aber in Ordnung bringen kann. In gewisser Weise tut Ava das auch. Sie bringt ihn wieder ins Lot. Und hat Neil nicht dasselbe sogar für Johnnie getan? Seine Fehler ausgebügelt? Matt hat fast sein ganzes Leben in dieser Straße gelebt, und jetzt muss er sie hinablaufen, zu dem Mann gehen, der in all der Zeit sein Freund war, und so tun, als wisse er nicht, was ihn Stück für Stück auffrisst. Denn das, ja, das würde ihre Rollen auf so dramatische Weise umkehren, dass keiner von ihnen mehr wüsste, wie er sich verhalten soll. Stattdessen wird er dort hingehen, damit man ihm zuhört, ihn wieder aufbaut und ins Lot bringt, nachdem er mal wieder alles kaputtgemacht hat.

»... und als ich nach der Party mit Neil geredet habe, hat er geweint«, sagt Ava, und er fragt sich, wie viel er verpasst hat.

»Der arme Kerl.« Matt sieht Neil vor sich, im strömenden Regen am Abend von Abis Verschwinden. Inmitten von alldem war er wie der Fels in der Brandung. »Ich wünschte, er hätte es mir gesagt.«

Ava wendet sich ab. »Ich glaube, dass es da noch eine Menge mehr Sachen gibt, die er uns nicht erzählt.«

Sein Magen dreht sich um. Sie will doch nicht wirklich weiter über Neil sprechen? Er geht langsam ins Wohnzimmer und setzt sich ihr gegenüber aufs Sofa.

Sie widerspricht nicht. Doch sie redet auch nicht.

»Was für Sachen?«, fragt er nach einer Weile und ist plötzlich unglaublich müde.

Sie schüttelt den Kopf. »Ach, Sachen von der Party. Aber das hat doch keinen Sinn. Du hältst mich für verrückt.«

»Ich ... Nein! Ich ... Das stimmt nicht. Bitte. Ich höre zu.«

Sie schüttelt den Kopf, schiebt die Unterlippe trotzig über die Oberlippe. Doch nach einer Weile atmet sie laut aus.

»Gestern Nacht an der Schleuse habe ich mit ihm gesprochen. Es war sehr aufwühlend. Wir sind im Fluss gelandet.«

»Was? Wie zum Teufel ...«

Sie hebt die Hand. »Ich möchte darüber jetzt nicht sprechen.« Sie atmet zittrig aus. Es ist schlimmer, als er dachte. Sie ist krank, wirklich krank. Er möchte weinen, sie schütteln, sie festhalten, aber er darf sie jetzt nicht unterbrechen. Er muss das jetzt ganz vorsichtig angehen. Ganz, ganz vorsichtig.

»Okay«, sagt er.

»Gestern Nacht«, fährt sie fort, »da habe ich ihm geglaubt. Aber heute habe ich mir alles noch einmal durch den Kopf gehen lassen. Und ich weiß wirklich nicht, ob ich ihm noch immer glaube. Neil redet so lässig. Aber mir ist im Nachhinein klar geworden, dass er mir auf meine Frage wegen Mister Faultier überhaupt keine Antwort gegeben hat. Jedenfalls keine richtige. Er hat sich sofort angegriffen gefühlt und gefragt, was ich ihm denn eigentlich vorwerfe.«

»Verständlicherweise, er ...« Matt legt bewusst die linke über die rechte Hand und zwingt sich, ruhig zu bleiben.

Sie schließt die Augen, wie sie es immer tut, wenn sie wütend ist, dann öffnet sie sie wieder. »Du kennst ja nicht die ganze Geschichte«, sagt sie. »Als ich gestern Jen und die Mädchen getroffen habe, hat Jasmine Mister Faultier beim Namen genannt. Sie kannte den Namen, Matt. Denk doch mal darüber nach. Den kann sie nur von Neil haben. Ich habe Jasmine noch nie zuvor getroffen und du auch nicht. Und dann – ich weiß, dass du das nicht hören willst –, dann hat sie immer wieder von Taschen gesprochen. Taschen, Taschen. Genauso hat sie Neil auf der Party genannt. Das habe ich dir versucht, zu sagen. Verstehst du nicht? Taschen, das ist Jasmines Name für Neil.« Sie wirft ihm einen finsteren Blick zu, als wolle sie sagen: Da, bitte.

Er hebt die Hand. »Darf ich etwas sagen?«

Sie nickt.

»Ich kann das erklären. Auf der Party hat mir Jennifer erzählt, dass Neil mit ihr immer ein Spiel gespielt hat. Er hat ihr Spielzeug in seinen Taschen versteckt und es herausgezogen. Damit hat er sie zum Lachen gebracht. Das ist alles. Wahrscheinlich nennt sie alle ihre Spielsachen Mister oder Missus.«

»Und warum hat er das nicht gesagt?«

»Er war perplex, weil du ihn mitten in der Nacht beschuldigt hast, dass er etwas mit Abis Tod zu tun hat, und zwar genau an der Stelle, wo sie vermutlich ertrunken ist. Wie seid ihr denn überhaupt im Wasser gelandet?«

Sie flattert wütend mit den Augenlidern. Er legt seine Hand wieder auf sein anderes Handgelenk und drückt es.

»Egal«, sagt sie. »Es gibt noch andere Sachen. Sachen, über die ich jetzt erst richtig nachgedacht habe. Zum Beispiel, warum Neil sich so aufgeregt hat, als Jasmine ihn erkannt hat. Ich weiß, du wirst sagen, dass es nichts zu bedeuten hat, dass es dabei nur um Johnnie ging, und das hat auch Neil gesagt, aber ich habe euch beide bei der Party unter der Weide gesehen, und es sah aus, als würde er völlig ausflippen. Seine Reaktion war total überzogen, findest du nicht?« Sie sieht auf.

Ihre Augen sind blutunterlaufen. »Findest du nicht?«

»Ava«, bittet er. »Hörst du nicht, was du da sagst? Du klammerst dich an einen Strohhalm. Da gibt es absolut keine Verbindung. Du sagst, dass du Neil nicht glaubst, auch wenn er eine absolut plausible Erklärung gibt. Er ist unser bester Freund, Schatz.«

»Bitte.« Noch einmal schließt sie die Augen, versucht offenbar die unbändige Wut zu kontrollieren, die seit einem Jahr knapp unter der Oberfläche brodelt. »Ich weiß, dass du ihm glauben möchtest, und ich habe zunächst auch nicht eins und eins zusammenzählen wollen. Aber gestern hat sie nach Neil gesucht. Sie hat ihren Spitznamen für ihn gerufen. Verstehst du das nicht? Bei uns in der Küche vor der Party hat er behauptet, er kenne die Kinder der Lovegoods nicht. Aber Jasmine hat ihn vor der versammelten Nachbarschaft erkannt, und er hat komisch reagiert, oder nicht? Und dann erkennt sie Abis Stofftier, obwohl sie es noch nie gesehen hat. Entschuldige, dass ich langsam denke, dass da etwas nicht stimmt. Und ... Und es war *Neil*, der Mister Faultier an jenem Tag gefunden hat. Er kam ins Haus und sagte, er hätte ihn auf der Straße gefunden, erinnerst du dich? Woher sollen wir wissen, ob das stimmt? Ich habe nicht gesehen, wie er ihn aufgehoben hat. Du etwa? Und ich weiß, dass er dein bester Freund ist und dass er geholfen hat ...«

Matt brüllt. Er lässt seine Faust auf den Kaffeetisch hinabsausen. »Herrgott noch mal, Ava! So etwas kannst du nicht sagen. So etwas darfst du noch nicht einmal denken! Mein Gott, wir reden hier über Neil!«

Sie keucht, kaut aufgebracht auf der Unterlippe, und sie sieht ... sie sieht aus wie die Karikatur einer Wahnsinnigen – mit hervortretenden Augen, rotgesichtig, manisch. Das ist jetzt sie. Das haben Trauer und Ungewissheit aus ihr gemacht. Das hat er aus ihr gemacht. Aus seiner Frau.

»Okay«, sagt sie und gibt sich offensichtlich große Mühe, ruhig zu bleiben. »Was hat es dann alles zu bedeuten? Erklär du es mir. Denn gestern Nacht habe ich Neil gefragt, und er konnte es nicht erklären. Er hat nur Zeit geschunden und mir erzählt, was für ein toller Typ du bist.«

Die Aggression in ihren Worten und die Art, wie sie spricht, lassen ihn zurückschrecken. Sie starren einander finster an, beide zittern, beide stehen unter Schock, und dieser Schockzustand, der für sie beide beängstigend ist, beruhigt sie vorübergehend.

»Ich weiß nicht, was ich sagen soll«, sagt er nach langem Schweigen, doch es kostet ihn noch immer viel Kraft, nicht loszuschreien. »Außer dass es einen guten Grund geben wird.«

»Er hat gesagt, er kennt die Kinder nicht!«

»Er hat nur gesagt, dass er sie nicht gut kennt. Sie könnten ihn doch trotzdem erkennen. Wenn Neil da so ein kleines Spielchen mit der Größeren gespielt hat, bedeutet das ja noch lange nicht, dass er sie gut kannte, es heißt nur, dass er nett zu ihr war, das hat er wahrscheinlich gemeint. Dass Jasmine sich an ihn erinnert und ganz aufgeregt war, liegt doch an Jasmine. Neil hat sie beeindruckt, und das ist doch verständlich, weil er nett ist und gut mit Kindern umgehen kann. Und bei Jasmine war er vermutlich noch netter wegen ihrer Lernbehinderung. So ist er nun mal, Ava. Er ist ein guter Typ, er ist nett, und er ist fair. Klar, manchmal wirkt er vielleicht etwas grob, aber das ist er nicht. Hinter der harten Fassade steckt ein totaler Softie. Wir sind überhaupt nur Freunde geworden, weil er sich für mich eingesetzt und mich beschützt hat, als wir Kinder waren. Herrgott, er hat mich sozusagen adoptiert. Ava, du hast mir bei so vielen Dingen geholfen zu verstehen, warum ich tue, was ich tue. Ich hätte gedacht, dass du die emotionale Intelligenz besitzt, zu erkennen, dass Neil das Herz am rechten Fleck hat.«

»Das habe ich doch auch immer gedacht.« Sie spricht auch leise. Sie zittert, weil es ihr schwerfällt, nicht zu schreien. Vielleicht dämmert ihr auch langsam, wie verrückt sie sich aufführt. »Ich liebe Neil, als Freund natürlich. Bloß gestern Morgen mit Jasmine ... Und wie kommt es, dass er plötzlich auf wundersame Weise Abis Stofftier gefunden hat?«

»Meine Güte, Ava, er hat es auf der Straße gefunden! Auf der Straße! Wahrscheinlich hat die Polizei gesehen, wie er es aufgehoben hat. Es waren mindestens vier Polizeikräfte auf der Straße unterwegs, eine stand direkt vor dem Haus. Was glaubst du denn, was er getan hat? Dass er pfeifend vorbeigewatschelt ist wie Charlie Chaplin und es direkt vor ihren Augen irgendwo fallen lassen hat? Ava, ich kann das nicht. Du kannst das nicht! Du verlierst noch den Verstand. Du wirst wieder in der Klinik enden, Liebling.« Tränen brennen in seinen Augen, der heiße Dampf seiner Wut verwandelt sich in Tropfen. Doch vor allem tut sie ihm so schrecklich leid. Er hat ihr das angetan. Er hat sie zerstört.

»Schatz«, versucht er es noch einmal sanft. »Ava, Liebes. Bitte. Du musst nach vorne schauen. Was auch immer mit uns geschieht, du kannst nicht zulassen, dass diese eine dumme Party, auf der wir alle ein bisschen betrunken und angespannt waren, zu so einer ... einer Hexenjagd wird. Ich hätte dich nicht drängen sollen, hinzugehen. Du warst noch nicht bereit. Du warst noch nicht bereit. Es tut mir so leid.«

Sie seufzt. »Es gibt da so viele Dinge. Dinge, die dir nicht aufgefallen sind. Warum war er an dem Abend so aufgebracht? Erst spricht er ein Jahr lang nicht mit mir und dann plötzlich scheint es ihm ein dringendes Bedürfnis. Und als er mit mir geredet hat, war er ... Ich weiß nicht, wie ich das beschreiben soll, aber es war, als wäre er viel zu aufgewühlt ...«

»Zu aufgewühlt? Was soll das denn bedeuten? Er und Bella haben Probleme – sie haben ein Kind verloren, sogar mehr als eins. Darum ist er so aufgewühlt.«

Sie schnieft und schüttelt den Kopf. Sie will ihn nicht ansehen, und er fragt sich, ob sie vielleicht endlich gemerkt hat, wie falsch sie mit ihren Vermutungen liegt.

»Ich möchte doch niemanden beschuldigen.« Ihre Stimme klingt verweint. »Ich habe gestern versucht, mit ihm zu reden, aber heute bin ich nicht mehr sicher, ob er mir überhaupt vernünftige Antworten gegeben hat. Er spricht so lässig, aber bleibt vage. Auf der Party hat mir Bella erzählt, er wäre in jener Nacht die ganze Nacht draußen gewesen, und als ich ihn darauf angesprochen habe, hat er gesagt, er wäre noch einmal rausgegangen, um nach Abi zu suchen. Das wäre plausibel, schätze ich. Doch dann ist da noch eine andere Sache, nämlich dass Johnnie und Jen gesagt haben, Neil wäre immer bei der Arbeit gewesen, bevor sie das Haus verlassen haben. Nur ausgerechnet an dem Morgen nicht. Warum war er zu Hause, wenn er sonst immer um die Zeit auf der Arbeit war?«

Er macht Anstalten, zu antworten, aber es ist, als versuche er auf einen fahrenden Zug aufzuspringen.

»Als ich ihn darauf angesprochen habe, hat er irgendwas davon gesagt, dass er in der Nähe von Apex Corner war, um Material zu holen. Findest du nicht, dass das ein merkwürdiger Zufall ist?« Sie spricht nun schneller, und ihre Stimme wird lauter. »Ich gehe die Unterhaltungen von der Party immer wieder durch – Jen, Johnnie, Bella, Neil –, und ich frage mich, warum ich dieses komische Gefühl nicht loswerde, und ich erinnere mich, dass Bella dauernd betont hat, dass Neil Abi geliebt hat, ganz egal, was passiert ist. Ganz egal, was. Was soll das heißen?«

»Das ist doch nur so eine Redewendung.«

»Es sind alles nur Redewendungen. Alles nur winzig kleine Dinge. Warum ist er die ganze Nacht draußen gewesen und hat nach Abi gesucht und hat es dir nie erzählt?« Ihre Augen sind rund, sie unterbricht ihre Rede kaum, um Luft zu holen. »Das ergibt doch überhaupt keinen Sinn. So etwas hält man doch nicht geheim, oder? Verstehst du denn nicht, was ich sage? Verstehst du es denn nicht?«

Matts Augen brennen. Sein Herz bricht genauso wie an jenem Tag. Er hat versucht, sie nicht zu verlieren, aber genau das passiert gerade. Er verliert sie. Sie verliert sich selbst. Er muss nachdenken, gut nachdenken, bevor er etwas sagt. Es ist wichtig, dass sie das Gefühl hat, ernst genommen zu werden, ohne dass er sie in ihren wilden Theorien bestärkt. »Ich verstehe es«, sagt er langsam. »Und ich verstehe, wie du an diesen Punkt gekommen bist, an dem du jetzt bist. Das Problem ist, dass du alles durch die Brille deines Traumas siehst. Es war traumatisch für dich, auf diese Party zu gehen. Wieder mit Neil und Bella zusammen zu sein, hat zu viele schreckliche Erinnerungen hochgespült. Ich hätte dich nicht drängen sollen. Ich hätte dich nicht bitten sollen, hinzugehen. Es war viel zu früh.«

»Darum geht es doch gar nicht!«, ruft sie und schüttelt den Kopf, als ob sie damit ihre Wut abschütteln könnte.

»Das sage ich auch nicht«, erwidert er schnell. »Ich sage nicht, dass ich dir nicht glaube oder dass diese Gespräche so nicht stattgefunden haben, aber es gibt für alles eine Erklärung. Neil wollte Johnnie nicht wieder sehen, weil er nicht gut auf ihn zu sprechen ist. Er war wütend, weil er sich herablassend behandelt fühlte. Sie haben etwas durchgemacht, wovon wir keine Ahnung hatten, und wir waren alle ein bisschen empfindlich, weil es das erste Mal seit Abis Tod war, dass wir gemeinsam etwas unternommen ...«

»Abis Tod? Aha! Es ist jetzt also endgültig, ja?«

»Nein, ich ... Aber, Ava ... Wir ... Die Polizei sagt, sie haben den Fall noch nicht zu den Akten gelegt, aber im Grunde haben sie das schon, oder nicht? Es gibt keine Hinweise, außer dass sie vermutlich zum Fluss gelaufen ist, versucht hat, die Enten zu füttern, und irgendwie hineingefallen ist. Es ist eine Tragödie, Schatz, eine schreckliche Tragödie, aber ...«

»Aber ihre Jacke wurde erst am nächsten Morgen gefunden. Was, wenn Neil, nachdem er dich nach Hause gebracht hat, losgegangen ist und sie in Richmond in den Fluss geworfen hat?«

»Hör auf, um Himmels willen!« Er ballt die Hand zur Faust. Er springt auf und steht drohend über ihr und schreit sie an. Er kann die Adern in seinem Hals spüren, die Hitze in seinem Kopf. Er hebt die Fäuste, spürt, wie sich sein Kiefer zu einer aggressiven Grimasse verzieht. Er hält inne, lässt die Fäuste sinken, drückt sie nun gegen seine Schläfen. Mein Gott, das ist doch nicht er. Er hat geschworen, dass er so etwas nie tun würde, nie so sein würde.

»Ava«, flüstert er. »Du wirst wieder in der Klinik landen.«

»Du schaffst es nicht, ihn *nicht* zu verteidigen, oder?« Ihre Stimme ist ruhig, aber darunter köchelt es genau wie in ihm. »Du kannst nicht anders, als ihn über mich zu stellen. Ich bin deine Frau, Matt, nicht er. Und vielleicht ist genau das das Problem. Vielleicht war das schon immer das Problem.«

Das darauffolgende Schweigen ist wie Blei. In der Stille des Raumes hört er sie nur beide atmen. »Ava«, sagt er leise.

»Bitte geh.« Es ist beinahe ein Flüstern. »Geh einfach. Ich habe dir nur von ihren Problemen erzählt, mehr wollte ich gar nicht. Und jetzt weißt du es. Ich wünschte, ich hätte den Rest für mich behalten. Ich wusste, du würdest nicht zuhören. Du möchtest nicht zuhören.«

Tränen füllen seine Augen. In der Küche hört er den Kühlschrank brummen, den leisen Atem seines kleinen Jungen. Sag nichts, Matt. Sag einfach gar nichts. »Ich bin dann bei Neil«, sagt er.

»Klar, wo auch sonst.« Der übliche Sarkasmus. Sie hat sich

abgewandt und denkt wahrscheinlich, dass er knauserig ist, weil er noch nicht einmal Geld für ein Hotelzimmer ausgeben möchte. Und sie ist insgeheim angewidert von ihrer Jungsverschwörung.

»Vielleicht können wir morgen noch einmal reden?«

»Das bezweifle ich.« Sie dreht sich nicht um.

Er schluckt und hat einen Kloß im Hals. »Ava ...«

»Matt. Ich bitte dich. Geh einfach. Bitte.«

ZWEIUNDDREISSIG

MATT

»Hey.« Neil hält die Tür offen.

Matt tritt aus dem Licht des dämmernden Abends in das Haus, das ihm früher so vertraut war und nun so fremd ist. Über ein Jahr war er nicht hier. Grillen an einem Sonntagnachmittag im Juli, eine Erinnerung die kurz aufblitzt: Neil, wie er Abi an den Armen herumschwingt, und sie lacht und quietscht. Sie trifft ihn wie ein Schlag. Es kommt ihm vor, als sei es Jahrzehnte her. Und doch fühlt es sich an wie gestern. Ava hat recht: Neil und Bella haben sich zurückgezogen. Viel mehr, als ihm bewusst war.

»Alles okay?« Neil runzelt die Stirn.

»Ja, sorry. Hab mich nur gerade etwas komisch gefühlt. Ehrlich gesagt weiß ich nicht, wie ich die Arbeit heute hinter mich gebracht habe.«

»Na klar.« Die darauffolgende Pause ist sperrig und unangenehm. »Bel hat dir das Bett im Zimmer hinten gemacht«, erklärt Neil kurz darauf. »Sie hat ein sauberes Handtuch hingelegt. Du kannst deine Sachen schon mal reinbringen, wenn du möchtest. Brauchst du sonst noch irgendetwas?«

»Nein, das ist prima. Ich gehe eben und stelle meine Tasche

ab. Danke.« Matt stapft die Treppe hoch, und seine Füße kommen ihm vor wie Felsbrocken. Das Gästezimmer ist sauber und riecht nach frisch gewaschener Bettwäsche. An der Wand hängt eine Architekturskizze eines umgebauten Lagerhauses an der South Bank. Es ist seine eigene, sein erster großer Auftrag. Neil fand die Zeichnung toll.

»Das ist Kunst, Mann«, hat er gesagt und stolz den Kopf geschüttelt.

»Die Kunst ist, es zu bauen«, hat Matt damals entgegnet.

Neil hat ihn um eine Kopie gebeten und mehrmals betont, dass er es ernst meint. Also hat Matt sie rahmen lassen und sie ihm zu seinem dreißigsten Geburtstag geschenkt. Jetzt betrachtet er sie einen Augenblick, setzt sich dann auf das Bett und lässt den Kopf in die Hände sinken. Er fühlt sich so schwer an, dass er droht, vornüberzukippen. Als er ausatmet, ist sein Atem rau. Die letzten zwanzig Minuten seines Lebens gehören zu den schwersten, von jenem Tag einmal abgesehen.

»Hey, Matt«, ruft Neil von unten. »Ich nehm mir ein Bier. Möchtest du auch eins?«

»Ja«, ruft er zurück. »Ich komme gleich runter.«

Er seufzt in seine feuchten Handflächen. Seine Füße schwitzen, der Anzug von Marks & Spencer klebt an den Beinen, das Hemd ist feucht unter den Achseln. Er sitzt mit gepackter Sporttasche allein im Gästezimmer seines Freundes, und seine stinkenden, schwitzigen Füße stecken in den Halbschuhen von Church, die Ava ihm gekauft hat, als er vor drei Jahren den Zuschlag für den großen Vertrag bekommen hat. Kauf dir einen besseren Anzug, hat sie damals gesagt, das hat sie wirklich gesagt – geh zu Aquascutum, hat sie gesagt. Oder Armani. Aber das hat er nicht getan, wollte das Geld nicht ausgeben, weil er tief im Innern wusste, dass dieser stinknormale Durchschnittsanzug eigentlich gut genug ist. Als sie ihm diese tollen Schuhe gekauft hat, hat er es als Stolz interpretiert, doch jetzt weiß er, dass es Hoffnung war, ihre Hoffnung, dass er sich eines Tages von der Mittelmäßigkeit befreien würde, die sie immer in ihm gesehen hat, dass er sie abschütteln würde und durch ihre Liebe wachsen könnte, aus sich herauswachsen und zu einem besseren Mann werden würde.

Wie sich herausstellt, war die Hoffnung vergebens.

Er möchte die Schuhe ausziehen, aber er kann den Gestank seiner eigenen Füße nicht ertragen und ihn schon gar nicht jemand anderem zumuten. Er steht auf und wirft einen Blick aus dem Fenster in Neils und Bellas Garten, während er sich zusammenzureißen versucht. Jener Sonntagnachmittag vor etwas mehr als einem Jahr erscheint ihm jetzt wie ein unerreichbares Idyll. Ava sitzt im Schatten und fächelt sich mit einem Platzdeckchen Luft zu. Er erinnert sich daran, dass er über Kopfschmerzen geklagt hatte, als sie nach Hause kamen. Er war morgens gejoggt und hatte nicht genug Wasser getrunken. Ava hatte ihn mit müdem Blick und mütterlicher Nachsicht darauf hingewiesen wie immer, wenn es ihm nicht gelang, auch nur in den kleinen Dingen ausreichend für sich selbst zu sorgen. Ihr Blick schien zu sagen: Du bist so kindisch, aber ich liebe dich.

Damals hat sie ihn geliebt. Trotz seiner Fehler. Sie hat ihn geliebt. Und jetzt tut sie es nicht mehr.

Aber er liebt sie noch immer. Er liebt sie, selbst in ihrem bedauerlichen Zustand, weil sie außergewöhnlich war, und er weiß, dass sie es wieder werden kann. Seine Liebe für sie existiert noch in der Gegenwart. Ihre nur in der Vergangenheit. Sie ging gestern zu Ende.

So viel Liebe ist abhandengekommen. An jenem Tag, hier in diesem Garten war so verdammt viel davon vorhanden. Liebe zwischen Paaren, zwischen Familien, zwischen Freunden. Damals erschien das nicht so besonders, doch jetzt ... jetzt bedeutet allein die Tatsache, dass sie alle so zusammen sein konnten, alles. Abi quiekt: »Nein, NeeNee, nein!« Und Neil wirbelt sie im Kreis herum. Sie kichert, als sie später nicht gerade stehen kann, ohne umzufallen. Neil fängt sie auf und kitzelt sie.

»Neil«, hat Ava damals gesagt und ihr Gespräch mit Bella unterbrochen. »Sie hat Nein gesagt. Sie sagt, du sollst aufhören.«

Er hat weitergemacht. *Nein, NeeNee, nein!*

Daraufhin ist Ava aufgestanden. »Im Ernst, Neil. Wenn sie Nein sagt, musst du aufhören, okay?«

Erst dann hat er aufgehört und sich die Haare aus dem vor Anstrengung geröteten Gesicht gepustet. Abi ist kichernd weggelaufen, hingefallen, aufgestanden und zu ihrer Mum zurückgelaufen. Ava hat gelächelt, sie auf ihr Knie hochgezogen und ihr im Schatten etwas Wasser zu trinken gegeben.

Jasmine hat Abis Stofftier erkannt. Ava hat Jasmine vor der Party nie gesehen. Jasmine hat das Spielzeug direkt mit Neil in Verbindung gebracht. Hat Neil Abi an jenem Morgen gesehen? Ist es möglich, dass er sie gesehen hat, ein Spiel mit ihr gespielt hat, vielleicht Fangen oder so etwas, einfach nur, um sie zum Lachen zu bringen, aber dann ...

»Alter?« Neils Einwortfrage fliegt zu ihm die Treppe hinauf und lässt Hitze in seine Wangen schießen.

»Sorry«, ruft er und reißt sich vom Fenster los. »Ich komme schon.«

DREIUNDDREISSIG

AVA

Mit einem dumpfen Klicken schließt sich die Haustür. Ich stoße einen langen, schweren Seufzer aus. Ich bin so müde. Müde und unfassbar traurig. Fred wacht auf und beginnt zu weinen. Ich nehme ihn hoch, lege ihn an die Brust und merke, wie meine Gedanken abschweifen. Weitere Erinnerungen an die Party tauchen als kurze Blitze vor mir auf: Jens freundlicher Blick, ihre Natürlichkeit, ihr Mitgefühl. Sie war außerhalb der Familie mein einziger Fixpunkt, der in einigem Abstand zuverlässig am Horizont stand. Als die Presse sich zurückgezogen hat, als die Ermittlungen heruntergefahren wurden, als weniger Lasagne, Aufläufe und Zitronenkuchen bei uns ankamen, war sie noch immer da, immer mit selbst gebundenen Blumensträußen oder einer kleinen Tüte teurer Pralinen. Manchmal ist sie auf einen Kaffee geblieben, manchmal auch nicht – sie schien einen sechsten Sinn dafür zu haben, was davon gerade angebracht war. Sie hat sich nie darum gedrückt, nachzufragen, wie es mir geht, sich nie von dem unfassbaren Unglück abschrecken lassen. Mehr als einmal hat sie schweigend hier mit mir gesessen und meine Hand gehalten, endlose Minuten, bis die tiefe Traurigkeit sich allmählich auch zu einer Art Frieden wandelte.

Im Geiste sehe ich sie und Johnnie nebeneinanderstehen. Ein Power-Paar, wie man heutzutage sagen würde. Für mich passt sie überhaupt nicht zu ihm, aber ich schätze, für Außenstehende sind Beziehungen immer ein Rätsel.

Hier, in der Stille meines Hauses, tauchen Johnnies Worte wieder vor mir auf: *Und immer in aller Herrgottsfrühe schon da, bevor wir überhaupt zur Arbeit gefahren sind, nicht wahr, Jen?*

Doch das stimmt nicht. An dem Tag, genau an dem Tag, als meine Tochter verschwunden ist, war er nicht da. Er ist zum Baustoffhandel gefahren. Stimmt das? Es wäre möglich. Er *war* zu Hause. Ich habe gegen die Tür gebollert. An jenem Morgen. Dem Morgen mit seinem tickenden Metronom. Dem sich beschleunigenden Crescendo der Panik. Ich renne auf die Straße hinaus. Ich renne herum, völlig aufgelöst, meine Brust ist eine schlagende Trommel. Abi. Abi, Abi, Abi. Habe ich bei den Lovegoods geklingelt? Es kann sein. Gleich dann oder vielleicht später. Ich kann mich nicht daran erinnern. Ich wünschte, ich hätte Jen damals gekannt. Sie hätte geholfen. Sie hätte gewusst, was zu tun ist.

Abis Stofftier. Mister Faultier.

Kann Jasmine es an einem anderen Tag gesehen haben? Hat vielleicht jemand in ihrer Schulklasse so eins? Es könnte sein, wie Matt gesagt hat, dass all ihre Stofftiere Mister oder Missus heißen.

Ava, hör auf. Du bist verzweifelt. Du siehst Hinweise, wo keine sind. Neil ist euer Freund. Er ist Matts Schulfreund, sein bester Freund.

Neil ist solide. Neil ist ein geschicktes Paar Hände. Neil löst Probleme.

Ich versuche, mich auf den sanften Schwung von Freds Wimpern zu konzentrieren, den kaum spürbaren Rhythmus, in dem er saugt. Ich versuche, mich nur auf den Moment zu konzentrieren, doch eine Ahnung, dass da noch mehr ist, drängt sich hinein. Wie schwer es an dem Sonntag für sie beide gewesen sein muss. Und dann am nächsten Morgen, an *dem* Morgen, der panische Ausdruck in Neils Gesicht, als er die Tür aufgemacht hat. Als ob er es schon wusste.

Ava, hör auf.

Ich docke Fred von meiner Brust ab und drücke mein Gesicht gegen seinen weichen Strampler. Hör auf. Hör auf. Da ist nichts, rein gar nichts. Sieh nicht mehr hin. Neil und Bella hatten an dem Tag ganz andere Sorgen, das weißt du jetzt. Probleme, die sie immer noch belasten. Komm schon. *Natürlich* sah er besorgt aus, als er aufgemacht hat. Du hast gegen die Tür getrommelt wie eine Irre und durch den Briefschlitz gerufen. Er hatte *exakt* den Ausdruck im Gesicht, den du hättest, wenn jemand an deine Haustür trommeln und um Hilfe rufen würde.

Er hat ihr Stofftier gefunden.

Hör auf.

Er war die ganze Nacht weg.

Hör auf, Ava.

Kennt Jasmine überhaupt das Wort Faultier?

Aufhören, aufhören, aufhören. Das Verhalten anderer Leute hat selten etwas mit dir zu tun.

An meiner Schulter spüre ich, wie sich der winzige Körper meines kleinen Jungen hebt und senkt. Ein vollkommen ausgeglichener Mensch, selig in seiner Unwissenheit. Er ist sich der Schrecken all dessen, was seine Eltern durchgemacht haben, nicht bewusst. Wie muss das sein, solch einen tiefen Frieden zu empfinden? Ist Abi selig? Tränen treten in meine Augen. Bellas beschwipstes Gesicht treibt vor meinem inneren Auge daher.

Ich will nur, dass du weißt, dass Neil alles getan hat, was er konnte. Er hat Abi geliebt, das hat er, egal, was passiert ist.

Eine beiläufige Bemerkung, weniger noch, ein Halbsatz.

Egal, was passiert ist. Als ob sie sagen wollte, dass er sie trotz ... irgendeiner Sache geliebt hat.

»Nein.« Ich stehe auf, gehe im Wohnzimmer auf und ab und streichle Freds Rücken in kreisenden Bewegungen. »Nein, nein, nein.«

Fred rülpst total niedlich. Draußen sprenkeln die Straßenlaternen Gelb in den tiefblauen Himmel. Wenn Abi in diesem Augenblick zu mir zurückgebracht würde, genau in dieser Sekunde, welches Leid gäbe es dann zu heilen? Könnten wir sie heilen? Wer wäre sie jetzt? Wer um alles in der Welt wäre sie? Würde sie mich kennen?

»Wo bist du?«, flüstere ich und weine leise in die eigenartige Stille der Einsamkeit. »Wo haben sie dich hingebracht, mein kleines Mädchen? Was haben sie mit dir gemacht?«

Neil und Bella sind unsere Freunde. Ich kann mich nicht auf beiläufige Kommentare stützen, die jemand betrunken in einem Anflug von Traurigkeit geäußert hat. Das geht nicht. Ich fühle mich langsam wieder wie direkt nach jenem Tag. Matt könnte recht haben. Vielleicht brauche ich wieder Hilfe. Die Party war traumatisch. Deswegen konzentriere ich mich auf Neil, bin wie besessen, er ist zum Blitzableiter meiner eigenen Trauer geworden, die ja eigentlich keine ist.

Wir haben auf der leeren Straße gestanden, Stirn an Stirn. Er hat mich aus dem Wasser gezogen. Da ist eine besondere Verbindung zwischen uns. Das spüre ich, aber ich kann es nicht verstehen. Es ist verrückt, ihn zu verdächtigen. Das sehe ich ein. Ich kann es erkennen und ihn doch gleichzeitig verdächtigen. Aber unsere Häuser wurden durchsucht, die Hunde waren da. Jedes Haus auf der Straße, jeder Garten wurde durchsucht. Wir haben offizielle Aussagen auf der Polizeiwache gemacht, und es gab nicht den geringsten Hinweis, wirklich gar nichts, was darauf hindeutete, dass jemand von uns irgendetwas Schlimmes getan hätte. Unsere Aussagen stimmten überein. Dass Bella eine Menge aktueller Fotos unserer Tochter auf ihrem Telefon hatte, kam daher, dass sie am Sonntag beim Mittagessen welche gemacht hatte, an dem Tag, bevor Abi verschwunden ist. Womöglich hat sie sich an dem Tag hinter der Kamera versteckt, weil sie erst einmal mit ihren Gefühlen zurechtkommen musste. Damals hatte ich natürlich absolut keine Ahnung, was los war.

Es ist Matt. Er ist schuld. Er war es und ist es auch jetzt. Es hat mich aus der Bahn geworfen, von dem Menschen betrogen zu werden, der mir am nächsten steht. Nichts ist mehr sicher, es ist nichts übrig, woran ich mich festhalten könnte. Ich bin haltlos. Aber ... Aber da ist noch etwas, das ich nicht zu fassen bekomme: ein verlorenes Kind, ein Stofftier, Neil und Matt unter dieser Weide. Bellas betrunkene Tränen. Alles lässt sich leicht erklären. Und doch ... Genau wie die Sekunden mehren sich die winzigen Dinge. Aus Sekunden werden Minuten, und daraus werden Stunden. Kleine Dinge werden größer und werden dann ... zu Informationen?

Rufen Sie an, wenn sich neue Informationen ergeben. Noch so ein Flüstern in der stillen Dämmerung. DI Farnham. Ihre Nummer ist auf meinem Handy gespeichert.

Doch zuerst muss ich mit Bella sprechen. Ich habe sie heute Morgen angerufen und gesagt, dass wir miteinander reden müssen. Sie möchte sich heute Abend mit mir bei Starbucks treffen. Ich hole das Handy aus der Küche und tippe:

Bin unterwegs.

VIERUNDDREISSIG

MATT

Neil ist in der Küche, in der Luft hängt eine aromatische Duftwolke. Curry. Matt wird klar, dass es das war, was er vorhin gerochen hat, als er hereingekommen ist. Die Hintertür steht offen, und eine sanfte Brise weht hinein. Bald wird es kühler werden. Der Jahrestag nähert sich.

»Wo ist Bel?«

»Mit ein paar Freundinnen vom Salon ausgegangen.« Neil reicht ihm ein Bier. Sie stoßen mit den Flaschen an und trinken. Neil hat seins schon fast ausgetrunken. Matt fragt sich, ob es das erste ist.

»Chicken Tikka Masala«, sagt Neil. »Der Reis braucht noch ein paar Minuten.«

»Cool. Danke.« Matt könnte kaum weniger Appetit haben. Neil kümmert sich um den Reis. Matt setzt sich. Der Tisch ist gedeckt, richtig gedeckt, mit Platzdeckchen und Gläsern und – vielleicht etwas optimistisch – einem Krug Wasser. Der Anblick rührt ihn. Neil kümmert sich um ihn, so wie immer. Neils und Bellas Küche ist noch immer gemäß dem ursprünglichen Grundriss platziert und eingerichtet: ein kleiner Raum hinten im Haus mit einem bescheidenen Kiefernholztisch.

Kein Tresen, keine Barhocker, keine Pendelleuchten, kein Profiherd, keine riesigen Terrassentüren. Er erinnert sich noch, wie Neils Mutter hier gewirkt hat, wenn er nach der Schule herkam, wie sie ihn immer gefragt hat, ob er mitessen möchte. Die Küche ist behaglich. Authentisch. Sie stammt aus einer Zeit, in der die Leute einander besucht haben und man die Wahl hatte zwischen Tee und Kaffee. Zu einer starken Tasse Tee sagt man hier auch »Bauarbeiter-Tee«. Er fragt sich, wie Neil das findet und ob er seine Kunden extra um Earl Grey, Rooibos oder Kräutertee bittet. Bald werden Bella und er wie alle anderen die Wand durchbrechen, die an das Extrazimmer in der Mitte des Hauses grenzt, und es so mit der Küche verbinden. Sie werden auch den größten Teil der hinteren Wand herausnehmen. *Es ist jetzt viel heller*, werden sie sagen, ihre Falttüren öffnen und mit Sektflöten anstoßen. So machen es alle. So haben Ava und er es letztes Jahr auch gemacht. Neil hat natürlich für sie den Ausbau gemacht. Hat er sich bei ihnen auch gefühlt wie ein »Dienstbote«, so wie bei Johnnie? Hat er sich darüber geärgert, dass er der Typ im Overall ist und Matt in seinem Anzug und mit sauber geschrubbten Händen und Nägeln zur Arbeit gefahren ist? Matt glaubt es nicht. Neil packt gern an. Er hasst es, herumzustehen und Reden zu schwingen. Und es war fast ein Gemeinschaftsprojekt. Neil hat Matts ursprünglichen Entwurf geändert – verbessert –, und Matt hat an den Wochenenden mit angepackt, Sand und Zement in Neils Mischer geschaufelt, ihm geholfen, die Waschmaschine wegzurücken, hat zahllose Tassen Kaffee und Tee für ihn, seinen Elektriker und Klempner gemacht und ist zum Kiosk an der Ecke gegangen, um jede Menge Schokoladenkekse zu kaufen. Aber wenn Neil den größten Kummer seines Lebens geheim halten konnte, hat er dann vielleicht auch andere Sachen verborgen? Verbitterung? Eifersucht? Was hat er noch auf der Party gesagt? *Die bilden sich ein, dass sie besser sind, bloß weil sie sich ein paar*

Jahre an der Uni die Eier geschaukelt haben. Die. Gehört Matt zu *denen?*

»Möchtest du darüber reden?« Neil stellt zwei Teller Hühnchencurry auf den Tisch. »Du bist gerade in deiner eigenen Welt unterwegs.« Er geht wieder zum Kühlschrank, holt ein Glas Mangochutney und einen Becher griechischen Joghurt heraus und bringt sie auch zum Tisch.

»Es ist nicht das Maharajah«, sagt Neil und setzt sich. »Bloß aus dem Glas. Und leider gibt es keine Papadams. Bella hat das Curry gemacht, bevor sie losgegangen ist. Sie wird mich rundmachen, weil ich das Zeug nicht in kleine Schüsselchen getan habe.« Er deutet auf das Glas und den Becher und schaufelt sich dann eine Gabel Curry in den Mund.

»Das war nett von ihr.« Bella ist nett, denkt er, während Neil isst. Schnell, so wie immer, als ob es ihm jemand wegessen könnte. Und Neil ist auch nett. Er ist nicht der eifersüchtige Typ. Bella ist materialistisch, das sind sie beide, aber nicht in dem Maße, dass sie deswegen völlig abdrehen würden. Neil ist das Gegenteil von privilegiert. Er hat immer daran geglaubt, dass man sich das, was man hat, erarbeiten muss, und er war immer stolz auf Matts Erfolg in Ausbildung und Beruf. Er ist einfach lieber sein eigener Herr und ist auf seine Weise auch sehr erfolgreich. Es ist hauptsächlich Zeitmangel, der ihn davon abhält, das Haus zu renovieren, oder nicht? Und was ist überhaupt so wichtig daran?

»Es wird schon alles wieder gut«, sagt Neil.

Matt schüttelt den Kopf. Neil hat den Teller schon halb geleert. Matts sieht noch unberührt aus. Das ist er auch.

»Es ist vorbei«, sagt er.

»Ach was. Sie überlegt es sich noch einmal. Menschen können alles Mögliche überwinden, auch große Sachen.«

Matt lehnt sich zurück und trinkt einen großen Schluck Bier.

»Ich hätte es ihr sagen sollen.« Er beobachtet, wie sein

Freund kurzen Prozess mit den letzten Bissen seines Currys macht. Er selbst kann es nicht einmal anrühren.

Neil zuckt mit den Schultern. »Was passiert ist, ist passiert. Du solltest dich nicht für etwas verurteilen, das du in einem Moment der Panik getan hast. Du wolltest nur euer Leben zusammenhalten.«

»Meine Festung verteidigen«, erwidert Matt mit bitterem Sarkasmus.

»Genau. Wenn sie sich etwas beruhigt hat, wird sie es verstehen. Sie braucht nur ein bisschen Abstand. Das ist alles.«

»Ich hoffe, du hast recht.«

Neil grinst. »Ich habe immer recht.«

»Was meinst du, nimmst du dir bald die Küche vor?«, fragt Matt und sieht sich um, betrachtet die Küchenzeile aus Kiefer, den Linoleumboden, der sich an den Ecken wellt.

Neil schiebt den Teller weg. Er nimmt noch einen Schluck Bier und lehnt sich auf dem Stuhl zurück.

»Ich glaube eher, dass wir umziehen, wenn ich ehrlich bin«, sagt er.

»Umziehen?« Matt schaut auf. »Seit wann das denn?«

Neil zuckt mit den Schultern und seufzt tief. »Wir könnten weiter rausziehen. Da kriegt man mehr für sein Geld. Ich habe ein paar echt schöne Häuser in der Nähe von Guildford gesehen: große Gärten, genügend Parkplätze, Garagen, all so ein Pipapo. Ein Haus, das wir uns angesehen haben, hatte eine Scheune.«

»Ihr habt schon gesucht? Du hast nie etwas gesagt.«

»Bloß online. Es ist noch nichts spruchreif, wir haben nur mal drüber nachgedacht. Ich will nur nicht eine Menge Arbeit in dieses Haus stecken und es dann am Ende doch verkaufen. Ich würde lieber in unser endgültiges Zuhause ziehen.«

Endgültiges Zuhause. Da spricht Bella aus ihm. »Also würdet ihr ... Ihr würdet ganz aus der Gegend wegziehen?«

»Na ja, ist ja nicht so, als würden wir nach Australien ziehen.«

»Ich weiß, aber ...« Aber was? Matt kämpft gegen das Gefühl des Verrats an. Er schluckt es hinunter. »Du hättest immer gern eine Scheune gehabt, stimmt's?«

»Japp.«

»Na ja, ich ... ich schätze, es wäre auch ein guter Ort, um Kinder großzuziehen.« Scheiße. Das war ungeschickt.

Und tatsächlich steht Neil plötzlich auf und durchquert die Küche. »Noch ein Bier?«

»Klar, ja.«

Neil bringt zwei Bier und setzt sich. Er hält sich die Hand vor den Mund, hustet und drückt mit der Faust gegen seine Brust, als wollte er einen Schmerz vertreiben oder als würde da noch ein Bissen feststecken. »Ava hat es dir also erzählt, ja?«

Matt nickt. Wieder überkommt ihn das schlechte Gewissen.

»Es tut mir leid«, sagt er.

Neil zuckt mit den Schultern. »Nicht deine Schuld. Darum haben wir auch das Haus noch nicht gemacht. Die Behandlungen kosten ein Vermögen. Ein Versuch noch, und dann wollen wir über Adoption nachdenken. Es wäre dann ein neuer Ort, eine neue Gegend, ein Neuanfang.« Er feuert die Sätze ab, als wolle er sie alle auf einmal loswerden, so schnell wie möglich.

»Verstehe.«

Aus dem Garten ist das seltene abendliche Gezwitscher der Vögel zu hören. Matt versucht, sich an eine Zeit zu erinnern, in der sie noch nicht in derselben Straße gewohnt haben. Er hat keine konkreten Erinnerungen daran.

»Letzte Nacht haben wir eine Eule gehört«, sagt Neil. »Die Straßenbeleuchtung verwirrt sie, sie verwirrt Vögel generell. Ein bisschen weiter draußen gibt es mehr Vögel.«

Abermals entsteht eine Pause. Matt knibbelt am Flaschenetikett, bis Neil mit seiner Flasche dagegenstößt.

»Hey!«, sagt er. »Ihr könnt uns immer noch besuchen kommen.«

Später im Bett, meilenweit davon entfernt, schlafen zu können, lässt Matt im Kopf den Tag Revue passieren, der für ihn immer nur »der Tag« sein wird. Schon vor einiger Zeit hat er damit aufgehört, aber seit der Party kann er nicht anders. Die Tage. Die Wochen, die folgten. Die latenten Verdächtigungen der Polizei, die Polizistin, deren Namen er vergessen hat, wie sie auf die Kamera an ihrem Revers deutet und sagt, es sei keine offizielle Aussage und er solle sich keine Sorgen machen, sie müsse ihre Gespräche nur dokumentieren. Doch er hat gemerkt, wie sie ihn und Ava angesehen haben, wie ihre Kameras jedes Wort und jede Regung aufgezeichnet haben, wie Lorraine Stephens so getan hat, als würde sie nicht zuhören. Selbst wenn er gewollt hätte, er hätte ihnen nicht sagen können, dass er es war, der die Tür offen gelassen hat. Es wäre idiotisch gewesen, seine Geschichte zu ändern und damit zu riskieren, dass sie wegen eines solch kleinen Details den Verdacht auf ihn lenken. Es war schlimm genug, als sie wegen des Bluts auf dem Gehweg in die Zange genommen wurden. Die Polizei war auch bei Neil misstrauisch gewesen. Doch diese kaum wahrnehmbare Eisschicht hatte Matt wegschmelzen sehen, als Neil die Polizei mit seiner Gewissheit, seiner Tüchtigkeit und seiner Offenheit umgarnt hat. Mit seinem Charme.

Aber er war nicht offen zu ihm gewesen. Er hat seine Probleme so tief vergraben, dass Matt nicht die geringste Ahnung davon hatte.

Ich habe immer recht, hat Neil beim Essen gesagt.

Und ja, er hatte immer recht, und zwar auf eine bodenständige Art und Weise, sodass Matt sich an ihm orientiert hat. Neil war Matts moralischer Kompass, bevor es Ava überhaupt gab.

Doch in jener Nacht hatte er nicht recht, oder? Sein moralischer Kompass hatte die Richtung verloren. In jener Nacht hat er im strömenden Regen darauf bestanden, die Lüge mit einem Handschlag zu besiegeln. Es war das erste Mal, ist das einzige Mal, dass er ihm geraten hat, nicht ehrlich zu sein. Wenn er so darüber nachdenkt, war es das erste und einzige Mal, dass er ihm überhaupt je mit einem Handschlag gekommen ist. Und wenn Matt jetzt im Schatten all der Dinge, die Ava gesagt hat, darüber nachdenkt, fragt er sich, warum sie damals so eine Art Pakt geschlossen haben. Wo es in ihrer Freundschaft doch ohnehin ein ungeschriebenes, aber ehernes Gesetz war, dass Neil keine Vertraulichkeiten weiterplaudert. Das war doch ohnehin klar, oder nicht? Warum dieser Handschlag? Warum hat er darauf bestanden? Neil wusste immer, was zu tun war. Aber nicht damals. Da hat er ihm den falschen Rat gegeben. Als hätte etwas sein Urteilsvermögen getrübt. Als sei ihm mehr daran gelegen, das Geheimnis zu wahren, als Matt selbst.

FÜNFUNDDREISSIG
AVA

Der Septemberabend ist wie warmer Atem in meinem Gesicht. Ich gehe einen Umweg, damit ich nicht bei Neil und Bella vorbeimuss und riskiere, dass Matt mich sieht. Am Anfang der Thameside Lane gehe ich nach links um die Ecke, und mein Magen verkrampft sich, so wie immer, wenn ich mich dem Fluss nähere.

Die Episode mit Neil gestern Nacht ist immer noch ganz frisch in meiner Erinnerung. Natürlich ist sie das. Wir sind beide ins kalte Wasser gefallen, es hatte eine eigenartige, verrückte Intimität. Ich weiß, dass ich akzeptieren muss, dass Abi ertrunken ist. Ich nähere mich dem Gedanken an, vielleicht bin ich deswegen so angespannt – ein letztes Aufbäumen vor dem kleinen Tod des Akzeptierens.

Wie sie in den Fluss gekommen ist, ist allerdings eine ganz andere Frage. Ihretwegen liegen meine Nerven blank. Mein Bauchgefühl sagt: Wenn sie tatsächlich ertrunken ist und ihr Leben so ein Ende fand, dann war es kein Unfall. Es gibt für mich keine Gewissheiten. Die einzige Gewissheit, die ich jetzt habe ist, dass ihr Verschwinden – ihr Tod – nicht meine Schuld ist.

Es war nie meine Schuld.

Als ich Bella durch das Fenster bei Starbucks sehe, wallt Hitze in meinem Magen auf. Angst – was ich da spüre, ist Angst. Ich habe mir vorgenommen, es langsam anzugehen, aber ehrlich gesagt würde ich sie gern am Hals packen, mein Gesicht ganz nah an ihres drücken und fragen, was sie weiß.

Ich gehe rückwärts hinein und ziehe den Kinderwagen nach. Die ganze Aktion fühlt sich seltsam an. Bella sitzt in einem von zwei Sesseln und ist die Einzige in dem Laden abgesehen von dem schlaksigen, verpickelten Teenager hinter der Theke.

Die Lautsprecher an der Decke säuseln Popmusik in die kaffeegetränkte Luft. Dank des rhythmischen Schaukelns des Kinderwagens und seines vollen Magens ist Fred eingeschlafen. Ich benutze Zeichensprache, indem ich auf Bellas Tasse deute und die Augenbrauen hebe. Sie schüttelt den Kopf und hebt ihre Tasse: *Ich bin versorgt, danke.*

»Name?« Der Teenager hat den Filzstift gezückt und wartet. Ich sehe mich in dem leeren Café um und wende den Blick dann wieder ihm zu. »Echt jetzt?«

Er wird rot, und ich komme mir zickig vor. Es war ja auch eine zickige Bemerkung. Ich hätte gern etwas Süßes und möchte eigentlich eine heiße Schokolade trinken, aber stattdessen bestelle ich einen koffeinfreien Caffè Latte. Als er ihn mir reicht, bedanke ich mich aus schlechtem Gewissen überschwänglich.

»Hey.« Ich gehe zu meiner Freundin und frage mich dabei, ob sie überhaupt noch eine ist und ob Neil ihr von letzter Nacht erzählt hat. Und wenn ja, was. Sie trägt ein Kleid in Orange und Rot und eine winzige Jeansjacke, ist perfekt geschminkt und trinkt Pfefferminztee. Ihre Nägel sind rot lackiert, und ich sehe nicht eine einzige Macke oder ein abgekautes Nagelhäutchen. Ich schaue auf meine eigenen schlabbrigen Hosen, meine abgetragenen Converse-Schuhe, den Spuckfleck auf meinem grauen Sweatshirt. Ich bin nicht geschminkt, die Haare habe ich mir zum Pferdeschwanz gebunden. Ich komme mir unmodern vor, fehl am Platz und etwas dreckig.

»Hey.« Sie steht nicht auf. Es gibt keine Küsschen auf die Wange und keine Umarmung. Ich stelle den Kinderwagen ab und setze mich. »Ich schätze, Neil hat dir von letzter Nacht erzählt?«

Sie nickt langsam. Nickt noch einmal, als ich frage, ob er die Sache mit dem Fluss erwähnt hat.

»Ich bin ein bisschen durchgedreht«, sage ich. »Es tut mir leid. Ich hätte das nicht tun sollen.«

»Er war ziemlich durcheinander.« Sie nippt an ihrem Pfefferminztee. »Bist du okay? Ich habe das mit ... das mit dir und Matt gehört.«

»Hast du es gewusst?« Die Frage blitzt auf wie eine Flamme. Ich dämpfe meinen Ton. »Ich meine, wusstest du das mit der Tür?«

Sie schüttelt den Kopf. »Nein. Neil hat nichts gesagt. Kein Wort, ich schwöre bei allem, was mir heilig ist.«

Ich gebe ein ganzes Päckchen Zucker in meinen Kaffee und frage mich, warum ich nicht einfach die heiße Schokolade bestellt habe, und gleich darauf, wie zum Teufel ich über so etwas Triviales und Unwichtiges nachdenken kann, wenn irgendwo in meinem Gehirn der Gedanke herumgeistert, dass jemand etwas über den Tod meiner Tochter wissen könnte. Der Gedanke, dass Bella selbst etwas weiß. Aber ich kann sie nicht am Hals packen. Nicht hier.

»Matt ist bei euch, oder?« Das sind die Worte, die schließlich aus meinem Mund kommen.

»Es war eigentlich gut, dass du angerufen hast. So hatte ich eine Ausrede, mich zu verziehen.« Sie nippt an ihrem Tee und leckt sich über die Lippen. »Dann können sie sich von Mann zu

Mann unterhalten«, fügt sie hinzu. »Was auch immer das bedeutet.«

»Ich habe nicht die geringste Ahnung.«

Es ist unglaublich, aber wir müssen beide lächeln.

Hinter mir ertönt Geklapper, was bedeutet, dass der Barista anfängt aufzuräumen.

»Also«, sagt Bella. »Worüber wolltest du mit mir sprechen?«

Ich betrachte meine Hände. Sie sind rau, weil ich sie zu häufig wasche, genau wie damals, als Abi noch ein Baby war. Bella hat es bestimmt bemerkt und sich gefragt, warum ich sie nicht eincreme. Herrgott, diese Gedanken sind wie Ungeziefer.

Ich hebe den Blick, versuche, ihr wenigstens ein paar Sekunden lang in die Augen zu sehen. »Erinnerst du dich daran, dass du gesagt hast, Neil wäre die ganze Nacht unterwegs gewesen?«, frage ich. »In der Nacht, als Abi ... verschwunden ist?«

»Ja.« Sie verändert die Position, streckt Wirbelsäule und Nacken durch. »Warum?«

»Meintest du wirklich *die ganze Nacht* oder nur, na ja, dass er sehr spät nach Hause gekommen ist?«

»Ich dachte, das hättest du mit Neil geklärt.« In ihrer Stimme klingt Gereiztheit durch, und als ich sie ansehe, bemerke ich, dass sie das Kinn leicht vorgereckt und die Lippen zusammengepresst hat. Sie hat mir von Streitgesprächen mit anderen Freundinnen erzählt, bei denen sie ihnen quasi die Freundschaft gekündigt hat, und eine Woche später habe ich dann erfahren, dass sie wieder mit ihnen ausgeht und alles geklärt ist. Ich frage mich, was auf mich zukommt und ob ich verhindern kann, dass sich meine innere Befürchtung bewahrheitet und sich dieses Gespräch zu einem lauten Streit auswächst.

»Das habe ich«, ich versuche, ruhig und ausgeglichen zu klingen.

»Was soll das Ganze dann? Möchtest du sehen, ob unsere

Geschichten übereinstimmen?« Der herausfordernde Tonfall macht mich fast wütend.

»Es tut mir leid«, sage ich. »Als ich herausgefunden habe, dass Matt die Tür nicht zugemacht hat, hat das alle meine Gedanken über jenen Tag auf den Kopf gestellt. Es ändert nichts daran, was geschehen ist. Es ist vielmehr dieses Gefühl, dass jemand, den ich so gut kenne, mich so lange belügen konnte. Es wirkt sich auch auf alles andere aus, was ich für wahr gehalten habe. Weißt du, was ich meine? Es hat mich vollkommen durcheinandergebracht, wenn ich ehrlich bin. So fühlt es sich an. Ich bin es so oft durchgegangen und habe auf ein anderes Ergebnis gehofft, aber jetzt ...« Ich sehe auf, aber in ihrem Blick liegt eine solche Härte, dass ich mich schnell wieder dem schützenden Kaffee zuwende, den ich eigentlich nie wollte.

»Was jetzt?«

Ich zwinge mich, sie anzusehen, ganz gleich wie einschüchternd ihr Blick ist. »Neil hat gesagt, er hätte weitergesucht. Kannst du dich erinnern, um welche Zeit er nach Hause gekommen ist?«

Ihre gebräunte Haut wird bleich. Sie kneift die hübschen türkisfarbenen Augen zusammen. Ihr Kiefer ist angespannt. Die Veränderungen sind subtil. Winzig. Doch genau wie die unbedeutenden Ereignisse auf der Party wirken sie in der Summe.

»Bella?«

Sie schüttelt den Kopf. »Ich weiß es nicht«, sagt sie. »Ich kann mich nicht genau erinnern. Ich glaube, ich meinte nur, dass er noch sehr lange unterwegs war. Ich wollte damit nur sagen, wie wichtig sie ihm war. Das ist alles. Ich meine, ich war betrunken, Ave. Diese Cocktails!« Sie verzieht das Gesicht. Vielleicht kann sie auch das Brodeln spüren und fürchtet sich davor.

»*In vino veritas*«, sage ich.

»Was?« Sie sieht mich fragend an.

»Nichts. Ich hatte bloß den Eindruck, dass du mir versucht hast, etwas zu sagen, aber dass du – ich weiß nicht – vielleicht Angst hattest. Ich interpretiere vermutlich zu viel hinein, aber hey, wer kann es mir verübeln? Du warst so beharrlich, das ist alles. Du hast betont, wie sehr Neil Abi geliebt hat. Das weiß ich doch. Aber du sagtest ›egal, was passiert ist‹, und ich weiß nicht, das klingt, als ob ... als ob er etwas Schlimmes getan hätte und du mir sagen wolltest, dass er es nicht absichtlich getan hat ...«

Ich beobachte sie, achte genau auf jede Bewegung, jedes Zucken, jede Veränderung ihres Hauttons. Unter der Bräune erblüht auf jeder Wange eine Rose.

»Bella?«

Ihre Augen füllen sich mit Tränen. »Neil würde Abi nie wehtun. Er hat sie geliebt. Er hat sie so geliebt.«

»Ich sage doch auch nicht, dass das nicht stimmt. Ich frage mich nur, ob etwas passiert ist. Vielleicht ... Vielleicht war er spät dran, vielleicht ist er zu schnell gefahren ...«

Sie springt auf. Ihr Sessel schabt über den Boden.

»Er hat sie nicht überfahren, wenn es das ist, was du sagen willst. Er hat überhaupt nichts getan.«

»Das sage ich ja auch gar nicht.« Ich hebe ihr die Handflächen entgegen. »Ich sage überhaupt nichts. Ich möchte nur, dass du ehrlich zu mir bist, das ist alles. Dass du es mir sagst, wenn dir an dem Tag irgendetwas seltsam vorgekommen ist. Es ist bloß, dass Jasmine den Namen von Abis Stofftier kannte, und das ist unmöglich. Es ist unmöglich, Bella. Vollkommen unmöglich, außer sie hat es bei Neil oder bei dir gesehen. Und ich weiß, es hört sich unwichtig an, aber ich finde dafür keine Erklärung, und als ich heute noch einmal über unser Gespräch gestern Nacht nachgedacht habe, ist mir aufgefallen, dass er auch keine hatte. Wenn dir also irgendetwas aufgefallen ist, irgendetwas, das nicht ganz passte, auch wenn es dir unwichtig vorkommt, für mich könnte es wichtig sein, verstehst du? Ich möchte niemanden beschuldigen oder so, ich möchte nur wissen, was passiert ist, weil mein kleines Mädchen noch irgendwo da draußen sein könnte. Und wenn sie das ist, möchte ich sie wiederhaben. Das verstehst du doch sicherlich.« Je eine Träne läuft über meine Wangen. Ich bemerke erst jetzt, dass ich weine. Und inmitten dieses Chaos mache ich mir noch immer Gedanken, wie ich die Dinge formulieren soll, um Bella nicht zu verletzen.

Zu spät. Sie nimmt ihr Handy und lässt es in ihren Stoffbeutel fallen.

»Bella, bitte«, sage ich. »Nimm es nicht persönlich. Mein Leben ist die Hölle, siehst du das nicht?«

Sie schnieft geräuschvoll, legt die Zeigefinger flach an den unteren Wimpernkranz, so wie an jenem Tag. Vorsichtig. Ihr Aussehen ist ihr auch jetzt noch wichtig. War es ihr auch damals.

»Bella, komm schon.« Ich erhebe die Stimme. »Sie ist mein kleines Mädchen. Ich bin ihre Mutter. Du weißt nicht, was das ...« Erst zu spät bemerke ich, was ich da gesagt habe.

»Was weiß ich nicht? Wie es ist, Mutter zu sein? Ich bin nicht Mutter, also bin ich ein Psycho, oder was?«

»Nein.« Ich hebe die Hände und richte mich halb auf. »Hör zu, ich weiß, ihr habt ein Kind verloren«, sage ich sanft. »Mehrere. Und es tut mir so leid.«

Ihre Augen werden groß. »Wer hat dir das erzählt?« Sie schließt die Augen, öffnet sie wieder und verdreht sie. »Ach so, natürlich.«

»Neil war aufgewühlt. Das ist alles. Es ist ihm rausgerutscht.«

Ihre Miene verhärtet sich. »Nur so herausgerutscht, ja? Bei einer eurer kleinen Unterhaltungen? Mit dir hat er immer gesprochen, nicht wahr? Miss Stilvoll, Miss Perfektion, Miss

Talentiert, mit dem Klavier und der schönen Sprechstimme ... viel besser als eine Prolltussi wie ich.«

Ich strecke die Beine durch und werfe beinahe den Tisch um. Ich setze mich um, rutsche auf die Kante meines Sessels. »Wie bitte? So etwas würde ich nie sagen.«

»Du denkst, du bist besser als wir, oder nicht?« Bella schaut abfällig auf mich herab. »Du denkst, was passiert ist, gibt dir das Recht, uns zu unterstellen, wir hätten irgendetwas Schreckliches getan. Ich verstehe, dass du aufgewühlt bist. Du trauerst, auch das verstehe ich. Weißt du, wieso? Weil ich nicht so blöd bin, wie du denkst. Mein winziges Hirn kann mehr als einen Gedanken gleichzeitig verarbeiten. Natürlich tue ich mir selbst leid. Und Neil tut mir leid. Aber es ist möglich, gleichzeitig Mitgefühl mit euch zu haben, und das habe ich, wirklich. Mir fällt es schwer, den kleinen Fred zu sehen, aber das heißt nicht, dass ich mich nicht für euch freue. Ich will auch nicht behaupten, dass meine Trauer so schlimm ist wie eure, aber wir waren am Boden zerstört, Neil und ich, unseretwegen aber auch euretwegen. Er ist seit dem Tag nicht mehr derselbe, und wir hatten eine echt schwierige Zeit, verdammt schwierig. Wir waren nicht für euch da, das weiß ich, und es tut mir leid, und ihr wart nicht für uns da, aber es kann niemand etwas dafür. Manchmal ist einfach niemand schuld, Ava. Aber lass dir nicht einfallen, herumzulaufen und Neil und mich zu beschuldigen, irgendetwas mit Abis Tod zu tun zu haben, ja? Und ich wäre sehr dankbar, wenn du diese kleinen mitternächtlichen Treffen mit ihm in Zukunft sein lässt. Er ist mein Mann, Ava. Meiner. Nicht deiner.«

Mein Herz wummert. »Was? Bella, weißt du, was du da sagst? Wie zum Teufel kommst du denn auf so etwas? Ich bin nicht hinter Neil her. Das ist doch verrückt!«

»Warum? Weil er lieber Bier trinkt als Sekt?«

»Was?« Hitze steigt mir ins Gesicht. »Das ist doch irre! Ich halte mich nicht für etwas Besseres. Das habe ich nie. Wenn überhaupt, dann schaust du auf mich herab.«

»Was? Nein, das ist nicht wahr.«

»Doch. Ich habe zum Beispiel nie die richtigen Sachen an. Ich trage nicht die richtigen Schuhe und habe nicht die richtige Frisur. Du bist so oft ausgegangen und hast nie gefragt, ob ich mitgehen möchte. Nicht ein einziges Mal in der ganzen Zeit, die wir uns jetzt kennen. Schon bevor Abi verschwunden ist. Ich würde deinen Instagram-Feed ruinieren, nicht wahr? Ich bin eben nicht schick genug.«

»Das stimmt doch überhaupt nicht.« Tränen treten ihr in die Augen.

»Ebenso wenig wie es stimmt, dass ich ein Snob bin. Wenn ich so gewirkt habe, dann weil ich mich neben dir wie eine graue Maus fühle, wie ein Alien, das nie die Regeln der fremden Welt verstehen wird. Du bist immer so ... so schick. Sieh dich doch an! Es ist ein ganz normaler Dienstagabend in einem völlig leeren Café, und jetzt sieh dich an! Und dann sieh mich an. Manchmal war ich vielleicht ein bisschen eifersüchtig, das ist alles. Und ich fühle mich nicht in dieser Weise zu Neil hingezogen, und selbst wenn ich das wäre – was definitiv nicht der Fall ist –, würde er nie etwas tun, denn er ist treu und er liebt dich, und ich würde nie etwas tun, weil ich mit Matt verheiratet bin.«

»Allerdings nicht glücklich.«

Meine Kinnlade fällt herunter.

Mit vorgerecktem Kinn hängt sich Bella die Tasche über die Schulter und wirkt, als ob sie gehen möchte.

»Nicht glücklich?«, schreie ich. Ich schreie. In einem Café. Bella erstarrt. »Ich war glücklich. Ich war glücklich, bis meine Tochter getötet oder entführt wurde oder ertrunken ist oder was auch immer mit ihr geschehen ist. Es tut mir leid, aber du wirst hoffentlich verzeihen, dass meine Beziehung unter dieser winzigen Belastung ein wenig gelitten hat.« Tränen tropfen mir vom Kinn. Meine Nase läuft. Ich kann kaum sehen, aber ich sehe, dass Bella auch weint. Ihr Kinn kräuselt sich, und ihr Blick huscht panisch und verwirrt umher.

»Ich war glücklich«, schreie ich, obwohl sie sich sichtlich schlecht fühlt. »Und wir wären es irgendwann wieder geworden, aber dann habe ich herausgefunden, dass mein Mann, mein eigener Mann mich ein Jahr lang über die nicht unwesentliche Tatsache belogen hat, dass er an dem Tag, als untere Tochter verschwunden ist, die Haustür offen gelassen hat, nicht ich. Wäre diese Tür geschlossen gewesen, wäre Abi heute noch bei uns. Und dein Mann, Mr Nice Guy, Mr Ich-repariere-alles, hat ihn darin bestärkt, in so einem beschissenen Erzähl's-nicht-der-Alten-Pakt unter Kerlen. Also entschuldige bitte, wenn ich gerade nicht ganz ausgeglichen bin, okay?«

Ich schnappe nach Luft und schlucke eine Welle der Trauer herunter. Mein Kopf sinkt in die Hände. »Ich glaube nicht, dass ich besser bin als irgendwer, das habe ich nie geglaubt. Ich bin nur wütend auf alle, das ist alles, und ich fühle mich grau und müde und einsam, und an manchen Tagen schaffe ich es nicht einmal, mich zu waschen, und schon gar nicht, mir die Haare zu waschen, und ich möchte keine Anschuldigungen machen, wirklich nicht.« Ich schluchze in meine Hände. »Vielleicht mache ich es, aber ich möchte es nicht. Ich möchte nicht diese Frau sein, und es tut mir leid, zu hören, dass ihr beiden Schwierigkeiten habt. Natürlich tut mir das leid, und natürlich habe ich dafür noch Platz, meine Trauer ist schließlich ... Ich meine, das ist kein Wettbewerb. O Gott, ich möchte nicht so sein. Nichts davon möchte ich. Ich möchte mich nicht streiten. Ich möchte nur meine Tochter zurück. Ich vermisse mein kleines Mädchen so schrecklich.«

Das Rattern einer Jalousie ist zu hören. Die Musik wird leiser. Als ich den Kopf hebe, sehe ich Bella nicken, allerdings nicht zu mir.

»Ava«, sagt sie leise. »Die machen zu.«

»Okay.«

Ich wische mir mit den Fingern über das Gesicht. Schweigen setzt ein. Einen Augenblick später tippt sie mir auf die Schulter und reicht mir eine Papierserviette.

»Danke.« Ich drücke sie gegen die Augen und putze mir die Nase. »Es tut mir leid.«

»Okay.«

»Ehrlich.«

»Schon gut. Mir tut es auch leid. Ich hatte keine Ahnung, dass du wegen mir diese Gefühle hattest.«

»Ich auch nicht.« Ich putze mir noch einmal die Nase.

»Ich glaube, wir hatten beide ein falsches Bild.«

»Das stimmt wohl, aber ich habe dich immer wirklich gemocht. Du bist freundlich, und man kann mit dir Spaß haben, und du bist ... Du bist einfach du selbst.«

»Und ich mag dich auch, Ava. Ich habe dich bloß nicht gefragt, ob du mitkommst, weil ich dachte, das ist nicht dein Ding. Das ist alles.«

Ich nicke. »Es tut mir leid. Ich weiß nicht, warum ich das gesagt habe. Lass uns nach Hause gehen, ja?«

»Nimm es mir nicht übel«, sagt sie, »aber ich würde, glaube ich, lieber allein nach Hause gehen. Ich muss bloß wieder einen klaren Kopf kriegen, aber sonst ist es okay.«

»Bist du sicher? Hör zu, ich möchte nur sagen ... Falls dir doch noch irgendetwas einfällt, ganz egal was, bitte, bitte, bitte sag es mir, ja? Ich flehe dich an.«

Zum ersten Mal während dieser gesamten Begegnung sehen wir einander wirklich in die Augen. Und vielleicht ist es die Intensität des Augenblicks, aber es ist, als sähen wir uns das erste Mal richtig. Wir sind nur Frauen, die versuchen, in einer Welt zu überleben, die nicht für uns gemacht ist, denke ich.

»Okay«, sagt sie. Ihr Lächeln ist verweint. »Das werde ich. Ich verspreche es.«

Ich schließe die Augen und spüre den Druck ihrer Hand

auf meiner Schulter. Einen Augenblick später ist er weg. Einen weiteren Augenblick später höre ich das Quietschen der Türangel, dann das Geräusch eines Autos auf der Hauptstraße, schließlich das Zuschlagen der Tür. Noch etwas später geht die Musik aus. Ich bin allein – verwirrt, geächtet und allein.

SECHSUNDDREISSIG

MATT

Als Matt in die Küche kommt, steht Neil mit überkreuzten Füßen an die Spüle gelehnt und löffelt im Stehen Müsli aus einer Schüssel. Es ist Viertel vor sieben. Er ist schon in seiner Arbeitsmontur: sauberer weißer Overall, graues T-Shirt, gelbe Arbeitsschuhe. Er ist frisch rasiert und hat sich die Haare zurückgegelt.

»Morgen.« Er macht eine vage Handgeste, um anzudeuten, dass Matt sich einfach bedienen soll. Er riecht frisch geduscht. »Wir haben Müsli und Toast. Möchtest du Tee oder Kaffee?«

»Kaffee, danke.«

Einen Augenblick später reicht Neil ihm einen Caffè Latte.

»Wir haben jetzt so einen Vollautomaten.« Sein Tonfall klingt ein wenig entschuldigend. »Demnächst essen wir so spießige Feinkostaufstriche aus sonnengetrockneten Tomaten.«

»Das tut ihr doch schon.« Matt grinst. Seine Gesichtsmuskeln widersetzen sich, seine Haut fühlt sich trocken und dick an wie die eines Elefanten. Er hat nicht geschlafen, und beim Gedanken an Essen wird ihm übel.

»Fährst du nicht mit dem Fahrrad?«, fragt Neil mit einem Blick auf Matts Anzug.

»Ich habe ein Meeting in der Stadt.«

»Ich kann dich zum Bahnhof mitnehmen, wenn du möchtest. Ich bin heute Morgen in Surbiton.«

»Super.«

Neil schaut auf die Uhr. »In zehn Minuten?«

»Sicher. Geht's Bella gut?«

Neil nickt. »Ganz okay. Ich habe ihr einen Tee gebracht, aber sie steht erst so um halb, Viertel vor acht auf.«

Matt nickt, auch wenn es nicht erklärt, wieso Bella gestern Abend um zehn tränenüberströmt und verstört nach Hause kam, behauptet hat, sie hätte sich mit einer Shannon gestritten, und direkt ins Bett gegangen ist. Sie hat ihn kaum angesehen, und er hat sich schrecklich gefühlt, als würde er in einem schwierigen und äußerst privaten Moment stören. Ein paar Minuten später hat er sich ins Bett verabschiedet, damit Neil sich um sie kümmern konnte.

»Ich werde mir heute ein Hotelzimmer suchen«, sagt er jetzt zu seinem Freund.

»Sei nicht albern.« Neil stellt die Schüssel in die Spüle. Matt weiß, dass es Neil, so wie die Dinge mit Bella stehen, insgeheim lieber wäre, wenn er ins Hotel ginge, aber so etwas würde zwischen ihnen nie ausgesprochen.

»Nee«, sagt er. »Ich glaube, ich muss ein bisschen allein sein.«

»Okay. Wenn du das wirklich willst ...«

»Sicher.«

Fünf Minuten später läuft Matt die Treppe hinunter. Die Haustür ist offen, und Neil lädt seine Ausrüstung in den Van.

»Soll ich die Tür zumachen?«, ruft er und ist sich der bitteren Ironie dieser Frage erst bewusst, als er sie ausgesprochen hat.

»Ja. Ich brauch nur noch eine Sache.« Neil verschwindet im Durchgang, wahrscheinlich um noch mehr Werkzeug aus dem Schuppen zu holen. Neil hat einen Super-Schuppen: Betonfundament, verstärkt und wärmeisoliert, die Tür ist mit zwei Schlössern diebstahlgesichert. Typisch Neil, denkt Matt und muss fast grinsen. Er geht zum Lieferwagen und kommt dabei an den geöffneten hinteren Türen vorbei. Auf der Ladefläche sieht er den elektrischen Zementmischer, einen festen Straßenbesen, eine Spitzhacke und ein paar Spaten. Er klettert in den Van, und kurz darauf sieht er Neil aus dem Durchgang kommen. Er singt vor sich hin und trägt eine große rote Werkzeugtasche, so groß wie ein kleiner Reisekoffer. Er verschwindet kurz aus dem Blickfeld. Matt hört, wie hinter ihm die Türen zugeschlagen werden. Kurz darauf klettert Neil auf den Fahrersitz.

»So«, sagt er und startet den Motor. Musik ertönt. Er dreht das Radio leiser. »Alles klar?«

»Ja.« Matt hat seine Sporttasche auf dem Schoß, und der Rucksack mit seinem Laptop steht zwischen seinen Füßen.

Neil fährt auf die Straße. Noch ist wenig Verkehr. Über ihnen wechseln die Wolken ihre Farbe von pfirsichfarben und grau zu weiß, der September ist inzwischen in vollem Lauf: morgens kühl, am Tage warm. Sie unterhalten sich, wie Matt später feststellt, über nichts. Das Wetter, Neils Job, Matts Job. Neil lässt ihn beim Bahnhof raus und drückt noch einmal auf die Hupe, als er weiterfährt. Matt winkt, dreht sich aber um, bevor der Lieferwagen aus seinem Blick verschwunden ist.

Erst später, im Zug nach Waterloo, taucht Neil wieder vor seinem inneren Auge auf, wie er die rote Werkzeugtasche trägt und vor sich hin singt. Das Bild hüllt Matt in eine Wolke toxischer Sporen, die sich in seinen Zellen und seinem Gewebe vermehren. Und erst später, als er sich in der Bar auf der Villiers Street einen Cappuccino holt, kann er die Quelle der Fäulnis lokalisieren. Es war weder die Körpersprache noch die Gestik noch das, was gesagt wurde, sondern vielmehr ein unverdächtiger Gegenstand – eine Tasche, eine neue, rote Werkzeugtasche, die lässig über eine Auffahrt in der Vorstadt getragen wird. Und auch nur im Lichte aller Ereignisse zuvor, all dessen, was Ava gestern Abend gesagt hat, ist dieses scheinbar harmlose Detail etwas, das ihn schockiert.

Für das Meeting ist er zu früh dran. Er setzt sich auf eine Parkbank und trinkt in der Sonne seinen Kaffee. Pendler laufen vorbei – zielgerichtet und in Eile. Er muss an jenen Tag denken, als Neil den Polizisten auf der Küchenbaustelle der Lovegoods herumgeführt hat.

»Hör zu«, hat Neil gesagt und Matt eine Hand auf den Arm gelegt. Seine Stimme war leise und ruhig. »Wir gehen rüber und schauen uns bei Johnnie um.«

Er war so natürlich, so offen. Matt erinnert sich an den Polizisten, der aussah, als wäre er gerade einmal achtzehn.

Hier in der Sonne erinnert er sich auch, wie er selbst hineingegangen ist, um nachzusehen. Er hat sich nie gefragt, warum. Warum hat er nachgesehen, obwohl Neil es schon getan hatte? War er schon damals unbewusst misstrauisch gewesen? Das glaubt er nicht. Abi war seine Tochter. Natürlich hat er das Rad abgestellt und ist ins Haus seines direkten Nachbarn gegangen. Natürlich ist er in den Flur geschlichen und hat gelauscht, wie Neil und der Polizist sich im Obergeschoss unterhalten. Natürlich hat er sich an die Küchentür gestellt und sich Neils Baustelle durch die Scheibe angesehen. Doch es gab fast nichts zu sehen – nur die äußere Hülle eines großen Raums, der an einen Hangar erinnerte. Die Decke wurde von großen Stahlträgern gestützt, die hintere Wand zum Garten war fast ganz verschwunden. Ein Haus auf Stelzen. Venezianisch, hat er damals gedacht, oder wie die Auskragung an einem Tudorhaus. Er erinnert sich, dass er das gedacht hat, dass es das war, was ihm in diesem angespannten Augenblick durch den Kopf ging, erinnert sich, wie willkürlich seine Gedanken an jenem Tag waren, als ob sie von einer früheren Version seiner selbst stammten. Er stand da und erinnerte sich bei dem Anblick daran, dass seine und Avas Küche genauso aussah –

wenn auch deutlich kleiner –, als Neil bei ihnen den Umbau gemacht hat. Zwei Besen, zwei Spaten und eine Spitzhacke lehnten an der Wand zur Rechten, darunter ein ordentlicher Schutthaufen. Neil war schon immer ein ordentlicher Arbeiter. Auf der gegenüberliegenden Seite lag eine Werkzeugtasche neben der Trommel des offenen, an ein Froschmaul erinnernden elektrischen Zementmischers. Derselbe, in dem sie den Beton gemischt haben, als Matt ihm geholfen hat. Eine einsame Waschmaschine stand an der linken Wand und war an eine Steigleitung angeschlossen. Auf der Waschmaschine befanden sich ein schlammverspritztes Radio, ein ebenfalls mit Schmutzwasser bespritzter Wasserkocher, eine halbvolle Rolle Kekse und drei schäbige weiße Tassen mit dem Radio-Jackie-Logo, das unter Schlieren von getrocknetem Kaffee gerade noch zu erkennen war.

Als er Stimmen die Treppe herunterkommen hörte, ist er hastig zurück zum Eingang gegangen, war aber zu langsam und wurde im Flur von Neil und dem Polizisten überrascht.

»Entschuldigung«, hat er gesagt. »Ich wollte mich nur selbst schnell mal umsehen.«

Neil hat sich *freiwillig* gemeldet, den Polizisten herumzuführen, denkt er jetzt und versucht, all das mit diesem schrecklichen, vergifteten Gefühl in Einklang zu bringen. Er selbst hat alles noch einmal überprüft. Aber was ihn stört, was ihn jetzt wirklich stört, ist, dass da neben den Besen, den Spaten, dem schweren Gerät, dem Zementmixer, den Tassen, dem Wasserkocher, dem Radio und dem halb leeren Paket Kekse auf der einsamen Waschmaschine auch Neils Werkzeugtasche gelegen hat. Neils nagelneue schwarze Werkzeugtasche, an der die weißen Nähte noch leuchteten. Sie war so groß wie ein kleiner Reisekoffer. Zu der Zeit hat er nicht darüber nachgedacht. Keiner der tausend willkürlichen Gedanken, die ihm an jenem Tag durch den Kopf gegangen sind, galt dieser Werkzeugtasche. Doch jetzt erinnert er sich, dass Neil erzählt hat, dass er dafür zwei Hunderter hingelegt hat. Zweihundert Pfund. Der Rolls-Royce unter den Werkzeugtaschen.

Doch sie war schwarz mit weißen Nähten, noch ganz sauber. Sie war neu. Und sie war nicht rot.

Danach hat Neil vorgeschlagen, dass sie sich aufteilen.

»Ich suche Richtung Kingston«, hat er gesagt, und dass er vielleicht im Bushy Park suchen würde.

Hat er das?

Eine Welle der Übelkeit überkommt ihn und droht, den Kaffee wieder zutage zu fördern, den er gerade getrunken hat. Er steckt den Kopf zwischen die Knie und spürt die Sonne auf seinem Rücken und Nacken. Schweiß brennt auf seiner Stirn, und er kann nur noch diese Tasche sehen. Ihre Größe. Den nagelneuen Zustand. Die Größe. Die Größe, die Größe, die Größe.

Als Ava bei Neil geklopft hat, war er zu Hause, was ungewöhnlich ist, aber nicht so ungewöhnlich, dass irgendwelche Alarmglocken hätten losgehen müssen. Später, als der unangenehme Schimmer des Verdachts auf sie und ihre besten Freunde fiel, haben die Hunde auch in ihrem Haus herumgeschnüffelt und nichts gefunden. Nichts. Weil Abi nicht da war, zu keinem Zeitpunkt an jenem Tag. Danach haben er und Neil sich wieder aufgeteilt. Sie haben sich erst am Abend wieder getroffen. Neil hat gesagt, dass er bis Barnes gegangen ist und von Strawberry Hill bis Richmond die Fotoausdrucke verteilt und Plakate an Laternenpfähle geklebt hat.

Hat er das?

Keine Ahnung. Matt weiß nur, dass sie bis Mitternacht gesucht haben. Abis Jacke wurde am darauffolgenden Morgen gefunden.

Aber Bella hat Ava erzählt, dass Neil die ganze Nacht weg war, was bedeutet, dass er nicht nach Hause gegangen ist, jedenfalls nicht um Mitternacht.

Als die Jacke gefunden wurde, wurden keine Häuser mehr

durchsucht. Die Taucher haben in der Themse gesucht und nichts gefunden. Neil und Bella, Ava und er haben alle Aussagen gemacht. Andere Spuren führten ins Leere – der BMW, die Zeugin, die sich nicht sicher war, Handydaten, Bilder von Überwachungskameras. Die Ermittlungen wurden heruntergefahren und auf den Prüfstand gestellt. DI Farnham hat ihnen ihre direkte Durchwahl dagelassen: *Rufen Sie mich an, wenn sich neue Informationen ergeben.*

Es gibt keine neuen Informationen.

Für sich genommen ist die Werkzeugtasche keine Information.

Für sich genommen ist es keine Information, dass Jasmine Mister Faultier erkannt hat.

Für sich genommen ist es auch keine Information, dass Neil die ganze Nacht draußen war.

Betrachtet man jedes dieser Details für sich, ist es keine Information.

Aber wenn man sie zusammenfügt ...

Er ruft Ava an.

SIEBENUNDDREISSIG
AVA

Ich bin allein, allein mit meinem Jungen und mit etwas, das sich in mein Leben drängt und Gestalt annimmt. Ich beobachte, wie die Nachbarschaft erwacht, wie sich die Haustüren öffnen, meine Nachbarn in Richtung Bahnhof gehen, Autos zu ihren jeweiligen Arbeitsstellen in der Umgebung davonfahren. Ich beobachte sie und denke an Sonntagmorgen, wie ich mich auf der Straße mit Jen unterhalten habe. Wie sich hinter ihr die Garage öffnete und Johnnie mit seinem Auto erschien.

Ich denke an jenen Morgen, Schlag um Schlag, an Matt, der kurz vor acht nach Hause gekommen ist, um seine Regenjacke zu holen. So gegen acht wären sie und Johnnie zur Arbeit gefahren, hat Jen gesagt.

Sein Auto stand nicht in der Auffahrt.

Allerdings parkt Johnnie sein Auto in der Garage.

Wenn das Auto in der Garage stand, hätte man es nicht gesehen.

Wenn man das Auto nicht sehen konnte, hätte ihr Haus verschlossen und leer gewirkt.

Wenn sie um acht gefahren sind und Matt seine Jacke kurz

zuvor geholt hat, wären die Lovegoods noch zu Hause gewesen, als er die Tür offen gelassen hat. Möglich wäre es.

Wenn Abi kurz danach hinausgelaufen ist und Mister Faultier bei sich hatte, ist es möglich, dass sie sie gesehen haben und dass sie ihnen den Namen verraten hat.

Jasmine hätte den Namen aufgegriffen und ihn in Gedanken mit Neil verknüpft, weil Neil mit ihr dieses Spiel mit Stofftieren gespielt hat.

Neil war an jenem Morgen noch zu Hause. Was bedeuten würde, dass die Lovegoods und nicht Neil an jenem Morgen da waren.

Sie müssen mit ihr geredet haben.

Sie müssen sie gesehen haben.

Sie gesehen, aber nichts gesagt haben.

Mein Handy klingelt. Ich hole es aus der Küchenschublade und sehe, was ich bereits wusste: Es ist Matt, der wahrscheinlich händeringend irgendwelche nachträglichen Entschuldigungen anbringen möchte. Ich habe keine Lust, mit ihm zu sprechen. Ich muss all meine neuen Gedanken verarbeiten, und ich bin ehrlich gesagt erschrocken, dass er mich nicht einfach in Ruhe lassen kann. Aber wenn ich nicht drangehe, wird er wieder und wieder anrufen. Also nehme ich den Anruf an.

»Matt.«

»Ava. Ava, leg nicht auf. Es ist nicht … Ich rufe nicht wegen uns an.«

In mir regt sich etwas, nicht direkt eine Vorahnung, aber etwas Ähnliches.

»Es geht um Abi«, sagt Matt, und sein Ton ist gequält. »Es geht um Neil.«

Instinktiv bin ich ins Wohnzimmer gegangen, um nach Fred zu sehen. Er liegt in seiner Babywippe und kräht den Plastikbogen mit Spielzeugen an, die über ihm baumeln.

»Und weiter?« Ich schaue hinaus auf die Straße, die um

diese Zeit erwacht, genau wie an jenem Tag ein paar Minuten zu spät.

»Ich weiß nicht, was ich denken soll.« Er klingt angespannt.

»Was denn? Was meinst du? Hast du noch etwas herausgefunden?«

Er seufzt. »Wahrscheinlich ist es nichts. Aber vielleicht ist es auch, wie du gesagt hast. Die vielen kleinen Dinge.«

»Matt, ich höre ja, dass du aufgebracht bist, aber wenn du mich angerufen hast, um Ratespielchen zu spielen, fürchte ich ...«

»Halt!« Sein unregelmäßiger Atem ist durch die Leitung zu hören. »Halt, lass mich ...«

Ich nicke, obwohl er mich nicht sehen kann.

»Ich habe nachgedacht«, sagt er, noch immer außer Atem. »Ich habe über Neil nachgedacht und wie er für mich im Leben immer ein guter Ratgeber war. Was ich sagen will, ist, ich wusste immer, dass er ein spontaner Typ ist. Er hatte nie irgendwelche Hintergedanken. Darum hat er mir eigentlich immer vernünftige Ratschläge gegeben. Weil nie eine andere Absicht dahinterstand, verstehst du?«

»Und was hat das mit ...«, unterbreche ich ihn, bringe mich aber selbst zum Schweigen.

»In der Nacht«, fährt Matt fort, »hat er mir geraten, dir das mit der Tür nicht zu sagen. Es war der falsche Rat. Ich gebe ihm nicht die Schuld. Es war meine Schuld, dass ich es dir nicht gesagt habe. Ich hätte seinen Rat nicht annehmen müssen, auch wenn ich das sonst immer getan habe. Ich hätte es dir sagen sollen. Ich hätte die Stärke haben sollen, ihn zu ignorieren und das Richtige zu tun.«

»Matt ...«

»Nein, warte. Lass mich ausreden. Was ich sagen möchte, ist, dass es das erste Mal war, dass er mir einen schlechten Rat gegeben hat. Und es ist das erste, nein, das einzige Mal, dass er mir geraten hat, zu lügen. Wegen irgendetwas.«

»Und?«

»Er bestand darauf, dass es unser Geheimnis bleibt. Es war so eine Art Pakt. Aber wir hatten schon einen Pakt, seit wir Kinder waren. Eine Art unausgesprochenen Pakt. Aber in der Nacht, hat er darauf bestanden, dass wir es mit einem Handschlag besiegeln, Ave. Er hat nichts Verdächtiges oder Komisches gemacht, aber er war einfach nicht er selbst, das ist alles. Also habe ich mich gefragt, ob es ihm vielleicht gelegen kam, dass ich lüge, aber ich habe keine Ahnung, inwiefern, und dann ist da noch die Sache mit Mister Faultier.« Er seufzt. »Und heute Morgen habe ich gesehen, dass er eine neue Werkzeugtasche hat.«

»Wie meinst du das? Was hat denn eine neue Werkzeugtasche mit alldem zu tun?«

Noch einmal seufzt er schwer. Ich kann ihn sehen, wie er den Kopf hält, wie traurig seine dunklen Augen dreinblicken. »An dem Morgen, als Abi ... verschwunden ist. Da habe ich einen Blick auf die Baustelle geworfen, auf den Umbau nebenan, während Neil gerade oben war. Und seine Werkzeugtasche stand da, und sie war schwarz. Und ganz neu. Mir ist gerade wieder eingefallen, dass sie echt teuer war. Aber es war die Größe.«

»Die Größe.« Mir wird übel. »Was meinst du damit, die Größe?«

»Sie war groß, verstehst du? Groß genug.«

Ein Schluchzer entfährt mir. Ich lasse mich aufs Sofa fallen und lege die Hand über die Augen.

»Und heute Morgen«, fährt Matt fort, »hatte er eine rote Tasche. Eine neue, rote Tasche. Und ich weiß auch nicht, was das heißt. Ob es überhaupt etwas zu bedeuten hat. Ich bin paranoid. Seine schwarze ist wahrscheinlich im Schuppen. Ich bin paranoid. Entschuldige ... Ava? Bist du noch da?«

»Ich bin hier.« Ich bin hier und zittere.

»Ich ... Hör mal, ich sage das jetzt einfach, okay? Es hört

sich vollkommen gaga an, aber weißt du, auf der Party ... Ich kann es nicht erklären, aber es fühlte sich an, als wäre sie dort. Ich habe mich gegen den Stahlträger gelehnt, und ich habe ihren Herzschlag gespürt. Es war, als würde er durch das Haus pulsieren. Ich meine, ich habe dann festgestellt, dass es die Uhr war, und ich war betrunken, aber für ein paar Sekunden war es, als hätte ich sie gespürt. Ihr Herz. Ihren Herzschlag.«

Ich atme ganz bewusst – regelmäßig, tief, als ob ich mich davon überzeugen möchte, dass ich schlafe. Doch ich bin wach.

»Sind wir verrückt?«, fragt er.

Ich höre das Stocken in seiner Stimme.

»Vielleicht«, erwidere ich, und erinnere mich an den unerträglichen Anblick von Cosima auf Johnnies Arm und wie mir dabei Abi nicht aus dem Kopf ging. »Es war eine heftige Nacht, schwer abzuschütteln. Hör zu, komm heute Abend rüber und wir reden. Ich sage nicht, dass du bleiben sollst, okay? Aber ich habe auch über einiges nachgedacht. Ich bin vollkommen durcheinander.«

»Okay«, sagt er. »Aber, Ava?«

»Ja?«

»Vor allem möchte ich sagen, dass ich dir glaube, okay? Ich habe dir nicht geglaubt, und das tut mir leid. Aber jetzt glaube ich dir. Ich weiß nicht, was es ist, aber du hast recht, da ist irgendetwas. Irgendetwas stimmt da nicht.«

»Danke.«

Eine Stunde später – ich bin gerade dabei, Fred in den Kinderwagen zu legen – bekomme ich eine Textnachricht. Bella.

Kannst du reden?

Als hätte man ein Streichholz an eine Ölpfütze gehalten, flammt Angst in mir auf.

Ich rufe sie sofort an.

»Bella?«

Ich höre nur Hintergrundgeräusche: ein Radio, Stimmen, das Dröhnen eines Föhns.

»Bella?«

Die Geräusche werden leiser. Ich höre das Klacken einer sich schließenden Tür.

»Ava?«, sagt sie. »Ich bin es.«

»Ich weiß. Bist du auf der Arbeit?«

»Ja. Ich bin aufs Klo gegangen.«

Ich warte. Eine Sekunde vergeht, zwei. Ich höre ein Schniefen.

»Bella? Ist alles in Ordnung?«

Ein Schluchzen. Ich schweige. Alles, was ich tun kann, ist, nichts zu sagen.

»Ich sage das nur einmal«, flüstert sie. »Und ich werde es danach nie wieder sagen, hörst du?«

»Okay.«

»Und ich sage nicht, dass es irgendetwas zu bedeuten hat, okay?«

»Okay.«

»Und du darfst niemandem verraten, dass ich es dir erzählt habe.«

»In Ordnung.«

Sie seufzt. Ich warte mit angehaltenem Atem.

»Okay«, sagt sie schließlich nach einer langen Pause. Noch ein tiefer Seufzer. »Als ich an dem Morgen, als Abi ... Als ich aus dem Friseursalon gekommen bin, bin ich nach Hause gegangen, um mir Turnschuhe anzuziehen, um beim Suchen zu helfen.«

Ich nicke und bemerke, dass ich den Atem anhalte.

»Und ... Neils Sachen waren in der Waschmaschine. Sein

Overall und so. Ich habe mir nichts dabei gedacht. Ich habe sie einfach in den Trockner gesteckt und bin mich umziehen gegangen. Aber am nächsten Morgen war noch eine Montur drin, die er in der Nacht gewaschen haben muss. Und ich habe mir wieder nichts dabei gedacht. Ich wusste, dass er draußen war, und dachte, er ist sicher schmutzig geworden, das ist alles. Ich habe mir nicht viel dabei gedacht. Das schwöre ich.«

Wieder schnieft sie.

»Bella?«, flüstere ich und würde sie so gern trösten, möchte sie aber nicht unterbrechen und riskieren, dass ich sie verschrecke und sie nicht weitererzählt.

»Okay«, sagt sie mit zittriger Stimme. »Ich hab mir nichts gedacht, war nur ein bisschen überrascht, dass er seine Sachen selbst gewaschen hat. Aber du hast gesagt alles, ganz gleich wie unwichtig, und jetzt ... Ich meine, seit einem Jahr ist er nicht mehr er selbst. Er hat mich nie angeschrien oder so etwas, er war immer total lieb. Er hat unter der Woche nie getrunken. Ich meine, ich habe es erst auf den Stress wegen der In-vitro geschoben ...«

Ich höre zu, schwebe, kann nicht glauben, was sie mir erzählt, eine Stunde nachdem Matt angerufen hat. Das ist kein Zufall, ganz bestimmt nicht. Die Party hat den Stöpsel aus diesem eigenartigen, abgestandenen Tümpel gezogen, der unser Leben darstellt, und Dinge, die halb unter der Oberfläche verborgen waren, sind im flachen Wasser nun wieder aufgetaucht.

»Er ist nicht mehr er selbst«, wiederholt Bella, und ihre Worte sind bedeutungsschwer. »Es war verständlich, aber jetzt ...« Ihre Stimme ist kaum mehr als ein Quieken. Der Rest folgt in einer tränenreichen Salve. »Jedenfalls war am Morgen, bevor ich zur Arbeit gegangen bin, keine Schmutzwäsche im Wäschekorb. Gar keine. Ich habe am Wochenende gewaschen, das mache ich immer. Und selbst wenn noch etwas drin gewesen wäre – Neil wäscht nie seine Sachen. Nie. Ich wasche sie. Ich sage nicht, dass er irgendwas getan hat, okay? Aber wenn ich dir nicht sage, was ich weiß, und sich herausstellt, dass er doch etwas wusste, na ja, das könnte ich mir nie verzeihen. Nie.«

»Bella?«

Das Gespräch bricht ab. Ich lehne mich zurück, atemlos mit wirbelnden Gedanken. Ich hatte gedacht, es sei möglich zu glauben, dass Neil nichts damit zu tun hat. Ich bin sogar auf die Lovegoods gekommen, aber noch während ich an diese Theorie denke, wächst das Gefühl, dass ich mich damit bloß an einen Strohhalm klammere. Es war eine wilde Hypothese, entstanden aus Verzweiflung, Verzweiflung, weil ich die viel schrecklichere, undenkbare Alternative nicht akzeptieren kann. Neil.

Ich rufe Matt an.

»Ava?«

»Bella hat mich gerade angerufen. Du musst sofort nach Hause kommen. Ich rufe Sharon Farnham an. Ich rufe die Polizei.«

ACHTUNDDREISSIG
AVA

Matt tippt alles in sein Handy, während ich zur Polizeiwache fahre und versuche, mich zusammenzureißen. Wir versuchen ruhig zu bleiben, machen eine Liste: das Stoff-Faultier, das komische Verhalten, Neils Wäsche in der Maschine, die Werkzeugtasche. Doch wir werden immer aufgeregter und versteigen uns zu fieberhaften Theorien, die in die späteren Staffeln von irgendwelchen Fernsehserien gepasst hätten, bei denen den Drehbuchschreibern langsam die Ideen ausgingen.

In einer ist Abi irgendwo im Ausland und wird von einem Kontakt von Bella versorgt, Neil und Bella warten, bis sich der Wirbel gelegt hat, besorgen sich dann Visa und setzen sich in den Flieger, um dort unter falschem Namen mit ihr zu leben, als wäre sie ihr eigenes Kind. In der Theorie haben sie die Küchenrenovierung nicht wegen der hohen Kosten der Fruchtbarkeitsbehandlungen auf Eis gelegt, sondern weil sie ihr Geld sparen, um heimlich über Nacht zu verschwinden.

»Es sei denn«, sage ich.
»Es sei denn, was?«
»Kennst du das Affen-Experiment?«
Er schüttelt den Kopf. Ich fahre bei Gelb über eine

Ampel und biege links ab. »Davon habe ich einmal gelesen: Sie haben eine Affenmutter und ihr Junges in einen Käfig gesetzt und langsam den Käfigboden erhitzt. Die Mutter nimmt das Junge hoch, um es vor der Hitze zu schützen. Sie hält das Kleine hoch und hält es vom Boden fern, während der Boden sich weiter erhitzt und ihr die Füße verbrennt. Sie hüpft von einem Fuß auf den anderen und dann schließlich ...«

»Legt sie sich hin?«

»Nein. Das ist es ja. Sie legt das Junge auf den Boden und stellt sich darauf.«

»Um Gottes willen«, Matt sieht angewidert aus. »Warum zur Hölle erzählst du mir so etwas?«

»Bella.« Ich sehe ihn an.

»Bella?«

»Denk doch mal drüber nach. Bella ist die einzige andere Person, die den Namen des Stofftiers kannte. Und als Abi verschwunden ist, war sie nirgends zu sehen. Was, wenn ... Was, wenn sie aus Eifersucht irgendetwas Schlimmes getan hat und Neil sie deckt? Und was, wenn sie ihn jetzt, da der Boden langsam heißer wird, auf den Boden wirft, um sich selbst zu schützen?«

Er schüttelt den Kopf. »Nein. Halt. Wir müssen damit aufhören.«

Ich nicke. Wir sind verrückt. Das Misstrauen hat uns beide verrückt werden lassen.

»Tatsache ist«, sage ich, »dass wir überhaupt nichts wissen.«

»Doch. Bloß nichts, das für sich genommen erwähnenswert wäre. Aber es geht nicht um isolierte Informationen, oder?«

»Richtig, aber wir wollen nicht verrückt erscheinen. Also keine Verschwörungstheorien, nur die Fakten. Und vielleicht sollten wir nicht erwähnen, dass wir bei der Einweihungsparty ihre Präsenz gespürt haben.«

Verrückterweise müssen wir lachen – der Funke einer

durch Galgenhumor geformten Verbindung, lang vergessene Reflexe des motorischen Gedächtnisses.

Detective Inspector Sharon Farnham führt uns in einen Vernehmungsraum, der aussieht wie ein Wohnzimmer, und bittet uns, auf dem festen, beigefarbenen Sofa Platz zu nehmen. Am Telefon hat sie uns angeboten, zu uns zu kommen, aber ich habe abgelehnt und gesagt, dass wir lieber herkommen würden. Ich wollte nicht, dass Neil oder Bella ein Polizeiauto vor dem Haus sehen.

Matt überlässt das Reden mir. Währenddessen stille ich Fred und habe ein schleichendes, unangenehmes Gefühl von Verrat. Matt übernimmt, und ich höre mit grauenhafter Reglosigkeit zu, ein Klotz liegt schwer in meinen Eingeweiden. Wenn wir uns irren, ist alles verloren, was uns von unserem Leben noch bleibt. Wir würden es verdienen, von unserem engsten Freundeskreis und allen, die uns je geliebt haben, ausgestoßen zu werden. Wenn wir richtig liegen, ist es sogar noch schlimmer.

DI Farnham hört zu, das Gerät auf dem Tisch zeichnet jedes Wort auf.

»Und dann habe ich die große Tasche gesehen«, sagt Matt gerade. »Und mir ist wieder eingefallen, dass ich ihn an dem Tag kaum gesehen habe. Ich meine, so ist das, wenn sich alle auf ein gemeinsames Ziel konzentrieren … Die Aufmerksamkeit ist woanders. Ich dachte, er wäre bei anderen Nachbarn. Ava dachte, er wäre bei mir. Ich habe überhaupt nicht darüber nachgedacht, wo Bella sein könnte.« Er sieht mich an. »Wir haben uns über nichts davon Gedanken gemacht, stimmt's? Wir hatten schließlich keinen Grund, einen von ihnen zu verdächtigen.«

Ich sehe zu Farnham hinüber, deren Miene nichts verrät. Sie muss denken, dass wir irre sind. Oder Verräter, die ihren engsten Freunden in den Rücken fallen, obwohl sie sich nur auf diese lächerlichen Kleinigkeiten stützen können. Was auch immer in ihr vorgeht, sie äußert sich nicht. Vielleicht will sie uns nur entgegenkommen, mehr nicht. Oder sie ist gut darin geschult, einfach zuzuhören, in der Hoffnung, dass früher oder später jemand etwas sagt, das zu einer Lösung, einer Verhaftung oder einer Anklage führt. Vielleicht wartet sie darauf, dass uns etwas Fatales herausrutscht und sie uns die Handschellen anlegen kann.

»Na ja, jedenfalls«, fährt Matt fort, »waren die Hunde nie in der Küche der Lovegoods, oder? Und wenn sie in der Tasche war ...« Er schlägt die Hand vor den Mund und schließt die Augen.

»Es gab keinen Grund, die Hunde dort hineinzuführen«, sagt DI Farnham. »Wir behandeln Leute nicht wie Kriminelle, wenn kein dringender Verdacht besteht. Das Grundstück und der Garten wurden an dem Tag untersucht, und es gab keinerlei Hinweise darauf, dass Abi im Haus sein könnte. Mr Johnson war zu Hause, wie sie selbst bezeugt haben, und die Lovegoods waren bereits losgefahren. Nach Lage der Dinge habe ich noch immer Schwierigkeiten, mir vorzustellen, wie Abi ins Haus gekommen sein soll. Mr Johnson war laut unseren Daten noch bis zu einem viel späteren Zeitpunkt zu Hause – als Sie dort waren und ihn gerufen haben ...« Sie fährt sich mit der Hand übers Kinn und sieht erst Matt und dann mich an. »Erinnert sich einer von Ihnen daran, die Lovegoods gesehen zu haben, wie sie zur Arbeit gefahren sind? Ist es möglich, dass sie noch im Haus waren?«

»Ja«, sage ich.

»Ich bin ziemlich sicher, dass sie gegen acht losgefahren sind.« Farnham schaut auf ihre Notizen und streicht sich noch einmal und dann noch ein zweites und drittes Mal über das Kinn.

»Dann wären sie schon weg gewesen, als Abi zwischen fünf nach und Viertel nach acht das Haus verlassen hat ...«

»Die Sache ist die«, erklärt Matt und sieht mich an, dann

Farnham. »Es könnte schon früher passiert sein. Also dass Abi hinausgelaufen ist. Ich habe es an dem Tag nicht gesagt, und das hätte ich tun sollen. Aber ich bin an dem Morgen noch einmal zurückgefahren und habe meine Jacke abgeholt.«

Farnham starrt ihn an, als hätte er den Verstand verloren.

»Ich hätte es sagen sollen, und es tut mir leid. Ich dachte nicht, dass es wichtig ist, alles ging so schnell, und Abi war noch im Flur, als ich zurückkam, und sie war da, als ich wieder rausgegangen bin.« Er atmet tief ein und aus. Seine Augen sind feucht, und mein Herz zieht sich zusammen, weil ich weiß, welche Überwindung es ihn kostet. »Ich war es, der die Tür offen gelassen hat. Nicht Ava. Ich war es.« Er schnappt nach Luft und schlägt die Hand vor den Mund. »O Gott, wenn ich jetzt darüber nachdenke, könnte es sein, dass sie deswegen hinausgelaufen ist. Sie hat mich gesehen und gesehen, dass die Tür offen stand. Sie wollte mir wahrscheinlich hinterherlaufen. Darüber habe ich nie nachgedacht. O Gott. Sie ist mir hinterher auf die Straße gelaufen.« Er lässt das Gesicht in die Hände sinken und schluchzt.

Ich lege ihm die Hand auf den Rücken. Wenn es jemanden gibt, der weiß, wie er sich fühlt, dann bin ich es.

Unbewegt schreibt Farnham alles mit. »Und das war wann? Vor acht?«

Matt nimmt die Hände vom Gesicht und nickt. »Kurz vor acht, ja.«

»Und zu der Zeit waren die Lovegoods noch zu Hause?«

»Nein, sie waren schon weg.«

»Nicht unbedingt«, sage ich.

Matt sieht mich an und zieht die Stirn kraus.

Farnham wendet mir ihre Aufmerksamkeit zu.

»Ich habe vorhin darüber nachgedacht«, sage ich. »Aber ich habe den Gedanken wieder verworfen, nachdem Bella angerufen hat. Es ist so: Die Lovegoods könnten noch zu Hause gewesen sein. Matt dachte, sie sind weg, weil kein Auto in der

Einfahrt stand, aber es stand vermutlich in der Garage. Sie parken immer da drin. Und wenn Abi Matt hinterherlaufen wollte, hätte sie es sofort getan. Also ist es möglich, dass sie unser Haus verlassen hat, bevor die Lovegoods ihres verlassen haben.

»Also haben wir einen neuen zeitlichen Ablauf.« Farnham macht noch mehr Notizen, kaut auf der Lippe, klopft mit dem Ende ihres Stifts gegen die Zähne. Ein langes Schweigen folgt. Sie lehnt sich zurück und liest aus den Notizen, die sie auf Armeslänge vor sich hält.

»Sie sind beide um Viertel vor acht aus dem Haus gegangen.« Sie sieht mich an. »Ava, Sie kommen um etwa zehn vor acht zurück, um die Knie ihrer Tochter zu verarzten, und gehen um etwa fünf vor acht nach oben, ungefähr zur selben Zeit kommt Matt zurück, um seine Jacke zu holen. Sie hören ihn nicht, weil Sie in der Toilette sind. Entweder schlägt die Tür zu, oder Sie haben in dem Moment gespült oder so etwas. Als sie aus der Toilette kommen, macht Abi noch keinen Lärm, also nehmen sie an, dass alles in Ordnung ist – klingt das ungefähr richtig?«

Ich nicke.

Sie sieht kurz zu Matt hinüber und fährt dann fort. »Sie radeln los, Abi folgt Ihnen, aber Sie sind schon weg. Dann trifft sie entweder auf Ihren Freund Neil oder ein Mitglied der Familie Lovegood, wir wissen es nicht genau, jedenfalls hat sie ihr Stoff-Faultier bei sich. Als Sie, Ava, um Viertel nach wieder herunterkommen, ist Abi weg.«

Keiner von uns sagt ein Wort.

»Haben Sie Neil gefragt, wo er die alte Tasche gelassen hat?«, fragt sie schließlich an Matt gerichtet.

Er schüttelt den Kopf. »Das ist mir erst später eingefallen. Aber ich weiß ganz sicher, dass er sie an dem Tag auf der Baustelle hatte. Und seitdem habe ich sie nie mehr gesehen. Und wie gesagt, es gibt so einiges, das nicht ganz passt.«

Ich könnte eine Dusche gebrauchen. Und ich müsste mir dringend die Zähne putzen. Bedauern und Verrat haben sich in meinem Mund zu einem sauren Geschmack vermischt. Ich frage mich, ob Matt es auch schmeckt.

»Für mich ist es das Stofftier«, füge ich sinnloserweise hinzu. »Mister Faultier und Jasmine. Es ist möglich, dass Abi den Lovegoods erklärt hat, wer Mister Faultier ist, aber sie kannte sie überhaupt nicht. Ich glaube nicht, dass sie so ohne Weiteres mit ihnen geplaudert hätte. Sie wusste allerdings, dass Neil in dem Haus gearbeitet hat, und nur wir, Neil und Bella nennen das Stofftier Mister Faultier.«

Ich zwinge mich, die Klappe zu halten, und stemme meinen Fuß flach gegen den Boden, um zu verhindern, dass mein Bein auf und ab wippt.

Im Gegensatz zu mir bleibt Farnham ganz ruhig und hat eine Hand an den Mund gelegt. Nach einer gefühlten Ewigkeit, nimmt sie die Hand weg und beugt sich vor.

»Wir können nichts tun, außer sie auf die Wache zu bringen und zu befragen«, sagt sie, und ich habe kurz den Eindruck, als habe sie noch mehr sagen wollen, sich dann aber dagegen entschieden.

Matt sieht mich an. Ich erwidere den Blick und stelle fest, dass ich ihm gegenüber keinen Hass mehr verspüre. Ich weiß, er ist noch da, aber jetzt gerade sehe ich in Matt nur meinen Gefährten in diesem unvorstellbaren Verlust. Jemanden, der mir alles glaubt, jemanden, der seine Schuld in dieser Sache vollständig zugegeben hat. Ohne ihn bin ich ganz allein. Mein Mann, der mich so bitter enttäuscht hat, der aber jetzt hier an meiner Seite ist.

»Es tut mir leid«, sagt er.

Ich nehme seine Hand und drücke sie. »Ich weiß.«

Er wischt sich über die Augen, wendet sich Detective Farnham zu und nickt.

»Wenn Sie uns da irgendwie heraushalten könnten«, sagt

er, »wäre das besser. Aber wenn Sie uns benennen müssen, werde ich die volle Verantwortung übernehmen.«

Während ich uns nach Hause fahre, schweigen wir. Wir parken. Lösen die Anschnallgurte und heben Fred aus dem Kindersitz. Es ist nach fünf am Nachmittag. Die Straße ist ruhig, so ruhig. Ich frage mich, ob wir wegziehen müssen. Ganz gleich, was jetzt geschieht, ich kann mir nicht mehr vorstellen, hier zu leben.

Wir gehen die kurze Auffahrt hinauf. An unserer Haustür schaut Matt die Straße hinunter, sieht zu Neils und Bellas Haus hinüber.

»Glaubst du, sie haben sie auf die Wache gebracht?«, fragt er.

Ich zucke mit den Schultern. »Keine Ahnung. Glaubst du, das würden sie tun?«

»Ich weiß es nicht.« Sein Gesicht ist angespannt. Verbittert. »Ich habe noch nie meinen besten Freund verpfiffen. Ich bin nicht sicher, wie so etwas funktioniert.«

Ich berühre ihn am Arm. »Versuch, nicht darüber nachzudenken.«

»Ach so, na dann.«

Ich wende mich von seinem Sarkasmus ab und öffne die Haustür. Zusammen gehen wir hinein. Ich habe keine Ahnung, was als Nächstes kommt. Jetzt hänge ich in einer anderen Warteschleife. Wir beide hängen darin fest. Wir hängen gemeinsam in dieser Sache und doch jeder für sich. Wir schwimmen, sind aber am selben Haken festgemacht. Wir machen uns Tee. Wir machen Sandwiches. Wir gießen uns Fruchtsaft ein und lassen ihn stehen. Wir öffnen eine Flasche Rotwein, die wir austrinken. Genau wie am Tag, als unsere Tochter verschwand. Wir können nichts tun, nur warten, warten und den alltäglichen häuslichen Ritualen nachgehen.

Gegen halb neun klingelt das Telefon. Ich höre es von oben. Ich lege Fred in sein Bettchen und renne nach unten. Matt ist im Wohnzimmer am Telefon.

»Nein«, sagt er. »Ja, danke.«

Er legt auf. Eine lange Pause folgt. Ich öffne den Mund, um seinen Namen zu sagen, doch er krümmt sich, beugt sich über die Knie und stöhnt. Er nimmt die Hände hoch, umfängt seinen Hinterkopf. Seine Fingerknöchel sind weiße Knoten.

»Matt?« Mein Körper wird von der vertrauten Hitze der Angst überflutet.

»O Gott.« Er fängt an zu weinen. »O Gott, o Gott, o Gott.«

»Was ist?«, frage ich. Mein Herz pocht heftig. »War das Farnham?«

»Ja.«

»Und?« Mir wird eng um die Brust. »Matt? Kannst du es mir sagen? Matt, Schatz?«

»O Gott, o Gott, o Gott.« Er richtet sich langsam auf, geht zum Fenster, dann wieder zu mir. Sein Gesicht ist rot, tränenüberströmt, seine Augen sind winzig. Er hält sich noch immer den Kopf.

»Was ist? Er war es nicht, oder? Nicht Neil.«

»Doch.« Er sieht mich an und ein Schluchzen entfährt ihm. »Er hat gestanden. Neil hat unser kleines Mädchen getötet.«

NEUNUNDDREISSIG

NEIL

Seine Straße zieht am Fenster des Polizeiwagens vorbei, der Ort, an dem er sich sein Leben aufgebaut hat, flackert wie ein schlecht gezeichnetes Daumenkino auf einem Notizblock an ihm vorbei. Häuser verschwimmen zu einem einzigen Haus, legen sich immer wieder übereinander – andersfarbige Türen, andere Büsche, unterschiedliche Vorhänge.

Das ist mein Zuhause, denkt er. Das ist meine Stadt.

Und als auch die Stadt von derselben Daumenbewegung weggeblättert wird, weiß er, dass all das nicht mehr seins ist. Es ist der Ort, an dem er geboren wurde und aufgewachsen ist, der Ort, an dem er den Grundstein gelegt und Stein für Stein seine Festung errichtet hat, nur um eine Abrissbirne hineinkrachen und das ganze Gebilde in sich zusammenstürzen zu lassen. Jener Tag. Jener fürchterliche, fürchterliche Morgen. Fünfunddreißig Jahre hat er als ein guter Typ gelebt, der sich um seinen eigenen Kram kümmert, hat Bel kennengelernt, ihr beim Urlaub auf den Seychellen einen Antrag gemacht, sie geheiratet, hart gearbeitet, nie irgendjemanden um irgendetwas gebeten, hat immer nur dasselbe gewollt wie alle anderen, ohne irgendwen über den Tisch zu ziehen, hat versucht, Matt ein guter Freund zu sein, ihn zu ermutigen, ihm geholfen, an sich selbst zu glauben ...

Das ist egal. *Er* ist egal. Er ist nichts. Indem er getan hat, was er getan hat, hat er nicht nur seine Festung zerstört, sondern auch sich selbst und alles, wofür er einmal gestanden haben mag, alles Gute, das er bewirkt hat, ausgelöscht.

Er versucht, den genauen Zeitpunkt zu identifizieren, an dem er zu nichts wurde. Die ersten Sekunden kann er auf die Panik schieben. Bewusst gehandelt hat er ab dem Augenblick, als er den Reißverschluss über ihrem blassen, schlafenden Gesichtchen zugezogen hat. Vielleicht auch nicht. Vielleicht war er auch da noch nicht Herr seiner Sinne. Blind. Taub. Abgestumpft. Ja, vielleicht. Vielleicht war es später, als er mit dem sauberen Overall sein Haus verlassen hat und die große Show begonnen hat.

Letztlich ist es egal. *Er* ist egal. Wen interessiert, was er denkt?

Er schließt die Augen und hört nur das Rauschen des Polizeifunks, das lauter werdende Geräusch des Getriebes und das Piepen der Fußgängerampel, und er sieht sich, wie er in der höhlenartigen äußeren Hülle des halb fertigen Küchenausbaus vor der Tasche steht. Jetzt ist alles außer Kontrolle geraten. Er kann nichts mehr tun, um es wiedergutzumachen. Er kann nicht zurück, das konnte er nie. Es ist beinahe eine Erleichterung. Es hat ihn umgebracht, jeden Tag aufs Neue, hat ihn von innen heraus Schicht um Schicht ausgehöhlt. Es ist besser, dass es nun heraus ist, und in ein paar Stunden wird es für immer öffentlich sein. Matt und Ava werden wissen, was er getan hat. Jeder wird es wissen.

Er fragt sich, was Bella wusste. Ob sie Verdacht geschöpft hat. Als sie gestern Abend nach Hause kam, war sie ganz aufgewühlt, und als er ins Schlafzimmer kam, saß sie aufrecht im Bett und hat auf ihn gewartet.

»Warum verdächtigen dich Matt und Ava?«

»Was?«

»Ava hat gesagt, du und Matt wärt in der Nacht, als Abi verschwunden ist, um Mitternacht nach Hause gekommen. Du bist nicht um Mitternacht zu Hause gewesen. Wo warst du?«

»Ich bin wieder rausgegangen.« Er hat sich ausgezogen und ins Bett gelegt. »Ich dachte, ich könnte sie finden. Das habe ich ihr doch erklärt.«

»Warum hast du an dem Morgen Wäsche gewaschen?«

»Wäsche? Was? Wovon redest du?«

»Ich musste für dich lügen«, hat sie gesagt. »Es war schrecklich.«

»Ich habe aber nichts getan. Sie sind bloß paranoid. Irgendwas auf der Party hat das ausgelöst. Besonders bei Ava. Ich sag doch, sie steht total neben sich, sie braucht professionelle Hilfe, das ist alles. Komm her. Komm schon. Lass dich umarmen. Das ist es, was du brauchst.«

»Du verteidigst sie immer.«

»Komm her.«

Er hat es ihr ausgeredet, so wie immer. Es gefiel ihr, wenn er sie so aus einer schlechten Stimmung herausgeredet hat. Oft hat sie so getan, als wäre sie wegen irgendetwas sauer – jedenfalls ist er sich ziemlich sicher, dass sie absichtlich so getan hat –, damit es lief wie letzte Nacht und eins zum anderen führte. Es war der beste Sex, den sie seit Langem gehabt haben – spontan, ohne Thermometer und Ovulationstests und all das Zeug. Es wird, denkt er, für immer das letzte Mal gewesen sein, dass sie Sex hatten. Er fragt sich jetzt, ob sie das wusste, ob es ihr Abschied war.

Der Polizeiwagen fährt bei der Wache vor. Er wartet darauf, dass der Polizist ihm die Tür öffnet. Er hat geglaubt, er könnte es überwinden. Er hat geglaubt, dass es mit der Zeit nur noch ein mieses Gefühl sein würde. Doch er weiß, dass es ihn auf alle Zeit definieren wird, wenn es herauskommt – hat es immer gewusst. Und jetzt ist der Tag gekommen. Bald ist er Neil Johnson, der Typ, der das Kind seines besten Freundes getötet hat.

VIERZIG

AVA

»Er hatte eine plausible Geschichte.« DI Farnham sitzt an einem Ende des Sofas, während Lorraine Stephens an die andere Lehne gedrückt sitzt. »Sie stimmte mit seiner damaligen Aussage überein, und es gab keinerlei Anhaltspunkte, um ihn unter Verdacht zu stellen. Als wir mit Mrs Lovegood gesprochen haben, sagte sie uns, dass er nicht im Haus war, als sie zur Arbeit gefahren sind, und dass er ihr eine Textnachricht geschickt hat, dass er später kommen würde, weil er noch zum Baustoffhandel fahren müsste. Mr Johnsons Frau hat bestätigt, dass er nicht zu Hause war, als sie zur Arbeit gegangen ist, aber das muss nicht heißen, dass er bei den Lovegoods war. Seine Handydaten zeigen an, dass er die ganze Zeit zu Hause war.«

Matt drückt sein Bein gegen meins, unsere Finger verschränken sich zwischen uns zu einem Knoten.

Farnham beugt sich vor und faltet die Hände.

»Allerdings konnte er die Sache mit dem Stofftier nicht erklären«, sagt sie. »Ich habe Mrs Lovegood gefragt, ob Jasmine ein Faultier erkennen würde und in der Lage wäre, es als solches zu benennen, ohne das Stofftier vorher gesehen zu haben, oder ob sie selbst ein Stofffaultier besitzt. Sie hat beides verneint. Jasmine würde vielleicht Affe sagen, meinte sie. Es gibt auf Mr Johnsons Kontoauszügen keinen Beleg dafür, dass er an dem Morgen Materialien gekauft hat, woraufhin er zunächst sagte, sie hätten die gewünschte Ware nicht auf Lager gehabt. Wir haben wegen des Stofftiers nachgehakt, und schließlich hat er zugegeben, dass er um sieben bei den Lovegoods war. Er hatte sein Handy zu Hause vergessen. Er hat im Hausanschlussraum gearbeitet, während die Familie sich fertig gemacht hat, um das Haus zu verlassen. Die Lovegoods waren sich nicht bewusst, dass er da war.«

»Er war unten im Haus?«, frage ich nach.

»Ja. Aber er konnte uns nicht erklären, weswegen er darüber gelogen hat. Und dann wären da noch die fehlende große Werkzeugtasche und eine verschwundene ... Person.«

Eine geringe Masse, denke ich. Eine große Tasche.

Farnham fährt fort. Wir hören dem Rhythmus einer vollkommen anderen Melodie zu, Sekunde um Sekunde, Schlag um Schlag. Dieses Mal wird sie allerdings nicht quälend und spöttisch in der Luft hängen bleiben, sondern sich zu einer fürchterlichen Abschlussnote hin auflösen.

»Wir haben ihn damit konfrontiert, dass Jasmine laut Mrs Lovegood den Namen des Stofftiers nur gekannt haben kann, wenn jemand ihr den Namen zuvor gesagt hat. Ava, Sie haben ausgesagt, dass Jasmine das Spielzeug nicht Faultier, sondern Mister Faultier genannt hat, und das war der Name, den Sie und ihr Mann dem Stofftier gegeben haben. Diesen Namen haben also höchstwahrscheinlich nur sie und Ihre Freunde, die Johnsons benutzt. Damit haben wir Mr Johnson konfrontiert.«

»Und er konnte es nicht erklären«, sage ich.

»Nein, das konnte er nicht. Der veränderte zeitliche Ablauf war entscheidend. Wenn Abi eher so gegen acht aus dem Haus gelaufen ist und Neil um kurz nach sieben bei den Lovegoods eingetroffen ist, ist es möglich, dass Abi ihn dort gesehen hat und Jasmine das Stofftier nicht nur gesehen, sondern auch gehört hat, wie Neil es beim Namen nannte. Es ist möglich, dass Jasmine das einzige Familienmitglied der Lovegoods ist, das Neil gesehen hat. Und später am Morgen hat er Ihnen das Stofftier gebracht, Ava. Er hatte es auf der Straße gefunden, was natürlich bedeutet, dass er es dort zuvor abgelegt haben könnte.«

»Also hat er gestanden?«, unterbricht Matt.

Farnham wiederholt ihre inzwischen vertraute typische Geste und streicht sich übers Kinn. »Manchmal bekommt man den Eindruck, dass ein Verdächtiger insgeheim gestehen möchte, ganz gleich, wie sehr er sich dagegen sträubt. Es ist irgendwie unausweichlich, als ob alle Beteiligten wüssten, dass es darauf hinausläuft. Eine unschuldige Person neigt dazu, sehr beharrlich zu sein. Sie können sogar körperlich aggressiv werden. Doch bei Mr Johnsons Befragung schien er zwar alles abzuspulen, aber den Willen oder die Kraft verloren zu haben, weiter zu lügen. Und als wir ihn sozusagen in die Ecke gedrängt hatten, hat er zugegeben, dass Jasmine ihn tatsächlich gesehen hat und er ihr das Stofftier gezeigt hat ... Das war der Punkt, an dem er zusammengebrochen ist.« Sie sieht auf, sieht erst Matt an, dann mich.

»Also hat er sie definitiv getötet?« Matt kann es offensichtlich nicht glauben. »Ich meine, er hat es selbst gesagt, nicht unter Druck oder so?«

Farnham nickt. »Ich fürchte, ja. Es tut mir so leid. Ich weiß, das zu hören, muss für Sie unglaublich schwer sein. Wir haben gerade zwei Detective Constables zu ihren Nachbarn geschickt, die ihnen die Situation erklären. Und morgen werden wir auf dem Grundstück graben.«

»Auf dem Grundstück? Ich dachte, sie wäre im Fluss.«

»Das war die Arbeitshypothese, ja. Und ich werde Ihnen einen vollständigen Bericht der Abläufe geben, soweit wir sie im Augenblick verstehen, aber morgen müssen wir den

Küchenfußboden bei ihren direkten Nachbarn aufgraben, um Zugang zu der Vertiefung direkt hinter dem Eingang zu bekommen.«

»Nein«, rufe ich. »Nein, nein, nein, nein, nein.«

Sie seufzt tief und sieht uns beide an. »Es tut mir so leid.«

EINUNDVIERZIG
NEIL

Er ist früh auf der Arbeit wie immer. Die Lovegoods sind oben: Geschirrklappern aus der improvisierten Küche, die sie oben eingerichtet haben, laufendes Wasser im oberen Badezimmer, das Quieken und der singende Tonfall der Mädchen. Er baut den Boiler selbst ein, weil Rick, sein Klempner, ihn in letzter Sekunde im Stich gelassen hat. Adam kommt später noch, und dann werden sie die Stahlträger einbetonieren. Er ist im Hausanschlussraum, vertieft in seine Aufgabe. Streng genommen ist er nicht dafür ausgebildet, einen Boiler einzubauen, aber Rick wird ihn später in der Woche noch einmal kontrollieren. Es ist still in dem kleinen Raum. Er arbeitet die ganze Zeit, aber nach einer Weile wird ihm die Stille bewusst. Sie beginnt ihn zu stören, er könnte etwas Musik gebrauchen. Er tastet seinen Overall ab und merkt, dass er das Handy auf der Baustelle vergessen hat. Oder zu Hause. Ja, er sieht es noch zum Laden auf dem Küchentisch liegen. Na ja, egal. Es gibt ja ein Radio, das kann er benutzen. Das Handy kann er holen, wenn der Boiler eingebaut ist.

Er legt den Schraubendreher auf den Wassertank und öffnet die Tür des Hausanschlussraums. Und da bemerkt er es sofort, er sieht es sofort: Er hat die verdammte Küchentür offen gelassen.

Er pfeift leise, verdreht die Augen und überprüft die Treppe.

Doch sie sind noch immer oben. Er kann das Geräusch einer elektrischen Zahnbürste hören.

Jennifer hat gleich zu Beginn der Bauarbeiten dafür gesorgt, dass ein Schloss an der Küchentür angebracht wird. Vorher durfte die Arbeit nicht beginnen. Sie hat ihm, wie er es von Kunden gewohnt ist, mit einem Lächeln, aber unmissverständlich zu verstehen gegeben, dass sie ihn auf der Stelle feuern würde, wenn sie merkt, dass er die Tür offen gelassen hat, während die Kinder im Haus sind. Verstanden? Ja, natürlich hat er das.

Jetzt kann er Jennifer und die Kinder oben im Flur hören und ärgert sich über sich selbst. Er war abgelenkt. Bella war gestern Abend so fertig und heute Morgen auch, und jetzt ist sie noch immer ganz durch den Wind. Er hat ihr gesagt, dass es noch klappt und dass sie es weiter versuchen werden, ganz gleich, wie lange es dauert, aber es bricht ihm wirklich das Herz, sie so zu sehen.

Das raue Schnurren von Johnnies Porsche ist aus der Einfahrt zu hören. Manchmal hupt er, damit Jennifer und die Kinder sich beeilen, aber Neil weiß, dass er es nicht nur deswegen tut. Er möchte auch vor den Nachbarn angeben, sichergehen, dass sie ihn gesehen haben und wissen, was er für eine große Nummer ist. Der Idiot.

Er läuft auf die Baustelle und schließt die Tür hinter sich mit einem Fußtritt. Gefahr gebannt. Ab jetzt keine Nachlässigkeiten mehr. Dieser Auftrag ist ein Vermögen wert. Er wird die nächste Runde In-vitro finanzieren, und Johnnie hat versprochen, Neil in Zukunft allen seinen Kunden zu empfehlen, wenn er mit Neils Arbeit zufrieden ist. Dieser Auftrag wird sein Durchbruch sein.

Das Radio steht auf der Waschmaschine.

Er macht einen Schritt und schaut dabei auf seine Füße.

Das Letzte, was er jetzt gebrauchen könnte, ist, in die Aushöhlung neben dem Eingang zu fallen.

Die Zeit verlangsamt sich.

Abis Stofftier liegt auf dem Boden. Das Stofftier, das Bella und er gekauft und ihr am Tag ihrer Geburt ins Krankenhaus mitgebracht haben. Wie zum Teufel kommt es hier rein?

Er schluckt, macht noch einen Schritt und schaut in die Aushöhlung.

Er schmeckt Galle, schluckt sie hinunter. Fällt hin. Der Aufprall lässt Schmerzen durch seine Knie fahren.

»Nein«, flüstert er. »Nein, nein, nein, nein, nein.«

Abi. Die kleine Abi. Sein süßes kleines Mädchen. Die Position ihrer Glieder, wie schlaff ihr Mündchen ist, ihre Haut. Eine Plastiktüte liegt neben ihrem Kopf, direkt neben ihrer winzigen Faust. Darin sind zwei Scheiben Brot. Zwei große Pflaster bedecken ihre Knie.

Sie ist tot. Das spürt er, noch bevor er hineinspringt und seine Finger an ihren weichen, winzigen Hals drückt, ihre unwahrscheinlich dünnen weißen Handgelenke befühlt, stöhnt und fleht, dass sie noch lebt.

»Nein, Abi. Nein, nein, nein, nein. Komm schon, Kleine. Atme. Atme für deinen Onkel Nee. Komm schon, Kleines. Komm schon.«

Er fühlt keinen Puls. Spürt keinen Herzschlag. Sein Kopf pocht und seine Haut brennt, und er hebt sie hoch. Drückt sein Gesicht in ihre blaue Jacke, hält sie in den Armen.

»Abi, Schatz. Süße, nein.«

Er kann kaum sehen. Aber er sieht sich um, sieht seine Werkzeugtasche an der Wand lehnen und weiß mit fürchterlicher Gewissheit, die ihn bis ans Ende seines Lebens immer und immer wieder einholen wird, dass sie groß genug ist. Er kann sie darin verstecken.

Jetzt sitzt er hier in dieser Zelle, starrt an die graue Decke und weiß in seinem abgrundtiefen Unglück, dass er von blinder, moralisch blinder Panik getrieben war, dass er nicht nachgedacht hat und ein ohrenbetäubendes, hallendes Dröhnen alles übertönt hat, was nicht Handeln war. Er weiß, dass es so war. Er wünschte, er könnte noch einmal zurückkehren und alles anders machen, aber das ist unmöglich. Er kann es nicht, das konnte er auch damals nicht, auch zehn Minuten später nicht, und er kann es jetzt nicht, so ist es nun einmal.

Doch das hält ihn nicht davon ab, an der Wunde zu knibbeln. Er denkt, dass er liebend gern, und ohne zu zögern, alles hergeben würde, was ihm teuer ist, um die Zeit zurückdrehen und das Richtige tun zu können. Bella auch. Ja, sogar Bella. Er würde sein Leben noch einmal ganz neu beginnen. Er weiß, wie das geht, er weiß, dass er das kann. Die Festung, die er errichtet hat, liegt in Schutt und Asche zu seinen Füßen. Sie ist, sie war es nie wert. Jedes Mal, wenn er die Augen schließt, ist er wieder dort, an jenem schrecklichen Morgen, im staubigen Skelett eines Raums, hebt Abis winzigen Körper auf, läuft, hält sie an sich gedrückt, legt sie vorsichtig in die Tasche. Ihr blasses, lebloses Gesicht. Er berührt ihre Lider mit den Fingerspitzen. Das Schlimmste ist es, den Reißverschluss über ihr zuzuziehen. Er erstickt fast, ihr Gesicht verschwimmt vor seinen Augen. Dieser schreckliche, schreckliche Morgen.

»O Gott, mein kleiner Schatz. Mein hübsches kleines Mädchen.«

Er steht auf, trocknet sich die Augen, sein Atem geht flach, wieder und wieder schnappt er nach Luft. Er durchquert die Baustelle und wirft einen Blick zurück. Er sieht nur eine Baustelle, Werkzeug, eine Werkzeugtasche. Es wird ihm gleich noch einfallen, was zu tun ist. Erst müssen die Lovegoods aus dem Haus sein. Er nimmt das Stofftier und verlässt die Baustelle, schließt hinter sich ab. Mit einer Hand auf dem

Türgriff lehnt er die Stirn gegen das Glas und lässt in einem langen, rauen Atemstoß alle Luft aus der Lunge entweichen.

»Taschen.«

Erschrocken fährt er herum. Jasmine strahlt ihn wie immer mit diesem schalkhaften Lächeln an. Er hat sie liebgewonnen, er mag es, wie sie immer alles wiederholt, was er sagt, und dass es so wenig braucht, um sie zum Lachen zu bringen. Er muss sich zusammenreißen. Sein Herz schlägt wild gegen die Rippen. Es fühlt sich an, als würde es gleich aus seiner Brust springen.

»Hallo, Jasmine«, bringt er mit Mühe hervor.

»Hallo, Jasmine, hallo, Jasmine.« Sie tritt von einem Fuß auf den anderen, wedelt mit den Händen und lächelt. Hinter ihr kann er Jennifer auf der Einfahrt hören, wie sie offenbar die kleine Cosima in den Kindersitz bugsiert.

»Taschen!« Jasmine zeigt auf das Stofftier.

»Das ist Mister Faultier«, entgegnet er hilflos, und Tränen laufen ihm übers Gesicht. »Sag Mister Faultier Hallo.«

»Sag Mister Faultier Hallo, sag Mister Faultier Hallo, sag Mister Faultier Hallo.«

Er kennt jetzt den Begriff dafür. Jennifer hat es ihm vergangene Woche gesagt: Echolalie.

»Mister Faultier. Mister Faultier. Taschen.« Jasmine wirft den Kopf zurück und lacht.

»Jasmine?«, ruft Jennifer von der Einfahrt.

Neil presst den Finger an die Lippen. »Sch«, macht er. »Heute kann ich nicht Mister Faultier Taschen spielen, Süße. tut mir leid.« Er winkt. »Ich spiele ein anderes Mal Mister Faultier Taschen, okay?« Er schlüpft in den Hausanschlussraum und schließt leise die Tür hinter sich. Er horcht, das Ohr an die Tür gepresst.

»Mister Faultier Taschen ein anderes Mal.« Jasmine singt beinahe und wiederholt die Worte. Ihre Stimme kommt immer näher. Er hält gerade noch rechtzeitig die Klinke fest, spürt, wie sie in seiner Hand wackelt, als sie versucht, die Tür von außen zu öffnen. »Mister Faultier Taschen ein anderes Mal«, sagt sie und rüttelt am Türgriff. »Taschen, Taschen, Taschen.«

Schweiß läuft in einem dünnen Rinnsal von seiner Stirn.

»Taschen ist noch nicht hier, Liebes.« Jennifers Stimme klingt nah. Sie ist wieder ins Haus gekommen. Sie ist genau auf der anderen Seite der Tür. Er presst den Mund zu, schließt die Augen.

»Taschen, Taschen«, sagt Jasmine. Der Türgriff zittert und lockert sich wieder in seinem Griff.

»Wir sehen ihn später noch, Liebes.« Jennifer klingt, als sei sie wieder an der Haustür und versuche, ihre Tochter zum Gehen zu bewegen. »Komm schon, Schatz – lass uns einsteigen. Daddy wartet.«

»Taschen.« Jasmine hört sich nun auch leiser an. Sie gehen aus dem Haus. Die Tür schlägt hinter ihnen zu. Er atmet lange aus. Er glaubt, er kann Jasmine noch immer halb seinen Spitznamen singen hören, dann schließt sich die Autotür mit einem Knall. Ein paar Sekunden später hört er das tiefe Röhren des kraftvollen Motors, hört wie es dann leiser wird und schließlich verschwindet.

Er schnappt nach Luft, lehnt sich gegen die Tür und schluchzt. Was hat er getan? Was hat er getan? Was hat er nur getan?

Fahrlässige Tötung, seine lebenslange Freundschaft am Ende, seine Frau eine Fremde, sein Unternehmen ruiniert, sein Ruf zerstört, seine Stellung in dem Ort, in dem er sein ganzes Leben gelebt hat, ist für immer zunichtegemacht. Seine Festung. Alles, was er sich aufgebaut hat, wird er verlieren.

Er wird Bella verlieren.

Er wird Matt verlieren, seine Freunde, seine Mutter, seine Schwester, seine Nichte und seinen Neffen.

Er wird alles verlieren.

Ihm bleibt nichts übrig, als die Kontrolle zu übernehmen.

Ihm bleibt nichts übrig, als das in Ordnung zu bringen.

Ihm bleibt nichts übrig, als ... was?

Er schleicht den Flur entlang, öffnet die Haustür der Lovegoods einen Spalt.

Niemand ist zu sehen. Er sieht oben zu den Fenstern. Nein, niemand. Er läuft zum Rinnstein und wirft das Stofftier hinein, rennt wieder hinein. Er schließt die Tür, stützt die Hände auf die Knie und lässt sich zu Boden gleiten. Er hyperventiliert, weint und krümmt sich. Bitte, Gott, mach, dass niemand ihn dabei gesehen hat. Bitte, Gott, lass das nicht sein Ende sein. Die kleine Abi, seine liebe kleine Abi, es kann nicht sein, das kann nicht passiert sein, es kann nicht wahr sein. Für einen Moment ist sie noch am Leben. Er hat sich vertan. Wenn er zurückgeht und nachsieht, ist sie wach und wird ihn verwirrt ansehen.

»NeeNee«, wird sie sagen. Sie wird sich fragen, was sie da macht. Er wird sie auf den Arm nehmen und sie zu ihrer Mutter zurückbringen. Hier Ava, sieh mal, wen ich gefunden habe, den kleinen Frechdachs. Nein. Nein, das wird er nicht, denn sie ist tot. Er weiß, es ist unmöglich, aber er weiß gleichzeitig, dass es wahr ist. Doch mit der Wahrheit herauszurücken, kann nichts Gutes bringen. Nichts, nichts, gar nichts Gutes kann es bringen, jetzt reinen Tisch zu machen, nichts Gutes kann das bringen, nichts Gutes, nichts, nichts, o Gott, o Gott, o Gott!

»Abi!«

Ava. Ava ist draußen auf der Straße. Er schaut auf die Uhr. Ach du Schande, er ist schon über zehn Minuten hier, war in einer Art Trance erstarrt.

»Abi? Abi, Schatz, wo bist du?«

Schweiß läuft ihm von der Stirn, Salz und Fett brennen ihm in den Augen. Er atmet schnell, schneller. Die Luft ist dünn.

»Abi? Abi!«

Das ist die Hölle. Das ist die Hölle, und er ist mittendrin. Es gibt keinen Ausweg. Er kann es jetzt nur wieder in Ordnung bringen. Er kann nur die Kontrolle übernehmen. Er muss schnell arbeiten.

Zurück auf der Baustelle steigt er mit einem großen Schritt über die Aushöhlung und betrachtet die Tasche. Er muss sie hier rausschaffen, aber sie auf die Straße zu tragen, ist zu riskant. Die Rückseite des Hauses ist offen. Die Gärten in dieser Straße sind langgestreckt. Soll er die Tasche jetzt mitnehmen? Auf jeden Fall darf er nicht hier sein. Niemand außer Jasmine weiß, dass er hier ist.

Die Tasche.

Er hebt sie hoch, wiegt sie. Sie ist schwer. Groß. Er ist unmöglich, sie unbemerkt zu seinem eigenen Haus bringen, wenn er hintenrum geht – er muss hinter den Gartenschuppen hindurchschleichen, das wird ohnehin reichlich eng, und er kann sie nicht über die Zäune werfen. Unmöglich. Ohne die Tasche kann er es nach Hause schaffen. Als Junge ist er oft genug als Mutprobe über die Zäune gesprungen und durch Gärten gelaufen.

Er stellt die Tasche wieder auf den Betonboden, und ein Plan nimmt in seinem Kopf langsam Gestalt an.

Bald wird die Polizei hier sein. Ava wird in Panik verfallen. Und erst jetzt fragt er sich, wie zum Teufel Abi ins Haus der Lovegoods kommen konnte.

Die Haustür, natürlich. Das war aber nicht er. Das war der verdammte Johnnie, dieser dämliche Idiot. Sie hat wahrscheinlich gesehen, dass sie offen war, und sie wusste, dass er hier drin sein würde, weil sie ihn in den letzten Wochen gesehen hat, wie er rein- und rausgegangen ist. Sie muss hineingelaufen sein, um ihn zu suchen. Um ihn zu suchen, Onkel NeeNee, o Gott. Es muss alles innerhalb von Sekunden geschehen sein, Millisekunden. Aber wie ist sie aus ihrem eigenen Haus rausgekommen? Es sei denn ... Es sei denn, Ava hat auch die Haustür offen gelassen.

Nicht eine unverschlossene Tür, nicht zwei, sondern drei.

Und nur eine davon ist seine Schuld. Er hätte es nicht wissen können. Es ist nicht nur sein Fehler, sondern auch Avas. Und Johnnies.

Genug davon.

Das ist jetzt alles egal.

Es zählt nur, was er jetzt tut.

Denk nach. Denk nach, Neil.

Er betrachtet die Tasche. Wappnet sich. Öffnet sie und nimmt Abis Mütze heraus. Dann zieht er ihr schaudernd die kleine Jacke aus. Er muss eine Spur legen. Ein Plan nimmt in seinem Kopf Gestalt an. Er wickelt die Jacke in ein schmutziges Arbeitshandtuch und stopft beides in die Waschmaschine. Sie ist zu groß und zu blau, um sie in einer seiner Taschen zu verstecken. Er wird sie später holen. Die Mütze. Die Mütze kann er jetzt schon platzieren. Aber er muss sich beeilen.

Er läuft aus der offenen Baustelle, klettert über den hinteren Zaun der Lovegoods, landet im Blumenbeet des Mehrparteienhauses dahinter. Sein Herz hämmert. Wenn Johnnie aus irgendeinem Grund zurückkommt, um nach ihm zu sehen ...

Hör auf, nachzudenken. Du musst nur handeln.

Er duckt sich und rennt in dieser Haltung am Gebäude vorbei, wobei er die Fenster der Wohnungen im Blick behält. Es braucht nicht lange, und schon ist er auf der Thameside Lane, fast gegenüber der Oase. Er könnte die Mütze einfach hier fallen lassen und zurücklaufen. Es gibt nicht viel Verkehr. Er entdeckt eine junge Mutter, die einen Buggy schiebt, ihr Sohn in Schuluniform fährt auf einem Roller etwa fünf Meter vor ihr her. Sie sind früh dran. Vielleicht für irgendeinen Kurs vor dem Unterricht. Er wartet.

Als sie nah genug bei der Schule sind, geht er mit ruhigem Schritt über die Straße. Er setzt sich auf die Mauer beim Freizeitzentrum. Ein Auto fährt vorbei. Dann nichts. Er braucht nur diese eine Sekunde. Er lässt die Mütze fallen, und schon ist er auf dem Weg zurück, zurück die Straße runter, zurück im Gestrüpp bei dem Mehrparteienhaus. Er klettert über den Zaun. Wieder im Garten der Lovegoods angekommen, betrachtet er die Baustelle. Sie sieht normal aus, als ob nichts geschehen wäre, aber ein Zweifel wegen der Tasche veranlasst ihn, zurückzulaufen.

Sie ist zu. Er hat sie zugemacht. Er muss sie unsichtbar machen, indem er sie einfach hier stehenlässt. Er kann jetzt nicht riskieren, dass man ihn sieht, wie er sie hinausträgt. Er möchte gerade die Jacke nehmen und zusehen, dass er hier wegkommt, als sein Blick auf die Aushöhlung fällt. Er sollte sie reinigen, das weiß er. Wenn sie mit der Spurensicherung hier reinkommen, könnten sie irgendetwas finden, was er auf den ersten Blick nicht sieht. Ja, er sollte sie reinigen. Schnell.

Er koppelt die Waschmaschine von der Standleitung ab, nutzt diese, um seinen Eimer zu füllen, und mischt etwas vom Waschmittel der Lovegoods hinein. Auf allen vieren wäscht er die Seiten der Aushöhlung und den Boden mit dem Schwamm ab, scheuert fest und hofft, dass es trocknet, bevor irgendjemand hineinschaut. Er kann kein Blut entdecken – sie muss sich beim Aufprall den Schädel gebrochen haben. Er schrubbt den Boden der Baustelle und den Flur bis zur Haustür.

Er schwitzt enorm, leert den Eimer ins Blumenbeet aus und stellt ihn wieder hinter die Waschmaschine. Das Waschmittel platziert er sorgfältig darauf, rückt es noch einmal gerade, findet, dass es genauso steht wie vorher. Er schließt die Waschmaschine wieder an, tritt einen Schritt zurück und wirft noch einen letzten Blick auf sein Werk.

Es sieht okay aus. Er könnte jetzt gehen, aber nein, man würde ihn sehen. Es ist besser, wenn er nie hier gewesen ist. Wenn er hintenrum geht, kann er später wiederkommen, einfach durch die Haustür reingehen, und die Tasche mitnehmen, als würde er sein Werkzeug holen. Hoffentlich noch bevor die Polizei da ist. Es ist nicht perfekt, aber etwas Besseres fällt ihm nicht ein.

Er rennt wieder zum hinteren Zaun, versteckt sich einen Moment hinter dem heruntergekommenen Schuppen. Er sieht rasch zu den Schlafzimmerfenstern hinüber – niemand da, soweit er es erkennen kann. Er hat keine Zeit zu verlieren. Er muss seine Chance nutzen.

Er klettert, springt, landet in Avas und Matts Garten. Keuchend steht er hinter ihrem Schuppen, als er Ava wieder hört. Dieses Mal ganz in der Nähe.

»Abi? Bist du im Garten?«

Sie ist nur wenige Meter entfernt. Er hört ihre Schritte auf dem Boden rascheln, als sie über den Rasen geht.

»Abi?« Sie klingt nun noch näher.

Er hält den Atem an, hat die Handflächen flach gegen die harzige Rückseite des Schuppens gelegt. O Gott!

»Abi?« Ihre Stimme verändert sich, als sie das Gesicht an das Fenster des Schuppens presst. Sie ist so nah. Der Drang, sich zu erkennen zu geben, sich ihr vor die Füße zu werfen und ihr zu erzählen, was geschehen ist, überwältigt ihn beinahe. Ein leises Wimmern entfährt ihm. Er kneift die Augen zu, als ob er unsichtbar würde, wenn er selbst nichts sieht. Ihre Schritte entfernen sich, ihr Rufen wird leiser. Einen Augenblick später hört er, wie die Terrassentür leise zugleitet und sich mit einem sanften Klacken schließt.

»O Gott.« Er keucht.

Noch einen Augenblick später überwindet er schwitzend und keuchend den nächsten Zaun. Wieder versteckt er sich hinter einem Schuppen, und der enge Spalt ist von Spinnweben durchzogen und voller alter Kiefernnadeln. Er hatte recht. Die Lücken zwischen Zaun und Schuppen sind eng, zu eng, um die Tasche auf diesem Weg herauszuschmuggeln. Doch er kann nicht warten, bis es dunkel ist. Er wird die Tasche später einfach für alle sichtbar heraustragen müssen, als ob es einfach eine Tasche voller Werkzeug wäre. Er hat keine Wahl. Er muss sie irgendwo verstauen, bis sich der Wirbel gelegt hat. Sie. Die Tasche. Abi. Seinen kleinen Schatz.

Eins, zwei, drei, sieben, acht, zehn Zäune. Er weint, er schwitzt, sein T-Shirt ist durchnässt, sein Overall zerrissen, wo er an einem Nagel hängen geblieben ist. Endlich erreicht er seinen eigenen Garten – da ist sein Super-Schuppen, der auf einem absolut geraden Betonfundament steht, seine Gartenmöbel, der Grill, den er gemauert hat.

Bella muss schon zur Arbeit gegangen sein.

Das hofft er jedenfalls.

Er sucht in den Taschen seines Overalls nach dem Schlüssel, schließt die Hintertür auf und öffnet sie. Im Haus ist es still, nichts rührt sich. Dennoch ruft er nach seiner Frau.

Niemand antwortet.

Sein Handy liegt auf dem Tisch. Er schickt Adam, seinem Hilfsarbeiter, eine Textnachricht, sagt ihm, dass der Betonmix noch nicht geliefert wurde und er vor Mittwoch nicht zur Arbeit zu kommen braucht. Zwei Tage, nur zur Sicherheit.

Ihm fällt noch etwas anderes ein. Er tippt eine WhatsApp-Nachricht in die Gruppe, die Jennifer eingerichtet hat.

Hallo, J und J. Ich wollte nur Bescheid sagen, dass ich heute etwas später komme – muss noch was beim Baustoffhof besorgen. Gruß, N.

Er betrachtet die Zeilen einen Augenblick. Es klingt nach ihm, ja. Er ist sich ziemlich sicher, dass es nach ihm klingt. Er drückt Senden.

Er zieht sich aus und tut alles in die Waschmaschine, sucht, wo Bel das Waschmittel aufbewahrt, wird fündig und lässt die Waschmaschine laufen. Auf dem Weg nach oben nimmt er drei Stufen auf einmal. Unter der Dusche schrubbt er sich fast wund und beißt fest auf seine Unterlippe, zwingt sich, sich auf den Augenblick zu konzentrieren. Er kann jetzt nicht durchdrehen. Er muss aufmerksam bleiben.

Er trocknet sich ab und zieht frische Sachen an, einen sauberen weißen Overall.

Noch immer keucht er wie ein Rennpferd, weint noch immer, versucht noch immer, damit aufzuhören. Alles ist laut, alles pocht in seinem Schädel. Er hat keine Ahnung, was er tut, doch sein Blick ist klar wie der eines Scharfschützen. Seine Konzentration erschreckt ihn. Er lässt einen langen Atemzug aus der Lunge entweichen, presst die Kiefer aufeinander.

Es poltert an der Tür.

»Neil? Bel? Hier ist Ava. Hilfe. Ich brauche Hilfe.«

Er wappnet sich. Eine Sekunde, zwei. Komm schon, Neil. Du musst da jetzt durch.

Er rennt die Treppe hinunter, atmet tief ein und öffnet die Tür.

»Ist Abi bei euch?« Avas Gesicht ist eine Schreckensmaske.

Es ist ein Spiegel.

ZWEIUNDVIERZIG

AVA

Lorraine Stephens und Sharon Farnham stehen vor der Tür. Farnham deutet mit dem Kopf kurz in Richtung Nachbarhaus. Matt greift nach meiner Hand.

»Okay«, sagt Farnham. »Ihre Nachbarn sind in ein Hotel gegangen. Sind Sie sicher, dass ich Sie nicht überreden kann, den Tag woanders zu verbringen?«

»Nein«, sage ich. »Wir wollen hier sein. Wir wollen hier sein, wenn sie gefunden wird.«

»Ja, danke. Wir möchten bleiben.« Matt hebt unsere ineinander verschränkten Hände an die Lippen. Ich spüre seine Tränen an meinen Fingern. Ich kann meinen Arm nicht um ihn legen, weil unsere Hände fest verbunden sind.

»Ich schlage vor, wir gehen kurz hinein, ja?«, sagt Farnham. Sie folgen uns in die Küche. Keiner von uns setzt sich.

»Wir wussten, dass sie in dem Haus ist«, sage ich. »Bei der Party. Wir haben beide gespürt, dass sie da ist.«

»Verständlich«, sagt Lorraine. »Ahnungen entstehen oft aus vielen kleinen Details, die man noch nicht ganz zusammengefügt hat. Es ist möglich, dass ein Teil von Ihnen schon immer das Gefühl hatte, dass Ihr Freund etwas mit Abis Verschwinden zu tun hat. Vielleicht haben Sie sogar irgendwie geahnt, wo er sie versteckt haben könnte. Einige Dinge sind so undenkbar, dass man ... nicht wagt, sie zu denken, und so werden sie stattdessen zu Gefühlen.«

»Ihre Leute werden aber doch vorsichtig sein?«, frage ich.

»Wie ich gestern Abend bereits sagte: Seien Sie gewiss, dass sie sehr vorsichtig vorgehen werden«, versicherte Farnham. »Sie sind Profis, und in der Tasche ist sie gut geschützt.«

»Aber woher wissen sie, wo sie ist? Wo genau, meine ich?«

»Mr Johnson ...«

»Neil wird dabei sein?«, unterbricht Matt sie. Ich spüre, wie sich sein Körper anspannt und seine Hand sich fester um meine schließt.

Farnham schüttelt den Kopf. »Nein, er hat einen Plan der Küche gezeichnet und die Stelle markiert. Bitte versuchen Sie, nicht zu viel darüber nachzudenken. Wir werden so vorsichtig vorgehen, wie wir nur können, okay?« Sie betrachtet kurz ihre Füße, dann wendet sie sich zum Gehen.

»Detective«, sagt Matt. »Könnte ich mit Neil sprechen? Darf ich ihn anrufen?«

Sie schüttelt den Kopf. »Nein, tut mir leid. Das ... Das wäre nicht sachgerecht.«

Er nickt, etwas zu heftig. »Natürlich. Tut mir leid. Ja. Und er wird nicht vor Ort sein?«

Sie schüttelt wieder den Kopf und sieht müde aus. »Wie ich bereits sagte, wir haben Zeichnungen und er hat die Stelle ...«

»... die Stelle markiert, natürlich. Das haben Sie ja eben gesagt. Es tut mir leid. Danke. Vielen Dank.«

»Ich finde allein hinaus. Wir bleiben in Kontakt.«

Lorraine geht wie auf Autopilot zum Wasserkocher.

Matt bedeckt seine Augen. Sein Mundwinkel ist eingerissen. Wir haben nicht geschlafen, nur auf dem Bett gelegen und endlos alles durchgesprochen, versucht, die surrealen und grausamen Ereignisse zu verstehen, von denen Farnham uns gestern in Kenntnis gesetzt hat. Doch da gibt es nichts zu verstehen. Es ist absolut sinnlos. Ein tragischer Unfall, den unser Freund durch Fahrlässigkeit verursacht hat. Er wollte seine schreckliche Lage wie eine scharfe Handgranate wegwerfen und hat stattdessen damit eine Zeitbombe erschaffen. Und diese Bombe ist jetzt natürlich hochgegangen. Sie hat uns alle und alles, was wir einander waren, zerstört.

Mein Blick wandert zu der schwarzen Mülltüte auf dem Küchenfußboden. Darin befindet sich der Zorn des gestrigen Abends: zerbrochene Dekorationsstücke, ein zerrissenes Kleid von Abi, ein Teddybär mit Herz, mit der Schere in Fetzen geschnitten, eine zerschmetterte Sektflasche, deren Inhalt gluckernd und blubbernd im Abfluss verschwunden ist. Alles Geschenke von Neil und Bella. Ein zerbrochener Bilderrahmen ist auch darin – mit einem Foto von einem Elvis-Imitator, der die Arme um uns vier gelegt hat. Es ist in einem Curryrestaurant in Twickenham entstanden. Ich habe es ausgegraben und zerrissen.

All das ist mein Werk.

Wenn ich sagen müsste, wie ich mich fühle, könnte ich nur sagen, dass ich es nicht weiß.

Wir wissen beide nicht, wie wir uns fühlen. Haltlos kommt der Wahrheit vielleicht am nächsten. Unsere Tochter ist verloren. Sie ist tot. Und mit ihrem Tod haben wir unsere Freunde verloren und unser Leben hier.

Gestern Abend war Matt schon auf dem Weg ins Gästezimmer, als ich ihn zurückgerufen habe.

»Hey«, habe ich gesagt. »Schlaf hier.«

»Okay.« Er hat sich neben mich ins Bett gelegt und mich in den Arm genommen.

»Das heißt nicht, dass wir zusammen sind«, habe ich gesagt und an seiner Schulter geweint. »Ich hasse dich noch immer.«

»Ich weiß«, hat er in mein Haar geflüstert. »Ich verstehe das.«

»Das Beste, was Sie jetzt tun können, ist, es sich so bequem zu machen wie möglich«, sagt Lorraine gerade, während wir auf Barhockern sitzen, ausgebrannt, inmitten der herabfallenden Asche unseres Lebens. »Lassen Sie uns ins Wohnzimmer gehen, ja?«

Wir gehen in den vorderen Teil des Hauses, schweigend, in dem Wissen, dass der Lärm von hinten kommen wird. Durch das Fenster vorne können wir sehen, wie der Lieferwagen ankommt. Männer mit Helmen und Schutzausrüstung tragen Gehörschutze um den Hals und bringen elektrische Abrisshämmer ins Haus.

Matt zieht die Vorhänge zu, und ich halte ihn nicht davon ab.

»Die sind anscheinend früh aus dem Haus«, sagt er. »Sie schlafen wahrscheinlich in einem netten Hotel.«

Niemand sagt etwas.

Als das Knattern der Maschinen beginnt, schließen wir die Augen. Fred ist ungewöhnlich unruhig. Als ob er ahnt, was dort Schreckliches zutage gefördert wird. Ich nehme ihn fest in den Arm, lasse ihn nuckeln.

Später kommt ein weiterer Polizeiwagen. Matt entdeckt es durch den Spalt im Vorhang. Wie ein neugieriger Nachbar wendet er sich mir zu und verkündet seine Entdeckung mit einem Seufzer. Ich weiß, wie hilflos er sich fühlt, weil er es ständig sagt und weil ich mich genauso fühle. Wir haben uns noch nie so hilflos gefühlt. Selbst an jenem Tag nicht, damals wurden wir von Angst und Hoffnung verschluckt. Wir waren abgelenkt, weil es etwas zu tun gab. Jetzt gibt es nur diese Trägheit. Das Warten.

»Es ist Farnham«, kommentiert Matt. »Sie steigt gerade aus. Sie muss kurz weggewesen sein und kommt jetzt zurück.«

Ich folge ihm in den Flur. Er öffnet die Tür und will gerade hinausgehen, aber er weicht plötzlich zurück, als Farnham auf ihn zukommt. Sie drängt ihn nicht aktiv zurück, aber es wirkt wie eine Kapitulation. Einen Augenblick später ist die Haustür geschlossen worden, und Farnham führt uns in unser eigenes Wohnzimmer. Alles an ihr strahlt eine selbstbewusste Ruhe aus.

»Warten Sie besser hier drin«, sagt sie. »Lassen Sie uns unsere Arbeit machen und es für alle so erträglich machen wie möglich, okay?«

»Okay.«

Wir sind Gäste. Wir sind Fremde. Wir sind Marionetten.

Etwas später hören wir es nebenan wieder rumoren. Ich habe meine Meinung geändert. Wir hätten heute nicht hierbleiben sollen. Wir hätten in den Park, in ein Café oder irgendwo anders hingehen sollen, nur nicht hierbleiben.

Aber nun ist es, wie es ist, und wir sitzen da. Wir schalten nicht den Fernseher ein. Stunden werden zu Minuten, Minuten werden zu Sekunden, bis Farnham einen Anruf erhält und hinausgeht.

Ich vergrabe mich in Matts Arm. »Mein Baby. Mein kleines Mädchen.«

Farnham kommt zurück, und ich habe kein Gefühl dafür, wie lange sie fort war. Durch den Tränenschleier sehe ich, dass sie versucht, nichts zu verraten, doch sie nickt Matt kaum merklich zu, und das Jahr der Qualen schrumpft zu einem einzigen Blitz zusammen.

»Haben sie sie gefunden?« Ich springe auf.

»Ich weiß, das ist schwer für Sie.« Farnham hält mich sanft zurück. Lorraine versucht, mich dazu zu bewegen, wieder Platz zu nehmen. Farnham geht vor mir in die Hocke, wie man es bei einem verletzten Kind tut.

»Bitte.« Ich schluchze.

»Es tut mir sehr leid«, sagt sie. »Sie haben sie gefunden.«

»Ich muss sie sehen.«

Farnham setzt sich neben mich aufs Sofa. Lorraine ergreift meine Hand.

»Lassen Sie sie ihre Arbeit machen und sich um sie kümmern«, sagt Farnham. »Sie werden vorsichtig mit ihr umgehen, das verspreche ich.«

Ich höre Matt weinen. Fred strampelt auf seinem Schaffellteppich mit Armen und Beinen und gurrt.

Kurz darauf erhebt sich Farnham. »Ich rufe Sie an, sobald es irgendwelche neuen Entwicklungen gibt. Am besten gehen Sie jetzt etwas frische Luft schnappen und versuchen, die Zeit irgendwie herumzubringen. Das ist das Beste, was Sie jetzt tun können. Sie haben meine direkte Durchwahl. Ich werde, sooft ich kann, auf mein Handy schauen, okay? Wir bleiben in Kontakt.«

DREIUNDVIERZIG

NEIL

Neil legt den Hinterkopf auf den Händen ab, die dünne Matratze drückt an den Schulterblättern. Draußen vor der Zelle scheppert und rasselt es, die nächtliche Geräuschkulisse einer Polizeiwache. Der Geruch von Desinfektionsmittel auf Linoleum juckt in seiner Nase. Durch ein offenes Fenster dringt Zigarettenrauch zu ihm herein. In einer anderen Zelle flucht jemand lautstark. Doch nichts davon kann ihn von der Folter seiner eigenen Gedanken ablenken, die ihn bedrängen: Bella, Matt und Ava, seine Mutter, seine Kumpel vom Rugbyverein, seine Schwester Bev, deren Mann, seine Familie, seine ehemaligen Lehrer, seine Kunden ... seine ganze Stadt. Alle. Es gab so viele furchtbare Momente. Das langsame Schließen des Reißverschlusses, Jasmine, wie sie ihn durch die Tür ruft, wie er den Polizisten auf der Baustelle herumführt und versucht, nicht durchzudrehen. Wie er am Nachmittag das Gewicht der Tasche prüft, als die Hunde endlich weg sind und er einen Augenblick Zeit gefunden hat, zurückzukehren. Er hat sich die Ausrede zurechtgelegt, dass er sein Werkzeug sichern will. Er spürt das Gewicht der Tasche, kann es auch jetzt noch spüren, als ob der Gurt noch immer in seine Hand schneidet. Er kann sie ohne Mühe tragen, denkt er. Nein, mit dem realistischen Maß an Mühe, das ist die Hauptsache. An jenem fürchterlichen Nachmittag. Es ist drei Uhr. Die Hunde haben in seinem Haus herumgeschnüffelt, in seinem Schuppen, seinem Lieferwagen, und jetzt ist er wieder hier, an einem Ort, an den er am liebsten bis ans Ende seines Lebens nicht mehr zurückkehren würde. Jetzt oder nie. Wenn er sie in den Lieferwagen schafft und sein Fahrrad hineinstellt, kann er mit dem Van nach Richmond fahren und sagen, dass er ein bisschen weiter draußen Flugblätter verteilen möchte. Dann muss er nur noch mit dem Fahrrad nach Hause fahren und sich um den Rest irgendwie später kümmern.

Das Rattern eines Helikopters ist über ihnen zu hören. Er denkt an Bella und muss weinen. Er weiß nicht, ob er das kann, weiß nicht, ob er das Zeug dazu hat. Und wenn ja, was sagt das dann über ihn? Doch wenn er das jetzt nicht durchzieht, wird er ihr nie ein Baby, eine Familie und ein Zuhause geben können. Er wird sie verlieren. Er wird sein Leben verlieren. Was er auch tut, es wird Abi nicht zurückbringen. Er hat sie geliebt. Er hat sie wie sein eigenes Kind geliebt. Doch er kann sie nicht retten. Er kann das nicht in Ordnung bringen. Wenn er das in Ordnung bringt, gerät alles andere aus der Ordnung.

Im Flur steht er vor dem Spiegel und versucht, sich zusammenzureißen, streicht die Haare zurück und stößt immer wieder in kurzen Stößen den Atem aus.

»Komm schon.« Er strafft die Schultern, versucht, sich selbst in die Augen zu sehen. »Jetzt komm schon.«

Und in diesem Augenblick vollkommener Einsamkeit wünscht er sich bitterlich und verzweifelt, dass er seinen Vater gekannt hätte. Wünscht sich, dass er ihn anrufen und ihn fragen könnte, was er tun soll. Er hat nie jemanden fragen können, er musste alles allein herausfinden. Er weiß, dass er etwas Falsches tut, etwas unermesslich Falsches, aber was bleibt ihm denn anderes übrig? Wer soll es denn in Ordnung bringen? Das kann nur er.

Er knirscht mit den Zähnen. »Komm schon.«

Noch einmal stößt er zitternd den Atem aus. Dann öffnet er die Tür, tritt hinaus auf die Straße. Es regnet noch immer, wenn auch nicht mehr so heftig. Er zieht die Haustür der Lovegoods hinter sich zu und geht, so langsam er sich traut, an Matts und Avas Haus vorbei. Blick geradeaus gerichtet und mit erhobenem Kopf geht er auf sein eigenes Haus zu. Keine Spur von den Hunden. Er muss nur zusehen, dass die Tasche nicht den Boden berührt.

Auf halbem Weg die Straße hinunter, nicht mehr als zwanzig Meter von zu Hause, entdeckt er zwei Polizeikräfte, die aus Haus Nummer 58 kommen, und es schnürt ihm den Hals zu.

Er erkennt PC Peak, lächelt und hebt die freie Hand. »Bringe gerade mein Werkzeug in den Van«, erklärt er. »Hinten ist alles offen. Ich möchte nicht, dass etwas geklaut wird.«

Die beiden nicken kurz und gehen weiter zu Haus Nummer 56.

Der Drang, loszurennen, ist beinahe übermächtig. Er spitzt die Lippen, als wollte er pfeifen, verkneift es sich aber. Beim Lieferwagen drückt er auf den Schlüssel. Die Zentralverriegelung klackt, die Rücklichter blinken auf. Er kann sich gerade noch zusammenreißen, sich nicht umzusehen. Es kostet ihn Überwindung, Abi in den trostlosen metallenen Innenraum zu stellen. Als ob sie nicht mehr als das wäre: eine Tasche voller Werkzeug, Wertgegenstände, die er vor Dieben sichern möchte.

»Es tut mir so leid, meine Kleine«, flüstert er. »Es tut mir so wahnsinnig leid.«

Und später dann, viel später, liegt seine süße kleine Patentochter noch immer in dem kalten Lieferwagen, das Gesicht seines besten Freundes taucht vor ihm in der Dunkelheit der verlassenen Baustelle auf. Mit qualvoll zusammengekniffenen Augen gesteht er.

»Ich war es, der die Tür offen gelassen hat.«

Er hält den dünnen, nassen Mann fest, der über seinen fatalen Fehler weint.

»Sag ihr nichts«, hört er sich selbst sagen, erstaunt darüber, wie leicht ihm diese Worte über die Lippen kommen, als ob sie in Wahrheit jemand anders gesagt hätte. »Dadurch wäre überhaupt nichts gewonnen.« Und so weiter und so weiter – ein Taschenspielertrick, mit dem er das Gewicht der Schuld verschiebt, damit er sich selbst von der größeren Schuld freisprechen und sein Leben retten kann: »Du erzählst es weder der Polizei noch Ava und auch sonst niemandem. Ende, aus. Unser Geheimnis. Ich stehe hinter dir.«

Das, genau das ist der Moment, in dem er zum Monster wird, denkt er. In der Verzweiflung seines besten Freundes sieht er nur die Chance, sich selbst zu retten, sein eigenes Geheimnis zu bewahren, indem er sich zum Hüter des Geheimnisses eines anderen macht. Später dann, als ihm in wilder Panik einfällt, dass er Abis Jacke in der Waschmaschine der Lovegoods gelassen hat, als er Matt gute Nacht sagt und vorgibt, ins Bett zu gehen, sprintet er in der Dunkelheit von Panik getrieben wieder über die splitternden, von Spinnweben überzogenen Gartenzäune, versteckt sich im struppigen schwarzen Garten von Johnnie Lovegoods Traumhaus und sieht den Mann, den er verabscheut, am Dachbodenfenster stehen. Er beugt sich hinaus und raucht einen Joint, schwebt über allem, gleitet durch sein Leben wie auf einer Luxuskreuzfahrt, während Neil selbst schmutzig, schwitzend und verheult im Schatten kauert, und er erkennt ganz klar, wie unfair all das ist. Johnnie, der ebenso Schuld an dem Unglück trägt, raucht einen verdammten Joint, genießt sein sorgenfreies Leben in seinem zukünftigen hochmodernen Vorzeigezuhause, dem Zuhause, das Neil für ihn bauen wird. Er möchte hinlaufen und ihm fest in seine kleine, selbstzufriedene Fresse schlagen. Aber nein.

Gewalt ist jetzt keine Lösung. Nur List. Er muss zusehen, dass er die Jacke in den Fluss befördert. Er muss irgendwie diese Nacht hinter sich bringen.

Und morgen wird er die Tasche in die Aushöhlung legen und die Stahlträger einzementieren. Das ist alles, woran er denken kann. Es ist alles, was ihm einfällt.

Er schnappt sich die Jacke und flüchtet noch einmal über den hinteren Zaun. Er läuft bis zur Schleuse, mit schmerzender Lunge und dem metallischen Geschmack von Blut in seinem Mund. Über die Brücke Richtung Ham. Keine Spur von der Polizei. Auf dem Wasser rührt sich nichts – nicht einmal ein paar Enten, die das schwarze Wasser in Bewegung versetzen. Die Hausboote liegen größtenteils im Dunkeln. Bei ein oder zweien ist im Innern das warme Licht einer Petroleumlampe zu sehen. Ein feuchter, kalter Geruch steigt vom Wasser auf. Die Brise bewegt raschelnd die lichten Zweige der dürren Uferbäume. Wenigstens hat es aufgehört zu regnen.

Bis nach Richmond sind es zwei Meilen. Er ist sich nicht sicher, ob er noch drei Meter rennen kann. Seine Knochen schmerzen, seine Haut friert. Er ist so müde. Er ist so verflucht müde. Doch der Rest seines Lebens hängt von diesem Augenblick ab. Um ihn herum ist alles still. Der laute, schnelle fötale Herzschlag, von dem er weiß, dass er seiner eigenen Vorstellung entspringt. Es ist eine Erinnerung an eine frühe Ultraschalluntersuchung. Er sieht, wie Bellas Gesicht sich staunend erhellt. Der galoppierende Takt des Lebens, einer Familie, die er fast gehabt hätte, bevor dieses segensreiche Geräusch verstummt ist. Aber jetzt hat es beschlossen, ihn wieder heimzusuchen, ihn zu quälen.

Gequält und schniefend, frierend und elend läuft er also die drei Meilen bis nach Richmond, wo er die Jacke seiner geliebten Patentochter fallen lässt, und er weint, als sie blass und blau ins schwarze Wasser sinkt.

Es ist drei Uhr morgens, als er wieder zu Hause eintrifft. Er war noch nie so vollkommen fertig, so allein. Alles tut ihm weh, Körper und Seele. Wie ein Kind kann er nicht aufhören zu weinen. Im dunklen Flur zieht er sich aus. Die Waschmaschine ist leer. Sein Herz droht bei dem Anblick zu explodieren. Wo ist sein Overall von heute Morgen?

Nackt läuft er die Treppe hoch, sucht im Badezimmerschrank und schreit beinahe vor Erleichterung auf, als er ihn dort ordentlich zusammengelegt bei seinen anderen Sachen findet. Bella hat vermutlich die Waschmaschine ausgeräumt, als sie nach Hause gekommen ist, und hat sein Zeug in den Trockner gesteckt. Sie hat sich weiter keine Gedanken darüber gemacht. Als er wieder nach unten kommt, steckt er seine schmutzige Jeans, sein T-Shirt, die Regenjacke, Socken und Unterhose in die Maschine und stellt sie an. Er zittert noch immer, und seine Zähne klappern nun sogar. Also duscht er lange und dreht immer wieder die Temperatur hoch, bis ihm endlich wieder warm ist.

Im Bett schmiegt er sich an Bellas nackten, warmen Körper. Er presst die Nase zwischen ihre Schulterblätter und atmet ihren Duft ein. Sie riecht nach Parfum und dem vom Schlaf leicht fettigen Geruch ihrer Haut. Aromatherapie. Sie ist genau, was er braucht. Mehr braucht er nicht.

»Hey«, flüstert sie, bewegt sich, verändert die Position und setzt sich auf.

»Wir haben sie nicht gefunden«, sagt er, und es reicht, um sie in Tränen ausbrechen zu lassen.

»O mein Gott.« Sie hält sich die Hand vor den Mund. »Oh, mein armer kleiner Schatz, Abi. Ich kann es nicht glauben. Ich kann es nicht glauben. Der arme Matt und die arme Ava. O mein Gott.«

Er streichelt ihren Rücken. »Ich weiß. Ich weiß.«

Er kann nichts tun, als sie weinen zu lassen. Er wartet, bis sie schließlich eine Handvoll Taschentücher aus der Schachtel auf ihrem Nachttisch zupft und sie auf ihre Augen drückt.

»Du warst ewig weg«, sagt sie und putzt sich die Nase. »Wie spät ist es?«

»Spät. Hör zu, wir können jetzt nichts tun. Lass uns schlafen, okay? Morgen suchen wir weiter.«

Sie nickt. Ihr Atem zittert noch immer in der Brust, als sie sich, vor Müdigkeit blöde und fügsam, wieder hinlegt, ihm den Rücken zuwendet und mit dem großen Zeh seine Beine an ihre zieht.

Das darf ich nicht verlieren, denkt er, schlingt den Arm um ihre Taille und schmiegt sein Gesicht wieder zwischen ihre Schulterblätter. *Eher gehe ich ins Gefängnis. Das würde ich jederzeit tun, aber ich darf das hier nicht verlieren. Alles, was ich getan habe, habe ich für sie getan. Für uns.*

»Ich liebe dich«, flüstert er an ihrem Nacken. Und er meint es und spürt, wie sehr er es meint, o Gott, er liebt sie so sehr.

»Ich liebe dich auch«, murmelt sie schläfrig. »Du bist mein Held, das weißt du.«

VIERUNDVIERZIG

MATT

Lorraine Stephens kommt am nächsten Tag noch einmal, um es zu bestätigen. Es ist eindeutig Abis Leiche. Sie werden nicht auf die Wache gehen müssen, um sie zu identifizieren. Die Polizei wird DNA-Proben dafür benutzen. Matt fragt nicht, warum. Er weiß es.

»Wurde er angeklagt?«, fragt Ava. In den letzten Tagen hat sie sich zur Stärkeren von ihnen beiden entwickelt, wie er feststellt.

»Sie haben ihn vorerst wegen Verhinderung eines ordentlichen Begräbnisses und Justizbehinderung angeklagt, mehr noch nicht. Wir warten noch auf die Ergebnisse der Obduktion, aber wir rechnen mit einer Anklage wegen fahrlässiger Tötung.«

Ihre Tochter. Unter Obduktion. So eine geringe Masse.

»Versuchen Sie, nicht darüber nachzudenken«, sagt Lorraine.

Sie bleibt noch eine Stunde oder zwei und lässt sie dann in dem zerbrochenen Frieden ihrer neuen Realität zurück. Abi ist tot. Es gibt jetzt keinen Zweifel mehr, nur Schrecken und Hoffnung. Schrecken angesichts dessen, was ihr bester Freund getan hat, Hoffnung, dass Abi letztlich nicht gelitten hat. Neil hat ihr kleines Mädchen getötet und es versteckt. Die bloße Tatsache ist erstaunlich. Es kann nicht sein und doch ist es so. Neil. Matt kann sich kaum an eine Zeit erinnern, bevor er diesen Mann kannte, in der er noch nicht sein Freund war. Der Begriff Freund wird dem, was Neil für ihn bedeutet, eigentlich überhaupt nicht gerecht – nicht einmal bester Freund trifft genau, was er ist, was sie einander sind. Was er war. Was sie waren. Sie sind keine Freunde mehr, einfach so – abgetrennt, mit einem Laserschnitt, der so präzise ist, dass der Schmerz erst noch durch den Nebel des Schocks dringen muss. Ein bester Freund steht hinter einem, gibt einem ein Bier aus, steht unangemeldet vor der Tür. Aber Matt hat *seinem* besten Freund seine kleine Tochter anvertraut, hätte ihm wenn nötig sein eigenes Leben anvertraut. Doch jetzt spürt er, wie er fällt. Was er instinktiv körperlich spürt, seit er den Anruf bekommen hat, nimmt jetzt in seinen Gedanken konkrete Gestalt an: Neil hat Abi zwar nicht ermordet, aber Matt weiß mit absoluter Gewissheit, dass er ihm nie wird verzeihen können, was er getan hat. Er kann ihn nie mehr wiedersehen und wird es auch nicht, solange er lebt, und doch wird er bis ans Ende seines Lebens jeden Tag an ihn denken und ihn vermissen.

Um kurz nach sieben am Abend sitzt Sharon Farnham wieder bei ihnen auf dem Sofa. Es wird langsam dunkel. Ava hat ein Glas Brandy in der Hand. Sein eigenes steht unberührt auf dem Couchtisch.

Farnham ist gekommen, um ihnen von den Ergebnissen der Obduktion zu berichten. Sie wendet sich an sie als Paar, als wären sie noch zusammen, und es gibt keinen Grund, ihr den Glauben zu nehmen. Sie leben unter einem Dach, teilen ihre Trauer, haben einen gemeinsamen Sohn und haben gemeinsam überlebt, das ist alles. Aus dem Auge des Sturms heraus kann Matt sehen, wie vorsichtig diese Leute mit ihnen in dieser Zeit gewesen sind, und er fragt sich, wie sie es fertigbringen, sich mitten in den Schrecken anderer Leute zu werfen, nur um die Wahrheit herauszufinden, was auch immer die Wahrheit sein mag.

In der eigenartig erzwungenen Intimität der Situation bringt ihnen Lorraine drei Tassen Kaffee und ein großes Glas Wasser für Ava. Sie stillt Fred, so wie schon den ganzen Tag. Er braucht die Zuwendung, hat sie mehr als einmal gesagt, doch Matt weiß, dass es in Wahrheit umgekehrt ist und Fred sie beruhigt.

»Wie geht es Ihnen?«, fragt Farnham.

»Wir sind bereit«, erwidert Ava.

Farnham holt einen Notizblock aus der Tasche, verlagert das Gewicht, scheint auf dem Sofa keine bequeme Position zu finden. Ein tiefer Seufzer. Dann, mit großer Anstrengung, die körperlich greifbar scheint, fängt sie an, zu erzählen.

»Die Obduktion hat ergeben, dass Abi an einem Schädeltrauma gestorben ist. Diese Verletzung stimmt mit dem Sturz in die Aushöhlung überein. Das stumpfe Trauma hatte eine Einblutung ins Gehirn zur Folge, die tödlich war.«

Die Luft wird dünner. Ava öffnet den Mund, schließt ihn aber gleich wieder.

»Musste sie leiden?«, fragt Matt und sieht zu Ava hinüber, die seinem Blick mit stummer Zustimmung begegnet.

»Ein Schlag auf den Kopf ist schnell«, entgegnet Farnham. »Der Beton, in den die Tasche eingebettet war, hat einen Teil des Gewebes und ihrer Kleidung erhalten. Daraus können wir schließen, dass sie etwa vierundzwanzig Stunden nach ihrem Tod beerdigt wurde, und das stimmt mit Mr Johnsons Aussage überein. Er sagt, er sei am folgenden Tag wieder zur Arbeit gegangen, nachdem er Abi tags zuvor in der großen Werkzeugtasche von der Baustelle weggetragen und sie in seinem Lieferwagen gelassen hatte, wie ich Ihnen schon am Telefon erzählt habe. Er sagte uns, er habe am nächsten Tag auf der Einfahrt der Lovegoods geparkt, nachdem sie aus dem Haus waren. Dann habe er Abi in der Tasche ins Haus getragen und sie in der Tasche in die Aushöhlung direkt am Eingang der Küchenbaustelle gelegt. Dort konnte er sie verstecken, indem er vorgab, die Stahlträger plangemäß einzuzementieren. Der junge Mann, der für ihn gearbeitet hat, hat Mr Johnson geglaubt, als er ihm erzählt hat, dass die Baustelle wegen der Polizeiermittlung für ein paar Tage geschlossen bleiben müsse.«

»Als wir uns hier das Bild ihrer Jacke angesehen haben«, sagt Matt langsam und nimmt bewusst wahr, wie er das eben Gehörte erst beim Sprechen verarbeitet, »war er also nebenan und hat sie in ... hat sie beerdigt.«

»Es tut mir so leid.«

Matt schlägt die Hände vor den Mund. Sein Blick verschwimmt.

»Sharon«, Avas Stimme ist nur noch ein Krächzen. »Kann ich Sie etwas fragen?«

»Natürlich.«

»Heißt das, dass Sie Neil jetzt wegen Mordes festnehmen werden?« Es wird still im Raum. Matt zwingt sich, aufzusehen. Farnham und Lorraine tauschen keine Blicke, jedenfalls nicht direkt. Es ist subtiler als das. Sie verändern ihre Haltung auf dem Sofa. Und sie tun es exakt zur gleichen Zeit.

»Dazu wollte ich gleich kommen«, sagt Farnham. »Das Schädeltrauma stimmt nicht mit dem Winkel überein, den es aufweisen müsste, wenn sie ohne weiteres Zutun in die Aushöhlung gefallen wäre. Es gab auch andere innere Verletzungen, die nicht zu dem Sturz passen. Außerdem haben wir eine kleine Menge Farbe an ihrem Armband gefunden. Ich nehme an, es war ein Taufarmband?«

»Ja«, sagte Ava schnell. »Es wurde schon zu klein.«

»Wir haben es in die Forensik geschickt, aber die Ergebnisse liegen mir noch nicht vor. Wir werden uns melden, sobald wir sie haben.«

FÜNFUNDVIERZIG

AVA

Der erste Tag danach, wir halten uns im hinteren Teil des Hauses auf, schauen uns auf Matts Laptop Filme an und versuchen, der Presse aus dem Weg zu gehen. Mein Finger schwebt über Farnhams Nummer, aber ich rufe sie nicht an. Meine Mutter bietet an, herzukommen, wie damals, als Abi verschwunden ist, aber ich sage ihr, sie soll abwarten. Das lässt sich nur schwer mit ansehen. Und sie kann ohnehin nichts tun. Sobald wir Bescheid wissen, werde ich sie anrufen.

Am Abend, als die Pressemeute abgezogen ist, bestellen wir Curry beim Lieferdienst, um uns zum Essen zu verführen. Das meiste davon landet im Müll. Wir essen Chips und Eiscreme. Wir trinken Rotwein, um die Welt zum Verstummen zu bringen.

Der zweite Tag, und wir brauchen dringend Bewegung und Luft, also gehen wir superfrüh hinaus, um die Journalisten zu vermeiden. Im Bushy Park setzen wir uns auf eine Bank in den umzäunten, abgeschiedenen Wassergärten, weit weg von allen und allem. Es ist noch immer warm genug, um in Pulli und Jeans draußen zu sitzen. Wir nehmen Sandwiches mit.

»Wir sollten etwas essen«, sagen wir beide.

»Jeder eine Hälfte?«

Wir machen Deals. Wenn man ein halbes Sandwich isst, gibt es später ein Glas Wein. Wir knabbern an den Ecken. Wir trinken Kaffee aus einer Thermoskanne. Wir haben uns nicht in das örtliche Café gewagt.

»Du musst essen, für Fred«, sagt Matt.

»Das ist emotionale Erpressung, das gilt nicht«, entgegne ich, und das Lächeln, das wir tauschen, erscheint mir wie ein kleines Wunder.

Wir verputzen eine große Tafel Milchschokolade.

Am frühen Abend kommt Farnham wieder, um mit uns zu reden. Sie drängt sich ohne Kommentar an der Presse vorbei und betritt rasch unser Haus. Wir machen ihr eine Tasse Tee, ohne zu fragen, wie sie ihn trinkt, und setzen uns in die Küche auf die Barhocker am Frühstückstresen. Eine Weile schweigt sie, mit der ihr eigenen, langsamen Dramatik.

»Wir haben die Ergebnisse der Forensiker erhalten«, beginnt sie. »Von der Farbe.«

Ich atme ein. Matt strafft den Rücken. Die Uhr auf dem Kaminsims schlägt leise Viertel nach.

»Es war ein dunkles Orange«, sagt sie. »So wie gebranntes Orange, könnte man sagen.«

Mein Kopf pocht. Hitze schießt durch meinen Körper. Farnham fragt, ob es mir gut geht.

»Cayennepfeffer.« Ich schnappe beinahe nach Luft.

Farnham runzelt die Stirn. »Wie bitte?«

»Porsche Cayenne«, sage ich, und alles, was ich gewusst habe, kippt um, spult sich zurück, setzt sich neu zusammen, wie eine rückwärts ablaufende Explosion.

»Der Porsche Cayenne, wie Cayennepfeffer. Johnnie Lovegoods Auto.«

Farnham nickt mit wissender Miene. »Ganz genau. Lava-Orange nennt sich die Farbe offiziell. Sie passt zu Porschemodellen, die zwischen 2013 und 2019, also diesem Jahr, gebaut wurden. Man findet sie beim 911, beim Boxster«, sie zählt sie an den Fingern ab, »beim 718er Boxster, dem 718er Cayman und dem Cayenne.«

Matt stößt hörbar die Luft aus. »O mein Gott.«

»Wir haben den Wagen mitgenommen«, fährt sie fort. »Ihren Nachbarn natürlich auch. An der Unterseite vorne war ein kleiner Kratzer, der ausgebessert worden ist. Wir sind seine Kontoauszüge durchgegangen und konnten feststellen, dass er online ein Reparaturset gekauft hat, direkt am Dienstag nach Abis Tod, er wollte offenbar ganz sicher gehen. Als wir ihn mit dem Beweismaterial konfrontiert haben, dem Kratzer an seinem Auto, seinem Kontoauszug, den Verletzungen, die zu seinem Fahrzeug passen, der Tatsache, dass seine eigene Tochter den Beweis geliefert hat, dass sie zu einem Zeitpunkt zu Hause waren, an dem Abi hinausgelaufen sein könnte – na ja, Sie kennen ja die Details –, hat Mr Lovegood schließlich gestanden. Doch selbst danach war er noch erpicht darauf, Ihnen die Schuld zu geben, weil Sie die Haustür offen gelassen haben.«

»Ich kann das alles gar nicht verarbeiten«, sage ich.

»Es tut mir leid, es ist eine Menge.«

»Johnnie Lovegood hat sie also mit seinem Auto getötet«, sagt Matt fast mehr zu sich selbst.

»Er hat sie getötet«, sagt Farnham. »Allerdings nicht mit seinem Auto.«

SECHSUNDVIERZIG

JOHNNIE

Jasmine macht Theater – irgendetwas wegen ihrer Schuhe. Johnnie merkt, wie sein Blutdruck steigt, und spürt das Brennen in der Speiseröhre.

»Ich hole schon mal das Auto raus«, sagt er und überlässt es Jen. Sie kann mit so etwas besser umgehen. Und sie sind ohnehin schon spät dran – jedenfalls, wenn Jasmine sich nicht bald beruhigt – und er hat einen Kunden in Sunbury um zehn, dessen Entwürfe er noch nicht fertiggestellt hat. Es wird ihm etwas rhetorisches Geschick und List abverlangen, die Armani-Jacke sollte reichen.

Im Bad nimmt er zwei Omeprazol, dann beugt er den Kopf und trinkt etwas Wasser aus dem Hahn. Ein schneller Blick in den Spiegel. *Du schaffst das schon, Johnnie Boy, du schaffst das. Wenn du improvisierst, bist du am besten.*

Unten hört er ein leises Scheppern aus dem Hausanschlussraum, das ihm verrät, dass Neil wie immer früh angefangen hat. Doch er hat jetzt keine Zeit, mit ihm zu sprechen. Die Stahlträger sind drin – damit hat sich der schwierigste Teil erledigt. Und nach der peinlichen Panne mit den Maßen am Freitag und dem eher unangenehmen Streit, der darauf folgte, zieht Johnnie es vor, ihm wenn möglich aus dem Weg zu gehen.

Er geht nach draußen und drückt auf den Türöffner. Das Garagentor fährt hoch. Es ist kurz vor acht, und auf der Straße ist noch nichts los. Er springt in den Cayenne und startet den Motor. Das Digitalradio dröhnt los, der Surround-Sound hüllt ihn ein. Musik auf Radio Six. Irgendein Grime-Künstler, denkt er und dreht es lauter. Der Name liegt ihm auf der Zunge, aber er kann es gleich auf der Digitalanzeige nachlesen. Er überprüft seine Frisur im Rückspiegel und streicht die Haare zurück, zupft eine Locke nach vorn und fährt sich mit der Zunge über die Zähne. Er fragt sich, ob er Zahnpasta mit Weißmacher benutzen sollte, ob er Jen sagen sollte, dass sie es auf die Liste für die nächste Supermarktbestellung setzen soll. Er fährt vor, den Blick auf dem Display, um den Namen des Künstlers zu lesen. Er kann ihn später im Gespräch mit diesem jungen Grafikdesigner fallen lassen, der mit ihm die Büroräume teilt. Er könnte so ganz nebenbei ...

Ein Ruck. Er bleibt stehen, aber es vergeht noch ein Moment, bis er begreift.

Er springt hinaus auf die Einfahrt. Sieht eine kleine rote Stiefelette. Kurz darauf blickt er auf den Köper des Kindes von nebenan hinunter.

»Scheiße.« Er sieht sich auf der Straße um. Da ist keiner. Niemand. Er hebt sie hoch. Bückt sich noch einmal und hebt den Plastikbeutel mit dem Brot auf, den die Kleine auf den Gehweg hat fallen lassen. Er rennt mit wummerndem Herzen und pochendem Schädel ins offene Haus. Von oben hört er Jen, die Jasmine beruhigt und sie besticht.

»Okay, noch zwei Minuten. Ich bringe Cosima schon mal ins Auto, und dann komme ich zurück. Bis dahin musst du fertig sein, okay? Nein, Jasmine, nicht die Schuhe, bitte ...«

Die Tür zum Anschlussraum ist geschlossen. Die Küchentür abgeschlossen. Er wirft sich den Körper über die

Schulter. Sie ist so klein und so leicht. Er fingert durch seine Schlüssel. Herrgott noch mal, komm schon, komm schon. Da, Gott sei Dank, der Schlüssel für die Küchentür. Er schließt die Tür zur Baustelle auf, lässt den Blick schweifen, seine Kopfhaut juckt. In die Waschmaschine? Nein, zu riskant. Vielleicht passt sie nicht rein. Nein, sie würde definitiv nicht hineinpassen. Komm schon, komm schon, Johnnie Boy. Du hast zwanzig Sekunden. In den Garten? Er macht einen Schritt, dreht den Oberkörper erst nach links, dann nach rechts. Etwas fällt auf den Boden – irgendein Stofftier. Ein Affe? Weiß der Henker. Verflucht, er weiß noch nicht einmal, wie das Kind heißt. Aber jetzt ist keine Zeit. Er hat keine Zeit, verdammt.

Die Aushöhlung.

Sie ist hier reingelaufen. Hineingefallen.

Das reicht. Das muss reichen.

Keiner weiß, dass er hier ist. Keiner.

Er wirft sie hinein, muss würgen, als ihr Kopf gegen die Kante kracht, bevor sie fällt, sich dreht und mit verdrehten Gliedern auf dem Rücken landet, schrecklich. Sie starrt ihn an mit glasigen Puppenaugen. Er wirft den Beutel mit dem Brot hinterher. Er landet neben ihrem Kopf, neben der Hand. Es sieht aus, als sei sie gestürzt. Ja, sie ist hineingestürzt. Die Tüte ist ihr aus der Hand gefallen. Er spielt die neue Wahrheit im Kopf bereits durch. Eine Tragödie.

Die Küchentür ruft: Los, Johnnie Boy. Raus jetzt. Lauf.

Die Tür zum Hausanschlussraum ist noch immer geschlossen. Von drinnen ist nichts zu hören. Niemand weiß, dass er hier ist. Niemand weiß, was er gerade getan hat. Wenn er die Küchentür offen lässt, wird niemand sagen, dass er es war. Neil wird herauskommen und ... Ja, Neil wird herauskommen und denken, es war ein schrecklicher Unfall. Das war ein schrecklicher Unfall. Sie ist gestürzt. Eine Tragödie.

Es wird Neils Schuld sein.

Fahrlässige Tötung.

Niemand wird einem Bauarbeiter mehr Glauben schenken als ihm. Und am Freitag war Neil so aggressiv ihm gegenüber, so erpicht darauf, ihm den Fehler mit den Stahlträgern anzulasten, als ob er sich etwas beweisen müsste.

Ein Unfall. Eine Tragödie. Fahrlässige Tötung. Sie ist gestürzt.

Es ist nicht ideal, aber es muss funktionieren. Johnnie darf damit in keiner Weise in Verbindung gebracht werden. Er hat so hart gearbeitet, um es so weit zu bringen. Allein die Hypothek auf diesem Haus könnte einen an den Rand eines Herzinfarkts bringen, und da sind der Umbau, die Beleuchtung, die handgefertigten Küchenschränke und der Cayenne noch nicht mit eingerechnet. Sein Hals ist schon ganz rau von dem stressbedingten Sodbrennen. Wenn er jetzt zugibt, dass er ein Kind angefahren hat, wird ihn das ruinieren. Er muss schließlich auch an Jasmine denken. Neil hat noch nicht einmal Kinder. Er ist jung. Er kriegt vielleicht zwei Jahre oder maximal drei, wohingegen er, Johnnie, sich nie wieder davon erholen würde. Er kann das seinen Kindern nicht antun. Er liebt diese Kinder. Er liebt Jen.

Aus der neuen Wahrheit erwächst eine weitere: Er tut es für seine Familie.

Schweiß brennt an seinem Haaransatz.

Er verlangsamt seine Schritte und geht aus dem Haus. Der Typ von gegenüber zieht gerade seine grüne Tonne die Einfahrt hinunter. Verdammt. Eine Minute eher, und er hätte es gesehen.

»Hallo«, ruft Johnnie und winkt entgegen seiner Gewohnheit. Dieser Typ kann ihm als Zeuge dienen, er kann bezeugen, dass nichts passiert ist, nichts Verdächtiges. Ja, sieh nur gut hin. »Wird bald regnen, glaube ich.«

»Ja, sieht danach aus.« Der Mann hebt eine Hand, dann stellt er die Tonne ab und verschwindet durch das seitliche Gartentor wieder im Garten.

Als Jen herauskommt, sitzt Johnnie im Auto, und der Motor läuft.

Er streicht den Schweiß von seiner Stirn in die Haare, wischt sich sein Gesicht mit einem Taschentuch aus dem Handschuhfach ab und trommelt im Takt der Musik auf dem Lenkrad herum.

Jen flucht und kämpft mit dem Kindersitz. Jasmine ist noch immer im Haus, verdammt. Herrgott noch mal, nun mach schon, würde er gern sagen, aber er hält den Mund fest geschlossen. Das Radio plärrt. Er würde es so gern leiser drehen, aber er traut sich nicht, irgendetwas zu tun, was er normalerweise nicht tut, falls sie ihn ansieht. Falls sie ihn ansieht und sagt: *Was zur Hölle ist los mit dir?* Aber sie sieht ihn nicht an, sie ist mit dem Verschluss des Kindersitzes beschäftigt, der meistens etwas schwergängig ist. Er hat nicht auf der Einfahrt nachgesehen. O Gott, er hat nicht nachgesehen, ob da Blut war. Sie hat nicht geblutet. Sie hat nicht geblutet, oder? Tot, ja – wahrscheinlich –, aber sie hat nicht geblutet. O Gott, er darf für diese Sache nicht ins Gefängnis. Er wird nicht für einen blöden Unfall ins Gefängnis, der nicht einmal – und das fällt ihm erst jetzt ein –, der noch nicht einmal seine Schuld war. Genau. Das ist nicht seine Schuld. Er ist nicht dafür verantwortlich. Wer zum Geier lässt denn seine zweijährige Tochter einfach unbeaufsichtigt herumlaufen? Die Eltern. Die Eltern sind schuld. Ihn trifft überhaupt keine Schuld.

»Endlich«, sagt Jen und geht zurück ins Haus.

Er schließt die Augen und öffnet sie wieder. Schließt sie und öffnet sie. Gott, diese Qual. Diese anhaltende Folter. *Komm schon, Jen. Los, mach schon, mach schon.*

Einen Augenblick später kommt Jasmine endlich aus dem Haus.

Noch immer ist niemand auf der Straße. Er hat sich noch nicht an die Vorstadt gewöhnt. Manchmal kommt es ihm vor, als würde hier gar niemand wohnen.

Noch einen Augenblick später sitzt Jen auf dem Beifahrersitz neben ihm.

»So«, sagt sie und pustet sich gut gelaunt den Pony aus dem Gesicht. »Endlich.«

»Hast du eigentlich Neil gesehen?«

»Nein, jetzt, wo du es sagst.«

»Okay.«

Er fährt aus der Garage. Das Tor schließt sich langsam. Er fährt in den längsten Tag seines Lebens.

An das Meeting um zehn hat er überhaupt keine Erinnerungen. Der Rest des Tages ist verschwommen – Farben, Geräusche, eine Panikattacke in der Klokabine. Dünnpfiff. Den ganzen verdammten Tag lang hat er mit einem Anruf der Polizei gerechnet.

Mr Lovegood? Ich fürchte, auf Ihrem Grundstück hat es einen Unfall gegeben.

Doch nichts. Es ergibt keinen Sinn. Stundenlanges, angespanntes Warten, Warten und noch einmal Warten. Er geht im Kopf seine Geschichte durch. Es gibt keine Geschichte. Es ist jetzt die Wahrheit. Er ist aufgestanden, hat das Auto geholt. Jen und die Mädchen waren als Letzte im Haus. Er hat nichts gesehen. Nichts gehört. Er glaubt, dass Neil da war, aber er ist sich nicht sicher. Ja, am besten hält man sich vage. Er will nicht den Eindruck erwecken, dass er irgendjemandem etwas anzuhängen versucht. Jen hat Neil nicht gesehen. Am besten ganz heraushalten. Er weiß von nichts. Er ist zur Arbeit gegangen. Wirklich überhaupt nichts Ungewöhnliches. Er hat keine Ahnung. Je weniger er sagt, desto besser. *Mein Gott, das ist ja schrecklich*, wird er sagen. *Wie ist das nur passiert?* Er hat dem Handwerker gesagt, hat ihm immer wieder gesagt ... Seine Frau hat eigens ein Schloss anbringen lassen, hat ihm einen Schlüssel machen lassen. Vollkommen unverantwortlich.

Doch kein solcher Anruf kommt. Den ganzen Tag kein Anruf. Er hat keine Ahnung, was das bedeutet, und weiß, dass er es erst herausfinden wird, wenn er nach Hause kommt. Er kann nicht vor der üblichen Zeit nach Hause fahren.

Gegen sieben holt er Jen vom Bahnhof ab, die Nerven liegen vollkommen blank.

»Johnnie? John?« Jen sieht ihn besorgt an, als sie sich anschnallt. »Alles okay bei dir?«

»Mir ist, ehrlich gesagt, ein bisschen übel«, sagt er. »Ich glaube, das Sushi heute Mittag war nicht mehr gut.«

»O nein.«

Auf der kurzen Fahrt nach Hause überlässt er Jen das Reden. Heute ist eigentlich gar nicht so schlecht gelaufen. Sie muss allerdings wahrscheinlich am Wochenende arbeiten – ein ziemlich komplizierter Fall, bei dem es um ...

»Ist das ...« Sie unterbricht sich. »Ist das die Polizei da am Ende unserer Straße?«

Ja. Ja, ist es. Für einen Moment denkt Johnnie darüber nach, den Motor aufjaulen zu lassen und loszudüsen, weg, einfach nur weg, aber dann verlässt ihn der Mut, und er fährt langsamer.

Der Polizist bedeutet ihnen, anzuhalten.

»Was ist denn hier los?«, fragt Jen.

»Keine Ahnung.« Schweiß tritt ihm auf die Stirn, und er fährt das Fenster herunter und begrüßt den Polizisten.

»Ist etwas passiert?«

»Wohnen Sie hier, Sir?«

»Ja. Wir kommen gerade von der Arbeit. Was ist denn passiert?«

»Ein kleines Mädchen ist verschwunden.« Er holt einen Notizblock heraus. »Kann ich Ihnen ein paar Fragen stellen? Wir befragen alle Nachbarn.«

»Natürlich«, sagt er. »Sicher. Aber wir waren den ganzen Tag unterwegs. Wir waren auf der Arbeit.«

»Ein kleines Mädchen?«, fragt Jen. »O mein Gott, das ist ja schrecklich. Können Sie sagen, wer es ist?«

Der Polizist reicht Johnnie ein Flugblatt:

HABEN SIE DIESES MÄDCHEN GESEHEN?

Ja. Ja, das hat er. Aber sie ist nicht verschwunden.

Ihr Name ist Abi Atkins. Wenn Sie irgendetwas wissen, kontaktieren Sie uns bitte unter ...

Seine Hand zittert. Er reicht Jen das Flugblatt.

»Kennst du sie?«, fragt er.

»O Gott, ich glaube, das ist die Kleine von nebenan!« Sie hält sich die Hand vors Gesicht und fängt sofort an zu weinen. Wie machen Frauen das? »O Gott, die Armen.« Verflucht, sie heult. »O mein Gott, ich kann das nicht glauben.« Sie lässt die Hand sinken, und er spürt, dass sie sich ihm zugewandt hat.

»Es ist die Kleine von nebenan«, sagt sie noch einmal in dringlichem Ton. »Ich kannte ihren Namen nicht, aber ich glaube, sie ist ungefähr so alt wie Cozzie. O Gott, wie schrecklich, das ist wirklich fürchterlich.«

»Wir haben alle Nachbarn befragt, ob sie irgendetwas gesehen haben. Wir nehmen an, dass sie um etwa Viertel nach acht heute Morgen verschwunden ist. Haben Sie um die Zeit irgendetwas gesehen?«

»Da waren wir schon weg«, sagt er schneller als beabsichtigt.

»Ja, da waren wir schon weg, es tut mir leid«, bestätigt Jen, Gott sei Dank.

»Wir sind so gegen acht losgefahren, nicht?« Sie sieht ihn an, und die Sorge steht ihr ins Gesicht geschrieben. »Hast du irgendetwas bemerkt?«

Er schüttelt den Kopf. »Nein. Nichts. Überhaupt nichts. Rein gar nichts.« *Halt die Klappe. Halt die Klappe, Johnnie.*

»Und können Sie bestätigen, dass Ihr Handwerker, Mr Neil Johnson, sich zu der Zeit nicht auf Ihrem Grundstück aufgehalten hat?«

»Er könnte da gewesen sein«, sagt Johnnie. »Vermutlich war er schon da, ja.«

»Nein.« Zu seiner immensen Verärgerung widerspricht ihm Jen. »Er hat eine Nachricht geschickt und gesagt, er würde heute später kommen. Er musste noch Material besorgen.«

Wieder wendet sie sich ihm zu. »Er hat es in der WhatsApp-Gruppe gepostet. Hast du es nicht gesehen?«

Nein. Nein, hat er nicht. Das ist Jens Ding, die Tagesplanung. Die Details.

Jens Worte dringen zu ihm durch: *Er hat gesagt, er würde heute später kommen. Er musste noch Material besorgen.* Das stimmt nicht. Neil war da. Johnnie hat ihn gehört. Jedenfalls hätte er das schwören können. Und wenn das Kind als vermisst gilt, heißt das, Neil wurde nicht zur Verantwortung gezogen. Der Handwerker hat gedacht, es wäre seine Schuld, und hat die Sache in Ordnung gebracht. Das hat ja besser geklappt, als er gedacht hätte.

»Brauchen Sie sonst noch etwas?«, fragt Jen den Polizisten. »Bitte lassen Sie uns wissen, wenn wir etwas tun können.«

»Könnten Sie mir Ihre Hausnummer sagen?«

»Sicher. Wir sind Nummer neunzig. Direkt nebenan.«

Sie bedanken sich gegenseitig. Johnnie fährt die Scheibe wieder hoch. Der Polizist winkt sie durch, Johnnie nickt, als er vorbeifährt.

Jen weint jetzt richtig, und er merkt, wie ihn das aufregt.

Übermäßige Empathie, die an eine Neurose grenzt. Ehrlich gesagt etwas übertrieben.

Doch als er rückwärts auf die Einfahrt fährt, kommt der Mann, dessen Tochter es ist, auf dem Fahrrad an.

»O mein Gott«, sagt Jen. »Das ist er. Der von nebenan.« Sie steigt aus, als hätte sie auf dem Schleudersitz gesessen, noch bevor er bremsen kann.

»Hi!«, hört er sie rufen, bevor sie die Tür zuschlägt. Er packt das Lenkrad fester. Er wird auch aussteigen müssen. Er muss irgendwie durch ein Gespräch durchkommen. Er wappnet sich und öffnet die Tür.

Jen redet mit dem Typ. Er spricht ihm sein Beileid aus, wiederholt, was der Polizist ihnen kurz zuvor gesagt hat. Mehr fällt ihm nicht ein. Mehr Beileidsbekundungen – er kann Plakate kopieren, falls nötig.

»Danke.« Der Typ sieht aus wie eine Marionette, bei der jemand die Fäden durchgeschnitten hat. Das ist alles ein solches Unglück. Es ist wirklich schrecklich. Ehrlich.

»Wir lassen Sie dann mal in Ruhe«, sagt Jen und gibt ihm ihre Nummer, als hätte sie alle Zeit der Welt.

Johnnie hält es keine Sekunde länger aus, er geht zum Haus, sein Haaransatz juckt. Er widersteht dem Drang, sich mit einer cartoonartigen Geste vor Erleichterung den Schweiß mit dem Handrücken von der Stirn zu wischen. Neil hat sich nicht bei der Polizei gemeldet. Er ist nicht vorgetreten, um die Verantwortung zu übernehmen. Er muss die Leiche versteckt haben, oder er hat sie irgendwo verschwinden lassen. Nur wo?

Es sei denn, sie ist noch immer da.

Großer Gott.

Er schiebt den Schlüssel ins Schloss, schleicht den Flur entlang. So wie heute Morgen kann er die Kinder oben hören, die sich jetzt mit der Nanny unterhalten. Heimlich wie ein Einbrecher schließt er die Tür zur Baustelle auf. Als er drin ist, nähert er sich auf Zehenspitzen, sieht in die Aushöhlung hinunter. Sie ist nicht da. Natürlich ist sie nicht da. Ein leicht blumiger Duft – Seife? War die Polizei schon im Haus? Höchstwahrscheinlich schon. Neil muss sie rausgeholt haben, bevor die Polizei da war. Eine Welle der Erschöpfung bricht über ihn hinein, eine unfassbare, kräftezehrende Erleichterung. Seine Knie geben beinahe nach. Wohin hat er sie gebracht? Wo zum Teufel hat er sie versteckt?

Die Frage pulsiert noch spät am Abend in seinen Gedanken, lange nachdem er seine eigenen Kinder ins Bett gebracht hat, sie extra fest in den Arm genommen, ihnen noch eine zusätzliche Geschichte vorgelesen, ihnen noch einen Kuss mehr gegeben hat. Lange nachdem Jen geflüstert hat, dass sie nicht schlafen kann, und er sie in den Arm genommen hat, bis er gehört hat, wie ihr Atem langsamer wurde. Lange nachdem er zur Feier des Tages am Dachbodenfenster einen Joint geraucht hat. Als er auf den Kick gewartet hat, hat ihn kurz ein Fuchs aufgeschreckt, der am hinteren Gartenzaun geklappert hat.

Erst am nächsten Tag hat er es begriffen. Er druckt mit Neils ziemlich attraktiver Frau in seinem Büro Plakate, als Jen ihm eine Textnachricht schickt, dass sie die Jacke des kleinen Mädchens im Fluss gefunden haben.

Im Fluss. Natürlich.

Du hast einen gut bei mir, Neil Johnson, denkt er und starrt noch immer auf Jens Nachricht. *Du hast gewaltig einen gut bei mir*.

SIEBENUNDVIERZIG

AVA

»Er hat sie nicht mit seinem Auto getötet?«, frage ich mit wachsender Ungeduld. »Wie meinen Sie das, er hat sie nicht mit dem Auto getötet?«

Farnham trinkt den Rest ihres Tees und stellt die Tasse vorsichtig auf den Untersetzer.

»Die Obduktion hat ergeben, dass Abi an der Kopfverletzung gestorben ist, die sie durch den Sturz in die Aushöhlung erlitten hat«, sagt sie. »Durch die Kollision mit Johnnie Lovegoods Auto war sie bewusstlos, aber das ist es nicht, was sie getötet hat.«

Sie sieht auf, und ihr Gesichtsausdruck ist sanft, wirkt gequält und voller Bedauern. »Sie hat vermutlich nicht gelitten, sie hat es höchstwahrscheinlich nicht gespürt.« Wieder eine Pause, als bereite es ihr körperliche Schmerzen, weiterzusprechen. »Doch sie war zu dem Zeitpunkt noch am Leben. Wenn Mr Lovegood den Unfall direkt gemeldet hätte, liegt es vollkommen im Rahmen des Möglichen, dass sie es überlebt hätte. Doch das hat er nicht getan.« Sie schüttelt den Kopf. »Er hat es nicht getan.«

»Sie war noch am Leben«, sage ich.

»Es tut mir so leid. Es war letztlich wohl wortwörtlich eine Frage von Sekunden.«

Matt hat den Arm um meine Schultern gelegt und zieht mich nun an sich.

»Haben solche Autos denn keine Sensoren?«, fragt er.

»Doch, haben sie«, entgegnet Farnham, »aber wenn man laut Musik hört oder abgelenkt ist ... Er hat eben einfach nicht aufgepasst. Er ist nicht mit der gebotenen Aufmerksamkeit gefahren. Viele Unfälle passieren nicht durch zu schnelles Fahren an sich, sondern durch Unvorsichtigkeit bei kleineren Manövern wie beim Wenden in drei Zügen, Rückwärtseinparken oder, wie in diesem Fall, beim Ausparken aus einer Garage. Ehrlich gesagt ist es ziemlich egal, welches Auto Sie fahren, wenn Sie nicht vorsichtig sind.«

Ich schließe die Augen. Stelle mir Johnnie Lovegood in seinen stylischen Klamotten vor, wie er gebeugt auf der Rückbank eines Streifenwagens sitzt. Ich öffne die Augen wieder und sehe den Mann, der per Gesetz noch mein Mann ist, und die Ermittlerin, die endlich ihren Täter geschnappt hat. Ich frage mich, ob es für sie ein befriedigendes Gefühl ist. Frage mich, wie viel Distanz man zum Schmerz anderer Leute haben muss, um so etwas Unkompliziertes wie Befriedigung zu empfinden.

»Alle wollen nur ihr Leben zusammenhalten«, sage ich.

»Was?« Matt runzelt die Stirn.

»Darum geht es doch.« Ich sehe ihn wieder an, den Mann, der vorerst noch meine bessere Hälfte ist, und lasse zu, dass die Tränen von meinem Kinn tropfen. »Du hast gelogen, weil du Angst hattest, mich und Fred zu verlieren. Neil hat gelogen, um sich und Bella zu retten, und Johnnie hat gelogen, um das Leben zusammenzuhalten, das er sich aufgebaut hat. Es ist im Grunde dasselbe Motiv nur in unterschiedlichen Abstufungen.« Ich sehe zu Sharon hinüber. Ob sie aus ernsthaftem Respekt oder mitleidiger Nachsicht zuhört, ist schwer einzuschätzen. »Unsere Tochter wurde getötet, und ihr Tod verheimlicht, weil wir aufgehört haben, uns umeinander zu kümmern. Und wenn wir uns nicht umeinander kümmern, verkriechen wir uns nur in unseren Festungen und schießen Pfeile auf unsere Nachbarn, oder nicht? Wenn man eine Mütze auf dem Boden sieht, legt man sie auf die Mauer, weil man möchte, dass andere das tun, wenn sie deine Mütze finden. Wenn man ein kleines Mädchen anfährt, rufst man einen Krankenwagen, weil man sich wünscht, dass es das ist, was andere tun würden, wenn es dein kleines Mädchen ist. An jenem Tag hat sich niemand darüber Gedanken gemacht, dass sie jedermanns kleines Mädchen hätte sein können ... Wir sind alle miteinander verbunden, das ist alles, was ich ... was ich ...« Ich schlage die Hände vors Gesicht und muss weinen. Das Schluchzen wird immer lauter.

»Hey«, sagt Matt und streichelt meinen Rücken. »Mach dich nicht selbst fertig.«

»Ich mache mich nicht selbst fertig. Das hier macht mich fertig. Wir waren alle so beschäftigt damit, unser Leben zusammenzuhalten und mehr und mehr Besitz anzuhäufen. Und dann steht man irgendwann da und hat so viel, dass man es beschützt, koste es, was es wolle. Wir haben vollkommen vergessen ... vollkommen vergessen, uns um einander zu kümmern.«

Matt nimmt mich in den Arm. Er drückt die Lippen auf meinen Scheitel.

»Was sollen wir nur tun?« Ich weine an seiner Brust.

»Es wird alles gut«, sagt er. »Es wird alles gut.«

EPILOG
AVA

Vier Monate später

Vor zwei Tagen sind wir bei Sturm und Schneeregen in ein Cottage in einem Dorf nicht weit vom Haus meiner Eltern gezogen. Ich konnte es nicht ertragen, weiter in unserer Straße zu leben, und bin mit Fred, schon kurz nachdem Abi gefunden wurde, zu ihnen gezogen. Jetzt sind wir wieder glücklich vereint unter einem Dach mit Matt. Matt hat einen etwas schlechter bezahlten Job bei einer Firma in Manchester angenommen, doch er hat vor, sich wieder hochzuarbeiten. Die Häuser sind hier günstiger, also kann ich mir ein Klavierzimmer leisten. Ich hege im Stillen die Hoffnung, dass dieser Neubeginn gelingt. Ich kann hier in der Gewissheit leben, dass wir nicht alle fünf Minuten jemandem begegnen, der weiß, was geschehen ist, schon gar nicht Bella oder Jen, und allein das ist eine große Erleichterung für mich.

Nach der Gerichtsverhandlung hat Bella mir eine Nachricht geschickt und geschrieben, wie leid es ihr tut, und noch einmal betont, dass sie bis nach der Party wirklich nichts wusste. Ich habe geantwortet, dass ich ihr glaube, und dass ich finde, dass sie eine tapfere und besondere Person ist. Ich habe ihr alles Gute gewünscht. Und das meinte ich auch so, meine es noch immer so. Sie gehört zu denen, die wissen, wo man die Grenze zwischen Selbstschutz und moralisch richtigem Verhalten ziehen muss, und ich werde sie dafür immer bewundern. Ich habe ihr nicht gesagt, dass wir sie beide nie wieder sehen wollen, aber ich denke, sie und Neil wissen das. Das Gleiche gilt für Jen, die mir mit ihrer typischen violetten Tinte einen langen und einfühlsam formulierten Brief geschrieben hat, den Matt bei einem seiner Besuche mitgebracht hat. Sie und Johnnie lassen sich scheiden. Sie war zutiefst erschüttert, als sie erfahren hat, was passiert ist, und hofft, dass ich ihr glaube, dass sie überhaupt nichts von den »abscheulichen Taten ihres Ex-Mannes« wusste. Ich habe ihr geantwortet – die Kommunikation per Brief war altmodisch, aber irgendwie passend –, dass ich ihr natürlich glaube. Ich habe nicht dazugesagt, dass das nicht der Fall war, bis ich ihren Brief gelesen hatte, weil ich mir bis dahin nicht sicher war. Doch der Kontakt zwischen uns muss an der Stelle enden. Ich mochte sie, und ich vermisse sie, aber ich brauche diesen Neuanfang. Wir brauchen ihn alle.

Neil wurde wegen der Verhinderung einer ordentlichen Bestattung und Beihilfe zur Justizbehinderung angeklagt und verurteilt. Er wurde zu zwei Jahren Gefängnis verurteilt, wird aber vermutlich nur eines davon absitzen, wie uns mitgeteilt wurde. Offenbar sind er und Bella noch zusammen und planen, laut einem alten Schulfreund von Matt, nach Guildford zu ziehen.

Johnnie Lovegood wurde wegen Totschlags und Beihilfe zur Justizbehinderung angeklagt und verurteilt. Er sitzt derzeit die Höchststrafe in Wormwood Scrubs ab. Ich frage mich, wie er die grauen Jogginganzüge findet und ob ihm die Küche dort zusagt. Ich weiß, dass er diese Strafe empörend finden wird, eine Farce.

»Hast du die Nachttischlampen gesehen?«, fragt Matt und trommelt mit den Fingern gegen den Türstock im Wohnzimmer.

»In der Küche. In einer der Kisten auf dem Tisch. Da steht ›Schlafzimmer-Zeug‹ drauf, glaube ich. Sollen wir erst einmal eine Tasse Tee trinken?«

»Okay«, sagt er. »Ich mache uns einen.«

»Da sind noch Kekse im Schrank neben dem Wasserkocher«, rufe ich ihm nach. »Tassen sind auch da irgendwo.«

Aus der Kiste auf dem Boden ziehe ich das gerahmte Foto von Abi heraus, wische sanft mit der Handfläche darüber und stelle es auf den Kaminsims. Wir hatten eine Beerdigung im engsten Familienkreis, einen Monat nachdem sie gefunden wurde. Und obwohl ihr Leben mit einem so traurigen Akkord endete, war er weniger schlimm als der unaufgelöste Dreiklang des Teufels, und ich kann nun wenigstens wieder dasitzen und ihn hören.

Mein Herz gehört Matt und meinem Sohn, aber es gehört auch noch immer meiner Tochter. Es ist noch immer mit ihrem verwoben wie ihres mit meinem. Sie ist noch immer ein Teil von mir, von meinem Körper, meinem Gewebe, meinen Knochen. Sie wird immer ein Teil von mir sein. Ihr Tod ändert nichts daran. Nichts wird das je ändern.

»Von da kannst du uns zusehen, kleines Äffchen«, sage ich nun zu ihr, und es ist mir gleich, dass mir die Tränen kommen.

Sobald wir uns eingerichtet haben, möchte ich Klavierstunden geben. Irgendwann werde ich vielleicht auch wieder in die Schule zurückkehren, wir werden sehen, wie es geht. Ich habe seit Monaten täglich auf Mums Klavier gespielt, und ebenso wie mein wundervoller Sohn hat Musik die Kraft, mir glückliche Momente zu bescheren. Ich habe noch immer nicht Chopins *Ballade Nr. 1* gemeistert, aber diese Tortur habe ich mir selbst auferlegt.

Ich kontrolliere nicht mehr vier oder fünfmal, ob die Tür zu ist, wenn ich nach Hause komme. Mein Ziel ist es, damit im neuen Haus ganz aufzuhören. Meine Therapiesitzungen bei Barbara haben aufgehört, als ich in den Norden gezogen bin, aber wenn ich das Gefühl habe, dass ich Hilfe brauche, werde ich mir welche holen. Ich weiß, dass ich mich in jeder Hinsicht um mich selbst kümmern muss, damit ich auch für den kleinen Fred da sein kann. Unser Sohn ist jetzt sieben Monate alt, kann schon sitzen – im Augenblick allerdings schläft er im Flur in seinem neuen Buggy. Er wird langsam eine Persönlichkeit, ruft manchmal »Ey!«, wenn er unsere Aufmerksamkeit möchte, und darüber müssen wir lachen. Ich habe noch immer Albträume von ihm und Abi, aber inzwischen sind sie seltener.

Tja, also da sind wir nun, Matt und ich. Wir haben überlebt. Wir sind noch zusammen. Was er getan hat, war unverzeihlich, aber man kann Liebe nicht so einfach ausschalten. Eine schreckliche Tat kann uns definieren oder uns grundlegend verändern, daran glaube ich mittlerweile. Existenzialismus mit Einschränkungen, wenn man so will. Ich glaube, Johnnie Lovegoods Verhalten hat ihn definiert. Er war in der Lage, mit dem, was er getan hat, einfach so weiterzuleben. Ich glaube, dass Neils Taten nicht seinem innersten Wesen entsprechen, und daher konnte er nicht einfach vollkommen er selbst bleiben und weitermachen. Ich glaube, Matt versteht, welche Folgen sein Handeln hatte, er hat es schon in der Nacht verstanden, als ich ihm gesagt habe, dass wir keine gemeinsame Zukunft mehr haben. Ich glaube, der Schock hat ein inneres Handlungsmuster überwunden, und in der Nacht ist er endlich stark und mutig genug geworden, Verantwortung zu übernehmen. Ich weiß nicht genau, warum ich mir da so sicher bin, aber er erscheint mir verändert und es fühlt sich anders an.

Wir lügen alle immer wieder. An jenem Tag, jenem Morgen, an dem letztlich, Schlag um Schlag, Sekunden über Leben und Tod entschieden haben, sind die Lügen umhergeschwärmt wie Bienen. Auch mich trifft Schuld, das weiß ich besser als alle anderen. Wenn ich nicht hochgegangen wäre, um mein Handy zu holen, hätte ich Matt zurückkommen sehen und verhindern können, dass Abi sich aus dem Buggy abschnallt. Wenn ich nicht mit dem Handy beschäftigt gewesen wäre, hätte sie sich möglicherweise zwar losgeschnallt, um ihrem Vater nach draußen zu folgen, aber ich hätte sie vielleicht noch vor Johnnie Lovegoods Auto retten können. Wenn ich nicht so froh gewesen wäre, dass sie ruhig war, wenn ich mir nicht die Pause gegönnt hätte, von der ich glaubte, dass ich sie nötig hatte, wäre sie vielleicht angefahren worden, aber vielleicht, vielleicht hätte ich ihr ersparen können, dass er sie auf so herzlose und tödliche Weise fortschafft, hätte sie vor seiner Unfähigkeit bewahren können, zu sehen, dass sie genauso gut seine eigene Tochter hätte sein können, dass sie es in gewisser Weise sogar war. Doch Barbara würde sagen, dass nichts davon bedeutet, dass ich meine Tochter nicht genug geliebt habe.

Als sie ihre Jacke gefunden haben, habe ich mein iPhone mit dem Hammer vollkommen zertrümmert. Doch in letzter Zeit bin ich zu der Erkenntnis gekommen, dass auch das materielle Drumherum nicht schuld am Tod meiner Tochter ist – die teuren Handys, dicken Autos, Küchenmodernisierungen und Statussymbole. Es darauf zu schieben, erscheint mir zu einfach. Für mich hat es damit zu tun, wie wir miteinander umgehen. So viele Menschen haben uns an jenem Tag geholfen und uns in den folgenden Wochen eine solche Hilfsbereitschaft entgegengebracht. Mit Abstand kann ich es jetzt erkennen. Was Matt und mich angeht, haben wir uns vorgenommen, uns um einander und um die Menschen um uns herum zu kümmern, so gut es geht. Das ist alles, was wir haben. Das und die Sekunden und Minuten und Stunden unseres Lebens.

Mehr haben wir alle nicht.

MEHR VON BOOKOUTURE DEUTSCHLAND

Für mehr Infos rund um Bookouture Deutschland und unsere Bücher melde dich für unseren Newsletter an:

deutschland.bookouture.com/subscribe/

Oder folge uns auf Social Media:

 facebook.com/bookouturedeutschland
 twitter.com/bookouturede
 instagram.com/bookouturedeutschland

EIN BRIEF VON SUSIE

Liebe Leser:innen,

vielen Dank, dass ihr *Die Einweihungsparty* gelesen habt. Das freut mich wirklich außerordentlich. Wenn dies das erste Buch ist, das ihr von mir lest, möchte ich mich bedanken, dass ihr mir eine Chance gegeben habt, und hoffe, dass es euch so gut gefallen hat, dass ihr auch die anderen lest. Wenn ihr schon von Anfang an mit an Bord seid oder schon etwas von mir gelesen habt, dann möchte ich mich dafür bedanken, dass ihr wieder dabei seid. Vielen Dank, dass ihr mich weiter begleitet, ich weiß das zu schätzen.

Mein nächstes Buch ist schon in Arbeit, und ich hoffe, ihr möchtet es auch lesen. Wenn ihr zu den Ersten gehören möchtet, die von meinen Neuerscheinungen erfahren, könnt ihr euch über den untenstehenden Link anmelden:

deutschland.bookouture.com/subscribe/

Diese Geschichte keimt schon seit dem Sommer 2016 in mir. Ich war zu dem Zeitpunkt noch eine echte Newcomerin und habe die TBC-Party in Leeds besucht (TBC ist die nicht ganz so geheime Facebook-Gruppe The Book Club, die von der bekannten und fantastischen Buchliebhaberin Tracy Fenton geführt wird). Ich war bei der Recherche für meinen zweiten Roman *Mother* und hatte meine Reise so geplant, dass sie mit der Party zusammenfiel und ich einige der Leser:innen treffen konnte, die ich online kennengelernt hatte. Dort habe ich Lorraine Tipene und ihre Tochter Rachel kennengelernt, die das Angelman-Syndrom hat. Zu der Zeit kannte ich noch niemanden so richtig, weil mein Debüt gerade erst erschienen war, also war ich ein wenig nervös, aber Lorraine war so freundlich zu mir. Ehrlich gesagt waren das alle dort, und am Ende unseres Gesprächs habe ich ihr versprochen, Rachel eines Tages in einem Buch einzubauen und sie zum Schlüssel des Falles zu machen.

Lorraine hat mich in meiner Arbeit seither immer sehr unterstützt, ebenso wie so viele andere wundervolle Menschen, und ich habe unser Gespräch nie vergessen. Das Problem war nur, eine passende Idee für den Plot zu haben. Doch am Anfang dieses Jahres hatte ich den ersten Funken einer Idee, der mich gequält und gegängelt hat. Ich habe ein paar Notizen gemacht, eine Inhaltszusammenfassung und ein paar Kapitel geschrieben und mit Lorraine telefoniert – zunächst um zu fragen, ob sie einverstanden ist, aber dann auch, um mehr über Rachel herauszufinden. Das Ergebnis ist *Die Einweihungsparty*, ein Krimi, dessen Auflösung an den Worten eines jungen Mädchens mit Angelman-Syndrom hängt. Ohne Jasmine Lovegood wäre Abi womöglich nie gefunden und zur Ruhe gebettet worden. Wenn Lorraine und Rachel Tipene nicht gewesen wären, hätte ich diese Idee vielleicht nie gehabt. Ich gebe mir große Mühe, Thriller zu schreiben, die auch nach dem Lesen im Gedächtnis bleiben, also hoffe ich, dass *Die Einweihungsparty* euch zum Nachdenken angeregt und außerdem eine emotionale und packende Leseerfahrung beschert hat. Ich habe im Januar 2020 mit diesem Buch angefangen und es während des Lockdowns fertiggestellt, also war ich bereits recht weit fortgeschritten, als offensichtlich wurde, dass sich Covid-19 zu einem bisher nie da gewesenen, zutiefst traumatischen weltgeschichtlichen Ereignis entwickelt. Matts und Avas Geschichte sollte eigentlich im Spätsommer 2020 spielen, aber hätte ich das Coronavirus in die Geschichte eingebunden, hätte ich mir selbst als Autorin und den Leser:innen wohl zu viel abverlangt. Bei der Tragweite und den Auswirkungen der Pandemie wäre es unmöglich gewesen, sie in den Plot einzubinden, ohne dass sie eine zentrale Rolle einnimmt. Daher habe ich mich entschlossen, die Geschichte um ein Jahr vorzuverlegen und die Erzählung enden zu lassen, bevor die Auswirkungen von Corona bekannt wurden.

Allerdings erwachsen die Motive in meinen Werken für gewöhnlich aus meinen eigenen unbewussten Gefühlen, und *Die Einweihungsparty* bildet da keine Ausnahme. Avas Isolation, ihre Angst und das Gefühl, in ihrer unaufgelösten Trauer ansteckend zu sein, sind deutlich von der Entstehungszeit des Romans geprägt. Außerdem ist die Geschichte unterfüttert mit Gedanken um individuelle und gemeinschaftliche Verantwortung – einfach ausgedrückt geht es darum, wie wichtig es ist, dass wir uns umeinander kümmern, selbst wenn man selbst nicht unmittelbar bedroht ist. Bereits bevor die offiziellen Lockdown-Maßnahmen in Kraft gesetzt wurden, wurde deutlich, dass es eine gesamtgesellschaftliche Aufgabe ist, die Vulnerablen in unserer Mitte zu schützen. Diese Idee habe ich im Buch aufgegriffen: Abi war jedermanns kleines Mädchen, insofern als wir alle miteinander verbunden sind. Die weltweite Pandemie hat uns gezeigt, dass wir alle auf die eine oder andere Weise voneinander abhängen, ganz gleich, wer wir sind.

Auch wenn es in dem Buch hauptsächlich um Menschen geht, die in einer extremen Stresssituation ihre eigene Familie zu bewahren versuchen, war es mir wichtig, es mit einem breiteren Gemeinschaftssinn auszugleichen und mit der Darstellung der Hilfsbereitschaft anderer. Das Buch spielt in einer fiktionalisierten Version von Teddington, wo ich lebe. (Ich möchte alle, die dort leben, bitten, mir meine künstlerischen Freiheiten bei der örtlichen Topografie zu verzeihen.) Eine der bleibenden Erinnerungen aus meinen ersten Jahren hier ist, dass ich einen Anruf von einer Bekannten erhielt, die sagte, sie sei mit meiner Tochter, die damals elf war, im Krankenhaus, weil sie im Park gestürzt war und sich die Hand gebrochen hatte. Diese Frau hat nicht aus dem Park angerufen, sondern aus dem Krankenhaus, wohin sie meine Tochter direkt gebracht hatte. Diese Hilfsbereitschaft hat mich überwältigt, also wollte ich zeigen, dass Menschen in aller Regel das Richtige tun, aber ... na ja, es wäre wohl kein guter Psychothriller geworden, wenn all meine Charaktere das Richtige getan hätten.

Darüber hinaus sollte ich erwähnen, dass mich auch die Geschichte von Madeleine McCann, der wohl bekannteste Vermisstenfall unserer Zeit, inspiriert hat. Wie viele Menschen hat mich die Geschichte sehr bewegt, da ich selbst zu der Zeit zwei kleine Töchter hatte, und wie bei anderen Fällen von vermissten Kindern habe ich immer daran gedacht, wie furchtbar es sein muss, wenn das eigene Kind entführt wird und man nie herausfindet, was ihm widerfahren ist. Ich wollte über diese Ungewissheit schreiben, darüber, wie schwierig es ist, nicht trauern zu können und doch jeden Tag zu trauern. Ich bin nicht allzu tief in das Problem eingetaucht, wie es sein muss, als Eltern selbst unter Verdacht zu geraten. Was mich mehr interessiert hat, war die existenzialistische Vorstellung, dass wir von unseren Handlungen bestimmt werden, die Frage, wann wir die Grenze überschreiten und ob eine einzige Handlung uns vollkommen verändern kann, ob es überhaupt möglich ist, das eigene Selbstverständnis unter diesen Umständen zu bewahren. Als Erzählperspektive habe ich die Zeit ein Jahr nach Abis Verschwinden gewählt, weil ich wusste, dass ich auf einen Abschluss und eine Auflösung für Matt und Ava hinarbeiten möchte und nicht unbedingt auf ein Happy End. Ich hoffe, dass Matt und Ava nun zusammen ihr Haus instand setzen und ihr neues Leben in Liebe, Ehrlichkeit und relativer Harmonie leben.

Genug geredet! Wenn euch *Die Einweihungsparty* gefallen

hat, würde ich mich wirklich freuen, wenn ihr ein paar Minuten opfern und eine Rezension verfassen würdet. Es muss nicht viel sein, eine Zeile oder zwei, denn jede Rezension hilft. Wenn ihr irgendwelche Fragen zu meinen Werken habt, könnt ihr mich gern über Twitter oder Instagram oder über meine Facebook-Autorenseite kontaktieren. Alle Schreibenden wissen, dass es manchmal eine einsame Tätigkeit ist, also freue ich mich immer, wenn sich Leser:innen melden und mir sagen, dass meine Werke ihnen im Gedächtnis geblieben sind oder dass sie ihnen gefallen haben. Es hat mir große Freude gemacht, durch meine Romane online neue Freunde zu finden, und ich hoffe, durch *Die Einweihungsparty* weitere hinzuzugewinnen.

Herzlichst

Susie

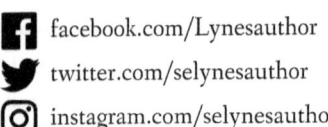

facebook.com/Lynesauthor
twitter.com/selynesauthor
instagram.com/selynesauthor

DANKSAGUNG

Der erste Dank gebührt in besonderem Maße meiner neuen Lektorin, Ruth Tross, die verstanden hat, was ich vorhatte, wusste, dass ich es noch nicht ganz erreicht hatte, und sich tapfer bemüht hat, mir dabei zu helfen. Danke, Ruth, für deine Geduld, dein Einfühlungsvermögen, deine enorme Fachkompetenz und dafür, dass dir das Produkt unserer gemeinsamen Arbeit schließlich so gut gefallen hat. Ich schulde dir einen Gin Tonic und eine große Tüte Tyrrells-Chips.

Danke an meine spitzenmäßige Agentin, Veronique Baxter, für die tollen Chats während des Lockdowns und für die E-Mail mit den Worten: *OMG! ICH LIEBE ES*. Das ist immer ein erhebender Moment im Leben einer Autorin.

Einen herzlichen Gruß und ein wirklich riesiges Doppel-Dankeschön an Lorraine Tipene (geborene Stephens, falls ihr euch an eine gewisse psychologische Betreuerin in diesem Roman erinnert). Lorraine, danke für deine Offenheit, für deine Zeit, deine Unterstützung und für das Testlesen einer frühen Fassung von *Die Einweihungsparty* und dafür, dass du aufgepasst hast, dass ich bei der Darstellung von Jasmine Lovegood keine groben Fehler gemacht habe.

Danke an meine Mutter, Catherine Ball, die erlaubt hat, dass ich mich an ihrer Masterarbeit bediene, und die mir den teuflischen Dreiklang erklärt und mir geholfen hat, ihn zu einer Metapher für das Schreckliche, Unaufgelöste an Avas unvorstellbarem Verlust zu entwickeln. Sie hat auch bei der Auswahl von Avas Klavierstücken geholfen und – das sollte erwähnt werden – sie hat für mich, als ich klein war und nicht schlafen konnte, die *Mondscheinsonate* gespielt. Sie ist der lebende Beweis, dass man aus der Arbeiterklasse stammen, mit fünfzehn von der Schule abgehen und trotzdem mit fünfundsiebzig noch ein Masterstudium absolvieren kann. Kurzgesagt, eine Legende.

Danke an Jayne Farnworth für ihre wunderbare Beratung, was die Abläufe polizeilicher Ermittlungen angeht, und dafür, dass sie einen wirklich scheußlichen ersten Entwurf gegengelesen hat. Ehrlich, das hätte ich dir nicht zumuten sollen. Es tut mir leid.

Danke an die örtliche RNLI, besonders Paul Stallard und Jon Chapman, die mich mit wertvollen Informationen über die Themse versorgt haben, und mir erklärt haben, wie und unter welchen Voraussetzungen die RNLI hinzugezogen wird. Auch von der Buchrecherche abgesehen macht ihr Jungs einen unglaublichen Job.

Danke an das immer wieder fantastische Team bei Bookouture, besonders Kim Nash und Noelle Holten, das großartige Marketing-Duo, zwei phänomenale Frauen, Freundinnen und selbst fantastische Autorinnen. Danke auch an meine Lektorin, Jane Selley, und meine Korrektorin, Laura Kincaid, und einen besonderen Gruß an Jenny Geras, meine ehemalige Lektorin, die mich so sorgsam an Ruth weitergegeben hat, als wäre ich ein ausgeblasenes Wachtelei, und die nun die neue Chefin bei Bookouture ist. Juhu!

Danke an Tracy Fenton und das gesamte Team von der Facebook-Gruppe The Book Club – Helen Boyce, Claire Mawdesley, Juliet Butler, Charlie Pearson, Charlie Fenton, Kel Mason und Laurel Stewart –, ohne die ich Lorraine nie kennengelernt hätte, ganz abgesehen von den vielen tollen Leser:innen, die über die Jahre Freund:innen geworden sind – auf Harrogate 2021, sage ich! Danke an Wendy Clarke und das Team der

Facebook-Gruppe The Fiction Café, an Laura Pearson von Motherload Book Club auf Facebook, an Anne Cater von Book Connectors, Mark Fearn von Bookmark und Iain Grant vom Stay-at-Home-Buchclub auf Facebook. Danke an alle Online-Buchclubs und die Leute, die sich dort treffen, um ihre Liebe für Bücher zu teilen. Wenn ich jemanden vergessen habe, tut es mir leid. Das ist ein Fehler. Noch bevor ich ihn bemerkt habe, rege ich mich schon darüber auf, also schreibt mir, damit ich euch im nächsten Buch grüßen kann. Daran habe ich bereits angefangen zu schreiben.

Ein dickes Dankeschön an fahnenwedelnde Leser:innen wie Sharon Bairden (die jetzt auch selbst unter die Autorinnen gegangen ist!), Teresa Nikolic, Philippa McKenna, Karen Royle-Cross, Ellen Devonport, Frances Pearson, Jodi Rilot, CeeCee, Isobel Henkelmann, Bridget McCann, Moyra Irving, Karen Aristocleus, Alsessandra Nolli, Anne Burchett, Audrey Cowie, Alsion Turpin, Theresa Hetherington, Donny Young, Mary Petit, Donna Moran, Ophelia Sings, Gail Shaw, Lizzie Patience, Fiona McCormick, Alison Lysons, Sam Johnson und viele andere, die ich hier nicht genannt habe. Vielen Dank. Ich lese jede einzelne Rezension, ob gut oder schlecht. Wenn ihr euren Namen hier nicht findet, sagt mir bitte Bescheid, und ich winke euch einmal aus dem nächsten Buch.

Einen Riesendank wie immer auch an die wunderbaren Blogger:innen, die nicht bezahlt werden und hart dafür arbeiten, die Bücher und Autor:innen, die sie lieben, bekannt zu machen. Ich möchte den folgenden Blogger:innen danken, indem ich ihre Blognamen nenne, damit ihr ihre Rezensionen finden könnt: Chapter in my Life, By The Letter Book Reviews, Ginger Book Geek, Shalini's Books and Reviews, Fictionophile, Book Mark!, Bibliophile Book Club, Random Things Through my Letterbox, B for Book Review, Nicki's Book Blog, Fireflies and Free Kicks, Bookinggoodread, My Chestnut Reading Tree, Donna's Book Blog, Emma's Biblio Treasures, Suidi's Book

Reviews, Books from Dusk till Dawn, Audio Killed the Bookmark, Compulsive Readers, LoopyLouLaura, Once Upon a Time Book Blog, Literature Chick, Jan's Book Buzz, und Giascribes ... Und auch hier gilt, sollte ich jemanden vergessen haben, lasst es mich wissen, und ich grüße euch beim nächsten Buch.

Danke an die immens hilfreiche Schreib-Community, besonders Emma Robinson, Judith Baker, Anna Mansell, Barbara Copperthwaite, Pam Howes, Patricia Gibney, Jennie Ensor, Carla Buckley, Joel Hames-Clarke, Angela Marsons, Zoe Antoniades, Eva Jordan, Vikki Patis, Marilyn Messik, Heide Goody, Iain Grant, Julie Cohen, Kate Simants, Louise Beech, Isabella May, Rona Halsall, Fiona Mitchell, Claire McGlasson, Callie Langridge, Tara Lyons, Paul Burston, Nicola Rayner, Emma Curtis, Lisa Timoney, Catherine Morris, Hope Caton, Robin Bell, Sam Hanson und meine Freundin und erste Schreiblehrerin überhaupt, die immer einen besonderen Gruß bekommt, Lektorin und Autorin Dr. Sara Bailey. Ich habe bestimmt jemanden vergessen, und es tut mir jetzt schon leid, aber bitte lasst es mich wissen, und ich grüße nächstes Mal.

Danke auch an meine fabelhaften Freundinnen und Freunde – ihr wisst, wer gemeint ist. Ich kann nicht fassen, wie viele von euch noch immer meine Bücher lesen, sobald sie erschienen sind. Ich habe es nur beim ersten erwartet.

An vorletzter Stelle danke ich meinem Dad, Stephen Ball, der tatsächlich selbst Pesto macht und Brot backt und der nicht viel liest, wenn man vom *Fisherman Magazine* mal absieht, der aber für mich immer eine Ausnahme gemacht hat. Dad, ich schreibe, so schnell ich kann, und danke, dass du mich über Jahre mit Regenbogenforellen versorgst.

Meine Kinder, Alistair, Maddie und Franci Lynes – danke dafür, dass ihr die beste Lockdown-Gang aller Zeiten wart und nicht ins Wohnzimmer gekommen seid, wenn ich gearbeitet habe.

Und abschließend gilt mein Dank, wie immer, dem unvergleichlichen Paul Lynes. Mit niemandem möchte ich lieber im Lockdown sitzen, und ja, okay, wenn du ein Wohnmobil mietest, komme ich mit dir zum nächsten Musikfestival. Also hör schon auf, zu quengeln ...

www.ingramcontent.com/pod-product-compliance
Lightning Source LLC
LaVergne TN
LVHW041617060526
838200LV00040B/1324